Das Buch

Die Journalistin Charlotte hat nach einer unglücklichen Liebesgeschichte kurz entschlossen ein Jobangebot in Nairobi angenommen. Die Fremdheit und die Direktheit der Welt dort verwirren sie zunächst, aber langsam lebt sie sich ein. Als in Kibera die verstümmelte Leiche eines Albino-Mannes gefunden wird, ist sie erschüttert. Charlotte will mehr wissen, doch sie stößt auf eine Mauer des Schweigens. Der Mann ist nicht das letzte Opfer. Kann Charlotte ihnen helfen, auch wenn sie damit ihr eigenes Leben aufs Spiel setzt?

Der erste Fall für Charlotte Frank: Wer Deon Meyer oder Margie Orford liest, wird von Ellen Alpstens atmosphärischem Spannungsroman gefesselt sein.

Die Autorin

Ellen Alpsten wurde 1971 in Kenia geboren, verbrachte ihre Kindheit und Jugend dort und studierte dann in Köln und Paris. Sie arbeitete in der Entwicklungshilfe an der Deutschen Botschaft Nairobi und als Moderatorin bei Bloomberg TV. Heute ist sie freie Schriftstellerin und Journalistin, u.a für die FAZ und Spiegel Online. Nach den historischen Romanen *Die Lilien von Frankreich, Die Zarin* und *Die Quellen der Sehnsucht* (alle Wilhelm Heyne Verlag) folgten mit *Die Schwestern der Roten Sonne* und *Die Löwin von Kilima* zwei zeitgenössische Afrikaromane. Ellen Alpsten lebt mit ihrer Familie in London.

ELLEN ALPSTEN

WEISSE SCHULD

Kriminalroman

WILHELM HEYNE VERLAG
MÜNCHEN

MIX
Papier aus verantwortungsvollen Quellen
FSC® C014496
FSC
www.fsc.org

Verlagsgruppe Random House FSC-DEU-0100
Das für dieses Buch verwendete FSC®-zertifizierte Papier
Holmen Book Cream liefert Holmen Paper, Hallstavik, Schweden.

Originalausgabe 01/2012

Printed in Germany 2012
Umschlagillustration und Umschlaggestaltung:
© Nele Schütz Design, München
Satz: Uhl + Massopust, Aalen
Druck und Bindung: GGP Media GmbH, Pößneck
ISBN: 978-3-453-40754-1

www.heyne.de

Für Gustav,
die White Lion Lodge und Cerbere.

1. Kapitel

Es gab auf der Welt keinen größeren Gegensatz als den zwischen Schwarz und Weiß, dachte er. In Afrika nahm man dieses Wissen schon mit der Muttermilch auf. Schwarz und Weiß: Ein Fluch, der seit seiner Geburt auf ihm lastete und der jetzt sein Ende bedeutete. Er wusste genau, was ihn erwartete. Egal, ob er wie ein gefangenes Tier in der schmalen Zelle hin und her schritt, oder ob er versuchte, auf der schmalen, hölzernen Bank, die ihm als Bett diente, zur Ruhe zu kommen, immer drehten seine Gedanken sich im Kreis – immer nur dachte er an die Gerüchte und Erinnerungen, was angeblich mit den Anderen passiert war.

War sein Wissen schwerer zu ertragen, oder doch die Ungewissheit?

Er setzte sich auf der Pritsche auf und sah in die Richtung, in der er das Fenster vermutete. Seine Wächter hatten es mit Brettern vernagelt und in die einzelnen Ritzen dazwischen noch Stahlwolle gestopft, deren scharfer Geruch sich in der Zelle ausbreitete. Oder stank er einfach selbst wie ein Ziegenbock? Denn trotz der Kühle litt er unter steten Schweißausbrüchen und hatte ein pelziges Gefühl in seinem Mund. Wann hatte er sich zum letzten Mal die Zähne putzen können?

In dem Raum war es so dunkel, dass er seine Hand nicht vor Augen sehen konnte. Wenn er aufstand und sich zu seiner vollen Größe durchstreckte, stieß er gegen die Decke. Breitete er die Arme aus, so berührten seine Hände in jeder Richtung die Wand. Er hatte in seinem Gefängnis jegliches Zeitgefühl verloren. Saß er erst seit Tagen oder bereits seit Wochen hier? War es gerade Morgen oder bereits Mittag in Nairobi, oder war es schon Abend und damit draußen beinahe genauso dunkel wie hier drinnen? Draußen. Er hatte nicht geahnt, wie sehr man sich nach dem Wechsel zwischen Tag und Nacht sehnen konnte, dem plötzlichen Übergang des Dunkels zum Licht und anders herum. Er sehnte sich nach den Lichtern der Stadt, nach ihrem Lärm voller Stimmen und Hupen und ihrem Geruch in der Trockenzeit nach Staub und heißem Asphalt. Es war die Stadt, in deren Größe und Anonymität er sich in Sicherheit geglaubt und die ihn verraten hatte.

Er wandte den Kopf in Richtung der Tür. Waren da Stimmen draußen im Gang? Ja, sicher, und sie näherten sich der Tür: Er richtete sich gespannt auf und versuchte, ihren Klang zu deuten. Die Dunkelheit schärfte seine anderen Sinne und jedes Geräusch schien lauter, als es wohl wirklich war. Jeder Geruch rief Erinnerungen wach. Jedes Tasten und Empfinden war Pein und alles, was er aß, schmeckte nach seinem Schweiß und seinen Tränen. Es gab kein Gleichmaß mehr und jetzt signalisierte irgendetwas an den Stimmen seiner Besucher und ihren kurzen, hastigen Sätzen ihm, dass sie nicht nur auf ihrem gewöhnlichen Rundgang bei ihm vorbeikamen. Einmal am Tag öffnete sich für gewöhnlich eine Klappe an der Unterkante der Tür und etwas Essen wurde zu ihm durchgeschoben. Es war meist nicht mehr als *Ugali* und *Sukuma Wiki*, gestockter Maisbrei und bitteres, grünes Gemüse. Nicht gerade ein Festmahl, aber sein Magen knurrte bereits erwartungsvoll, als die Stimmen vor seiner Tür kurz verstummten. Er war nicht besser als ein Hund, der beim Anblick seines Futternapfs zu sabbern begann, dachte er angewidert, als sich statt nur der Klappe auch schon die ganze Tür öffnete und ihn unerwartet der grelle Lichtstrahl einer Taschenlampe mitten in die Augen traf.

Er schrie, schlug sich die Hände vor sein Gesicht und krümmte sich, denn nach der langen Dunkelhaft schmerzte das Licht wie Messerstiche in seinen Pupillen. Seine Besucher schwiegen und warteten, bis er langsam seinen Kopf wieder hob, abwehrend eine Hand ausstreckte, es dann aber doch wagte, in den Lichtstrahl zu blinzeln. »Hm«, machte ein Mann hinter einer Taschenlampe. »Es stimmt, was die Leute sagen. Eine Hexe erkennt man an den roten Augen.«

»Dabei haben sie ihn sogar schlafen lassen«, sagte ein anderer.

»Da hilft kein Schlaf. Sie haben zu viel Macht. Deshalb wollte Papa ihn ja.«

Einer der Männer packte ihn bei den Haaren und zog ihm den Kopf in den Nacken, so dass der Lichtstrahl der Taschenlampe ihn wieder voll in sein Gesicht traf, ehe der Lichtstrahl kurz über seinen Körper schweifte. Seine nackten Arme zitterten und seine Haut leuchtete unwirklich hell in der Dunkelheit der Zelle.

»Weiß wie eine Made«, spuckte einer der Männer aus.

»Ein lebendiger Geist«, flüsterte der andere.

»Bald mehr Geist als lebendig. Aber weiß wie die Maden, die ihn bald zerfressen werden.«

»Oder das, was Papa noch von ihm übrig lässt.«

»Schhh«, zischte der andere. »Sei vorsichtig, was du da sagst. Sonst kommen sie und reißen dir selbst Herz und Seele aus dem Leib und essen es wie *Nyama Choma* am Spieß gebraten.«

Als er ihre Worte vernahm, überkam ihn eine panische Angst, von der er nicht geahnt hatte, dass sie existierte. Er konnte nicht mehr denken, sein Magen krampfte sich zusammen und ihm wurde abwechselnd heiß und kalt. Er wusste nun, was ihm bevorstand und hörte sich aufschluchzen.

»Lasst mich frei«, stammelte er, doch seine Stimme wollte ihm nach dem langen Schweigen nicht gehorchen und es klang eher nach einem Krächzen.

»Du bist bald frei von allem, sogar von deinen Sorgen«, sagten die Männer und zogen ihn auf seine Füße. »Papa hat jetzt Zeit für dich. Du musst nicht länger warten.«

Jetzt oder nie, entschied er, nahm all seine Kraft zusammen, duckte sich und wollte zwischen den beiden Männern hindurch auf den Gang hinaus stürzen. Doch seine Bewegungen waren durch die lange Gefangenschaft ungelenk geworden. Die zwei Männer standen wie ein Wall zwischen ihm, der Freiheit und dem Leben. Sie hatten seinen Ausbruchsversuch kommen sehen. Er krümmte sich unter dem kurzen, harten Schlag in seinen Magen, bevor ihn ein Kinnhaken nach hinten auf den Steinboden warf.

»Achtung, verletz ihn nicht. Er muss unversehrt bleiben«, warnte einer der Männer.

»Ach was. Das hält der schon aus.« Der Schläger zog ihn wieder auf die Füße. »Halt still jetzt. Je eher du beim Papa bist, umso schneller ist es vorbei«, sagte er, während der

Zweite ihm einen Sack über den Kopf stülpte. Sie fassten ihn unter den Achseln und jede Gegenwehr war zwecklos, als sie ihn aus der Zelle zwangen. Die Stimmen seiner Henker drangen dumpf neben einem anderen Geräusch durch das Sackleinen an seine Ohren. Es schlug und hämmerte und erst nach einigen Augenblicken begriff er, dass es seine Zähne waren, die aufeinander schlugen. An seinem rechten Bein lief es nun warm und feucht entlang, seine Glieder gehorchten ihm nicht mehr und er sackte im Griff der beiden Männer ab; doch sie packten ihn unter den Achseln und schleiften ihn den Gang entlang.

»Er hat sich angepinkelt vor Angst«, lachte der eine.

»Das würde ich an seiner Stelle auch tun.«

Er hörte ihren keuchenden Atem, als sie ihn weiterschleiften. Seine Arme und Beine zitterten nun so, dass sie ihn noch fester packten. Rotz und Tränen liefen ihm über sein Gesicht, das unter dem heißen Sackleinen unerträglich zu jucken begann.

»Hast du schon einmal das magische Pulver gesehen?«, hörte er den einen den anderen fragen.

»Sicher.«

»Wo im Körper liegt es genau?«

»Irgendwo unter dem Magen. Papa weiß das. Es liegt in einer Blase versteckt, die man im richtigen Moment aufstechen muss.«

»Wie sieht es aus?«

»Das wirst du gleich sehen, wenn Papa mit unserem Freund hier fertig ist. Mann, ist der schwer. Wir haben ihm noch zu viel zu essen gegeben.«

Keuchend schleiften die beiden Männer ihn seinem Schicksal entgegen. Der Weg schien ihm endlos, und er sollte nie enden, wenn es nach ihm ging, als sie plötzlich Halt machten, eine Tür sich mit einem Knarren öffnete und ihm der Sack mit einem Ruck vom Kopf gezogen wurde. Er würgte, schnappte nach Luft, blinzelte, und schloss sofort geblendet die Augen. Über ihm strahlte ein Licht, das heller brannte als alles, was er je zuvor gesehen hatte. Es musste die Sonne sein.

2. Kapitel

»Achtung, Schlagloch«, rief der Taxifahrer, kurz bevor Charlotte in die Höhe geschleudert wurde und sich den Kopf an der Wagendecke stieß.

»Autsch«, stöhnte sie, richtete sich wieder auf und rieb sich den Kopf.

»Alles klar?«, schrie der Mann über die laute Musik hinweg, die aus dem Radio schallte. Rasch stellte er das Gerät etwas leiser und blickte besorgt in den Rückspiegel. »Alles okay«, murmelte Charlotte, noch immer ein bisschen benommen.

»Die Chinesen wollten eigentlich die Straßen neu asphaltieren, aber irgendwie ist aus dem Plan nichts geworden. Wahrscheinlich kauft Peking gerade erst mal ein anderes Stück Afrika auf. Ist das Ihr erster Besuch in Nairobi?«

Charlotte notierte sich im Geiste, die Investitionen Chinas in Afrika zu recherchieren, sobald sie wieder Zugang zum Internet hatte. Die Neukolonialisierung Afrikas durch hohe Geldanlagen aus dem asiatischen Raum im Westen des Kontinents war ein bekanntes Thema. Dass sich Beijing allerdings auch für das weniger rohstoffreiche Ostafrika interessierte, war Charlotte neu und schien ein spannendes Thema zu sein. »Sogar mein erstes Mal in Afrika«, antwortete sie.

Schließlich hob sie ihre Handtasche auf, die durch die Erschütterung vom Sitz gefallen war. Stück für Stück sammelte sie ihre Habe von der dreckigen Fußmatte des alten Peugeots wieder auf: Den viel zu teuren, knallroten Lippenstift, den sie im Duty Free Shop gekauft hatte und dessen Diva-rote Farbe ihr zwar gefiel, den sie aber bestimmt nie tragen würde, weil ihr dazu das Selbstbewusstsein fehlte. Der Roman »Der ewige Gärtner«, der bereits mit zahlreichen Eselsohren versehen war. Ihr Pass und ein Paar warme Socken, die sie im Flugzeug getragen hatte. Ihr *Moleskine* Notizbuch, in das sie schon unzählige Ideen hineingekritzelt und Hunderte Zettel zwischen die Seiten gelegt hatte. Ein kleines Diktiergerät, ihr Telefon und Reste einer *Toblerone*-Verpackung.

Das weiße Morgenlicht blendete sie. Doch die herrlich hellen und warmen Strahlen verjagten alle Gedanken an ihre letzten Stunden in Köln, wo es bei ihrem Abflug Bindfäden geregnet hatte und die Menschen geduckt durch den Nebel und die Dämmerung geeilt waren. Hier in Nairobi hingegen drängten Fußgänger in T-Shirts, leichten Hosen und Flip-Flops auf den Bürgersteigen oder zwischen dem stockenden Verkehr auf der Straße durch. Um den Flughafen herum war die Landschaft noch leer und öde gewesen, nur riesige Werbetafeln schrien ihre Botschaften (*Fanta, Bata Safariboots und Safaricom)* in fetten Lettern den Vorbeifahrenden entgegen. Auf einigen blattlosen Bäumen saßen Marabus, große Vögel, an denen alles traurig aussah – Flügel, Kopf und Schnabel. Dann aber füllte sich die Umgebung rasch mit Leben, immer mehr Häuser, Autos, Leute und Kühe – bei der Einfahrt nach Nairobi hatten sie eine ganze Herde von der Fahrbahn hupen müssen –

erschienen auf der Bildfläche, und als sie nun das Stadtzentrum erreichten, kurbelte Charlotte das Fenster herunter. Sie wollte noch mehr sehen, hören und riechen. Sofort drang eine Kakophonie von Stimmen, Gelächter und endlosem Hupen in das Wageninnere. Zwischen Benzingestank, heißem Asphalt und Staub erahnte sie den Duft von frischem, heißem Kaffee und gebratenen Maiskolben, die am Straßenrand verkauft wurden. Wilde Musik plärrte von irgendwo her, und der Taxifahrer trommelte zufrieden im Takt mit den Fingern aufs Lenkrad. Charlotte tat es gut, wieder zu staunen, und sie bemerkte, wie sehr ihr die neuen Eindrücke in den vergangenen Monaten bei ihrer selbst verordneten Schreibtischtätigkeit in Köln gefehlt hatte.

»Was? Ihr erstes Mal in Afrika? Wie lange wollen Sie bleiben? Zwei Jahre? Alle bleiben zwei Jahre. Wir nennen das das *Two-year-wonder*.«

Ehe Charlotte ihm antworten konnte, zog der Fahrer den Wagen scharf nach rechts und brüllte: »Pass doch auf, Idiot! Stehst wohl unter Drogen!« Einmal mehr wurde sie an das entgegengesetzte Ende der Rückbank geschleudert. Eine Frau, die einen Korb grüner Orangen auf dem Kopf trug, schrie und ein Motorrad, dessen Fahrer ein Schwein hinter sich auf den Gepäckträger geschnallt hatte, geriet ins Schlingern. Charlottes Taxi fuhr noch einige Meter weiter, ehe der Fahrer rechts heran fuhr und sich zu ihr umdrehte.

»Das war wieder so ein Matatu-Fahrer! Denen sollte man wirklich das Handwerk legen.«

»Was ist denn ein Matatu?«, fragte Charlotte und sah durch die Rückscheibe einen Minibus davonrasen, aus dessen offenen Türen und Fenstern sich jede Menge Menschen lehnten. Quer über das Heck waren grell leuchtende Noten, knallrote, lustvoll glänzende Lippen und der Schriftzug »Red Hot Mama« gepinselt.

»Es sollte eigentlich ein Sammeltaxi sein und nicht so eine fahrende Mülltonne wie das da eben. Was das Wort Matatu bedeutet, weiß niemand so genau. Irgendetwas mit drei. Drei Passagiere mehr und ich platze aus allen Nähten. Oder: Noch drei Kilometer schneller und meine Räder fallen ab!«

Charlotte lachte. »Fahren wir weiter?«

»Wohin denn?«, fragte der Taxifahrer. »Das ist das Williamson House. Sie wollen doch zu *TV Today*, oder? Das hier ist die Fifth Ngong Avenue in Racecourse, Nairobi.« Er zeigte auf ein verbeultes, weißes Straßenschild, das Charlotte jetzt erst unter ein paar tief hängenden Bougainvillea-Zweigen entdeckte.

Charlotte sah kurz die Straße hinunter. Ein Viertel, das »Racecourse« hieß, klang nach edler Vorstadt, doch hier reihte sich eine Bude aus Holz, Planen und Wellblech an die andere. In der Fifth Ngong Avenue war mit Schlaglöchern übersät, weshalb das verspiegelte Bürogebäude mit seinem glänzenden Schild neben der sauber polierten Eingangstür, auf dem in eleganten Lettern »Williamson House« geschrieben stand, eher deplatziert wirkte.

»Ah. Na dann, vielen Dank«, sagte sie, stieg aus und kramte in ihrer Handtasche nach ihrem Portemonnaie.

»Ich hole Ihnen noch das Gepäck aus dem Kofferraum«, rief der Taxifahrer. »Ich würde Ihnen die Koffer ja bis zum Lift tragen, aber solche Typen wie der da können solche Menschen wie mich nicht leiden. Mir tun die Knochen noch vom letzten Rauswurf weh.« Er deutete mit dem Kinn in Richtung des Pförtners, der sich auch sogleich hinter seinem Schreibtisch erhob und an die Tür trat.

»Ist schon okay, ich schaffe das schon«, erwiderte Charlotte. Dann hielt der Taxifahrer ihr noch eine schreiend bunte Karte hin.

»Ich gebe Ihnen mal meine Handynummer. Wenn Sie einen Taxifahrer brauchen, rufen Sie mich an.« Zum Abschied tippte er sich noch an den Schirm seiner Baseballkappe.

»Nur wenn Sie Gurte in Ihren Wagen einbauen«, sagte Charlotte lachend und steckte seine Visitenkarte ein.

»Was? Das ist doch gar kein Problem. Sie hätten nur etwas sagen müssen«, grinste der Mann und zog einen Hanfstrick aus seiner Jackentasche. Vermutlich war an demselben Strick am Morgen noch eine Ziege ausgeführt worden. »Damit binde ich meine Passagiere immer fest, damit nichts passiert. Dann auf Wiedersehen und bis bald.«

Als sein Taxi sich in den dichten Morgenverkehr von Nairobi einfädelte, fühlte Charlotte sich einen Augenblick lang verloren. In der Fremde war man offener für die Freundlichkeit der anderen, und der Humor und die Lebensfreude des Fahrers hatten ihr Auftrieb gegeben. Und nun? Auf in den Kampf, entschied sie.

Gerade, als sie durch die Drehtür des Williamson House gehen wollte, kamen ihr zwei Männer entgegen. Der Kleinere von ihnen balancierte eine Kamera auf der Schulter, der andere, ein großer, breitschultriger Mann, trug eine Tasche.

»'Tschuldigung, Miss«, sagte der Größere, als er Charlotte beinahe umrempelte, dann zog er einen Autoschlüssel aus seiner Hosentasche und warf ihn seinem Kollegen zu. »Hier, mach schon mal den Kofferraum auf. Wir sind spät dran.«

Dann fiel sein Blick auf Charlottes Gepäck und er runzelte die Stirn.

»Sind Sie etwa Charlotte Frank?«

»Ja, die bin ich. Woher wissen Sie das?«

»Na, ich habe Sie erwartet.« Er streckte ihr seine Hand entgegen. »Ich bin Frederik Nyere, Ihr Chefredakteur. Willkommen. Ich bin gerade auf dem Sprung, gleich fängt die Sitzung mit den Vertretern der Weltbank an, die Kenia einmal mehr damit drohen, uns sämtliche Kredite zu streichen. Ausbaden müssen das allerdings die Leute auf der Straße, und Halunken im Gouvernment House machen ohnehin, was sie wollen. Diese plündern, wie die Welt es noch nicht gesehen hat. Unglaublich.«

Bei diesen letzten Worten warf er schnell einen Blick über seine Schulter, ob ihn auch ja niemand belauscht hatte. Dann musterte er Charlotte von Kopf bis Fuß.

» Ich hatte Sie mir irgendwie anders vorgestellt.«

»Ach ja? Wie denn?«

»Ein bisschen weniger … zart. Die Reportagen, die ich von Ihnen kenne, sehen nach echter Knochenarbeit aus. Wenn ich an den Bericht über das Drogenkartell in Haiti denke, oder die geheimen Frauenclubs im Iran … Nun ja. Afrika kann ein hartes Pflaster sein für eine Frau wie Sie.«

»Zum Glück sind Sie ja bei mir«, erwiderte Charlotte schmunzelnd. Ihre sanfte Ironie schien ihren Zweck nicht zu verfehlen, denn Frederik Nyere schüttelte ihr anerkennend die Hand und sagte:

»Nichts für ungut. Bis morgen dann. Bringen Sie Ihre Koffer hoch in die Redaktion, und Tisa, unser Fahrer, kann Ihnen dann ein paar Wohnungen zeigen. Je schneller Sie eine Unterkunft finden, in der Sie sich wohlfühlen, umso besser. Ansonsten ist hier um die Ecke ein Hotel, wo Sie erst einmal übernachten können.«

Ein Minibus fuhr vor. Mit seinem bunten Schriftzug »*TV Today*« sah er dem Matatu von eben sehr ähnlich. Mist, dachte Charlotte. Kein Wunder, dass Frederik Nyere so begeistert gewesen war, als sie sein Stellenangebot angenommen hatte: Eine mickrige kenianische TV-Produktionsfirma – beim WDR hätte man den Laden eine »Klitsche« genannt –, die ihre Kontakte in Deutschland ausbauen wollte, suchte eine engagierte Reporterin – weiß der Teufel, wie viele vor ihr den Posten abgelehnt hatten?

Trotzig hob Charlotte das Kinn. Egal, jetzt war sie hier, jetzt machte sie auch das Beste daraus. »Danke, es muss mich niemand abholen. Ich kann selbst fahren«, sagte sie.

Frederik Nyere schüttelte den Kopf. »Wie bitte? Hier? An Ihrem ersten Tag überhaupt in Nairobi? Das lassen Sie mal schön bleiben! Tisa wird in einer Viertelstunde hier sein, wenn sein Schutzengel es ihm erlaubt.«

Ehe Charlotte ihm widersprechen konnte, hatte Frederik Nyere schon zu seinem Handy gegriffen, um den Fahrer anzurufen, und war in dem Auto verschwunden.

Sie sah dem Wagen nach. Immerhin war sie vor Jahren bereits um den *Arc de Triomphe* gefahren und unverletzt geblieben, und vor nicht allzu langer Zeit hatte sie die Sahara zumindest teilweise auf dem Rücken eines Kamels durchquert – Was sollte ihr da schon der Verkehr in Nairobi anhaben? Dann aber zuckte sie mit den Schultern und hob ihre Koffer an, um sie nach oben in die Redaktion zu schleppen. Zu ihrer Erleichterung trat der Pförtner auf sie zu. »Lassen Sie mich das mal machen, Miss«, sagte er, nahm ihr das Gepäck ab und führte Charlotte ins klimatisierte Innere des Williamson House.

3. Kapitel

»Gefällt Ihnen die Wohnung, Miss Frank?«

Von der offenen Terrassentür aus blickte Charlotte in den Garten der Anlage im Herzen von Muthaiga. Es war mittlerweile früher Abend, die Luft kühlte merklich ab und brachte die Erde zum Dampfen. Um die hohen Bäume und Hecken neben dem Swimmingpool stiegen feine weiße Nebelschleier auf.

»Wie bitte, Mr…?« Charlotte warf so unauffällig wie möglich einen Blick auf das Dokument in ihrer Hand, und suchte nach einem Namen.

»Khan«, half ihr Gegenüber. »Mein Name ist Khan.« Seine Stimme klang, als ob Leute seinen Namen nicht sehr oft vergäßen, aber auch so, als ob ihre Unaufmerksamkeit ihm Vergnügen bereitete. Mr Khan musste indischer Herkunft sein. Seine Haut sah in dem weißen Hemd frisch und strahlend aus. Er lächelte sie an, doch der Ausdruck seiner sehr dunklen Augen war nicht recht zu deuten.

»Entschuldigung. Mir steckt der Flug noch in den Knochen, und meine Koffer stehen noch unausgepackt in der Redaktion.«

»Und eigentlich wollen Sie nichts lieber, als heiß zu duschen und dann mit einem Drink in der Hand Ihre Beine ausstrecken. Das warme Januarwetter hier kann einem das

Hirn eindrücken. Ich glaube, Frederik wollte einfach, dass Sie sich so schnell wie möglich in Nairobi einleben, ehe Sie mit Ihrem neuen Job anfangen. Deshalb hat er mich gefragt, ob ich hier noch eine Wohnung frei habe.«

»Sind Sie der Verwalter hier?«

»Nein, der Eigentümer.«

»Und da nehmen Sie sich die Zeit, mich persönlich herumzuführen?«

»Frederik hat mich darum gebeten. Er hat Tisa für den ganzen Tag bestellt. Es kann ja dauern, bis Frauen eine Entscheidung getroffen haben.«

Charlotte sah sich kurz nach Tisa um, der mit dem *Askari* – dem Wachmann – im Gang Würfel spielte, wobei er jedoch immer wieder prüfend zu Charlotte und Mr Khan herüberschaute. Offenbar hoffte er, dass sich Charlotte nach den ersten vier fruchtlosen Besichtigungen nun endlich für diese Wohnung entscheiden würde.

»Mit irgendwas muss man Männer ja beschäftigt halten, sonst kommen sie nur auf dumme Gedanken«, erwiderte Charlotte freundlich. Mr Khan neigte den Kopf und antwortete: »Touché.«

»Woher kennen Sie Frederik Nyere?«

»Hier kennt jeder jeden, das werden Sie noch sehen. Nairobi ist ein kleines Nest. Ein Schlangennest, wenn man nicht aufpasst«, fügte er hinzu. »Frederik und ich hatten beide ein Stipendium für die *Brookhouse* Schule in Karen.«

»Karen?«

»Das ist ein Teil von Nairobi, der nach Karen Blixen benannt ist. Die Häuser dort stehen auf dem ehemaligen Land ihrer Farm.«

»Ich habe ›Jenseits von Afrika‹ nie gelesen. Aber den Film habe ich mal gesehen.«

»Dann sollten Sie das schleunigst nachholen. Das Buch ist berauschend schön, der Film hingegen einfach nur blöder Hollywood-Mist.«

Charlotte hatte sich auf ihren Aufenthalt in Kenia mit reinen Fakten vorbereitet: Kolonialgeschichte, der Mau-Mau-Krieg und die von Jomo Kenyatta erkämpfte Unabhängigkeit, die verschiedenen Stämme und Sprachen und natürlich die nun erdrückenden Probleme im einstigen Musterstaat des afrikanischen Kontinents, von Armut und Korruption bis hin zu AIDS und Wilderei. Fakten und ihre fünf Sinne waren es, die ihr halfen, Themen für Reportagen zu finden, nicht schöne Literatur. Romane konnte sie noch lesen, wenn sie sich erst mal richtig eingelebt hatte.

»Und weiter?«, fragte Charlotte nun.

»Was weiter?«

»Na, Frederik Nyere und Sie…?«

»Ach so. Wir spielen zusammen Golf und Kricket oder gehen auf Safari. Er ist der einzige Mann, den ich kenne, der mit bloßen Händen einen Landrover aus dem Matsch schieben oder ein Elefantenbaby von der Piste stemmen kann.«

»Wow«, lachte sie. »Haben Sie denn immer hier gelebt?«

»Ich sehe, Sie haben Ihren Beruf gut gewählt. So viele Fragen hat mir schon lange niemand mehr gestellt.«

Charlotte entging nicht, dass sich in Mr Khans Stimme eine gewisse Achtsamkeit gemischt hatte.

»Man kann ja nie neugierig genug sein.«

»Hoffentlich nicht, Miss Frank. Ich habe zehn Jahre lang bei einer großen Steuerberatung in London gearbeitet, ehe ich mit meiner Familie wieder nach Kenia kam, wo ich aufgewachsen bin. Ich wollte meinen Kindern dieselbe idyllische Kindheit bieten, die ich genossen habe.«

Bedächtig drehte Mr Khan an den beiden schmalen Goldringen, die er am Ringfinger seiner linken Hand trug und nutzte dann Charlottes Schweigen, um das Gespräch schnell wieder auf das Geschäftliche zu lenken.

»Also, gefällt Ihnen die Wohnung?« Er klimperte auffordernd mit dem Schlüsselbund in seiner Hand, und auch Tisa und der Askari sahen sie gespannt an.

In Deutschland hätte sie sich eine solche Wohnung niemals leisten können, entschied Charlotte. »Ich nehme sie«, sagte sie.

Umziehen konnte sie später immer noch, wenn sie sich in Nairobi besser auskannte. Wenn sie schon für eine längere Zeit nach Afrika zog, dann wollte sie auch wie die Afrikaner, und nicht wie eine privilegierte Touristin leben. Wie sollte sie über das Land berichten, wenn sie es nicht verstand? Mr Khan würde ihr sicher schnell eine neue Bleibe finden.

»Aber was ist mit Ihrem Verlobten? Können Sie diese Entscheidung denn so einfach ohne ihn treffen?«

»Mein Verlobter?« Die Frage traf Charlotte unvorbereitet.

»Frederik Nyere hat mir erzählt, sie würden zu zweit kommen. Als er Ihnen das Jobangebot gemacht hat, hätten Sie ihm geantwortet, Sie müssten das erst mit Ihrem Verlobten besprechen.«

»Ich bin alleine gekommen und ich kann meine Entscheidungen alleine treffen«, erwiderte sie schärfer als beabsichtigt.

Mr Khan überspielte die Situation rasch: »Nichts für ungut. Machen Sie es sich gemütlich, das haben Sie sich nach Ihrem ersten Tag in Nairobi verdient.«

»Soll ich gleich unterschreiben?« Charlotte kramte in ihrer Handtasche nach einem Stift, wobei die leere Tobleronepackung auf den Boden fiel.

»Ich sende Ihnen den Vertrag morgen früh ins Büro. Da können Sie ihn Frederik geben, die Bezahlung läuft ja über Ihre Redaktion. Brauchen Sie sonst noch etwas? Soll Tisa für Sie einkaufen gehen?«

»Nein, danke, das kann ich selbst.«

»Wenn Sie meinen. Auf bald, Miss Frank. Wenn Sie etwas über Land und Leute wissen wollen oder Hilfe brauchen, melden Sie sich bei mir.«

»Das werde ich tun. Schönen Abend noch.« Mit einem Mal wollte Charlotte alleine sein. »Der ist für die Wohnung, der für die Garage und der hier für Fitnessraum und Pool«, erklärte Mr Khan, während er ihr die Schlüssel überreichte. Dann wandte er sich an Tisa: »Das war's. Kannst du mich nach *Westlands* bringen?«

»Nur wenn Sie den bissigen Hund nicht mehr haben, der mich immer anspringt, Mr Khan.«

»Du weißt genau, weshalb ich Tyson habe.« Mr Khans Stimme klang scharf.

»Sicher. War nicht so gemeint.« Tisa packte sein Würfelspiel ein und schüttelte dann dem Askari die Hand.

Als die Tür hinter den drei Männern ins Schloss fiel, ließ Charlotte sich auf einem der breiten Sofas nieder. Die Polster waren so dick, dass Charlotte darauf auf und ab hüpfte und kichern musste. Was hatte Mr Khan gesagt?

Eine heiße Dusche nehmen, einen kühlen Drink genießen und die Beine hochlegen? Zum Duschen musste sie auf ihre Koffer warten und für den kühlen Drink musste sie erst noch einkaufen. Außerdem stellte sie fest, dass es draußen plötzlich dunkel geworden war. Sie sah auf die Uhr: Es war bereits Viertel nach Sechs, hoffentlich fand sie noch einen geöffneten Laden. In der Zwischenzeit konnte sie ja wenigstens ihre Füße hochlegen, entschied sie und streifte ihre Stiefel ab.

»Nicht schlecht«, sagte sie zu sich selbst, als sie sich noch einmal in der Wohnung umsah und wieder aufstand, um barfuß in das große Schlafzimmer zu gehen. Sie stieß die Tür ganz auf und blickte auf das breite Doppelbett.

Ich dachte, Sie kommen zu zweit? Ich dachte, Sie müssten erst Ihren Verlobten fragen?

Das hatte sie auch tun wollen, nachdem Frederik Nyere sie an einem grauen Novembermorgen im vergangenen Jahr aus heiterem Himmel in Köln angerufen hatte, um ihr einen Job bei seiner Produktionsfirma anzubieten. Als sie ihrem Chef beim WDR davon erzählte, hatte der nur gelacht.

»*TV Today*? Nie gehört. Ist das ein Scherz? Karneval ist erst in zwei Monaten, Mädchen. Aber wenn du unbedingt willst, dann geh. Und ruf mich an, wenn du da was Interessantes findest. Vielleicht nehmen wir es.«

Sie hatte nicht im Geringsten vorgehabt, den Job zu übernehmen, obwohl Frederick sie immer wieder anrief. »Danke, Mr Nyere, aber ich kann Ihr freundliches Angebot wirklich nicht annehmen«, hatte Charlotte ihm schließlich gesagt. »Ich habe mich im letzten Sommer verlobt und wir bereiten gerade unsere Hochzeit vor.«

Doch er ließ sich nicht abwimmeln. »Vielleicht möchte Ihr Verlobter ja mitkommen? Kenia bietet viele Möglichkeiten für europäische Akademiker.«

»Nein, danke. Mein Verlobter ist Zahnarzt und eng in seine Praxis hier eingebunden.«

Eng eingebunden war ihr Verlobter Henrik vor allem in die Schenkel seiner Sprechstundenhilfe gewesen, und das auch noch auf ihrem gemeinsamen Sofa in ihrer gemeinsamen Wohnung. Ausgerechnet an diesem Tag, als Charlotte zwei Stunden früher als sonst nach Hause kam. Sie musste noch immer würgen, wenn sie an den Anblick dachte. Ihr nackter Verlobter, und seine vollbusige Angestellte oben drauf. Am selben Tag noch hatte sie einen Flug nach Nairobi gebucht und ihren Job beim WDR gekündigt. Ihr Chef war darüber mindestens genauso verblüfft gewesen wie sie selbst.

Mädchen, was musst du dir denn immer so viel beweisen, hatte er zum Abschied gesagt. Einen guten Monat später saß sie nun hier in diesem schicken Apartment in Muthaiga und strich bedächtig über die schönen, reinen weißen Laken ihres neuen Bettes. Hier würde sie erst einmal alleine schlafen. Erst einmal – mit anderen Worten, auf unbestimmte, sehr lange Zeit. Sie durfte sich jetzt nicht in Selbstmitleid verlieren, schalt sie sich. Und mit einem Mal überkam sie eine unglaubliche Müdigkeit. Am besten machte sie sich gleich auf den Weg, etwas zu essen einzukaufen, ehe sich noch Hunger in ihre Erschöpfung mischte, denn das war keine angenehme Kombination. *Mach was, tu was,* sagte ihre Mutter immer, wenn Charlotte sich hängen lassen und sich in ihrem eigenen Unglück suhlen wollte. *Zieh dich an deinem eigenen Schopf aus dem Sumpf*!

Das Klingeln an der Haustür riss sie aus ihren Gedanken. Vermutlich Tisa mit ihren Koffern, dachte sie. Gut, dann konnte sie sich noch etwas Frisches anziehen, ehe sie losging, denn ihre Jeans und ihr Hemd klebten ihr trotz der kühlen Brise aus der leise schnurrenden Klimaanlage feucht am Leib. Als sie die Tür öffnete, wuchtete Tisa mit übertrieben dramatischer Geste das Gepäck in den Flur.

»Wohin damit?«, keuchte er.

»Lass nur, Tisa, das kann ich selbst.«

»Nein, das können Sie nicht. Die Dinger sind verdammt schwer. Und Mr Khan hat mir gesagt, ich soll mich nicht so haben, schöne Frauen hätten immer schwere Koffer.«

Charlotte freute sich über das Kompliment. »Dann bitte in das große Schlafzimmer, Tisa.«

Sie wollte ihm Trinkgeld geben, aber er ging noch einmal kurz in den Flur und kam dann mit einem zugedeckten Korb unter dem Arm zurück.

»Das schickt Ihnen Mr Khan noch.«

»Was ist das?«

Charlotte schlug die Leinenserviette zurück und fand eine Flasche Rosé, Erdnüsse, Eier, Butter, Marmelade, Instantkaffee, ein Laib Toast, eine frische Papaya, die in deutschen Supermärkten ein Vermögen kostete, und Milch in dem Korb vor. Unter der Milchpackung glänzte etwas Goldenes und Charlotte zog es neugierig heraus. Eine große *Toblerone*, an die mit einem Gummiband eine Notiz angebracht war: *»Ich weiß, dass Sie alles selbst können. Aber fangen Sie damit am besten erst morgen an. Guten Appetit und guten Einzug, Shirish Khan«*, las sie, und musste lächeln.

Wann war ein Mann das letzte Mal so aufmerksam ihr gegenüber gewesen?

»Ich fühle mich wie der Weihnachtsmann«, sagte der Fahrer.

»Danke, Tisa«, sagte Charlotte.

»Bis morgen. Ich hole Sie um acht ab, und bringe Sie in die Redaktion. Schaffen Sie das?«

»Ich bin Deutsche, Tisa«, sagte sie nur mit einem spielerischen Augenrollen.

Als Tisa gegangen war, schloss sie ihren iPod an die Station an und klickte auf die Liste, die mit »Blues« überschrieben war. Einen Moment später erklang Nina Simones *The Mood Indigo* und Charlotte lehnte ihre Stirn an das kühle Glas der Terrassentür. Sie schloss die Augen und ließ sich von dieser Stimme, die voll ungeweinter Tränen und der Entschlossenheit, nach vorne und nicht hinter sich zu sehen, war, völlig einlullen.

Mädchen, was musst du dir denn immer beweisen. Die Worte ihres Chefs hallten noch lange nach, als sie in die immer dunkler werdende afrikanische Nacht blickte.

4. Kapitel

Als Charlottes Wecker um sieben Uhr klingelte, hatte sie schon beinahe eine Stunde mit geöffneten Augen dagelegen und dem Tag beim Erwachen zugesehen. Sie war nur kurz aufgestanden, um das Fenster zu öffnen, und die kühle, frische Luft strömte in ihre Großstadtlunge. Andächtig lauschte sie den ersten Geräuschen des Morgens: Die Zweige der Bäume im Garten knackten, und in der Ferne hörte sie etwas, das sie an das Heulen einer Hyäne erinnerte. Quatsch, Hyänen so nahe an der Stadt gibt es doch nicht, ermahnte sie sich, ehe sie wieder unter die warme Decke schlüpfte und den Anblick genoss, der sich ihr bot.

In Köln war um diese Jahreszeit eigentlich immer alles grau. Sowohl die ersten Stunden des Tages, als auch der Tag selbst und dann auch die Abenddämmerung. Hier aber fing morgens um sechs ein vielstimmiger Vogelchor zu zwitschern an, während sich die zartblaue Dämmerung in gleißend weißes Licht verwandelte. Es war dasselbe Weiß, das sie am Vortag bei ihrer Ankunft am Flughafen geblendet hatte und das sich nun langsam mit Farben füllte. Hunde bellten in den umliegenden Gärten, und als ihr Wecker klingelte, zuckte sie erschrocken zusammen, ehe sie die Decke zurückschlug. Sie wollte von jetzt an immer um sechs Uhr aufstehen, denn dieser Morgen glich einem umwerfenden Schauspiel, das sie um keinen Preis verpassen wollte.

Sie stand lange vor ihren Koffern, die sie am Abend natürlich nicht mehr ausgepackt hatte. Sie entschied sich, für ihren ersten Tag ein eher legeres Outfit zu wählen. Beim WDR war die Kleiderordnung auch lässig gewesen, nur die Moderatoren hatten immer wie aus dem Ei gepellt auszusehen. Sie schlüpfte in eine Jeans und ein weißes Hemd und warf dann einen Blick auf die Uhr. Schon Viertel vor acht. Wenn sie noch etwas von den Köstlichkeiten aus Mr Khans Korb frühstücken wollte, musste sie sich beeilen. Tisa sollte schließlich nicht auf sie warten.

Schon bald duftete es in der ganzen Wohnung nach Rührei und frischem Kaffee. Der Toast kam knusprig und golden aus dem Toaster gehüpft und auf dem Marmeladenglas klebte ein mit Hand beschriebenes Etikett, auf dem »*Last Summer Guava*« stand. Ob Mrs Khan die wohl selbst eingekocht hatte? Ehe Charlotte ging, öffnete sie ihr *Moleskine* Notizbuch und zog unter vielen Zetteln und Karten eine alte Postkarte hervor, auf der eine Schnecke über eine hochgelegte Latte sprang. *Man muss es nur wollen*, stand darauf. Ihre Mutter hatte ihr die Karte während des Studiums geschickt. Charlotte heftete das gute Stück an die noch leere Pinnwand an der Küchenwand. Nun sah das aus wie zu Hause. Ihr erster Arbeitstag in Nairobi konnte beginnen.

»Was bedeutet dein Name eigentlich, Tisa?«, fragte Charlotte, nachdem sie neben ihm auf dem Beifahrersitz Platz genommen hatte und sich nun begleitet von seinem fragenden Blick anschnallte.

»Tisa? Das heißt *Neun* auf Swahili. So wie Sechs, Sieben, Acht. Wir sind zehn Kinder daheim und meinen Eltern ist schon beim ersten Kind die Fantasie ausgegangen. So heißen wir alle nach den Zahlen in der Reihenfolge unserer Geburt. Meine jüngste Schwester heißt Mama Kumi.«

»Ist sie denn schon Mutter?«, fragte Charlotte verwundert. Tisa selbst wirkte kaum älter als zwanzig.

»Bei uns werden einfach alle Frauen mit *Mama* angesprochen. Nein, Kumi will alles, nur nicht heiraten und Kinder kriegen. Sie sucht übrigens gerade Arbeit. Also, wenn Sie eine Haushälterin suchen…«

»Ganz bestimmt nicht«, lachte Charlotte.

»Nein?«

»Nein. Weshalb sollte ich denn eine Haushälterin beschäftigen?«

»Das tun hier alle.«

»Alle?«

»Naja, alle *Wazungus*.«

»*Wazungus*? Ist das auch eine Zahl?« Das Gespräch machte ihr Spaß, denn Tisa gab ihr Einblick in die Welt der Einheimischen.

»Nein. Nur die Mehrzahl von *Mzungu*, was *Weißer Mann* heißt.«

»So wie du das aussprichst, klingt das Wort komisch.«

»Wie spreche ich es denn aus?« Sie hörte die Anspannung in seiner Stimme und wog ihre Antwort sorgfältig ab.

»So ehrfürchtig. Als seien alle… Wazungus unglaublich reich und klug. Dabei sind wir das gar nicht. Zumindest längst nicht alle.«

»Ach nein?«

»Nein. Es gibt sehr, sehr viele arme und auch sehr viele katastrophal dumme Weiße, Tisa. Sogar viel zu viele.«

»Das kann ich mir nicht vorstellen.« Er versuchte, sich in dem stockenden Verkehr zur nächsten Ampel einzufädeln und fragte dann: »Sie wollen wirklich alleine kochen, waschen und putzen?«

»Natürlich«, sagte Charlotte.

»Wann wollen Sie das neben Ihrer Arbeit bei *TV Today* machen?«

»Na, in Deutschland habe ich das doch auch geschafft, Tisa. Aber wenn ich irgendetwas von einem Job für deine Schwester höre, dann melde ich mich.«

Wazungus. In Gedanken machte sich Charlotte die Anmerkung, sich einen Sprachführer zu besorgen; »*Swahili in fünf Tagen*« oder so was Ähnliches. Wenn sie hier lebte, dann wollte sie auch die Sprache meistern und nicht immer nachfragen müssen.

Vor den Drehtüren des Williamson House standen sorgfältig und elegant gekleidete Menschen Schlange. Charlotte hätte am liebsten kehrtgemacht, um sich umzuziehen, aber Tisa klopfte mahnend auf das Ziffernblatt seiner Uhr.

»Nur Mut. Ich parke den Wagen noch, okay? Richten Sie das Frederik aus, sollte er sich beschweren, ja? Ach, und wenn Sie etwas von einem Job für Mama Kumi hören, dann wäre das wirklich gut. Meine Schwester wird mit jedem Tag mehr *Kali*.«

»*Kali*?«

»Das ist Swahili für kritisch, oder unleidlich. So findet Kumi nie einen Mann, also braucht sie Arbeit.«

Kritisch, unleidlich, nie einen Mann finden: Das klang

ganz nach ihr selbst, entschied Charlotte, was ihr Mama Kumi unbekannterweise sehr sympathisch machte.

Der Fahrstuhl ließ eine gefühlte Ewigkeit auf sich warten, und nach einigen Minuten fragte Charlotte den Pförtner: »Funktioniert der Aufzug heute Morgen nicht?«

»*Pole Pole*. Immer langsam. Die Leute unterhalten sich in der offenen Tür, da kann es dauern, bis er weiterfahren kann. Es ist unhöflich, es bei der Begrüßung zu eilig zu haben. Die Ruhe kommt von Gott, die Eile vom Teufel.«

»Immer noch da, Miss Frank? Kommen Sie, wir nehmen die Treppe. *TV Today* ist doch nur im siebten Stock«, sagte Tisa von hinten, stieß die Tür zum Treppenhaus auf und sprang, immer zwei Stufen auf einmal nehmend, voran.

»Unterhalten sich die Leute hier jeden Morgen in der offenen Fahrstuhltür?«, rief sie ihm nach.

Tisa drehte sich nach ihr um. »Ah, Miss Frank. Die *Wazungus* haben die Uhr erfunden, und wir die Zeit. Aber jetzt kommen Sie.«

Charlotte wusste nicht weshalb, aber mit einem Mal klang das Wort *Wazungus* auch aus Tisas Mund nicht mehr nach unglaublich schlau.

Im Büro kam Frederik Nyere mit ausgestreckten Armen auf sie zu.

»Da sind Sie ja. Willkommen bei *TV Today*, verzeihen Sie meine Eile gestern, aber ich hatte einen wichtigen Termin, und Tisa und Shirish haben sich ja um Sie gekümmert. Sind Sie mit der Wohnung zufrieden?«

»Ja, vielen Dank. Shirish hat mir sogar selbst gemachte Marmelade geschickt, die seine Frau eingekocht hat.«

»Seine Frau? Wohl kaum…« Unbehaglich wechselte Frederik das Thema. »Sie wissen ja, was man in der ersten Nacht in einer neuen *Manyatta* träumt, das wird wahr«, sagte er. Nein, ihre letzte Nacht war traumlos gewesen, dachte Charlotte erleichtert und lächelte nur.

»Hier ist Ihr Schreibtisch, setzen Sie sich. Wenn der Stuhl so nicht passt, dann schicke ich Tisa auf den Markt, um einen neuen zu besorgen.« Frederik war inzwischen durch den Büroraum vorausgeeilt und zeigte Charlotte ihren Arbeitsplatz.

Auf dem ansonsten leeren Schreibtisch war nur ein altes Laptop erwartungsvoll aufgeklappt. Charlotte streckte ihre Beine unter den Tisch und stieß mit ihren Zehen gegen etwas Weiches. Was war denn das, der Papierkorb? Sie wollte gerade nachsehen, als ein empörtes, mit den Flügeln schlagendes Huhn von unter dem Tisch in den Büroraum flüchtete.

»Das ist nur *Lavendel,* unsere Henne«, sagte Frederik Nyere. »Schauen Sie nach, ob sie ein Ei gelegt hat, ehe Sie sich wieder setzen. Lavendel ist ungemein produktiv, deshalb ist sie auch unser Maskottchen.«

»Ich bin sonst nicht so schreckhaft, aber ein Huhn habe ich einfach nicht erwartet.«

»Das tut hier niemand«, lachte er. »Aber jetzt kommen Sie, ich zeige Ihnen den Raum, in dem wir schneiden und in dem auch das Fax und der Drucker stehen.«

»*Das* Fax und *der* Drucker?«

»Ja, wir teilen uns beides mit unseren Nachbarn, einem Reisebüro.«

Rasch folgte Charlotte Frederick zwischen den aufgereihten Schreibtischen hindurch, und dachte dabei an ihr hoch technisiertes Büro in Köln, wo auf ihren überdimensionalen Bildschirmen stetig die Ticker sämtlicher Nachrichtenagenturen der Welt ihre neusten Nachrichten durchgaben. Man sollte ja bloß keine Information verpassen.

Am Faxgerät angekommen schob sich soeben unter lautem Fiepen eine Meldung durch den Schlitz, die Frederik sogleich ungeduldig an sich nahm und überflog. Charlotte reckte instinktiv den Hals, doch alles, was sie erkannte, war das Logo einer Firma, auf dem ein kleines Kind abgebildet war, das in den Himmel sah und dankbar lächelte. *PUR* stand in großen Buchstaben oberhalb des Bildes.

»Na, so was, das ist ja gleich eine schöne Story für Sie«, sagte Frederik.

»Was denn?«

»Die Fleissners kommen nach Kenia zurück, und zwar mit Sack und Pack.«

»Wer sind die Fleissners?«

»Ich vergesse, dass Sie noch neu in der Stadt sind. Max Fleissner ist ein Kenianer, dessen Familie seit vier Generationen hier lebt, das heißt, sein Urgroßvater war einer der ersten Siedler überhaupt im Land. Wir sind zusammen zur Schule gegangen, Shirish, er und ich.«

»Hatte Max Fleissner auch ein Stipendium?«, rutschte es Charlotte heraus und sie verfluchte augenblicklich ihre Taktlosigkeit. Aber Frederik blieb gelassen.

»Keine Sorge, ich habe es nie als schlimm empfunden, klug, aber nicht reich zu sein. Max brauchte kein Stipendium, seine Familie ist sehr wohlhabend. Er ging zum Studium nach England und lernte dort seine Frau Lisa kennen. Sie war damals Model, oder so etwas Ähnliches.«

»So etwas Ähnliches?«

Frederik lachte. »Ach, in Nairobi schwirren immer Gerüchte über alles und jeden umher.«

»Und was für Gerüchte sind über Lisa Fleissner im Umlauf?«

»Nichts als Dummheiten. Angeblich soll Max sie in einer Bar kennengelernt haben, in der sie gearbeitet hat.«

»Ich habe als Studentin auch mal gekellnert.«

»Lisa hat in der Bar nicht gekellnert, sondern sie war dort angeblich als Ringerin tätig.«

»Als Ringerin?«, fragte Charlotte ungläubig.

»Ja. Barbusig und im Schlamm, wenn man den Gerüchten Glauben schenken kann.«

Charlotte musste unwillkürlich auflachen. »Und, glauben Sie es?«

»Vielleicht, vielleicht auch nicht. Ich mag mich dazu nicht äußern. Jedenfalls darf man sie deshalb nicht unterschätzen, denn sie soll Max zu ihrer gemeinsamen Firma inspiriert haben: *PUR*.«

»Nie davon gehört.«

»Weil Sie noch keine Kinder haben. *PUR* produziert Kinderkleidung aus biologisch angebauter Baumwolle, die ohne jede Chemikalie eingefärbt und dann hier unter fairen Bedingungen hergestellt werden. Ein Riesenerfolg, sage ich Ihnen. Und nun verlegen sie den Firmensitz von London zurück nach Kenia. Das ist eine fantastische Story für ihren Einstand. *PUR* wieder in Kenia, das bedeutet Arbeitsplätze. Das bedeutet Export. Das bedeutet jede Menge positive Presse für unser Land, jenseits von Löwen und Elefanten.«

»Aber Max Fleissner ist doch ein Weißer, oder?«

»Na und? Ob weiß oder schwarz, was macht denn das

für einen Unterschied? Er hat einen kenianischen Pass, und selbst wenn er den nicht hätte, wäre er genauso Kenianer wie Tisa oder ich. Wenn nicht sogar mehr, denn ich kenne kaum jemanden, der sich so mit der Geschichte und den Traditionen des Landes auskennt. Er ist ein echter *Vanilla Gorilla*!«

»Ich habe das nicht so gemeint.«

»Schon gut. Ich wollte mich auch nicht aufregen. Es passiert nur nicht alle Tage, dass ein alter Bekannter zurückkommt. Auf jeden Fall freue ich mich auf die Reportage. Geben Sie sich Mühe, ich will Max bei seinem Neubeginn hier behilflich sein. Vor allen Dingen, weil er mit *PUR* endlich so erfolgreich ist, wie er es immer sein wollte.«

Charlotte gestattete es sich nie, dass ihre Freundschaften oder persönlichen Gefühle ihre Arbeit beeinflussten.

»War er denn das bisher nicht?«

»Hm. Nein, das kann man nicht sagen. Er hat vorher alles Mögliche versucht, von Luxus-Safaris für russische Milliardäre, europäischen Adel und amerikanische Filmstars bis zum Großhandel mit Saatgut. Mit *PUR* kann er endlich an die Tradition seiner Familie anknüpfen.«

»Gut, ich kümmere mich darum. Wann und wo findet die Pressekonferenz statt?«

»Kommenden Mittwoch im Serena Hotel.«

»Ich sehe mir *PUR* im Internet mal näher an«, sagte Charlotte und wandte sich zum Gehen.

»Denken Sie an das Ei, wenn Sie sich setzen«, rief Frederik ihr nach. »Welches Ei?« Charlotte drehte sich erstaunt um.

»Das Lavendel unter Ihrem Stuhl gelegt hat. Ich bevorzuge übrigens gekochte Eier.«

»Und ich schaffe es sogar, beim Kochen das Wasser anbrennen zu lassen«, gab sie lächelnd zurück.

Frederik Nyere lachte.

5. Kapitel

Charlotte blieb an ihrem ersten Tag länger im Büro, als sie es die letzten Monate beim WDR getan hatte. Sie surfte auf den Seiten der internationalen Presseagenturen in Nairobi, um mögliche Themen für *TV Today* zu finden. Als Tisa sie schließlich vor ihrer Haustür in Muthaiga absetzte, waren ihre Glieder bleischwer von dem langen Tag und all den neuen Eindrücken. Nairobi prasselte auf ihre sämtlichen Sinne ein: Trotz all ihrer bisherigen Reisen und Erfahrungen fühlte sie sich wie ein Nichtschwimmer, der in sehr tiefes Wasser geworfen wurde. Sie lebte nun tatsächlich in Afrika – das musste sie sich immer wieder klar machen. Nur für eine Reportage zu verreisen, wie sie es viele Male zuvor getan hatte, oder aber nach einer großen Enttäuschung ihr ganzes Leben auf den Kopf zu stellen, das waren doch zwei Paar verschiedene Schuhe. Gerade, als sie den Schlüssel in das Schloss der Wohnungstür steckte, klingelte ihr deutsches Handy. *Mama,* stand auf der Leuchtanzeige und Charlottes Herz machte einen kleinen Freudensprung bei dem Gedanken an diese liebe, vertraute Stimme.

»Hallo?«

»Charlotte, bist du das?«

»Wer denn sonst?«, sagte Charlotte und kicherte leise.

»Man weiß ja nie. Vielleicht ist dir das Handy schon gestohlen worden.«

»Mama, du musst nicht alles glauben, was in der Zeitung steht oder was im Fernsehen läuft.«

»Na, das sagt ja die Richtige. Wer bringt denn die Sachen ins Fernsehen, wenn nicht du? Wie war dein erster Tag im Büro, mein Schatz? Hast du nette Kollegen?«

»Hm, ja. Ich habe noch nicht alle kennengelernt, aber sie scheinen ganz nett zu sein. Es ist sehr anders als beim WDR, um es mal vorsichtig auszudrücken.«

Ihre Mutter lachte. »Das kann ich mir denken. Wie ist denn das Wetter bei euch?«

»Strahlender Sonnenschein und eine Bullenhitze. Ich bin nach einem Schritt schon durchgeschwitzt. Und bei euch?«

»Wie bitte? Ach, es regnet seit Tagen in Strömen.« Ihre Mutter machte eine kurze Pause und Charlotte wusste genau, was sie als Nächstes sagen würde. »*Wenn es regnet, ist der Mensch nicht gut*...«, sagte ihre Mutter da auch schon leise.

»*Wer mir dann begegnet, tut so, als würde er mir nicht begegnen*«, erwiderte Charlotte automatisch. Früher hatte ihre Mutter sie mit einer Zeile aus einem Gedicht aufgeweckt, das sie dann hatte aufsagen müssen. Charlotte hatte plötzlich einen Kloß im Hals, der auch nach mehrmaligem Schlucken nicht wegging.

»Du fehlst uns so, Mädchen«, schniefte ihre Mutter plötzlich und Charlotte spürte, wie sich der Kloß in Tränen auflöste. Jetzt bloß nicht losweinen, sonst würde ihre Mutter sofort den nächsten Flieger nach Nairobi nehmen. »Heute Nachmittag habe ich Henrik auf der Straße gesehen. Er kam gerade aus der Praxis.«

»Und?«, fragte Charlotte vorsichtig.

»Ich hatte leider mein großes Küchenmesser nicht dabei, sonst hätte ich ihn kastriert.«

»Mama!«

»Na, ist doch wahr. Was anderes verdient der Kerl nicht. Ich könnte jeden umbringen, der dir wehtut. Das wird sich auch bis an das Ende meiner Tage nicht mehr ändern. Wie geht es dir denn, Liebling?«

»Gut. Mir geht es gut. Wirklich. Stell dir vor, ich habe den ganzen Tag nicht an Henrik gedacht. Es war einfach so viel los, da hatte ich dazu gar keine Zeit.« Überrascht stellte Charlotte fest, dass diese Antwort nicht einmal gelogen war.

»Das ist gut. Ich bin so neugierig, wie es dir dort gefällt.«

»Die Neugierde hab ich von dir geerbt. Komm mich bald besuchen, ja?«, sagte Charlotte.

»Abgemacht. Wenn ich jemanden finde, der Lulu im Heim besuchen kann, dann komme ich sofort. Und jetzt pack endlich deinen Koffer aus.«

»Woher weißt du, dass ich noch nicht ausgepackt habe?«

»Weil ich dich kenne, meine Große. Ich geb dir einen Kuss.«

Charlotte steckte ihr Handy wieder in die Tasche. Das Gespräch mit ihrer Mutter hatte ihr neue Kraft gegeben und die warme, vom Abendtau feuchte Luft war voller süßer, unbekannter Düfte. Um sie herum wucherte der üppige Garten und Charlotte atmete tief durch. Sie stand noch eine Weile einfach nur so da, ohne zu denken und ohne zu planen. Handtellergroße Motten mit zarten Mustern auf ihren Flügeln flatterten um die Laterne vor ihrer Wohnung, und Charlotte zuckte kurz zusammen, denn sie hielt ihre zackigen Schatten zunächst für Fledermäuse. Schließlich aber sperrte sie die Tür auf und betrat ihre Wohnung.

Ihr Abendessen bestand aus den restlichen Erdnüssen und einer Scheibe Toast mit Guavenmarmelade. Morgen musste sie wirklich einkaufen gehen, entschied sie, und musterte wieder das Etikett auf dem Marmeladenglas. Frederik hatte ihre Frage nach Shirishs Frau sofort abgewürgt.

Im Schlafzimmer erwarteten sie ihre offenen, unausgepackten Koffer.

»Morgen ist auch noch ein Tag«, seufzte Charlotte.

Sie schlüpfte aus ihren Kleidern, wusch sich, putzte sich die Zähne und ging ins Bett. Manchmal fürchtete sie den Schlaf und die Bilder, die er bringen konnte. Für die zweite Nacht in ihrer neuen *Manyatta* musste sie also auf einen Traum hoffen, der getrost wahr werden durfte.

Als sie am nächsten Morgen erwachte, fühlte Charlotte sich wie gerädert. Sie hatte umsonst gehofft – auch in dieser Nacht waren die immer wiederkehrenden Albträume ihr Begleiter gewesen. Ihr Nachthemd klebte an ihrem Körper, und sie fühlte einen pochenden Kopfschmerz, der von ihrem nächtlichen Zähneknirschen herrührte. Genau wie damals fühlte sie all die Gefühle wieder in sich aufwallen – Panik, Angst und Scham. Sie schämte sich. So sehr. Immer wieder, auch heute noch. Wann würde sie je davon frei sein? Sie zog die Knie an und wiegte sich hin und her, und ein kalter Schauer lief ihr über den Rücken. Unwillkürlich hatte sie die Hände zu Fäusten geballt und war nur langsam in der Lage, die Finger wieder zu entspannen. Erst Minuten später schaffte sie es, aufzustehen und sich unter die Dusche zu begeben, um sich den Nachtschweiß vom Leib zu waschen. Niemand wusste, was sie da Nacht für Nacht quälte, einzig ihrer Mutter hatte sie es anvertraut. Nicht einmal Henrik wusste Bescheid, und sie war heute froh darüber. Offenheit machte verletzlich, hatte sie gelernt.

Der Schulweg war lang und anstrengend, der Rollstuhl an einem so heißen Tag sehr schwer, und Charlotte schob ihre kleine Schwester keuchend den Berg hinauf. Am Anfang hatte sie noch ein Lied gesungen, doch dazu war ihr nun der Atem ausgegangen.

»Gleich sind wir da«, sagte sie, als Lulu ein gurgelndes Geräusch machte und den Kopf nach hinten gegen die Lehne des Rollstuhls fallen ließ. Es machte ein hässliches Geräusch und Charlotte richtete ihr den Kopf wieder auf.

»Mach das doch nicht, Lulu, du tust dir doch weh«, mahnte sie ihre Schwester und schob der Kleinen noch ein Kissen unter den Kopf. Sie beugte sich vor, um Lulu anzulächeln, aber die sah sie nur aus glasigen Augen an und ihre scheinbar zu große Zunge bewegte sich zwischen ihren Mundwinkeln hin und her. Sabber tropfte ihr aufs Kinn. Charlotte konnte nicht sagen, ob Lulu sie heute erkannte oder nicht. Eigentlich hieß ihre Schwester Louise, aber sie hatte ihren eigenen Namen nie aussprechen können, sondern immer nur diese beiden Silben gelallt.

»Gleich sind wir daheim, Lulu, dann gibt es was zu trinken. Mama hat frischen Holunderbeersaft gemacht, das wird dir gut schmecken«, tröstete Charlotte sie und schob den Rollstuhl wieder an. Für eine Vierzehnjährige war das keine leichte Arbeit, aber Charlotte wollte Lulu immer aus dem Tagesheim abholen

und nach Hause bringen. »Sie ist doch meine Schwester. Sie gehört doch zu uns«, sagte sie zu ihrer Mutter, die nachgegeben hatte. Schritt für Schritt ging es weiter, und Charlotte keuchte, denn Lulu war ganz schön schwer geworden.

Als sie die Schritte hinter sich den Berg hochkommen hörte, achtete sie zuerst nicht darauf, obwohl in dem kleinen Dorf um die Mittagszeit sonst nie jemand auf den Straßen zu sehen war: Die Schule war aus und die Familien saßen am Mittagstisch.

Die Schritte wurden nun lauter und schneller, und es klang, als ob mehrere Menschen hinter ihnen herliefen. Sie näherten sich rasch. Gleich hatten sie sie eingeholt, und Charlotte drehte sich nun doch um. Vielleicht waren es ja ihre Schulfreundinnen. Sie wollte Lulu noch gutgelaunt fragen: »Na, wer kann denn das sein?«, doch die Worte blieben ihr im Hals stecken, denn es waren die großen Jungen aus der Schule im Nachbarort. Kein Zweifel, sie wollten sie einholen. Charlotte schob den Rollstuhl schneller, doch im selben Augenblick riss eine Hand sie auch schon an der Schulter, so dass sie den Griff loslassen musste.

»Na, fährst du wieder deinen Müll spazieren?«, lachte einer der Jungs und stieß Charlotte gegen eine Hausmauer. Sie fiel zu Boden und Lulu lallte, als zwei der Kerle den Rollstuhl grob hin- und herrüttelten. Hätte Charlotte sie nicht vorher noch angeschnallt, wäre sie wohl herausgefallen. So hing Lulus schwerer, machtloser Körper wie eine Puppe in den Riemen, und mit ihren großen runden Augen suchte sie Charlotte, die sich vom Boden aufzurappeln versuchte.

»Wie wäre es mit einem kleinen Rennen? Viel kaputt zu machen ist ja bei dem Ding nicht mehr. Igitt, schau mal, sie hat mir auf die Hand gesabbert.«

Der Junge, den Charlotte für den Anführer hielt, sah angeekelt auf seine Hand.

»Dann wollen wir mal sehen, wie viel Sachen so ein Rollstuhl drauf hat«, entschied er und wollte drauflosschieben.

»Nein«, schrie Charlotte und sprang ihn an. Er hatte den Angriff jedoch kommen sehen, und ehe Charlotte ausweichen konnte, hatte der Typ sie geohrfeigt und ein betäubender Schmerz lähmte sie. Er stieß sie weg, und sie prallte wieder gegen die Mauer, doch dieses Mal mit dem Kopf zuerst. Sie spürte, dass sie blutete.

»Pass auf die Kleine auf, das ist ne ganz schöne Furie«, lachte ein anderer.

»Furie? Ach was. Schau sie dir doch an, die halbe Portion. Von der haben wir nichts zu befürchten. Los, schieb das Ding an, ich will sehen, wie es den Berg runterfetzt.«

Blut lief über Charlottes Augenbrauen in ihre Augen, und sie musste hilflos zusehen, wie der Junge Lulus Rollstuhl einen kräftigen Stoß versetzte. Sie wollte ja aufstehen, um Lulu zu helfen, ja, sie wollte es, aber was konnte sie gegen die großen Jungen ausrichten? Ihre Wange brannte noch immer von der Ohrfeige und ihr ganzer Kopf schien zu pochen. Sie wollte helfen und tat es doch nicht: Sie hatte Angst. Reine, pure, überwältigende Angst. Und das Gefühl schien von Sekunde zu Sekunde stärker zu werden. Charlotte stand wie gelähmt da. Sie löste sich auf, verblasste hinter ihrer Angst. Sie sollte helfen. Und tat es nicht.

Die Jungen liefen schreiend vor Lachen mit dem Rollstuhl mit, als er sich erst schwerfällig und dann immer schneller in Bewegung setzte. Sie schoben noch einmal nach, um ihm mehr Schwung zu geben. Lulu drehte sich seitwärts aus ihrem Rollstuhl und suchte Charlottes Blick. Sie spürte, dass etwas nicht stimmte.

»Lulu«, rief Charlotte, als habe sie ihre Angst endlich überwunden. Doch der Größte der Jungen packte sie grob und legte ihr die Hand vor den Mund. »Wenn du petzt, gibt es Ärger, aber so richtig, ist das klar?«, flüsterte er, ehe er sie wieder zu Boden stieß und mit seinen Kumpels lachend davonlief. Sekunden schienen wie Stunden zu vergehen, zäh und langsam. Lulus Stuhl rollte und rollte, doch die Jungen wollten nicht mehr mithalten, der Spaß war vorbei. Sie eilten davon und ihre Schritte verhallten an der nächsten Straßenecke, als Charlotte mühsam aufstand und sich mit zitternden Händen das Blut von der Stirn wischte. Sie konnte nur noch aus der Ferne mit ansehen, wie der Rollstuhl ihrer Schwester mutterseelenallein die Straße hinunterrollte und dreißig Meter weiter gegen einen Laternenpfahl prallte. Lulu wurde zur Seite geschleudert, ihr Kopf schlug hart auf dem Pflasterstein auf, und nur ihr Gurt verhinderte, dass sie auf die Straße rollte.

Die Angst löste sich auf, und Charlotte lief so schnell den Berg hinunter, dass die Sohlen ihrer Sandalen auf dem heißen Pflaster klapperten. Als sie bei ihrer Schwester ankam, den Rollstuhl mit aller Kraft wieder aufrichtete, Lulu in die Arme nahm und ihre Tränen ihrer Schwester heiß über ihr Gesicht liefen, stieg ein neues Gefühl in ihr auf: Scham. Schreckliche Scham.

Zwei Monate später zog Charlottes Mutter mit Lulu und ihr nach Köln, wo Lulu die Woche über in ein Heim kam.

Charlotte verbrachte den Tag damit, Nachforschungen zu *PUR* anzustellen: Es schien sich bei der Firma wirklich um eine unglaubliche Erfolgsgeschichte zu handeln. Max Fleissner kam aus einer außergewöhnlichen Familie, in der es offenbar jeder bereits zu etwas Großem gebracht hatte. Seine Schwester lebte alleine im Norden Kenias und engagierte sich dort gegen Wilderer, die den asiatischen Markt mit Rohmaterial für Naturmedikamente belieferten. Auf einem Bild stand sie zwischen zwei Kisten voll Rhinozerushörnern, Krokodilhäuten und diversen anderen nicht genau erkennbaren Dingen. Seine Eltern ließen beinahe alle Einkünfte ihrer Farm im *Rift Valley* den ansässigen Stämmen zukommen. Wovon sie allerdings genau lebten, war Charlotte ein Rätsel – vielleicht hatten sie ihr Geld einfach gut angelegt. *Er ist ein Vanilla Gorilla, einer von uns,* hatte Frederik Nyere über Max gesagt. Gerade als Charlotte sich das Bild von Lisa Fleissner auf der Firmenwebsite ansah, trat Frederik an ihren Schreibtisch.

»Na, wie geht's? Sie sehen blass aus, Charlotte.«

»Nur ein wenig müde. Der Jetlag. Ich lese mich gerade in Sachen *PUR* ein. Wirklich eine beeindruckende Geschichte.«

»Könnten Sie die in Deutschland anbieten?«

»Ich denke schon, dass uns das gelingt. Man muss den richtigen Aufhänger finden.«

»Klingt gut.«

»Was mich erstaunt, ist, dass die Firma schon seit ihrer Gründung an der Börse in Nairobi gelistet ist. Ich dachte, die Fleissners hätten ihren Firmensitz in London gehabt?«, fragte Charlotte noch.

»Hatten sie auch, aber an der Börse war Max immer hier. Ich kenne viele Leute, die seit der Notierung ein kleines Vermögen in die Aktien gesteckt haben.«

»Ach ja?« Charlotte warf einen Blick auf den Börsenkurs der Aktie. Sie schien eine gute Investition zu sein, vor allem seit der Nachricht von der Rückkehr der Familie nach Kenia.

»Ja. Ich selbst übrigens auch. Allein deshalb bin ich natürlich an guter Presse für Max interessiert.«

»Natürlich«, antwortete Charlotte knapp. »Entschuldigung, aber ich muss etwas aus dem Drucker abholen.« Sie ging zum Wasserspender und stürzte ein Glas Wasser hinunter. Das konnte ja wohl nicht wahr sein! Jetzt hatte sie so richtig Lust bekommen, in der Geschichte von *PUR* herumzustochern, bis sie etwas fand, das wirklich erwähnenswert war und keine Lobeshymne auf die Fleissners. Journalismus sollte objektiv und informativ sein und nicht von Freundschaftsdiensten beeinflusst.

Wenn du petzt, dann gibt es Ärger. Die Worte der Jungs aus ihrem Traum hallten noch nach. Seit dem grässlichen Mittag vor so vielen Jahren, an dem sie machtlos zusehen musste, wie Lulu misshandelt wurde, hatte sie immer gepetzt. Es war, als ob jede riskante Reportage, jeder Skandal, den sie anprangerte, das Unrecht an Lulu wiedergutmachen sollte. Und nicht nur an Lulu: Sie wollte seit dem Tag die Erinnerung an die Angst und die Scham ausmerzen, aber es war ihr bisher nicht gelungen.

Als sie am Abend nach Hause kam, waren ihre Koffer noch immer nicht ausgepackt, und ihr Bett ungemacht. Der Kühlschrank war noch immer leer, dafür aber waren all ihre Teller inzwischen dreckig. Charlotte pickte noch die letzten Brotkrümel aus Shirish Khans Korb und ließ sich todmüde in die Kissen fallen.

Als Tisa sie am nächsten Morgen abholte, war auch das kleine Glas Instantkaffee leer.

»Sucht deine Schwester noch Arbeit?«, fragte sie ihn, als sie im Wagen saßen.

»Ja, tut sie. Haben Sie Ihre Meinung geändert? Brauchen Sie doch eine Haushälterin?«

»Vielleicht. Aber erst möchte ich Kumi kennenlernen. Wo wohnt sie?«

»In Kibera, wie ich auch. Aber sagen Sie mir einfach, wann sie zu Ihnen kommen soll, dann bringe ich sie nach Muthaiga.«

Natürlich hatte Charlotte bereits von Kibera gehört: Es war einer der größten Slums Afrikas. Womöglich konnte sie ein Treffen mit Kumi nutzen, mehr über diesen Teil der Stadt zu erfahren, und nach neuen Geschichten und Reportagen Ausschau halten.

»Kann ich denn nicht nach Kibera kommen? Das ist vielleicht einfacher, oder?«

»Hm, lieber nicht, Miss Frank«, erwiderte Tisa nervös.

»Weshalb nicht? Ich bin schon viel gereist und habe sicher schlimmere Dinge gesehen als Kibera.«

»Es gibt auf der Welt keinen schlimmeren Ort als Kibera, das weiß ich auch, ohne Kenia je verlassen zu haben. Wissen Sie, was Kibera heißt?«

»Nein«, gab Charlotte zu.

»Kibera bedeutet *Dschungel* auf Nubisch, und genau das ist es auch. Es ist der zweitgrößte Slum in Afrika; und wenn ich ›Slum‹ sage, Mama Charlotte, dann meine ich auch Slum. Die Leute hausen im Müll, niemand hat Elektrizität oder fließendes Wasser.«

»Wie viele Menschen leben denn dort?«

»Die UN hat in den verschiedenen Dörfern von Kibera über eine Million Einwohner gezählt. Das ist kein Platz für eine Frau wie Sie.«

»Aber in Kibera gibt es doch auch viele Initiativen, die

den Menschen dort helfen. Ich möchte mich umsehen, das könnte eine gute Story werden.«

Tisa schüttelte den Kopf. »Glauben Sie mir, für Kibera kommt jede Hilfe zu spät, Miss Frank. Kibera ist ein Ungeheuer, das den Menschen dort jede Kraft und Freude aus dem Leib saugt. Daran ändert auch keine Hilfsinitiative etwas.«

»Na gut. Ich kann Kibera auch ein anderes Mal besuchen.«

»Aber nur mit Leibwächtern.«

»Dann bitte Kumi doch, morgen am späten Nachmittag zu mir zu kommen.«

»Kein Problem«, sagte Tisa, ehe er fest auf die Hupe eindrosch, seinen Kopf aus dem Fenster steckte und den Fahrer vor ihnen anbrüllte: »Du hast wohl Wurzeln geschlagen, Mann, es ist Grün!«

In ihrer Mittagspause saß Charlotte mit einem heißen Samosa und einer kalten Cola vor ihrem Computer und las den Wikipedia-Artikel zu Kibera. Doch was es dort an Informationen gab, war nicht viel mehr als das, was Tisa ihr bereits erzählt hatte:

Kibera nimmt eine Fläche von 2,5 Quadratkilometern südlich von Nairobi ein, die sich in mehrere übergangslose Teilsiedlungen untergliedert Die Bahnlinie Nairobi-Kisumu führt quer durch die Blechdachsiedlung. Die Bevölkerung besteht mehrheitlich aus Kikuyu, die seit 1974 die Verwaltung kontrollieren. Die unter ihnen weit verbreitete Mungiki-Bewegung plant jedoch vergebens, den Parlamentssitz im dortigen Wahlkreis zu erobern. Die Verschmutzung durch Abfälle, Abwässer und Fäkalien ist enorm hoch, dementsprechend auch die dadurch verursachte Krankheitsrate. Mittlerweile beginnt man damit, Trinkwasser – zumindest teilweise – zu desinfizieren, indem man es in PET-Flaschen der Sonnenstrahlung aussetzt.

Charlotte biss ein Stück von ihrem Samosa ab und dachte an ihren ehemaligen Chef in Köln, der auch bei Regen in seinen Birkenstocks und Socken zur Arbeit radelte und sogar im Büro seinen Müll peinlich genau trennte. Trinkwasser durch Sonnenstrahlung desinfizieren, das klang nach einer Geschichte, die ihn sehr interessieren könnte. Und Frederik Nyere würde sich freuen, wenn sie gleich eine Story nach Deutschland verkaufte. Dann klickte sie aus reiner Neugierde – einer Berufskrankheit – auf den Link, der zu der »Mungiki-Bewegung« führte.

***Mungiki** (Kikuyu für Masse) ist eine kriminelle Vereinigung in Kenia, die im März 2002 erfolglos verboten wurde. Ihre schätzungsweise zwei Millionen Anhänger leben im Untergrund. Die häufig durch Brandstiftung, Zwangsbeschneidung von Frauen, Schutzgeld-Erpressung oder Mord gewalttätig werdenden Mitglieder predigen eine Abkehr vom Christentum und kehren zu traditionellen afrikanischen Bräuchen zurück. Die Gruppe, deren Zeichen die schwarze Mamba – Kenias giftigste Schlange – ist, praktiziert Polygamie und zwingt Mädchen und Frauen zur Genitalverstümmelung. Frauen sind auch Tabak und Alkohol sowie Hosen und Miniröcke verboten. Dissidenten wurden in zahlreichen Fällen brutal ermordet. 2007 wurde der 30-jährige Solomon Karinge Njenga, ein »Schaffner« auf einem Matatu, nicht nur geköpft, sondern auch alle seine Gliedmaßen und die Geschlechtsteile abgehackt. Den Kopf warfen seine Mörder dem Dorfältesten auf die Treppe, den Torso auf ein Gehöft nahe der Matatu-Haltestelle und die Beine in eine nahe gelegene Farm.*

Charlotte war sowohl die Lust auf ihr Samosa als auch auf die plötzlich eher langweilig wirkende Geschichte von *PUR* vergangen. Kibera und *Mungiki* passten viel mehr zu ihren bisherigen Reportagen als eine Firma, die Baumwollkleidchen nähte.

Ihr Puls raste. Sie kannte das Gefühl, wenn der Gedanke an eine gute Story sie belebte, und sie genoss es immer wieder. Wenn sie heute noch etwas erreichen wollte, musste sie handeln. Sie blickte kurz auf die Uhr und machte sich dann kurz entschlossen auf den Weg. Eigeninitiative war der erste Weg zu einer guten Story.

6. Kapitel

»Ciao, Frederik. Bis morgen dann.«

»Gehen Sie schon, Charlotte?«

»Ja. Ich muss heute mal eher gehen, um endlich einzukaufen, und ich will mich auch nach einem Gebrauchtwagen umsehen. Ich kann heute Abend noch von daheim aus arbeiten.«

»Kein Problem, die Einstellung gefällt mir. Bis morgen.«

Wie durch ein Wunder kam der Fahrstuhl sofort. Unten angekommen wandte sie sich an den Pförtner.

»Haben Sie die Adressen aller Angestellten im Williamson House?«

»Welche brauchen Sie denn?«

»Tisas Adresse in Kibera.«

Der Pförtner sah sie fragend an. »In Kibera hat man keine festen Adressen. Da gibt es nur Trampelpfade und Hütten. Die Leute finden sich nach anderen Wegweisern zurecht, die man als Fremder nicht kennt. Und schon gar nicht als *Mzungu*.«

»Wie kann ich seine Hütte dann finden? Es ist für eine Story«, sagte Charlotte vorbeugend. Hauptsache, er würde jetzt nicht gleich Tisa anrufen.

»Hm, in Ordnung. Tisa lebt in Lindi, einem der Dörfer

von Kibera. Aber schickt Frederik Sie denn einfach so los? Sie sind doch gerade erst angekommen.«

Der Pförtner wollte schon nach dem Telefon greifen, ehe Charlotte ihm dazwischenkam.

»Wenn ich mit einem kompletten Empfangskomitee aufkreuze, dann finde ich garantiert nicht, was mich interessiert. Es arbeiten doch sicher viele Weiße in Kibera, oder? Was ist denn mit all den *NGOs* und der Kirche?«

»Wenn Sie meinen. Also, nehmen Sie ein Taxi nach Lindi und dann müssen Sie sich nach Tisas Haus durchfragen. Dort kennt jeder jeden.«

»Danke. Dann bis morgen.«

»Bis morgen, Miss Frank. Gott schütze Sie.«

Charlotte lief bis ans Ende der Fifth Ngong Avenue vor. Sie blinzelte in das grelle Tageslicht, spürte die Sonne auf ihrer Haut und ihrem unbedeckten Kopf brennen. Nach der Stille und Kühle in ihrem Büro brauchte sie einen Moment, um sich zu akklimatisieren.

Auf den Bürgersteigen drängten sich Menschen in knallbunten Kleidern, dunklen Anzügen, Schleiern oder Jeans. Händler hatten ihre Buden aus Holzgestellen und zerfetzten Stoffbahnen am Straßenrand aufgeschlagen und handelten dort stückweise mit Zigaretten, auf Kohleöfen gebratenen Maiskolben, eiskalter Cola oder bunten Lospapieren. Sie ließen ihre Radios auf voller Lautstärke plärren, um über dem Krach des Verkehrs, dem steten Hupen und den Motoren noch selbst etwas zu hören. Das Leben in Nairobi war laut, schmutzig, schnell und bunt – und es gefiel Charlotte. Nach den traurigen und verregneten letzten Monaten in Köln fühlte sie sich endlich wieder lebendig.

Gerade, als sie nach einem Taxi winken wollte, piepste ihr Handy. Eine SMS von einer unbekannten Nummer.

Frederik sagt, sie leiden Hunger. Darf ich Sie zum Abendessen einladen? Wenn es Ihnen recht ist, hole ich Sie kommenden Mittwoch ab, und wir essen im »Carnivore«. Viele Grüße und achten Sie auf sich, Shirish Khan.

Charlotte las die Nachricht zwei Mal durch, ehe sie das Handy wegsteckte und beschloss, später in Ruhe darauf zu antworten. Seitdem sie aus Henrik und ihrer Kölner Wohnung ausgezogen war, war sie mit keinem Mann mehr aus gewesen, nicht mal einfach so, auf einen Drink. Sie fand Shirish Khan sympathisch, war sich jedoch nicht sicher, ob sie wirklich mit ihm essen gehen wollte. Am kommenden Mittwoch fand auch die Pressekonferenz zur Heimkehr der Fleissners und *PUR* statt. Sie vertagte die Entscheidung auf später und winkte nach einem Taxi.

»Wohin soll die Reise gehen, Mama?«, fragte er und bleckte seine von Betelnuss geröteten Zähne.

»Nach Lindi, bitte«, sagte sie und wollte schon die Tür öffnen.

»Nach Lindi? Lindi in Kibera? Selbstmord kannst du alleine begehen, Mama!«

Der Taxifahrer trat aufs Gas, und sie konnte gerade noch aus dem Weg springen und wäre beinahe gestürzt, wenn nicht eine junge Frau sie gerade noch am Ellenbogen festgehalten hätte.

»Vorsicht, Mama«, sagte die Fremde, drückte das Kind, das sie in ein Tuch gewickelt auf der Hüfte trug, an sich und sah dem Auto stirnrunzelnd nach. »So ein Idiot. Wohin wollten Sie denn?«

»Nach Lindi in Kibera.«

Die junge Frau musterte Charlotte kurz von oben bis unten, sagte dann jedoch: »Dann kommen Sie mit mir, da muss ich auch hin. Unser Matatu fährt dort drüben ab.« Noch ehe Charlotte widersprechen konnte, zog ihre Retterin sie über die Straße.

Quer über die Windschutzscheibe des Matatu stand mit großen, verzerrten Buchstaben *»Platz da, jetzt komm ich!«* geschrieben. Das Armaturenbrett fehlte und die beiden Lautsprecher, aus denen lauter Reggae dröhnte, hingen an losen Kabeln rechts und links neben dem zersplitterten Rückspiegel. Charlotte konnte sich auf ihrem Sitz nicht rühren, denn neben ihr saß ein Mann mit einer Schachtel auf den Knien, aus deren Innerem es bedrohlich laut bellte. Auf ihrer anderen Seite versuchte die junge Frau ihr quengelndes Baby zu beruhigen. Der Fahrer rief *»Pesa, Pesa«* und ließ seine Mütze unter den Fahrgästen herumgehen.

»Er will das Fahrtgeld einsammeln«, sagte die junge Frau und legte sich den Säugling an die Brust.

»Was macht das?«

»Fünf Schillinge«, sagte sie und mühte sich, unter dem Baby nach ihrem Geldbeutel zu greifen.

»Nein, lassen Sie nur.« Charlotte bezahlte für sie beide, was die junge Frau mit einem leise gemurmelten *Asante sana* – Danke – quittierte.

»Wann geht es denn los?«, fragte Charlotte, nachdem ihr Gefährt schon eine gefühlte Ewigkeit am Straßenrand stehen blieb. Die Hitze war fast nicht zu ertragen.

»Wenn es voll ist«, sagte die Frau gleichmütig und Charlotte sah sich in dem Wagen um, in dem jeder Platz belegt schien.

»Ist es denn nicht voll?«

Die Frau lachte. »Nein, noch lange nicht.«

Durch die offenen Fenster wurden Charlotte unablässig Waren unter die Nase gehalten: Junge Somalifrauen mit ovalen Gesichtern wickelten gestockten Maisbrei in Bananenblätter, doch Charlotte lehnte das Essen ebenso ab wie die gestärkten Unterhosen, die bunten Ketten und die Uhren, die sich ein Junge vom Handgelenk bis zum Ellenbogen an den Arm gelegt hatte.

Als sich zwanzig Minuten später noch fünf Männer mehr in den Wagen gequetscht hatten, griff der Schaffner durch das Fenster nach draußen, schlug mit einer Münze hart gegen das Blech und der Motor wurde angelassen. Das Matatu konnte jedoch kaum an Fahrt gewinnen, da sich inzwischen der Rushhour-Verkehr in den Straßen drängte. Charlotte sah sehnsüchtig aus dem Fenster, wo sich Fahrradtaxis geschickt zwischen den Autos hindurchschlängelten und ihre Passagiere auf dem Gepäckträger die Beine einzogen.

»Auf so einem *Boda Boda* müsste man jetzt sitzen, was?«, sagte die junge Frau neben ihr. »Das nächste Mal«, antwortete Charlotte.

Als sie in Lindi ankamen, war es bereits Viertel vor sechs und der Himmel über Nairobi glühte im Abendrot. Charlotte fluchte innerlich. Wie war nur all die Zeit vergangen? Das Letzte, was sie wollte, war, sich in einem ihr unbekannten Viertel von Nairobi bei Dunkelheit zu verlaufen.

So weit ihr Auge reichte, sah sie nichts als ärmliche Behausungen, die aus Pappe, Holzplanken, Ölfässern, Plastikkanistern, Karrosserieteilen oder Wellblech zusammengezimmert waren, und zwischen denen eine Unzahl an

Trampelpfaden in ein weites Labyrinth hinein führten. Von überall her lärmten Radios, Fernseher, Hunde und Kinder. Charlotte atmete vorsichtig ein, doch der Gestank ließ sie aufkeuchen und zurückweichen. Die junge Frau packte sie am Ellenbogen.

»Schauen Sie, wo Sie hintreten. Wir haben hier keine Kanalisation, Mama. Die Leute machen in Plastiktüten und werfen sie einfach auf die Straße. Passen Sie also auf. Danke noch mal für das Fahrtgeld und alles Gute.« Dann zeigte sie in die Ferne, wo Charlotte einen Bahndamm ausmachte. »Wenn Sie sich verlaufen, dann halten Sie immer nach den Zugschienen Ausschau. Die führen irgendwann aus Kibera wieder raus.« Dann war sie auch schon verschwunden.

Charlotte sah ihr nach, gerade als der Matatufahrer Gas gab, denn sein Wagen in Richtung Stadt hatte sich innerhalb von wenigen Minuten gefüllt. Es waren auch einige Weiße eingestiegen, die Charlotte kurz und neugierig musterten.

Im Abenddämmern nahm Kibera eine unbekannte Dimension an: Entlang der Gassen flammten in den Gräben und zwischen den Gassen offene Feuer auf, um den Müll des Tages unter dichtem Qualm und Gestank zu verbrennen. Der bunte Zauber und das Versprechen von Leben, das sie zuvor noch gespürt hatte, war in Bedrohlichkeit umgeschlagen.

Charlotte wusste genau, wann sie in Gefahr war: Verdammt, das war schiefgelaufen, und zwar richtig! Von überall her sahen Augen sie an, wie das Zischen von Schlangen klang es hinter ihr *Mzungu, Mzungu* – Weiße, Weiße.

Dies war nicht das Afrika von den Postkarten und Filmen. Hier ging es nicht um Safaris und Abenteuer. Nirgends grasten Elefanten oder Nashörner, man sah keine malerischen Krale zwischen sich wiegendem, goldenem Savannengras und keine mit Perlen behängten und in rote Shukas gekleidete Kenianer tanzen und singen. Dies war das wahre Afrika, das niemand in Europa kennenlernen oder auch nur davon hören wollte. Dies war das Afrika, von dem Charlotte eigentlich berichten sollte und nun war sie ihm gänzlich unvorbereitet gegenübergetreten. *Anfängerfehler,* dachte sie voll hilflosem Zorn. *Dummer Anfängerfehler.*

Doch nun konnte sie nicht zurück. Sie musste Mama Kumi finden, denn es stand kein anderes Matatu in Richtung Stadt bereit, und einfach hier stehen bleiben konnte sie auch nicht. Sie versuchte sich in diesem Meer von Hütten und Trampelpfaden zu orientieren, und tat einige Schritte nach Lindi hinein. Die Gassen zwischen den Häusern waren so eng, dass sie mit ihren ausgestreckten Armen die Wände auf beiden Seiten berühren konnte. Vor den Häusern saßen Frauen, die auf Pappstücken saßen und alles feilboten, was noch irgendwie verwendbar schien. Reparierte und wieder aufgefüllte Einwegfeuerzeuge, halbleere Kugelschreiber, aus Kleidern gelöste Reißverschlüsse, noch nicht zu abgelaufene Schuhsohlen, zerfledderte Taschenbücher, zerlöcherte T-Shirts und alles, was Charlotte daheim bedenkenlos als kaputt oder unbrauchbar entsorgt hätte. Hier in Kibera stellte sie die personifizierte Erste Welt dar, mit all ihren Fehlern und ihrer Arroganz, die nicht einmal begriff, wie verdammt gut es ihr ging. Sie ging immer tiefer in die Gassen von Lindi hinein. Die

Menschen auf dem Pfad musterten sie schweigend, mit angespannten Gesichtern und aus dunklen, wachsamen Augen. Die Stimmung könnte jeden Moment kippen, das spürte Charlotte: Nur ein Wort oder der geringste Vorfall konnten das Zünglein an der Waage sein. Ja, Kibera war ein Ungeheuer, das seinen Einwohnern die Kraft und die Freude aus der Seele zog. Nur hier und da sahen Kinder hinter den schmutzigen Fetzen, die die Türen der Häuser verhängten, hervor und ihre weißen Zähne blitzten in ihren Gesichtern, als sie Charlotte ansahen und lachten. Charlotte wagte sich weiter in das Labyrinth des Elends hinein, bis sie zu einer kleinen Brücke kam, die über einen Abwasserkanal führte. Das Wasser stockte vor Unrat und Exkrementen. Der Gestank war unerträglich. Sie blieb stehen: Weiterzugehen wäre ein noch größerer Fehler, als überhaupt hierherzukommen, entschied sie und kehrte wieder auf den kleinen Platz zurück, auf dem sie gerade aus dem Matatu ausgestiegen war. Unbewusst atmete sie auf, doch gegenüber der Haltestelle saßen einige Jugendliche, die rauchten und Charlotte eindringlich musterten. Sie steckten die Köpfe zusammen und flüsterten. Dann erhob sich einer von ihnen von dem Eimer, auf dem er saß und auf dem in großen Lettern *»AIDS – be warned«* gepinselt stand. Er gab dem Eimer einen Tritt. Es klang blechern und hohl, und Charlotte zuckte zusammen. Der Junge kam auf sie zu, beide Daumen lässig in seine Gürteltasche gehakt. Seine nach hinten gedrehte Baseballkappe, das zerfetzte T-Shirt, aus dem seine muskulösen Arme hervorsahen und die weite, an vielen Stellen zerfetzte Jeans, deren Taschen sich verdächtig beulten – sein ganzes Erscheinungsbild wirkte bedrohlich. Charlotte konnte sich nicht rühren. Die Zeit schien stillzustehen. Der Junge hatte sie nun ganz und gar fixiert. Nur nicht einschüchtern lassen, sagte Charlotte sich. Doch dann spürte sie, wie ihr jemand eine Hand auf die Schulter legte und sie fuhr herum. Neben ihr stand die junge Frau aus dem Matatu.

»Ich habe das Kleine nach Hause gebracht. Wo wollen Sie hin, Mama?«, fragte sie.

Der Junge blieb unschlüssig stehen, aber die junge Frau sah ihn an, erfasste die Lage und schrie in einer Sprache los, die Charlotte nicht verstand. Dazu winkte sie aufgeregt mit der Hand, bis der Junge sich zurückzog. Charlotte schluckte erleichtert.

»Was willst du hier? Wen suchst du? Pater Matos Vieira?«

»Nein. Ich suche eine Frau namens Kumi, die hier in Lindi lebt.« Charlottes Stimme klang noch immer heiser vor Schock.

»Hm. Ich selbst kenne niemanden, der so heißt, aber vielleicht der Pater, der hier das Heim der Franziskaner für obdachlose Kinder leitet und so gut wie jeden in Lindi kennt.«

»Danke«, sagte Charlotte und fühlte sich vor lauter Erleichterung ganz wackelig auf den Beinen.

Die junge Frau lächelte sie an. »Sie haben mir geholfen. Jetzt helfe ich Ihnen«, sagte sie und warf einen letzten, drohenden Blick zu den Jugendlichen, die missmutig eine Flasche *Tusker* Bier kreisen ließen. »Komm, gehen wir.«

Charlotte folgte ihr durch das Gewirr der Gassen, bis sie überraschend auf einen kleinen Platz traten.

»Wir sind da, Mama. Da vorne ist das Haus der Franziskanermission der Barmherzigkeit. Pater Matos Vieira leitet sie.«

Vor sich, in der Mitte des Platzes, erblickte Charlotte das erste echte Haus, seit sie in Lindi angekommen war. Neben der offenen Tür brannten zwei Laternen. Sie wollte sich gerade bedanken, als ein Mädchen aus dem Haus rannte. Ein rundlicher Mann in wehender Soutane folgte ihr, erwischte sie jedoch nicht mehr, ehe das Kind im Gewirr der Gassen verschwand.

»Du undankbares Stück! Wehe, ich bekomme dich noch einmal zu Gesicht. Und das nach allem, was ich für dich getan habe!«

Er strich sich die schütteren braunen Haare aus dem Gesicht, setzte seine randlose Brille ab und wischte sich mit der Hand über die Stirn.

»Pater Matos Vieira?«, sagte die junge Frau sanft. »Diese *Mzungu* sucht Mama Kumi.«

Der Pater sah sie eindringlich, aber freundlich an. Sie mochte ihn augenblicklich: Hier stand ein Mann, der seinen Beruf gut gewählt hatte.

»Entschuldigung. Manchmal platzt auch mir selbst nach zwanzig Jahren in Kibera der Kragen. Was wollen Sie von Mama Kumi? Hat sie was ausgefressen?«, fragte er sie in einem starken südländischen Akzent.

»Nein, im Gegenteil, ich will sie als Haushälterin anstellen.«

»Das ist gut, wenn jemand mal wieder aus diesem Loch hier Arbeit findet. Kommen Sie mit, ich führe Sie zu ihr. *Asante, Mama*«, sagte er noch zu der jungen Frau, die »*Kwaheri*« murmelte und dann ebenso in der Dunkelheit verschwand wie zuvor das Mädchen.

»Gehen wir?«, fragte der Pater mit einer so ruhigen und beherrschten Stimme, als habe es die Auseinander-

setzung mit dem Kind vor wenigen Minuten nie gegeben.
»Ich folge Ihnen, Pater«, sagte Charlotte und fühlte sich in seiner Gegenwart plötzlich so sicher, wie es in Kibera nur möglich war.

7. Kapitel

»Mama Charlotte, du bist genauso verrückt, wie Tisa es mir beschrieben hat. Du brauchst mich ganz dringend in deinem Haushalt, allein schon, um zu überleben«, sagte Kumi und zeigte beim Lachen ihre schönen, weißen Zähne. Nebenbei stocherte sie in der Glut eines kleinen Blechofens, wie Charlotte schon viele auf der Straße neben den Buden der Händler gesehen hatte. Die winzige Blechhütte war bis auf die Feuerstelle, um die sie saßen, ein paar sauber gefaltete Kleider und zwei aufgerollte Decken leer. Charlotte schämte sich beinahe für ihre großzügige Wohnung in Muthaiga, in der halb Lindi Platz gefunden hätte.

»Tisa meint also, ich sei verrückt?« Charlotte schloss ihre Hände enger um die Blechtasse mit heißem Tee, die Kumi ihr gereicht hatte.

»Und wie. Sie wollen alles selbst machen, hat er gesagt.«

Der Pater lächelte kurz. »Mama Charlotte ist nicht unbedingt verrückt, Kumi, aber es ist oft besser, auf Menschen zu hören, als mit dem Kopf durch die Wand zu gehen. Ich kenne die Welt, aus der sie kommt, und ich kenne die Welt hier, in die sie gekommen ist, und kann verstehen, warum sie so handelt.«

»Woher kommen Sie, Pater?«, fragte Charlotte.

»Ich stamme aus Lissabon. Aber ich lebe bereits seit

fünfundzwanzig Jahren in Kenia, und zwanzig davon in Kibera.«

»Ganz schön lange Zeit.« Der Pater beeindruckte sie. Zwanzig Jahre in Kibera – da hatte er sein Leben wirklich denjenigen gewidmet, die seine Hilfe am nötigsten brauchten. Der Pater zuckte nur die Achseln. »Wo waren Sie zuvor? Ich meine, ehe Sie nach Kibera kamen«, hakte Charlotte nach.

»Ich habe in einer Mission in Kisumu in der Nähe des Victoriasees gearbeitet. Aber hier werde ich mehr gebraucht. Kibera ist der Vorhof zur Hölle.«

Charlotte verbrannte sich die Lippen an dem Tee, für den Kumi die heiße Milch direkt auf die Blätter gegeben und dann vier Löffel Zucker hinzugefügt hatte.

»Wann soll ich bei dir anfangen, Mama Charlotte?«, fragte Kumi nun.

»Sobald als möglich«, sagte Charlotte.

Kumi überlegte. »Morgen um sieben Uhr bin ich da und gehe dann erst einmal für dich einkaufen, wenn du willst.«

Erleichtert nickte Charlotte nur, leerte ihre Tasse und erhob sich.

»Bis morgen dann.«

Pater Matos Vieira schüttelte den Kopf, als Kumi ebenfalls aufstand.

»Du gehst nicht ohne mich, sonst fischen sie dich morgen mit durchgeschnittener Kehle aus dem Straßengraben. Ich bringe dich an die Grenze von Lindi, wo wir ein Taxi für dich finden. Warte«, sagte Kumi und steckte ein kurzes Messer in das zu einem Rock gewickelte bunte Tuch, das sie trug. »Jetzt können wir gehen, Mama Charlotte.«

Draußen auf der Gasse nickte der Pater ihnen noch einmal zu. »Auf bald, Charlotte. Nairobi ist ein Dorf, wir sehen uns sicher bald wieder. Ansonsten sind Sie immer bei mir in der Mission willkommen. Ich freue mich darauf.«

»Ich mich auch. Danke noch mal für Ihre Hilfe, Pater.«

»Gern geschehen. Und entschuldigen Sie, dass ich vorhin mit dem Mädchen die Beherrschung verloren habe. Das sollte mir nicht passieren, aber wenn man bedenkt, was man alles für diese Straßenkinder macht, und dann spucken sie dir einfach so vor die Füße...« Er schüttelte den Kopf und schwieg.

Kumi und Charlotte warteten noch, bis der Pater sicher um ein paar Ecken zwischen den Hütten verschwunden war und gingen dann ebenfalls los.

In der Dunkelheit dehnte sich Kibera endlos aus. Die Lichter der Hochhäuser im Zentrum von Nairobi waren von hier so weit entfernt, dass sie sich scheinbar mit den Sternen am Himmel mischten. Für die Menschen hier war sowohl das eine wie auch das andere unerreichbar. Auch um diese Abendzeit waren die Gassen von Kibera so voll wie am Tag, noch immer saßen die Leute vor ihren Hütten, rauchten, redeten, und Charlotte spürte ihre Blicke. Sie folgte Kumi und bemühte sich, nicht zu auffällig nach rechts oder links zu schauen. Einen Augenblick später blieb ihre Begleiterin jedoch mit einem Mal stehen und Charlotte prallte gegen sie.

»Was ist los, Kumi?«, fragte sie, als sie schon Geschrei hinter sich hörte und sich umdrehte.

Ein Eselkarren, der mit Benzinkanistern beladen war, blieb gerade in einer der ölig glänzenden Pfützen auf dem kleinen Platz vor ihnen stecken. Der Eseltreiber fluchte und schlug mit einem Zweig auf die Tiere ein, doch der Karren bewegte sich weder vor noch zurück, sondern schwankte zur Seite und die ersten Kanister fielen laut polternd auf die Erde. Der Schein der Laternen und Fackeln verzerrte das Geschehen und die Neuigkeit über den Unfall schien sich wie ein Lauffeuer zu verbreiten, denn der Platz füllte sich mit mehr und mehr Menschen, die alle nach den Kanistern griffen und versuchten zu plündern, was zu plündern war.

»Was sollen wir machen? Der Karren steckt fest«, sagte Charlotte, doch dann merkte sie, dass Kumi überhaupt nicht nach hinten sah, sondern nach vorne, wo sich einen Steinwurf von ihnen entfernt eine Menschentraube gebildet hatte.

Charlotte hörte die aufgeregten Stimmen, die immer lauter wurden, bis sie sogar das Geschrei der Leute um die Benzinkanister übertönten. »*Uchiwa, Uchiwa*!«, schrien sie.

»Was heißt das, *Uchiwa*?«, flüsterte Charlotte, als Kumis Finger ihre Hand viel zu fest umschlossen. Kumi schüttelte nur den Kopf. »Lass uns umdrehen. Ich kenne noch einen anderen Weg. Schnell. Schnell!«

Sie wollte Charlotte mit sich ziehen, als auch sie den Karren mit den Kanistern wahrnahm.

»Verdammt. Wir sitzen in der Falle. Wenn das wirklich Benzin ist, ist es nur eine Frage von Minuten, bis ein Idiot sich eine Zigarette anzündet und hier alles in Flammen steht.«

»Was heißt *Uchiwa*?«, fragte Charlotte heiser, als sie Angst in Mama Kumis Augen sah.

»Das heißt…« Kumi schien die Worte kaum aussprechen zu können. »Das heißt schwarze Magie oder Hexerei. Es zieht dir die Seele aus dem Leib und isst dein Herz auf, während es noch schlägt. *Uchiwa* ist böse, Mama Charlotte. So böse wie sonst nichts auf der Welt.«

»Dann lass uns umdrehen.«

Der Eseltreiber prügelte gerade mit seiner Gerte auf die Plünderer ein, wurde dann aber überwältigt und zu Boden geworfen.

Sie liefen auf die Gruppe vor ihnen zu, die immer aufgeregter wurde: Frauen wichen in die dunklen Gassen zurück, während einige Männer sich wie in Trance zu wiegen begannen und sich ihre Augen gespenstisch ins Weiße verdrehten. Charlottes Herz schlug hart in ihrer Brust. Sie hielt den Blick gesenkt, um nicht zu stolpern.

»Schneller!«, drängte Kumi, doch in diesem Augenblick teilte sich die Gruppe und bildete einen kleinen Gang. Ein großer, breitschultriger Mann trat beiseite, und Charlotte sah unwillkürlich auf die Stelle, wo zwei der offenen Abwasserkanäle ineinanderliefen. Dort lag etwas am Boden, doch Charlotte musste zwei Mal hinsehen, bis sie begriff, was es war. Ihre Beine gehorchten ihr nicht mehr, sie stolperte und unterdrückte einen entsetzten Aufschrei.

Vor ihr auf dem Boden lag ein nackter Mensch, oder das, was von ihm noch übrig war. Dem verstümmelten Körper fehlten die Arme und Beine, und seinem Kopf waren die Ohren, die Augenlider, die Nase und die Lippen abgeschnitten worden. Bei dem Anblick der klaffenden Wunden in dem Gesicht wurde Charlotte übel, sie ging in die Knie, würgte, presste sich die Hände vor den Mund, konnte sich aber nicht beherrschen und musste sich übergeben. Als sie aufsah, erkannte sie die langen Schnitte entlang der

Leisten des Verstümmelten. Die Bauchhöhle klaffte leer, und auch Penis und Hoden fehlten. Dann erst sah sie, dass es sich um einen Weißen gehandelt hatte. Man hatte einen *Mzungu* getötet! Charlotte fehlte die Kraft, wieder aufzustehen und sie konnte ihren Blick nicht von der Leiche lösen. *Uchiwa, Uchiwa* – Das Geschrei der Menge gellte in ihren Ohren, während der Anblick dieses gequälten Körpers sich in ihre Netzhaut brannte. Charlotte schluchzte auf, als Mama Kumi sie unterfasste und sie wieder auf die Beine zog.

Beim Aufstehen stieß Charlotte wieder gegen den großen Mann, der ihr zuvor den Blick verstellt hatte. Sie sah kurz in sein unbewegliches Gesicht, ehe er ihr einen harten Stoß gegen ihre Schulter versetzte, dessen plötzlicher Schmerz sie lähmte.

»Hau ab«, murmelte er rau. »Sonst bist du als Nächstes dran.«

Charlotte wollte etwas sagen, doch die Worte blieben ihr in der Kehle stecken. Sie wollte sich bewegen, schaffte es jedoch nicht. Sie fühlte nur panische Angst in sich aufsteigen.

Kumi warf dem großen Mann einen verlegenen Blick zu und zog Charlotte weiter.

»Lass uns gehen, Mama Charlotte, schnell, solange wir noch können.«

»Wer hat das getan? Und weshalb? Das ist doch ein *Mzungu*. Schau doch, was sie mit ihm gemacht haben…«, stammelte Charlotte.

Mama Kumi zog Charlotte mit sich, bis sie einige Straßenecken weiter außer Atem stehen blieb.

»Nein, Charlotte, das ist kein *Mzungu*.«

»Aber er hatte weiße Haut«, keuchte Charlotte, und auch Kumi wischte sich ein paar Tränen aus den Augen.

»Siehst du es nicht, das war ein lebendiger Geist. Der arme Kerl.«

»Was ist das, ein lebendiger Geist?«

»Ein Albino. Ihre Körperteile werden von Meistern der *Uchiwa* in Gold aufgewogen und an ihre Kunden verkauft.«

»Ihre *Kunden*? Du meinst, jemand bezahlt sie dafür? Weshalb?«, fragte Charlotte, während sie an der Wand neben ihr Halt suchte. »Wofür? Für – *Körperteile*?«

»Diese *Uchiwa* ist sehr mächtig. Sie hilft, Unglück abzuwenden, das bereits eingetreten ist. Großes, bedrohliches Unglück.« Kumi zwang Charlotte, sich aufzurichten. »Lass uns jetzt endlich gehen.«

»Wir müssen die Polizei rufen…«, stammelte Charlotte.

»Wir müssen jetzt nur eines, nämlich nach Hause gehen. Glaub mir, die Polizei kennt den Fundort von Leichen in Nairobi, bevor diese dort überhaupt abgelegt werden. Ich habe Besseres zu tun, als Schmiergeld zu bezahlen, und dem armen Mann kann ohnehin nicht mehr geholfen werden.«

»Aber er ist ermordet worden! Geschlachtet! Da können wir doch nicht einfach so gehen…«

Kumis Augen brannten, als sie in scharfem Ton flüsterte: »Misch dich da nicht ein. Du hast ja keine Ahnung, was *Uchiwa* ist. Morgen ist von dem Leichnam hier keine Spur mehr zu finden.«

Charlotte leistete keinen Widerstand mehr, und zu ihrer Erleichterung erblickte sie nicht allzu weit entfernt die leuchtenden Schilder wartender Taxis.

»Gibt es viele von…von ihnen?«, fragte Charlotte, als Kumi sie in einen freien Wagen setzte.

»Von den lebendigen Geistern? Ja. Sie kommen in die Stadt, weil sie sich hier sicherer fühlen als in ihren Dörfern. Da werden sie gejagt. Viele glauben, sie seien Hexen. Aber hier in der Stadt leben auch die Meister der *Uchiwa*…« Ihre Stimme brach ab. »Die meisten Albinos leben nicht sehr lange, weil ihre weiße Haut die Sonne nicht erträgt und sie furchtbare Krankheiten bekommen. Früher hatte ich Angst vor ihnen, weil sie so anders aussahen. Heute tun sie mir nur leid, denn sie sind dem Tod geweiht, auf die eine oder andere Weise.«

»Aber das kann man doch nicht einfach so hinnehmen. Ein Mensch kann doch nicht für irgendwelchen Humbug so… so… abgeschlachtet werden. Was passiert mit den Körperteilen?«

»Das willst du nicht wissen. Das will niemand wissen. Vergiss am besten, was du gesehen hast. Sag dir, dass es nichts als ein böser Traum war, in Ordnung?«

»Das kann ich nicht. Wir müssen doch etwas unternehmen…«

»Nein. Verstehst du mich? Das kommt nicht infrage.«

Kumi schlug die Wagentür zu, und Charlotte fragte sie durch das offene Fenster:

»Kannst du alleine zurücklaufen?«

Die junge Frau nickte. »Ja. Ich kenne alle Wege in Lindi. Mach dir um mich keine Gedanken und sieh zu, dass du nach Hause kommst.«

»Ich weiß nicht, Kumi. Wir müssen doch jemandem Bescheid sagen…Ich bringe das morgen ins Fernsehen.«

»Wenn du das tust, dann bist du noch verrückter, als Tisa

geglaubt hat. Du hast ja keine Ahnung, mit wem du dich da anlegen würdest. Fahr jetzt los. Wir sehen uns morgen um sieben, Charlotte.« Mama Kumi beugte sich zu dem Fahrer. »Fahr die *Mzungu* nach Muthaiga, und mach keine Dummheiten. Ich habe mir deine Nummer notiert.«

Der Fahrer spuckte aus. »Kannst du denn überhaupt schreiben, Schwester?«

»Worauf du dein dummes Gesicht verwetten kannst. Ob du einen Führerschein hast, frage ich lieber gar nicht erst. Mein Bruder ist bei der Polizei in Kibera, soll er dich filzen?«

»Schon gut, Mama. Ich bringe deine *Mzungu*-Freundin sicher nach Hause.«

Kumi verschwand aus Charlottes Blickfeld, als das Taxi anfuhr. Erschöpft sank Charlotte in ihren Sitz. *Uchiwa*. Konnte das denn wahr sein? Dass noch immer Menschen im Namen von sogenannter schwarzer Magie ermordet wurden? Geschlachtet und ausgenommen. Charlotte versuchte, an etwas anderes zu denken, doch es gelang ihr nicht.

Der Fahrer gab Gas und raste durch die afrikanische Nacht. Als das Taxi vor ihrer gepflegten Wohnanlage in Muthaiga anhielt und die weiche, von Blumenduft erfüllte Nachtluft an Charlottes Nase drang, kam ihr alles, was sie in Kibera erlebt hatte, wie ein Albtraum vor. Sie verfluchte ihre Neugierde. Vielleicht hatte Pater Matos Vieira ja doch recht. Manchmal war es besser, auf jemanden zu hören, statt mit dem Kopf durch die Wand zu rennen. Aber war das nicht ihr Beruf? War es nicht ihre Aufgabe, der Welt von dieser Barbarei zu berichten? Sie bezahlte dem Fahrer viel zu viel und erst, als sich die hohen Tore der Anlage hinter ihr schlossen und der Nachtpförtner und der *Askari* grüßend an ihre Kappen tippten, fühlte sie sich wieder sicher.

In ihrer Wohnung stellte sie sich unter die heiße Dusche und ließ das Wasser lange laufen. Gleich morgen wollte sie mit Frederik Nyere sprechen. Charlotte wollte nicht vergessen, was sie gesehen hatte. Es gab Menschenleben zu retten. Jemand anders sollte über *PUR* und ihre Kinderkleider berichten, entschied sie. Die Erinnerung an den verstümmelten Torso jagte ihr einen kalten Schauer über den Rücken. Die lähmende Angst, die sie seit Jahren in ihren Träumen verfolgte – hier war sie wieder, größer, hässlicher, allmächtiger denn je.

Charlotte fürchtete den Schlaf in dieser Nacht mehr denn je. Auch die Schlaftablette half nur bedingt, denn ihre Träume waren unruhig und aufgewühlt.

8. Kapitel

Charlotte erwachte erst, als Mama Kumi Sturm klingelte. Ihr Kopf und ihre Glieder waren noch schwer von der Schlaftablette, doch sie zwang sich aufzustehen und die Tür zu öffnen. Lächelnd schob sich Kumi mit einem großen Einkaufskorb an Charlotte vorbei, die noch verschlafen in das weiße Morgenlicht blinzelte. Inmitten der morgendlich frischen Farben, des Vogelzwitscherns in den Bäumen und der warmen Luft erschien ihr alles, was sie gestern in Kibera erlebt hatten, unwirklich und auch unmöglich. War es doch nur ein Traum gewesen? Doch ein Blick in Kumis besorgtes Gesicht sagte Charlotte, dass sie tatsächlich gesehen hatte, woran sie sich nicht erinnern wollte.

Es war nicht das erste Mal gewesen, dass sie eine Leiche gesehen hatte, doch der Anblick des Torsos ließ sie nicht los. Ein lebendiger Geist, verfolgt und getötet, nur weil er anders aussah als alle anderen hier.

»Ich mache uns einen Kaffee«, sagte Kumi und folgte Charlotte ins Wohnzimmer.

»Ich glaube, ich habe keinen mehr.«

»Dann trinken wir Tee. Ich habe welchen für meine Mittagspause mitgebracht.«

»Aber ich bin schon zu spät dran für die Arbeit…«

»Für Tee muss immer Zeit sein.«

Damit verschwand sie mit ihrem Korb in der Küche.

Charlotte hörte, wie ihre neue Haushälterin das Wasser aufdrehte und spürte auf einmal, wie sehr sie sich nach dem gestrigen Abend nach einer solchen Routine gesehnt hatte. Sie duschte lange und als sie angezogen ins Wohnzimmer kam, stand dampfend heißer Tee neben einem Teller mit geröstetem Fladenbrot auf dem Couchtisch.

»Ich habe das Brot heute Morgen gebacken. Iss.«

Der heiße, süße Tee brannte Charlotte in der Kehle und das frische Brot schmeckte einfach göttlich. Kumi setzte sich mit ihrem eigenen Frühstück Charlotte gegenüber. Erst allmählich schauten sie einander wirklich in die Augen.

»Bist du gestern gut nach Hause gekommen?«, fragte Charlotte.

»Ja.«

»War…ich meine, lag der Körper noch da?«

Kumi schüttelte stumm den Kopf.

»Wer tut so etwas?«

»Frag nicht.«

»Ich muss fragen.«

»Weshalb?«

»Das ist mein Beruf. Ich kann nicht anders. Ich muss.«

»Nur deshalb?«

Charlotte zögerte einen Moment. »Nein, nicht nur deshalb.«

Kumi ließ es dabei bewenden. »Tisa wird gleich kommen. Er war furchtbar böse mit mir gestern Abend.«

»Weshalb?«

»Weil du in Kibera warst und weil wir den toten Albino gesehen haben. Aber im Grunde ist Tisa wütend auf sich selbst. Er macht sich Vorwürfe, weil er dir überhaupt von Kibera erzählt hat.«

»Kumi, ich wusste schon vorher über Kibera Bescheid. Das muss ich doch, allein wegen meiner Arbeit. Und gestern Nachmittag bin ich hauptsächlich dorthin gefahren, weil ich etwas über *Mungiki* gelesen hatte.«

Die junge Afrikanerin schlug sich erschrocken die Hand vor den Mund, doch Charlotte fasste ihr Handgelenk.

»Dass meine Fragen gefährlich sein können, habe ich mittlerweile begriffen. Aber ich kann die Sache nicht auf sich beruhen lassen, verstehst du das? Und wer sollte mir antworten, wenn nicht du.«

»Das kann ich nicht.«

»Findest du das etwa richtig, was geschieht? Was, wenn du selbst oder einer deiner Geschwister in Gefahr wären?«

»Wer redet, dem geht es nicht besser als den lebendigen Geistern«, flüsterte Kumi, als könne sie selbst in Charlottes Wohnung jemand hören. »Und seiner Familie und Freunden ergeht es genauso. Meinst du, ich will das auf mich laden? Wofür? Der Mann ist tot.«

»Aber ich kann andere retten, indem ich auf das Verbrechen und auf das Unrecht hinweise.«

»Es wird sich nichts ändern. Das tut es doch nie. Ich kann dir nicht helfen, selbst wenn ich es wollte, Charlotte.« Kumi stand auf und griff nach den beiden Tassen.

»Lass doch«, sagte Charlotte.

»Warum? Das ist meine Arbeit.«

»Wie viel soll ich dir eigentlich im Monat bezahlen?«

Sie nannte einen Preis, der in etwa dem Gegenwert eines guten Mittagessens in Deutschland entsprach, und Charlotte erwiderte: »Ich zahle dir das Doppelte.«

»Danke. Ich bin es bestimmt wert. Aber ich kann dir trotzdem keine Auskunft geben.«

»Ich weiß. Ich will einfach, dass du gerne kommst.«

»Das tue ich. Und jetzt beeil dich, Tisa wird gleich hier sein.«

Eine Minute später stand ihr Bruder tatsächlich schon vor der Tür.

»Meine Koffer…«, begann Charlotte, als sie sich von Kumi verabschiedete.

»Ich weiß, ich weiß. Lass mir Geld zum Einkaufen da.«

»Bis später dann«, sagte Charlotte und zählte noch schnell die Schillingscheine ab.

»Wir sehen uns erst morgen früh wieder.«

Tisa schwieg die gesamte Fahrt über wütend, und auch Charlotte sagte nichts. Man traf keine Entscheidungen, ohne nicht auch mal jemandem auf die Füße zu treten.

Als sie ins Büro kam, stand eine kleine Gruppe Leute um den Schreibtisch versammelt, wo Frederik Nyere gerade laut aus der aufgeschlagenen Zeitung vorlas. Charlotte trat zu ihnen. »Diese Kerle lernen auch nie dazu«, sagte der Redakteur kopfschüttelnd. »Wie kann man nur so dumm sein? Der letzte Brand liegt erst ein paar Wochen zurück, als ein Tankwagen umkippte und jemand seine Zigarette in die Lache warf. Schrecklich.«

»Was ist denn passiert?«, fragte Charlotte.

»Ach, in Kibera hat es gestern Nacht gebrannt. Anscheinend ist eine Ladung Benzinkanister von einem Eselkarren gefallen und jemand hat seine Petroleumlampe zu nahe an die Ladung gehalten.«

»Gab es Tote?«, fragte sie nur mühsam beherrscht.

»Zum Glück nicht allzu viele. Man hat nur einen vollkommen verkohlten Leichnam gefunden, von dem aber zu wenig übrig war, um ihn noch zu identifizieren.«

»Kann ich die Zeitung haben, bitte?«

»Natürlich.«

Charlotte verzog sich mit der Zeitung an ihren Platz. Auf dem unscharfen Schwarzweiß -Foto erkannte sie den kleinen Platz von gestern Abend wieder, um den nur noch die Überreste einiger Hütten standen. Sie las kurz den Artikel, in dem sie drei Tippfehler bemerkte, und hatte keinen Zweifel daran, um wessen Leichnam es sich da gehandelt hatte.

»Und, wie kommst du mit *PUR* voran? Die Pressekonferenz ist morgen um zehn, vergiss das nicht.« Frederik war an ihren Schreibtisch getreten.

Charlotte sah von dem Zeitungsbericht auf. »Bestimmt nicht. Ich habe mir alles ausgedruckt und werde dort sein. Aber ich kann dir noch zwei andere Themen vorschlagen.«

»Welche denn?«

»Beide haben ebenfalls mit Kibera zu tun. Wir können über das Projekt berichten, das versucht, Trinkwasser durch Sonnenbestrahlung zu desinfizieren…«

»Klingt gut. Dafür interessiert sich Europa als Geldgeber solcher Projekte bestimmt. Und worum geht es bei dem anderen?«

»Ich möchte gerne mehr über *Mungiki* erfahren«, sagte Charlotte..

Frederik schwieg einen Augenblick lang, ehe er mit gesenkter Stimme fragte: »Wer hat dir von *Mungiki* erzählt? Du bist doch gerade mal vier Tage hier.«

»Das genügt, um eine gute Story zu finden. Außerdem scheint doch jeder hier zu wissen, dass es *Mungiki* gibt. Niemand macht ein Geheimnis draus.«

»Davon zu wissen und darüber zu berichten, sind zwei verschiedene Paar Schuhe.«

»Ich war gestern Abend in Kibera«, sagte Charlotte heiser.

Frederik fiel beinahe die Kaffeetasse aus der Hand. »Du warst – wo?«

Charlotte stand auf und sprach nun ebenfalls sehr leise. »Ich war dort, als der Karren mit den Benzinkanistern auf dem Platz stecken geblieben ist, Frederik. Und ich weiß, wer das Brandopfer war.«

»Diese Unfälle passieren ständig in Kenia.«

»Das war kein Unfall, Frederik.«

»Was soll das heißen? Willst du etwa behaupten, es sei Brandstiftung gewesen?«

»Ich meine nicht den Brand, sondern das Opfer. Der Mann ist ermordet worden. Es war ein Albino, und ich habe seinen verstümmelten Torso im Matsch liegen sehen.« Sie musste kurz schlucken, als das Bild wieder vor ihrem inneren Auge auftauchte. »Die Art, wie er getötet worden ist, weist ganz auf *Mungiki* hin. Außerdem sollen die Körperteile für schwarze Magie verwendet worden sein. Für *Uchiwa*…«

»Wer sagt das?«, unterbrach Frederik sie scharf.

»Das tut nichts zur Sache.«

»Das mit dem Trinkwasser ist ein gutes Thema. Schau dir das mal genauer an.«

»Und was ist mit *Mungiki*?«

»Lieber nicht, Charlotte, okay?«

»Aber Frederik…«

»Ich habe nein gesagt.«

»Was ist, wenn ich in Kibera auf etwas stoße, das mich in dem Fall weiterbringt?«

»Es gibt keinen Fall. Und wenn du weiter so drängst, dann muss ich dir auch das Trinkwasserthema abnehmen.«

Sie schaute ihren Kollegen ruhig an. »Willst du mir drohen?«

Der schüttelte traurig den Kopf. »Nein, ich will dich schützen.«

»So kann ich nicht arbeiten, Frederik. Ich lasse mir keinen Maulkorb anlegen.«

Er musterte sie schweigend und Charlottes Herz schlug schneller. Was, wenn er jetzt sagte, *dann pack doch deine Sachen*? Sie hatte nicht die geringste Lust, mit eingezogenem Schwanz zurück nach Hause zu fahren. Sie wollte mehr über *Mungiki* und *Uchiwa* herausfinden. Als Angestellte – selbst mit so einer kleinen Firma wie *TV Today* im Rücken – war das leichter als als Freiberuflerin. »Ich will dir keinen Maulkorb anlegen, Charlotte. Aber ich habe Frau und Kinder, und ich habe auch keine Lust, dich und deine Habseligkeiten im Schuhkarton nach Hause zu schicken, okay?«

»Okay. Darin sind wir uns schon einmal einig, denn darauf habe ich auch keine Lust. Aber das wird auch nicht passieren, Frederik. Ich bin ja nicht auf den Kopf gefallen.«

»Jetzt mach erst mal den Bericht zu *PUR*. Danach können wir über alles Weitere sprechen.«

»Auch über *Mungiki* und die Morde an den Albinos?«

»Nein. Darüber ganz bestimmt nicht. Ist das jetzt klar?«,

sagte Frederik. »Ich muss jetzt los. Erst ein Termin, und dann esse ich im Club zu Mittag.«

Charlotte wartete, bis er gegangen war und schaltete dann ihren Computer ein. Mal sehen, was die einschlägigen Seiten über Albinos in Ostafrika zu sagen hatten. Sie verbrachte ihren Morgen auf den Seiten des SPIEGEL und der Netzwerke CNN und BBC, wobei sie jedes Mal, wenn jemand an ihrem Schreibtisch vorbeiging, schnell auf die Firmenseite von *PUR* klickte, auf der die Fleissners eng umschlungen und von Kindern umringt inmitten eines blühenden Baumwollfelds zu sehen waren.

Am Mittag setzte sich Charlotte mit einem gebratenen Maiskolben und ihrer Cola Light auf die Stufen des Williamson House. Langsam beruhigte sie sich. Die Sonne schien warm auf ihre Haut, sie kaufte einem kleinen Mädchen noch ein frisch gebackenes *Chapati* ab und aß es mit Appetit. Bei all dem Trubel schien jeder Gedanke an schwarze Magie unmöglich. Nach zwei Bissen *Chapati* drückten sich einige Kinder um sie herum und sahen sie mit hungrigen Augen an. Sie verteilte den Rest des weichen Brotfladens und die Kleinen liefen mit ihrer Beute davon, so schnell ihre Beine sie nur auf dem heißen Asphalt trugen. Gerade, als Charlotte aufstehen wollte, vibrierte ihr Telefon; eine SMS. Dieses Mal erkannte sie die Nummer.

»Liebe Charlotte, ich hoffe, Sie nehmen mir meine Frage von gestern nicht übel. Ich würde mich freuen, wenn Sie mit mir ins ›Carnivore‹ kommen, auf ein Essen unter Freunden. Herzlich, Shirish.«

Kurz entschlossen drückte Charlotte auf *Antworten* und schrieb: »*Entschuldigung für die späte Antwort, ich war sehr beschäftigt. Ich komme gerne mit ins Carnivore. Vielversprechender Name!«*

Die Antwort folgte unmittelbar: »*Das Carnivore bietet wirklich jede Menge Fleisch, was Sie hoffentlich nicht abschreckt. Ich hole Sie morgen Abend um acht ab, wenn Ihnen das passt.«*

»*Gerne. Ich freue mich*«, textete Charlotte zurück. Hatte Shirish nicht gesagt, sie müsse nur ihn fragen, wenn sie etwas über Land und Leute wissen wollte? Vielleicht konnte er ihr mehr über *Mungiki* und *Uchiwa* erzählen. Nun musste sie aber erst die *PUR*-Pressekonferenz über sich ergehen lassen.

9. Kapitel

Tisa setzte Charlotte um kurz vor zehn am Serena Hotel ab. Das Gebäude mit seinen weißen Mauern, der Dachterrasse und den Türmen und Zinnen erinnerte sie an ein maurisches Schloss. An den weißen Säulen rechts und links des Eingangs rankten sich rosa und lila Bougainvillea.

»Wann geht die Pressekonferenz denn los?«, fragte Tisa, als er den Wagen bei laufendem Motor anhielt.

Charlotte warf einen Blick auf den Zettel in ihrer Hand. »Um zehn. Perfekt.«

»Dann sind Sie sicherlich die Erste. Unsere Kollegen von der Zeitung, dem Radio und dem Fernsehen trudeln irgendwann gegen elf hier ein.«

»Ach ja? Na ja, ich habe es ja nicht eilig. *Pole Pole,* wie ihr hier sagt.«

Tisa lachte. »Jetzt sind Sie schon eine von uns. Wann soll ich Sie wieder abholen?«

»Ich rufe an. Oder kann ich laufen?«

Der Fahrer freute sich, dass sie nach seiner Einschätzung fragte. Für ihn war das eine stumme Abbitte über ihren Eigensinn an dem Nachmittag in Kibera, begriff Charlotte.

»Sie können auch laufen, wenn es Ihnen nicht zu heiß ist. Weit ist es nicht bis zum Williamson House, Sie müssen nur durch den Uhuru Park. Tagsüber geht das ganz gut.«

»Mal sehen. Danke jedenfalls.«

Neben der Rezeption im Foyer des Hotels war ein Schild aufgestellt, auf dem *»PUR Pressekonferenz – Twiga Saal«* geschrieben stand. Daneben hielt eine junge Frau ein Tablett voller köstlich aussehender Fruchtcocktails bereit. Charlotte nahm sich einen davon, bedankte sich, griff nach einem Presseordner und schlenderte in Richtung *Twiga* Saal, dessen Flügeltüren weit offen standen. Rechts und links der Tür standen mannshohe, aus dunklem Holz geschnitzte Giraffen und durch Glastüren, die den Blick auf den Garten und den Swimmingpool freigaben, flutete das Licht.

Charlotte nippte an ihrem Drink und sah auf die Uhr. Tatsächlich, punkt zehn Uhr und der Saal war leer. Sie würde einfach warten und sich ein paar Fragen zurechtlegen. Zwanzig Minuten später war ihr Cocktail leer, sie konnte ihre Papiere so gut wie auswendig und war noch immer die Einzige im *Twiga* Saal.

Schließlich stellte sie sich an eine der offenen Glastüren und schaute auf den Pool hinaus.

»Wollen Sie hineinspringen und eine Runde drehen?«

Erschrocken fuhr Charlotte herum. Sie hatte den Mann nicht kommen hören. Dabei stand er ganz nahe hinter ihr, so nahe, dass sie unwillkürlich einen Schritt zurück machte und beinahe in die bodenlangen Vorhänge aus bunt gestreiftem Baumwollstoff gefallen wäre.

»Wann sind Sie denn hier hereingekommen?«, rutschte es ihr ohne nachzudenken heraus und sie richtete sich wieder auf. Er war zwar nur mittelgroß, aber sehr muskulös, was ihr das Gefühl gab, besonders klein und zierlich zu sein. Das gefiel ihr nicht, doch ehe sie sich ärgern konnte, lächelte der Mann und auf seinen Wangen bildeten sich zwei Grübchen. Charlottes Herzschlag setzte kurz aus, als sie den Gegensatz zwischen seiner sehr braunen Haut und seinen seltsam schillernden Augen bemerkte, die so grün waren wie die abgewetzte Armeejacke, die er über einem weißen T-Shirt trug. Er lachte; ein Lachen, das tief aus seiner Brust kam und angenehm sanft klang.

»Na, vor ungefähr einer Minute. Aber beschwören möchte ich das nicht, Euer Ehren.«

»Entschuldigung. Dumme Frage.« Sie reichte ihm die Hand und als er sie ergriff und schüttelte, versuchte sie zu ignorieren, dass ihr sehr heiß unter ihrer Jacke wurde.

»Charlotte Frank, *TV Today*. Und für wen arbeiten Sie?«, sagte sie betont beherrscht. Was war nur los? So hatte sie nicht mehr auf einen Mann reagiert, seit, seit...doch sie konnte sich eigentlich nicht erinnern, überhaupt je so auf jemanden reagiert zu haben. Anziehung und Verführung lief für sie immer auf intellektueller Ebene, und sie hatte sich in ihre früheren Freunde und Henrik über viele lange Gespräche und Gemeinsamkeiten verliebt. Irgendwie war immer Vernunft mit im Spiel gewesen, nun aber verknotete sich ihr Innerstes und löste sich dann wieder in tausend flirrende Teilchen auf. So ein Unsinn! Dieser Typ hatte sie erschreckt, das war alles. Aber nun hatte sie sich wieder gefangen.

»Ich bin selbstständig, ich tauge nicht zum Angestellten«, sagte er. Als er sich vorsichtig durch die engen Stuhlreihen an ihr vorbeischob, berührten sie sich um ein Haar. Charlotte blieb still stehen und atmete schwer. Sie sog den Duft seines Aftershaves ein, das herb nach Sandelholz roch. Der Mann ging nun die erste Stuhlreihe entlang und kniete sich auf den Boden, um unter die Stühle zu sehen.

»Haben Sie etwas verloren?«, fragte sie und stellte sich neben ihn.

»Nein. Aber jemand anderes vielleicht. Ich sehe nach, ob auch nichts Unfreundliches unter den Stühlen klebt.«

»Sie meinen, jemand hört hier mit? Ist *PUR* denn so wichtig, dass man die Pressekonferenz verwanzen muss?«

»Vielleicht ja noch mehr als verwanzen. Die Fleissners sind in Kenia nicht unumstritten. Da leuchtet es ein, dass man an ihre Sicherheit denken muss.«

»Ist es das, was Sie hier machen? Sind Sie Max Fleissners Bodyguard?«

Charlotte folgte dem Mann und ahmte unwillkürlich seinen suchenden Blick unter die Stuhlreihen nach, als er nun auf das Podium stieg und die weißen Decken auf den Tischen anhob.

»Gut, hier hat auch niemand ein Köfferchen abgestellt und vergessen.« Er richtete sich auf und sah auf sie hinunter. »Nein, ich bin kein Bodyguard. Den Kleinkram überlasse ich anderen.« Dann reichte er ihr seine Hand und zog sie hoch aufs Podium. »Wie unhöflich, ich habe mich Ihnen noch gar nicht vorgestellt. Mein Name ist Paris Strongitharm, und Max Fleissner hat *Strongitharm Securities* für seinen Neubeginn in Kenia angestellt. Das ist meine Sicherheitsfirma.«

»Sie heißen – wie?«

»Ich weiß. Sie sind nicht die Erste, die erstaunt reagiert. Paris wie der trojanische Prinz, und Strongitharm ist der Name meines Vaters. Einer meiner Vorfahren war ein

Schmied, der Richard Löwenherz ins Heilige Land begleitet hat. *Strong-in-the-arm* – der mit den starken Armen.«

»Nomen est Omen«, entfuhr es Charlotte.

Paris lächelte. »Danke, das nehme ich als Kompliment.«

Sofort fühlte Charlotte, wie ihr Kopf hochrot anlief, als sie – ob sie es wollte oder nicht – wieder auf seinen durchtrainierten Oberkörper sah, der sich unter dem engen T-Shirt abzeichnete. Herrgott noch mal, sie war doch kein Teenager mehr, der am Wochenende das erste Mal tanzen ging! Als ob sie in ihrem Leben noch nie einen attraktiven Mann gesehen hatte. Aber nicht so attraktiv, flüsterte sofort eine Stimme in ihrem Kopf.

»Max und ich kennen uns schon lange«, erkläre Paris indessen. »Die Farm seiner Eltern liegt nicht weit weg von der Teeplantage meines Vaters. Allerdings ist er fünf Jahre älter als ich und ich habe ihn seit seinem Umzug nach London vor sieben Jahren nicht wieder gesehen.«

»Kennen Sie seine Frau?«

»Lisa? Nein. Die beiden haben geheiratet, als Max in London lebte. Ich kenne nur Bilder von ihr.«

»Sie sieht toll aus, nicht wahr?«

»Hm. Ich weiß nicht. Nach Model-Maßstäben sicher, aber sie ist eher ein Frauentyp als ein Männertyp, denke ich. Mir gefallen interessant aussehende Frauen besser.«

»Und nun hat Max Fleissner Sie beauftragt, für seine Sicherheit zu sorgen? Wovor hat ein so populärer Mann wie er Angst?«

»Menschen haben vor vielen Dingen Angst, begründet oder unbegründet. Das habe ich bei meinen verschiedenen Jobs mittlerweile gelernt.«

»Wo haben Sie bereits gearbeitet?«

»Im Irak und in Afghanistan.«

»Oh.«

»Ganz genau.«

»Dann waren sie gerade zur schlimmsten Zeit dort?«

»Wie man es nimmt. Nach Sadam Husseins Sturz herrschte ein, zwei Wochen lang ein unglaublicher Optimismus und eine Aufbruchstimmung im Land. Das miterlebt zu haben, war etwas Besonderes, und ich hoffe, dass das Land irgendwann einmal dahin zurückfindet. Was Afghanistan angeht…Waren Sie schon einmal dort und haben darüber berichtet?«

»Nein. Ich habe meiner Mutter versprechen müssen, von der Kriegsberichterstattung die Finger zu lassen. Wie war es in Afghanistan?«

»Ich bin froh, wieder hier zu sein, sagen wir es so. Im Vergleich zu Bagdad und Kabul ist Nairobi ein friedliches Himmelreich.«

Paris sprang vom Podium und kam federnd im Mittelgang zum Stehen. Er streckte seine Arme aus:

»Springen Sie, ich fange Sie auf.«

»Danke, ich nehme die Treppe.«

Als Charlotte die erste Stufe betrat, erwartete Paris sie bereits dort.

»Mache ich Ihnen etwa Angst?«, fragte er. Seine Augen glitzerten.

»Nein. Sollten Sie?«, fragte sie mit freundlichem Spott.

»Nein.«

»Na gut. Dann lassen Sie mich jetzt vorbei. Ich habe zu arbeiten, Mr Strongitharm.«

»Paris. Nennen Sie mich Paris.«

Schritte und Stimmen näherten sich dem *Twiga* Saal und

Charlotte sah zu ihrer Erleichterung, dass der Raum sich langsam zu füllen begann. Paris trat beiseite und sie ging die drei Stufen hinunter in den Gang, ohne ihn anzusehen. Ihre Reaktion auf diesen Mann machte ihr Angst. Da war die Ankunft ihrer Kollegen eine willkommene Ablenkung. Andere Journalisten mit Fruchtdrink und Kamera, Notizbuch oder einem kleinen Recorder in der einen Hand schlenderten jetzt in den Raum, begrüßten einander und suchten sich dann einen Platz. Charlotte machte einen Schritt zurück, um etwas Abstand zwischen Paris und sich zu bringen.

»Auf bald, Charlotte. Hier trifft man sich sehr schnell wieder«, rief er ihr nach.

»Nett, Sie kennengelernt zu haben, Mr Strongitharm.«

»Paris.«

Statt einer Antwort lächelte Charlotte nur kurz, denn sie hatte sich wieder gefasst und setzte sich. Der körperliche Abstand zu Paris gab ihrem Puls Zeit, sich wieder zu beruhigen. Aus den Augenwinkeln sah sie, wie Paris sein Handy aus der Tasche zog und einen Anruf annahm, ehe er zur Tür eilte. Der *Twiga* Saal war nun gut gefüllt und eine lebhafte Stimmung machte sich breit.

»Sie kommen«, hörte Charlotte nun jemanden rufen. Sie drehte sich um und sah, wie der PUR-eigene Kameramann zu filmen begann – laut der Pressemappe konnte man die Bilder nachher bei der Firma anfordern. Mein Gott, das war ja wie bei den Royals, dachte sie, als die Familie wie in einer Prozession den Saal berat. Das Paar war von einer ganzen Gruppe von Menschen umgeben, doch Paris hielt sie alle auf Abstand. Charlotte erkannte das Ehepaar Fleissner von den Pressebildern der Firma wieder: Max, drahtig, mit Geheimratsecken und den sehr dunkelbraunen Augen und blonden Haaren, und seine Frau Lisa, die ihn um gut eine Haupteslänge überragte. Charlotte reckte den Hals, um einen genaueren Blick erhaschen zu können, doch Lisa Fleissner trug eine große, dunkle Sonnenbrille, die ihre Augen verbarg. Ihre blonden, offenen Haare leuchteten und als sie auf das Podium zuging, konnte man ihre makellose Figur bewundern. Max Fleissner stieg ihr voran auf das Podium und zog seiner Frau den Stuhl zurück, doch sie setzte sich, ohne ihn anzusehen. Paris Strongitharm lehnte auf dem Podium an der Wand, doch plötzlich richtete er sich auf und sah gespannt zur Tür. Charlotte drehte den Kopf in dieselbe Richtung, wo zwei weitere Männer den *Twiga* Saal betraten. Und sogleich fuhr ihr ein eiskalter Schauer durch und durch. Mit dem ersten Mann kam eine Aura von Macht und Bedrohung in den Raum, während der zweite lediglich ein Leibwächter zu sein schien. Aber der erste – Das war der Mann, der sie am Abend in Muthaiga weggestoßen hatte. *Hau ab,* dachte sie an seine Worte. *Sonst bist du als Nächstes dran.*

Mit einem Mal war es still im Raum, und sämtliche Journalisten schienen gleichzeitig Beine und Arme einzuziehen, um ihm ja nicht im Wege zu sein. Der Mann selber sah weder nach rechts noch nach links. Sein Anzug spannte über seinen Schultern und Schenkeln, und eine dunkle Sonnenbrille verbarg seine Augen. Auf dem Podium setzte er sich gelassen neben Max Fleissner, der ihm die Hand schüttelte und mit seiner Ankunft schien eine Anspannung von Max zu weichen. Charlotte sah ihn tief durchatmen, kurz lachen und nicken, als der Fremde ihm etwas in das Ohr flüsterte.

Plötzlich sah er in ihre Richtung und Charlotte ertappte sich dabei, wie sie ihren eigenen Blick senkte.

»*Tembo*«, flüsterte der Journalist neben ihr.

»Was heißt das?«

»Wie bitte?«

»Na, *Tembo*.«

Der Mann warf einen raschen Blick zum Podium. »Das heißt Elefant«, sagte er leise und widmete sich dann wieder seinen Unterlagen.

»Eins, Zwei«, hörte Charlotte den Soundcheck, als eine junge Frau in einem gut geschnittenen Kostüm auf das Podium trat. Ihre Gesichtszüge waren bis auf ihre vollen Lippen sehr fein und ihr Haar war auf eine Art geflochten, wie Charlotte es noch nie gesehen hatte. Trotz der traditionellen Frisur wirkte alles an ihr jung und modern. Das ist das neue Afrika, dachte Charlotte, und die junge Frau war ihr augenblicklich sympathisch. Kenia brauchte mehr von ihrer Sorte, davon war Charlotte überzeugt.

Auf die Leinwand hinter dem Podium wurde nun das Firmenlogo projiziert und die junge Frau ergriff das Wort: »Willkommen zur ersten Pressekonferenz von *PUR* in Nairobi, unserem neuen Firmensitz. Ich heiße Evangeline und bin für die PR von *PUR* verantwortlich. Wir freuen uns, dass Sie so zahlreich erschienen sind. Haben Sie alle eine Pressemappe erhalten?«

Gemurmel war die Antwort auf ihre Frage und sie wandte sich mit einem strahlenden Lächeln an ihren Chef.

»Mr Fleissner, sind Sie bereit, Fragen zu beantworten?«

»Erst will ich selbst einige Worte sagen«, sagte Max Fleissner. Charlotte schaltete ihr Aufnahmegerät ein.

10. Kapitel

Max Fleissner stand auf und nahm sein Mikrofon in die Hand. Als er zu sprechen begann, lief auf der Wand hinter ihm eine Dia-Show: Blühende Baumwollfelder, barfüßige Spinnerinnen bei der Arbeit, Männer, die Stoffe in riesige Kessel voll Farbe tauchten, Mädchen, die Stoffe zuschnitten, Näher und Näherinnen in einer riesigen Werkstatt und schließlich das bekannte Bild mit den Fleissners, die von Kindern umgeben vor einem strahlend blauen Himmel standen und in die Kamera lachten.

»Ich kann Ihnen nicht sagen, wie glücklich es mich macht, nach Kenia zurückzukehren«, sagte er mit einer vollen, angenehmen Stimme. »Als ich *PUR* vor sieben Jahren gemeinsam mit Lisa gegründet habe, dachten wir, dass wir zum Erfolg unbedingt Europa und europäisches Know-How brauchen. Für diese Annahme schäme ich mich heute. Der Erfolg mag uns vielleicht recht gegeben haben, aber alles, was *PUR* ausmacht, liegt hier in Kenia, oder zumindest in Afrika. Das ist mir heute klar. Mein Verstand mag in Europa geschult worden sein, aber mein Herz ist hier zu Hause. Und ohne Herz ist der beste Verstand nichts wert, sagte schon mein Vater, den Sie alle kennen. Wie er, will ich Afrika und Kenia für das danken, was es uns, meiner Familie, gegeben hat. Wir sind wieder daheim!«

Diese letzten Worte untermalte er mit einem dramatischen Faustschlag in die Luft und alle Anwesenden klatschten laut.

Nachdem er sein Mikro wieder abgelegt hatte, setzte er sich und trank einen Schluck Wasser, während die junge PR-Beraterin wieder das Wort ergriff. Es dauerte eine Weile, bis sich die Stimmung im Saal beruhigt hatte.

»Möchten Sie nun Ihre Fragen stellen?«

Unangenehme Fragen waren nach diesem Auftakt kaum zu erwarten, dachte Charlotte. Oder besser gesagt: Es waren überhaupt keine Fragen zu erwarten. Die Journalisten schwatzten untereinander und nahmen sich noch einen Drink vom Tablett der Hostess, die gerade durch die Reihen ging. Charlotte verneinte dankend, als doch endlich einer der Kollegen die Hand hob.

»Ja, bitte?«, forderte Evangeline ihn auf.

»Was meinen Sie damit, dass alles, was *PUR* ausmacht, hier in Kenia und Afrika ist?«, fragte der Journalist und sein Kollege stand auf, um seine Kamera auf Max Fleissner zu richten.

»Unsere Baumwolle wird biologisch und unter strengsten Qualitätskontrollen in Ägypten angebaut. Die Flocken werden nach traditioneller Art gesponnen und von Frauen in Äthiopien und Somalia verwoben. Unsere Zuschneider und Näher leben in ganz Kenia und fertigen die Stücke oft in Heimarbeit, wobei vieles mit der Hand genäht wird. Damit unterstützen wir den fairen Handel und garantieren die typische *PUR*-Qualität. Wir halten das Versprechen, das wir unserem Kunden geben.«

»Was ist das für ein Versprechen?«, fragte nun ein anderer.

»Unser Versprechen heißt Qualität: Qualität für unsere Arbeiter und Qualität für unsere Kunden. Produkte wie die von *PUR* sind für die Kinder heutzutage immer wichtiger. Denken Sie nur an all die Gifte und Chemikalien, die bei der Herstellung herkömmlicher Kinderkleider verwendet werden. Kein Wunder, dass immer mehr Kinder unter Allergien und Ausschlägen leiden. Wir wollen gesunde Kinder in einer gesunden Welt.«

»Lässt sich das denn gewinnbringend vereinbaren?«, fragte Charlotte nun provozierend.

Lisa Fleissner drehte den Kopf in ihre Richtung und musterte Charlotte über den Rand ihrer Sonnenbrille hinweg. Sie überragte ihren Ehemann auch im Sitzen, was Charlotte auf eigentümliche Weise an eine Gottesanbeterin erinnerte, die ihr Männchen nach der vollendeten Paarung auffraß.

»Absolut. Sie können ja unseren Börsenkurs wie auch unsere Bilanzen der Pressemappe entnehmen«, erwiderte Max Fleissner mit mildem Spott, und einige der Anwesenden lachten. »Eine große amerikanische Firma wollte uns im vergangenen Jahr aufkaufen, aber ihr Ethos ließ sich nicht mit dem unseren vereinbaren. Glauben Sie mir, ein solches Angebot lehnt man nur ab, wenn man es sich erlauben kann.«

Die meisten der Anwesenden klatschten wieder, aber Charlotte ließ sich nicht beirren: »Ihre Infrastruktur besteht bereits. Bedeutet die Rückkehr nach Nairobi trotzdem neue Arbeitsplätze?«

»Und ob. Wir haben in Karen ein Haus und eine Werkstatt gemietet und uns darin eingerichtet. Gerade stellen wir noch im Vertrieb ein und suchen Leute für das Marketing. *PUR* wächst stetig und bietet gerade jungen Leuten tolle Chancen. Außerdem suchen wir noch Wachleute, denn leider ist auch *PUR* vor den weniger schönen Seiten von Nairobi nicht gefeit. Wenn Sie zufällig jemanden empfehlen können…?«

Wieder Gelächter. Charlotte beschloss, ihre Taktik zu ändern. Max Fleissner wollte sie offenbar lächerlich machen, aber das sollte ihm nicht gelingen. Sie blickte kurz auf ihre Notizen und als sie wieder aufsah, traf ihr Blick sich mit dem des Hünen, der neben Fleissner saß. Er hatte seine Sonnenbrille abgenommen und musterte sie, ohne zu zwinkern. Kein Zweifel, er hatte sie ebenso erkannt wie sie ihn. Hau ab. Sonst bist du als Nächstes dran.

»Leider kenne ich noch keine *Askaris*, aber ich kann mich gerne umhören. Allerdings fordere ich bei erfolgreicher Vermittlung eine Provision.«

Dieses Mal hatte Charlotte die Lacher auf ihrer Seite, und auch Max Fleissner lächelte, während seine Frau ihre Sonnenbrille absetzte.

»Gibt es noch Fragen?«, schaltete sich Evangeline nun ein, als Charlotte erneut die Hand hob.

»Ja, noch einmal die Dame von…?«

»Charlotte Frank, *TV Today*.«

»Miss Frank, bitte.«.

»Wie kamen sie auf *PUR*? Was hat Sie zur Firmengründung bewegt?«

Der Konzernchef überlegte kurz, ehe er mit viel Gefühl in der Stimme erwiderte: »Afrika war gut zu mir und meiner Familie. Dieser Kontinent hat uns unendlich viel gegeben und schon mein Vater hat seine deutsche Staatsbürgerschaft aufgegeben, um einen kenianischen Pass anzunehmen. Wir sind *Vanilla Gorillas* und stolz darauf. Meine Eltern haben meine Schwester und mich in dem Geist erzogen, dass wir dem Land etwas zurückgeben müssen, dass wir es schützen und dafür sorgen sollen, dass Kenia und Afrika auch in Zukunft eine Chance haben. Das geht nur mit einer erfolgreichen Wirtschaft, die Stabilität jenseits des Tourismus bietet. Unsere wachsende Bevölkerung trifft auf den Busch, der bisher mit seinen Tieren und seiner Schönheit die größte Einnahmequelle unseres Landes ist. Wie lange wir ihn erhalten können, ist fraglich, denn nach jüngsten Schätzungen sind in ungefähr sechs Jahren die Nashörner in freier Wildbahn ausgestorben. Kenia muss einen anderen Weg nach vorne finden, so traurig das auch sein mag. *PUR* beginnt bereits, diesen Weg einzuschlagen.«

»Aber gerade mit Kindermode? Wie kamen Sie auf die Idee?«, hakte Charlotte nach.

Paris Strongitharm schüttelte beinahe unmerklich seinen Kopf. Was meinte er damit? Ihre Frage war doch vollkommen harmlos.

»Gibt es eine bessere Garantie für eine gesunde Zukunft als gesunde Kinder?«, fragte Fleissner und legte seinen Arm um die Schultern seiner Frau, die den Kopf senkte.

»Aber Ihre Frage, Miss Frank, gibt mir Gelegenheit, eine weitere Ankündigung zu machen.«

»Aha?« Charlotte bemerkte, dass mit einem Mal auch ihre Kollegen aufmerksam wurden. Lisa Fleissner sah ihren Mann flehend an und schüttelte den Kopf, doch er gab ihr nur einen raschen Kuss auf die Wange, ehe er sich räusperte.

»Gott hat meiner Frau und mir eigene Kinder verwehrt«,

begann er. Plötzlich verstand Charlotte, weshalb Paris den Kopf geschüttelt hatte. Sie zuckte entschuldigend mit den Achseln, und Paris machte eine kleine, beruhigende Bewegung mit seiner Hand.

Die Leinwand hinter den Fleissners verdunkelte sich und Max fuhr erst nach wenigen Augenblicken fort. »Gott hat meiner Frau und mir eigene Kinder verwehrt«, wiederholte er dann, ehe er Charlotte einen kurzen Blick zuwarf. »Was uns übrigens auch zu *PUR* inspiriert hat, auch wenn wir das noch nie öffentlich erklärt haben.«

Er drückte Lisa noch fester an sich, und Charlotte bemerkte, dass *Tembo* sie selbst nicht aus den Augen ließ.

»Nun möchten wir noch weitergehen und das Band zu Kenia noch enger knüpfen. Lisa und ich haben beschlossen, zwei kenianische Kinder zu adoptieren.«

Mit einem Mal kam Bewegung in den Raum. Blitzlichter erhellten den Saal, Notizblöcke wurden gezückt und Kameras surrten leise. Fragen kamen aus allen Ecken des Saals.

»Haben Sie die Kinder bereits ausgesucht?«

»Ja. Das haben wir.«

»Weshalb zwei?«

»Es sind Zwillinge. Wir wollen sie nicht trennen.«

»Sind es ein Junge und ein Mädchen?«

»Nein, zwei Schwestern.«

»Wo kommen sie her? Sind es Waisen oder leben die Eltern noch? Und welchem Stamm gehören sie an? War diese Frage wichtig für Sie? Haben Sie ein Bild und die Namen der Kinder?«

Max Fleissner warf seiner PR-Frau einen raschen Blick zu, woraufhin diese nickte.

»Ja. Wir haben ein Bild, das wir Ihnen zeigen möchten. Die Zwillinge gehören ebenso wie Evangeline hier dem Stamm der Borana an und halten sich momentan in einem Camp im Norden des Landes auf. Ihre Mutter ist dem Kindbettfieber zum Opfer gefallen, der Vater hat sich davongemacht und Geschwister haben sie nicht.«

Lisa Fleissners Augen füllten sich mit Tränen. Charlotte empfand Mitleid mit ihr: Hatte ihre Kinderlosigkeit sie dermaßen mitgenommen, dass die geplante Adoption sie so aufwühlte? Lisas Blick schweifte durch die Menge und blieb an jemandem, der sich hinter Charlotte befand, hängen.

Sie drehte sich um: An der Tür lehnte Pater Matos Vieira, der Lisas suchenden Blick mit einem beruhigenden Kopfnicken erwiderte, ehe er die Hände wie zum Gebet faltete und mit seinen Lippen stumm ein Wort formte.

Pray, bete, glaubte Charlotte zu lesen, und Lisa nickte. Der Pater musste Charlottes Blick auf sich gespürt haben, denn er schaute zu ihr herüber und grüßte freundlich, als er sie erkannte. Sie freute sich, schon ein vertrautes Gesicht zu finden. Doch der Pater sah blass und müde aus. Auch er musste natürlich mittlerweile von dem Mord in Kibera gehört haben, so nahe, wie er den Menschen dort war. Was hielt er von *Uchiwa*? Jagte es ihm dasselbe Entsetzen ein wie ihr, oder war er durch seinen Glauben und seine Arbeit davor gefeit?

Auf der Leinwand erschien nun das Bild von zwei kleinen Mädchen.

Im *Twiga* Saal war es plötzlich so still, dass man eine Stecknadel hätte fallen hören können. Die Kinder, vermutlich sieben oder acht Jahre alt, trugen Lumpen, doch sie hielten sich gerade und stolz. Sie glichen einander vollkommen: Ihre Haare waren lang und gewellt, reichten ihnen beinahe bis zu den Hüften und rahmten die feinknochigen Gesichter mit den schmalen, gebogenen Nasen und vollen Lippen ein. Doch es war nicht die Schönheit der Mädchen, die Charlotte ebenfalls mit vor Staunen offenem Mund auf das Bild starren ließ. Die Mädchen mochten aus dem Norden Kenias stammen, aber sie hatten weiße Haut, weißblonde Haare und blickten aus rot-gold gesprenkelten, hellen Augen stolz in die Kamera. Es waren Albinos. Lisa suchte erneut den Blick des Paters, der nur seine Lippen zusammenpresste und den Kopf schüttelte. Charlotte war von dem stummen Beistand, den er der jungen Frau leistete, beeindruckt. Dieser Mann sorgte sich um Lisa, das spürte Charlotte.

Dann sprang ein Reporter in einer der hinteren Reihen auf und schrie: »Gotteskinder! Das sind Gotteskinder der Borana! Aber sie sind weiß! Hexenbrut!«

11. Kapitel

Im Saal wurde es nun so laut, dass Paris Strongitharm sich schützend neben Max und Lisa Fleissner stellte. Die Journalisten sprangen auf und schrien Fragen. Charlotte drehte sich noch einmal um und suchte in der aufgebrachten Menge nach Pater Matos Vieira, aber auch er war bereits gegangen. Paris griff sich das Mikrofon, während die Fleissners eilig aufstanden und von dem großen Mann und ihrer PR-Frau aus dem Saal gebracht wurden. In der Tür drehte sich Max noch einmal nach Paris um, der ihm beruhigend zunickte, ehe seine Stimme durch den Saal hallte:

»Ruhe, Ruhe. Setzen Sie sich. Diese Mädchen sind Kinder wie alle anderen«, rief er, aber viele der Anwesenden rafften schon ihre Sachen zusammen und eilten aus dem Raum.

»Kinder wie alle anderen?«, rief der Mann aus der hintersten Reihe, der die Kinder zuvor als Hexenbrut bezeichnet hatte. »Sicher nicht! Die Gotteskinder der Borana stammen nicht aus unserer Welt. Sehen Sie sich ihre Augen an. Hexen! Albinos!« Er spuckte das Wort geradezu aus. »Wie kann man so ein Natterngezücht adoptieren wollen?«

Die Journalisten, die noch geblieben waren, drängten nun nach vorne hin zum Podium, doch Paris stand weiterhin ganz ruhig da. »Diese Kinder verdienen genauso wie alle anderen ein ruhiges und friedliches Zuhause und ich hoffe, dass nichts anderes dazu berichtet werden wird. Ich bewundere die Fleissners für ihre Entscheidung. Und jetzt bitte ich darum, den Saal zu räumen. Die Pressekonferenz ist beendet.«

Er hängte das Mikrofon ein und sah zum Eingang, wo gerade zwei Hotelangestellte die Flügeltüren weit öffneten und demonstrativ anfingen, die Gläser einzusammeln. Charlotte aber blieb noch sitzen und sah auf das Bild der Mädchen, das auf der Wand über dem Podium festgefroren war. Eine Gänsehaut lief ihr über den ganzen Körper, denn die Kinder strahlten eine Intensität und eine Entrücktheit aus, die sie tief berührte. Die Erinnerung an den verstümmelten Leichnam mischte sich mit ihrem Staunen über die Aufregung, die bis eben noch im Saal geherrscht hatte. Diese Mädchen waren anders. Sie wurden von ihrem Stamm verehrt, aber von Außenstehenden gefürchtet, und ihre Schönheit verstärkte ihr überirdisches Charisma noch. Beim Anblick der feinen Gliedmaßen in den dreckigen Stofffetzen konnte Charlotte nicht anders, als aus tiefstem Herzen wünschen, dass diesen Kindern nie etwas geschehen mochte.

»Alles klar?«, fragte Paris leise. Charlotte zuckte zusammen, denn sie war so in Gedanken versunken gewesen, dass sie nicht bemerkt hatte, wie er in ihre Stuhlreihe kam. Er setzte sich neben sie, sah sie mitfühlend an und legte seine Hand auf ihren Oberarm. »Sie sind blass, Charlotte. Wollen sie noch etwas trinken? Wir schließen den Saal jetzt. In einer halben Stunde findet hier schon die nächste Veranstaltung statt.«

Charlotte spürte seine Hand durch den Stoff ihrer Jacke und entzog ihren Arm seiner Berührung. Der Anblick der Mädchen hatte sie überwältigt, sie konnte jetzt nicht mit noch mehr aufwühlenden Emotionen kämpfen.

»Danke, es geht schon. Ich bin nur etwas ... durcheinander.«

Paris nahm ihr den Presseordner ab und stand auf.

»Was hat Sie so verwirrt?«

»Die Mädchen.«

»Die Tatsache, dass die Fleissners sie adoptieren?«

»Nein, das nicht.« Sie sah wieder zu dem Bild, doch der Projektor wurde gerade ausgeschaltet und die Wand hinter dem Podium blieb dunkel und leer zurück. Charlotte fühlte sich wie von einem Bann befreit und folgte Paris durch die Stuhlreihen.

»Sondern?« Er drehte sich im Gang nach ihr um und seine Augen glitzerten neugierig, als er sie ansah. »Was dann?«

»Was sind Gotteskinder, Paris?«

Er sah sie forschend an. »Es ist ein alter Aberglaube der Borana.«

»Ein Glaube oder ein Aberglaube?«

»Was unterscheidet das eine vom anderen?«

»Es kommt wohl darauf an, ob man dem Stamm angehört, oder von außen urteilt.«

»Dann muss ich sagen, dass es ein Aberglaube ist«, sagte Paris.

»Was für ein Stamm sind die Borana? Ich habe noch nie von ihnen gehört.«

»Sie sind nicht so bekannt wie die Massai oder die Kikuyu. Die Borana leben oben im Norden des Landes an der Grenze zu Somalia und Äthiopien. Sie waren früher gefürchtete Elefantenjäger, die einen *Tembo* mit Pfeil und Bogen erlegten. Das muss man sich erst einmal trauen, Charlotte.«

»Ist *Tembo* einer von ihnen?«

Paris runzelte die Stirn. »Wer?«

»*Tembo*. Der große Mann mit der Sonnenbrille, der neben Max Fleissner saß und vor dem alle gekuscht haben. Der wird doch *der Elefant* genannt, oder?«

»Nein, er ist keiner von ihnen«, sagte Paris und es klang abweisend.

»Wer ist er dann?«, fragte Charlotte augenblicklich nach, denn Paris' Reaktion auf ihre Frage hatte ihre Neugierde geweckt.

»Er ist ein Kikuyu«, sagte Paris knapp.

Das war zwar nicht die Antwort, die Charlotte hören wollte, doch sie ließ sich nicht beirren: »Erkennt man das, wenn man länger hier gelebt hat?«

»Ja und nein. Ich bin auch ein Kikuyu, deshalb weiß ich das.«

»Sie sind Kikuyu?«, entfuhr es Charlotte überrascht. Paris' Haut war dunkel wie Karamell, aber bis dahin hatte Charlotte angenommen, er sei einfach nur sehr sonnengebräunt.

»Ja. Ein halber zumindest. Meine Mutter ist Kikuyu, mein Vater ist Weißer.«

»Das war sicher nicht immer einfach.«

»Nein, das war es nicht«, gab er zu.

Charlotte schwieg. Sicher war er als Kind gehänselt worden und hatte sich weder den Kikuyu noch den weißen Kenianern zugehörig gefühlt. Doch Paris unterbrach ihre Gedanken.

»Als Kind fand ich es schwierig. Aber heute nicht mehr.«

»Weshalb nicht? Helfen Ihre Eltern dabei?«

»Meine Eltern? Sie sind schon sehr lange geschieden. Mein Vater lebt allein auf seiner Farm und meine Mutter wohnt hier in Nairobi, wo ich auch aufgewachsen bin. Von Männern hat sie allerdings die Nase voll. Sie ist eine sehr starke Persönlichkeit. Die Zeit nach der Scheidung damals, als sie meinen Vater verlassen hat, war nicht leicht für sie, oder für uns, aber ich glaube heute das Beste von beiden Welten mitbekommen zu haben.« Er lächelte, aber seine Augen blieben ernst.

Das Beste von beiden Welten: Charlotte dachte an ihre Recherchen. Stand Paris in einem Land wie Kenia, in dem die verschiedenen Bevölkerungsgruppen freiwillig ihre sehr separaten Leben führten, nicht immer *zwischen* den Welten?

»Sind die Kikuyu nicht *Mungiki* eng verbunden?«

»So sagt man, aber man darf nicht alle über einen Kamm scheren. Bewahren Sie sich einen offenen Geist, Charlotte, dann werden Sie hier so manch eine Überraschung erleben.«

Charlotte biss sich auf die Lippen. Wenn sie eines nicht wollte, dann als arrogante, an Vorurteile glaubende Deutsche dastehen.

»Zurück zu den Borana«, wechselte sie schnell das Thema. »Was machen sie heute, wo die Elefantenjagd verboten ist?«

»Ihnen geht es nicht besser als den anderen Stämmen im Norden; als Nomaden leiden sie extrem unter den klimatischen Veränderungen. Die lange Regenzeit von März bis Juni bleibt immer häufiger aus, das Vieh verhungert und die Ernte verdorrt. Es ist entsetzlich. Die Leute verlassen ihre Krale und den Busch und kommen in Camps zusammen. Dort sind die Mädchen auch jetzt.«

»Und weshalb hat der Mann sie Gotteskinder genannt? Er klang nicht gerade so, als wäre das etwas Positives.«

Paris seufzte. »Das Zusammenleben der Borana ist sehr von Religion und Riten geprägt und für Außenstehende nicht leicht zu verstehen. Deshalb haben viele Leute vor ihnen Angst. Wie überall auf der Welt erzeugt Unwissen Furcht, Hass und Verfolgung.«

»Worauf beruht der Glaube der Borana?«

Paris' Nähe ließ ihr Herz wieder schneller schlagen, viel zu schnell. Sie zwang sich, auf seine Antwort zu hören und an nichts anderes zu denken.

»Es geht um alles, wovon ihr Leben abhängt und was sie doch nicht beeinflussen können. Fruchtbarkeit, den Regen und das Vieh. Ihr Gott ist ein gerechter, aber auch unbarmherzig strafender Gott, dessen Gnade nur durch stets gutes und gottesfürchtiges Benehmen gewonnen werden kann.«

»Das ist im Christentum nicht anders.«

»Und wie im Christentum, oder zumindest wie bei den Katholiken, sprechen die Borana nicht direkt mit ihrem Gott, sondern er hört nur Auserwählte an. Denn gute Taten genügen natürlich nicht. Dafür brauchen sie jemanden, durch den ihr Gott spricht.«

»Die Gotteskinder«, sagte Charlotte leise. »Aber wie werden sie auserwählt?«

»Das weiß niemand genau. Es ist ein geheimes Wissen, das nur die weisen Männer der Borana von Generation zu Generation weitergeben. Die Kinder werden schon im

Mutterleib auserwählt und bei ihrer Geburt zum Gotteskind geweiht. Ihnen werden nie die Haare geschnitten und ihnen und ihren Wünschen zu widersprechen, ist ausgeschlossen.«

»Das müssen ja ganz schöne Früchtchen sein«, sagte sie, was das bedrückende Gespräch etwas aufheiterte.

Paris lachte sein angenehmes Lachen, das Charlotte gerne wieder und wieder gehört hätte. »Allerdings. Ich habe selbst noch nie ein Gotteskind getroffen, aber natürlich schon von ihnen gehört. Ganz schön verwöhnt sind sie, zumindest emotional, denn materiell haben sie nicht mehr als das Hemd am Leib. Vergessen Sie nicht, dass sie in Camps groß werden. Was das heißt, begreift man erst, wenn man dort war.«

»Aber die Mädchen sind–«

»Ja?«

Charlottes Stimme klang heiser. »Sie sind Albinos.«

Paris musterte sie aufmerksam. »Außergewöhnlich, nicht war? Ich glaube, die Fleissners haben sie deshalb ausgesucht. Weil sie besonders sind, und weil sie Schutz brauchen.«

»Allerdings«, murmelte Charlotte, und Paris sah sie wieder scharf an.

»Was wissen Sie über die Albinos in Ostafrika? Haben Sie schon welche gesehen?«

Charlotte wog ihre Antwort ab. Konnte sie Paris trauen? *Ja,* sagte ihr Herz, aber: *Vorsicht,* flüsterte ihr Verstand aus alter Gewohnheit. Offenheit macht verletzlich. So nickte sie erst einmal, um Zeit zu gewinnen.

»Wo? Auf der Straße?«, fragte Paris.

»Nein. Vor einigen Tagen, in Kibera.«

»Sie waren in Kibera?«

»Ja.«

»Ganz schön abenteuerlich. Und ganz schön dumm.«

»Sowohl als auch«, gab Charlotte zu.

»Sie sind ehrlich mit sich selbst. Wenn man das sein kann, dann hat man nicht mehr viel zu befürchten in dieser Welt.«

»Lernt man das im Irak und in Afghanistan?«

»Das lernt man auch in Kenia«, antwortete Paris. »Leider.« Dann sah er sich ein letztes Mal im Saal um. »Kommen Sie, lassen Sie uns gehen.«

Charlotte folgte ihm aus der Tür und kontrollierte ihr neues Handy mit der kenianischen Nummer. Tisa hatte sie mehrere Male angerufen. Wahrscheinlich wollte er wissen, ob er sie abholen sollte. Plötzlich hatte sie das Bedürfnis nach fünf Minuten Ruhe. Die Begegnung mit Paris, der Anblick der Mädchen und die Reaktion der Leute auf die Zwillinge hatten sie zu sehr aufgewühlt, um einfach zur Tagesordnung überzugehen.

»Wann holen die Fleissners die Kinder ab?«, fragte sie.

»Kommende Woche. Ich bin sehr gespannt auf sie.«

»Ich auch«, hörte Charlotte sich entschieden sagen, ehe sie stockte: Kaum hatte sie die Worte gedacht, waren sie ihr schon aus dem Mund geschlüpft. Sie wusste, dass sie der Geschichte der Adoption auf der Spur bleiben musste, aber weshalb? War es reine journalistische Neugierde? Oder eher die Anwesenheit Tembos, der auch neben dem Leichnam in Kibera gestanden hatte – hatte er mit der Adoption der beiden Albino-Kinder durch die Fleissners zu tun? Das konnte kein Zufall sein, begriff sie, aber wollte diese Schlussfolgerung erst einmal für sich behalten. Hau ab, sonst bist du als Nächstes dran, raunte Tembo wieder in ihren Gedanken.

»Sie? Weshalb das?«, fragte Paris erstaunt.

»Nun, ich denke, das ist doch eine hochinteressante Geschichte und ich werde sie meinem Chef vorschlagen.« Charlotte versuchte, nichts als professionell und neutral zu klingen. »Der Glaube der Borana und die Gotteskinder sind in Deutschland, und wohl Europa, so gut wie unbekannt. Die Tatsache, dass sie Albinos sind und nun von Weißen adoptiert werden, gibt der Story viele Facetten.«

Ihre Wangen brannten und sie hoffte, dass Paris ihre Finte nicht durchschaute. Natürlich stimmte objektiv betrachtet alles, was sie sagte. In ihrem Inneren aber spürte sie, dass da mehr war. Mehr, als sie es nun mit Paris besprechen wollte. Bei aller Anziehung war er erstens ein Unbekannter und zweitens stand er in den Diensten der Fleissners. Paris überlegte, ehe er ihr antwortete.

»Hm. Ich weiss nicht recht, Charlotte. Das ist eher eine Privatangelegenheit. Max wird Frederik sicher wissen lassen, ob er diese Geschichte in der Presse lesen will oder nicht.«

»Sie kennen meinen Chef?«

»Hier kennt jeder jeden, das habe ich doch schon gesagt.«

»Wenn es eine Geschichte gibt, dann bringe ich sie. Darum geht es im Journalismus, und nicht um Freundschaften.«

»Aha.«

Sie streckte Paris die Hand hin und er reichte ihr ihren Presseordner, wobei sie seine langen, eleganten Finger bemerkte. Wie fühlte sich das wohl an, wenn einem diese schönen Finger durch die Haare fuhren, ehe sie sanft den Nacken und dann den Rücken hinunterstrichen? Wie schmeckten seine Kuppen zwischen ihren Lippen? Charlotte rief sich zur Ordnung und gab Paris nur förmlich die Hand.

»Wir sehen uns dann wohl im Norden im Camp wieder.«

»Wie kommen Sie dorthin?«

»Ich kaufe mir ein Auto.«

Paris' Augen glitzerten wie das kühle Wasser eines Sees. Charlotte bemerkte, wie weich und schön geschnitten seine Lippen waren.

»Dann viel Erfolg«, sagte er.

»Danke. Ihnen auch«, erwiderte Charlotte und begann, Tisas Nummer zu wählen. Paris aber rief ihr noch nach: »Charlotte?«

»Ja?« Sie drehte sich nach ihm um, und er kam auf sie zu. Er hatte sich seine Jacke ausgezogen und hatte sie sich über die Schulter gehängt. Seine Arme waren durchtrainiert und unter seinem engen, weißen T-Shirt zeichneten sich Muskeln ab. Wie er wohl ganz ohne Kleider aussah? Charlotte wurde zu ihrem Ärger rot.

»Ich habe auch noch eine Frage an Sie.«

»Ja bitte?«

»Haben Sie heute Abend schon etwas vor?«

»Ja«, sagte sie augenblicklich und war froh darum, denn Paris' Wirkung auf sie machte ihr Angst. Sie wollte ganz gewiss nicht mit ihm im schummrigen Licht einer Bar alleine sein. *Und weshalb nicht?*, flüsterte ein Teufelchen in ihrem Ohr. Sie war erwachsen und ungebunden. *Weshalb nicht?*, erwiderte ihr persönliches Engelchen entsetzt: »*Weil sie verdammt noch mal verletzt worden ist.«* Eine Frau musste lernen, sich und ihre Gefühle zu schützen. Vor allen Dingen eine Frau, die allein in Afrika war. Außerdem hatte sie schlicht und einfach wirklich schon etwas vor.

»Hm. Schade«, sagte Paris und klang ehrlich enttäuscht.

»Das finde ich auch«, sagte Charlotte und merkte, dass auch sie es ehrlich meinte, trotz aller Angst und Misstrauen gegenüber ihren eigenen Gefühlen.

»Würden Sie mir denn Ihre Nummer geben? Vielleicht gibt es sonst eine Chance auf ein Date?«

Charlotte wartete einen Herzschlag lang ab, ehe sie antwortete: »Geben Sie mir Ihre Nummer. Ich melde mich bei Ihnen.«

»*Rufen Sie uns nicht an, wir rufen Sie an*«, sagte Paris lächelnd und zog seine schön geschwungenen Augenbrauen hoch.

»So ungefähr. Nichts für ungut.« Charlotte nahm seine Karte entgegen. Ihre Finger zitterten dabei. Paris sah auf ihre Hände, dann kurz in ihre Augen, aber er schwieg, wofür sie ihm dankbar war. Sie steckte die Karte in ihr Portemonnaie.

»Passen Sie auf, dass Sie jetzt keinem Taschendieb zum Opfer fallen«, bemerkte er grinsend.

»Mache ich.«

Paris zog seine Autoschlüssel aus der Tasche und sah sie ein letztes Mal an, ohne dass Charlotte den Ausdruck seiner Augen hätte lesen können. Dann deutete er eine kleine Verbeugung an und verließ das Hotel. Charlotte verharrte neben der Rezeption, bis sie ihn aus den Augen verlor. Als sie unter die blühende Bougainvillea am Eingangsportal trat, sah sie gerade noch einen zerbeulten, staubfarbenen Landrover-Pick-up aus der Einfahrt auf die Straße biegen und davonbrausen.

»Paris Strongitharm«, sagte sie leise und hörte auf den Klang seines Namens, schmeckte ihn auf ihrer Zunge und wartete, bis sich ihr Herzschlag etwas verlangsamte und ihre Finger ruhig genug waren, um Tisas Nummer zu wählen. Sie wollte jetzt nicht durch den Uhuru-Park laufen, sondern so schnell wie möglich ihre verworrenen Gefühle mit Arbeit beruhigen.

12. Kapitel

Als Charlotte in die angenehme Kühle des klimatisierten Büros zurückkehrte, war Frederik Nyere gerade unterwegs, um den chinesischen Wirtschaftsminister zu interviewen, der für drei Tage in Nairobi war. Ehe sie noch genauer drüber nachdenken konnte, gab sie »Paris Strongitharm« bei Google ein und kam auf die Website seiner Firma, die alles vom schlichten Personenschutz bis zum kompletten Verbarrikadieren von Häusern anbot. Unter *»Projekte«* sah sie die Betonmauer um den flachen, einstöckigen Bau der amerikanischen Botschaft in Bagdad, den gepanzerten und von vier Motorrädern begleiteten Wagen eines deutschen Generals in Afghanistan und Paris immer einen Schritt hinter bekannten Schauspielern und gekrönten Häuptern, die auf Privatbesuch oder Safari in Kenia waren.

Kein Wunder, dass ein paar aufgeregte Journalisten nach einer Pressekonferenz ihn kaum aus der Ruhe brachten, entschied Charlotte, und googelte »Borana« und »Gotteskinder«, doch sie fand keinen direkten Eintrag, außer den zu der Arbeit einer Fotografin aus den siebziger Jahren namens Mirella Ricciardi. Charlotte klickte den Link an und eine Auswahl grobkörniger, jedoch sie augenblicklich fesselnder Fotos erschien auf ihrem Monitor. Langgliedrige Mädchen, die badeten und sich gegenseitig die Haare flochten und junge Männer, die sich die Körper mit rotem Lehm bemalten, ehe sie beschnitten und zum Krieger geweiht wurden. Charlotte sah die Bilder durch, bis sie zu dem Foto eines Kindes kam, das sie mit ruhigem und weisem Blick aus seinen großen, dunklen Augen ansah. Seine Haare waren kraus und nicht lang und wellig wie die der Zwillinge, aber diesen kleinen Jungen umgab dieselbe entrückte Aura, die Charlotte auch bei den Mädchen am Morgen bemerkt hatte. Sie klickte auf das Foto und nach einem kurzen Augenblick füllte es ihren Bildschirm aus. Der Blick des Kindes traf sie mitten ins Herz.

Charlotte schaltete nach einem langen, letzten Blick in die dunklen Augen dieses Gotteskindes sein Bild frustriert weg. Vor ihrem Date mit Shirish wollte sie noch duschen und sich umziehen. Zwar freute sie sich auf das Treffen heute Abend, doch ihre Vorfreude war mitnichten vergleichbar mit dem Gefühl, das Paris in ihr ausgelöst hatte, als er ihr seine Nummer gab.

Sie räusperte sich verschämt und holte den *PUR*-Presseordner und ihr Aufnahmegerät aus der Tasche. Sie konnte ebenso gut noch den Bericht zur Rückkehr von *PUR* nach Kenia schreiben, ihn mit Bildern aus der B-Roll unterlegen, ehe der Redaktion die Aufnahmen von der Pressekonferenz zur Verfügung standen, und dann schneiden. Und dann? Die Gotteskinder? *Mungiki*? Aus irgendeinem Grund ahnte sie, dass sie bei keinem der Themen wirklich mit Frederiks Unterstützung rechnen konnte.

Gerade deshalb wurden sie umso attraktiver für Charlotte, die ihr Aufnahmegerät einschaltete, sich die Kopfhörer in die Ohren steckte und sich bei einer Tasse Kaffee die Pressekonferenz noch einmal anhörte. Sie würde Frederik schon davon überzeugen, dass er sie mit in den Norden fahren ließ, wenn die Fleissners die Mädchen abholen gingen. Sie dachte kurz daran, wie Lisa Fleissner mit geröteten Augen den Kopf geschüttelt hatte, ehe ihr Mann die Adoption verkündete. War es ihr nicht recht, dass die Welt von ihren Plänen wusste? Warum nicht? Max Fleissner war offensichtlich die gute PR wichtiger als die Gefühle seiner Frau.

Ehe sie zu schreiben begann, gab Charlotte auf gut Glück noch »Tembo« bei Google ein, fand jedoch keine Eintragungen außer einer Swahili-Sprachseite. Dann machte sie sich an die Arbeit: Länger als knapp eine Minute sollte der Beitrag nicht werden, doch auch dafür brauchte sie Zeit und musste noch die richtigen Bilder in der B-Roll finden.

Als sie am frühen Abend nach Hause kam, war Kumi bereits gegangen. Charlotte hätte gerne ihre Eindrücke von der Pressekonferenz mit ihr geteilt und sie nach *Tembo* gefragt. Sie war sich sicher, dass Kumi ihn kannte und wusste, weshalb alle so offensichtlich Angst vor ihm hatten.

Charlotte rieb sich die Augen. Es war ein heißer Abend, vielleicht würde ein Sprung in den Pool vor dem Ausgehen ihr gut tun. Sie wollte sich gerade ihren Bikini anziehen, als es an der Tür klingelte.

Hatte Kumi etwas vergessen? Charlotte öffnete und sah zu ihrer Überraschung einen kleinen Jungen auf der Schwelle stehen.

»Kann ich dir helfen?«, fragte sie freundlich, aber er streckte ihr nur ein kleines Paket entgegen.

»Was ist das? Wer schickt dich?«, fragte Charlotte und drehte das Päckchen einmal um. Es war in Zeitungspapier eingeschlagen und mit einem Schnürsenkel zusammengebunden, doch sie konnte weder ihren Namen noch den eines Absenders darauf erkennen.

»Bist du sicher, dass das für mich ist?«, fragte sie, doch das Kind nickte nur mehrere Male.

»Warte, ich gebe dir etwas«, sagte Charlotte und suchte in ihren Hosentaschen nach Kleingeld, doch das Kind rannte bereits die Auffahrt hinunter, tauchte unter dem Schlagbaum am Pförtnerhaus hindurch und verschwand dann in den Weiten von Muthaiga.

Charlotte drehte das Paket vorsichtig hin und her und hielt es an ihr Ohr, konnte aber nichts hören. So ein Quatsch, schalt sie sich, Bomben in Paketen gibt es doch nur im Zeichentrickfilm. Sie ging zurück ins Wohnzimmer, wo sie das Päckchen auf den Couchtisch legte, ein Messer aus der Küche holte und den vielfach verknoteten Schnürsenkel aufschnitt. Das Zeitungspapier färbte mit seiner Druckerfarbe ihre Finger schwarz. Die Schachtel war gerade mal groß genug, um ein Paar Kinderschuhe darin aufzubewahren. Sie fühlte sich ganz leicht an, als Charlotte sie einmal schüttelte. Es war ein seltsames Geräusch zu hören: Kein Klappern und auch kein Rütteln, aber etwas anderes, wie ein dumpfes Schlagen. Sie kniete neben dem Tisch auf dem Teppich, hob vorsichtig den Deckel an und lugte hinein. Unmittelbar fuhr sie entsetzt zurück und prallte gegen das Sofa. Direkt vor ihrem Gesicht hob sich grünlich-glänzend der schmale Kopf einer Schlange.

Charlotte presste ihren ganzen Körper gegen die Couch in ihrem Rücken und wagte nicht, sich zu rühren. Die Schlange fixierte sie kalt, ehe sie langsam und drohend den Rachen aufsperrte und ihr schwarzes Maul zeigte. Nicht bewegen, dachte Charlotte, und versuchte fieberhaft, sich an das zu erinnern, was sie über Schlangen in Kenia gelesen hatte. Hatte sie überhaupt etwas gelesen? Eine olivfarbene Schlange, deren schwarzes Maul sich erst vor dem Zubeißen offenbarte: Die schwarze Mamba, die giftigste aller kenianischen Schlangen, ausgewachsen so lang wie ein Arm und so schmal wie eine Rute. Charlotte blieb die Luft weg. War das ihr Ende? Der Schlangenkopf schwebte vor ihr, die Augen leuchteten gelb wie Honig zwischen den dunklen Schuppen und die schmale Zunge zischelte immer wieder schnell aus dem Maul. Charlotte dagegen tat nichts: Sie zwinkerte nicht, sie atmete nicht, sie schluckte nicht. Ein Biss, und sie war verloren. Der Tod trat innerhalb von einer Stunde ein, erinnerte sie sich. Wenn die schwarze Mamba einmal zuschlug, ließ sie einem zu nichts mehr Zeit und sie konnte bis zu zwölf Mal hintereinander zubeißen. Charlotte brach der kalte Schweiß aus und in ihrem Mund entstand ein bitterer Geschmack, als die Schlange lautlos aus der Schachtel glitt und sich glänzend und schmal über Charlottes gläsernen Couchtisch bewegte. Ihr Körper erforschte das kühle, unbekannte Gelände, ein schmaler Streifen Tod, ihr Kopf bewegte sich von rechts nach links und ließ Charlotte nie aus den Augen.

Charlotte war dem Tier zu nahe, um sich zu regen oder etwas zu unternehmen. Sie konnte nur hoffen, denn jede Bewegung bedeutete ihren sicheren Tod. Die Schlange lag nun regungslos, bereit, zuzuschlagen, während Charlotte der Schweiß in die Augen rann. Ein plötzlicher Windstoß hob die leichte Gardine vor der offenen Terrassentür an, die Schlange wandte den Kopf in Richtung der Bewegung, und während die Luft kühl über Charlottes heiße Haut strich, glitt das Tier an einem Bein des Couchtisches entlang auf den Teppich und über das Parkett. Charlotte folgte ihr nur mit den Augen und rührte sich noch immer nicht, als das Reptil sich auf die Terrassentür zubewegte. Dann, zwei, drei unvorstellbar lang dauernde und vollkommen lautlose Atemzüge später, erreichte die schwarze Mamba die Schwelle. Ihr Kopf verschwand als Erstes, dann die Mitte ihres Körpers und schließlich ihr Schwanz. Und dann war sie fort.

Es dauerte eine gefühlte Ewigkeit, bis Charlottes Erstarrung sich löste. Sie sah stumm auf die leere Schachtel, auf das Zeitungspapier und den zerschnittenen Schnürsenkel, mit dem alles zusammengehalten worden war, ehe sie zu zwinkern wagte und setzte sich erst nach einer Weile sehr behutsam auf. Ihre Füße trugen sie noch nicht, das wusste sie, und so kroch sie zu der Tür und schloss diese mit zitternden Fingern. Dann lehnte sie ihre Stirn gegen das kühle Glas und zwang ihren Atem zur Ruhe. Erst nach langen Minuten schaffte sie es, sich aufzuraffen und sich in die Kissen ihrer Couch fallen zu lassen. Vor ihr auf dem Tisch stand noch immer die nun leere Schachtel. Auf Schwimmen oder einen Spaziergang im Garten war ihr jede Lust vergangen. Sie zog die Knie an und vergrub ihr Gesicht in den Händen, als sie sich zu fassen versuchte. Was hatte sie getan, dass man ihr ein solches Geschenk machte?

Eine schwarze Mamba. Das Wahrzeichen von *Mungiki*.

Als ihre Kräfte langsam wiederkehrten, schleppte sie sich unter die Dusche – aber nicht ohne vorher genau in jede

Ecke des Badezimmers zu sehen – und ließ sich lange eiskaltes Wasser über den Körper strömen. Während sie sich anzog, hörte sie ihr Handy piepsen. »*Soll ich Sie um sieben abholen? Viele Grüße, Shirish.*«

Wollte sie noch ausgehen? Und ob. Wer immer ihr die Schachtel mit der Schlange geschickt hatte – sie würde sich nicht dadurch einschüchtern lassen. *Hau ab, sonst bist du als Nächstes dran.* Sie schaute auf und begegnete ihrem eigenen Blick im Wohnzimmerspiegel. Oh nein. Dieses Mal nicht. Sie würde den Schwanz sicher nicht einziehen. Also textete sie zurück: »*Nein danke, ich nehme mir ein Taxi*«, und suchte dann in ihrer Geldbörse nach der Karte des Taxifahrers, der sie am ersten Tag vom Flughafen ins Büro gebracht hatte.

Als sie eine Stunde später zum Schlagbaum des Pförtnerhauses lief, um auf das Taxi zu warten, scharte sich dort bereits eine kleine Gruppe Menschen. Charlotte erkannte den Pförtner, zwei der Gärtner und drei der Frauen, die vermutlich als Angestellte in den anderen Wohnungen arbeiteten.

»Sie war direkt unter meinem Schemel, einfach so, zusammengerollt. Ich wäre fast darauf getreten…«, sagte der Pförtner, der mit zitternder Hand ein Einwegglas umklammerte. »Da hatte ich heute Mittag noch meinen Eintopf drin«, sagte er und hielt das Glas hoch. Darin züngelte olivgrün glänzend eine Schlange.

Der Mann streckte nun auch Charlotte das Glas entgegen, doch die tat instinktiv einen Schritt zurück. Sie hatte von dem Tier heute und für alle Zeit genug gesehen.

»Keine Angst. Ich habe immer meinen Schlangenstecken im Pförtnerhaus.« Der Pförtner griff nach einem langen, grob geschnitzten Stecken, dessen eines Ende eine Gabel formte. »Aber Sie haben Glück, dass die ihnen nicht am Pool begegnet ist. Das ist die giftigste Schlange Kenias.«

Eine der Frauen fragte: »Was willst du jetzt mit ihr machen?«

»Ich habe im Schlangenpark angerufen. Die zahlen gutes Geld, um sie zu melken und ein Serum aus ihrem Gift zu machen. Und anschließend können Schulkinder sich das Biest ansehen.«

Charlotte war froh, sich für die Fahrt mit dem Taxi entschieden zu haben, denn der Taxifahrer brachte sie mit seinem Frohsinn auf andere Gedanken, und er lachte, als sie den Strick zum Festbinden, den er ihr dieses Mal anbot, ablehnte.

»Jetzt sind Sie schon eine von uns, und kein *two year wonder*«, bemerkte er und verließ Nairobi in Richtung Karen und Langata, bog aber schon bald von der geteerten Straße ab und folgte einem schmalen Pfad, an dessen Ende breit und langgezogen ein Haus allein auf einem Feld stand. *Carnivore,* leuchtete es in bunten Buchstben vom Dach in die Nacht.

Charlotte stieg aus und sah über den vollen Parkplatz, hin zum Eingang des *Carnivore,* wo in alten Ölfässern Feuer hell in die Nacht loderten. Die heiteren Stimmen der Wartenden drangen bis zu ihr hin; sie sah Gruppen von staunenden, verschüchtert wirkenden Touristen, weiße Kenianer, die an der Selbstverständlichkeit zu erkennen waren, mit der sie sich dem Eingang näherten, junge Leute indischer Herkunft – wobei sich die Männer von den Frauen getrennt hielten – und viele schwarze Kenianer, die noch eine Zigarette rauchten, ehe sie den tunnelartigen, mit Dschungelmotiven verzierten Eingang des *Carnivore* betraten.

Der Kies knirschte unter ihren Füßen, als sie auf das Tor zuging. Es war ein warmer Abend und ein lauer Wind strich über ihre nackten Waden und ließ ihr schwarzes Wickelkleid flattern. War sie etwa aufgeregt? Dies war ihr erstes Date seit ihrer Trennung von Henrik und sie wollte die Abwechslung, die der Abend ihr brachte, einfach genießen. In den letzten Tagen hatten sich die Ereignisse so überschlagen, dass schon die Erinnerung daran sie erschöpfte. Aber das Paket mit seinem tödlichen Inhalt hatte ihr den Rest gegeben; der echte Schock würde vielleicht erst morgen kommen. Jetzt aber war die Aussicht auf Musik, feines Essen und ein interessantes Gespräch mit einem gut aussehenden Mann genau das, was sie brauchte.

Als sie den Tunnel am Eingang des Restaurants betrat, sah sie Shirish schon neben einem mannshohen Glaskasten, in dem ein ausgestopfter und von Motten zerfressener Löwe sein Maul aufriss, stehen. Dem Tier fehlten einige seiner Zähne und sein Fell wies Löcher auf, die nur von Gewehrkugeln stammen konnten.

»Hallo Shirish. Haben Sie keine Angst, gefressen zu werden?«, fragte Charlotte und Shirish sah von seinem Handy auf.

Er lachte und klopfte mit den Knöcheln an den Glaskasten: »Das ist Leslie. Der arme Kerl ist erst seit Kurzem hinter Glas, weil die Leute einfach zu viel Schabernack mit ihm getrieben haben.« Dann musterte er Charlotte kurz und diskret, ehe er sagte: »Schön, dass Sie da sind. Sie sehen toll aus.«

»Danke.«

»Kommen Sie, gehen wir rein.« Er reichte ihr seinen Arm und Charlotte sah sich neugierig um. Die lange Bar in der Mitte des großen Raumes, über dem sich das Dach aus Palmblättern spannte; die Tanzfläche, die bereits voller Leute war und das Restaurant, das im Freien lag.

»Ich habe einen Tisch reserviert, aber wenn Sie lieber an die Bar wollen …?«

Charlotte wollte gerade sagen: »An die Bar«, als sie dort Paris Strongitharm stehen sah. Er lehnte alleine am Tresen, vor sich einen Drink in einem hohen Glas. Charlottes Herz machte unvermittelt einen kleinen Hüpfer.

»Lassen Sie uns doch gleich zum Tisch gehen«, sagte sie schnell und ihre Stimme klang etwas wackelig.

»Geht es Ihnen gut? Sie sind ganz blass geworden. Haben Sie einen Geist gesehen?«

»Nein, nein. Alles in Ordnung.«

»Und bitte, wollen Sie nicht ›Du‹ zu mir sagen?«

»Sehr gern«, sagte sie, ohne Paris aus den Augen zu lassen.

Er führte sie aus der Bar in den Restaurantbereich. In der Tür drehte sich Charlotte noch einmal um und ihr Blick traf den von Paris. Er sah sie mit einer brennenden Intensität an, die ihr den Atem verschlug und sie suchte an Shirishs Arm nach Gleichgewicht.

»Alles in Ordnung, Charlotte?«, fragte der noch einmal, drehte sich erneut zu ihr um und sah im selben Augenblick Paris, das konnte sie an seinem Gesichtsausdruck erkennen.

»Kennen Sie den Mann?«, fragte er sie.

»Nein. Ja.«

»Ja. Nein?« Shirishs Tonfall war scherzhaft, aber seine Augen blieben ernst.

»Ich habe ihn heute Morgen auf der Pressekonferenz von *PUR* getroffen. Also ist kennen zu viel gesagt. Und du? Kennst du ihn?«

»Ja«, sagte Shirish knapp. Als Charlotte wieder zur Bar sah, war Paris verschwunden und sie schluckte enttäuscht.

War er einfach so gegangen, obwohl er sie gesehen hatte?

»Ich habe extra diesen Tisch ausgewählt, damit du alles genau beobachten kannst. Zufrieden?«, fragte Shirish nun.

»Sehr«, sagte Charlotte und ertappte sich dabei, wie sie die Bar und die Tanzfläche nach Paris absuchte, ehe sie sich zur Ordnung rief. Shirish war ein vollkommener Gentleman, und das Mindeste, was sie ihm schuldete, waren Höflichkeit und Respekt für die Aufmerksamkeit, die er ihr erwies. Paris Strongitharm hin oder her.

Wenn Nairobi wirklich so klein war, würde sie ihn schon wiedersehen.

»Was möchten Sie, Entschuldigung – was willst du trinken? Einen Kir?«

»Lieber ein Glas Rosé.«

»Hat dir der Wein geschmeckt, den ich dir geschickt habe?«

»Ja, der war wirklich gut.«

»Dann bestelle ich dir davon ein Glas. *Culembourg* ist auch meine Lieblingssorte. Ich habe den Weinberg in Südafrika vor Jahren besucht und bin heute eng mit dem Eigentümer befreundet. Er ist ein Israeli, der sein Geld mit Waffenhandel gemacht hat und nun versucht, ein guter Mensch zu sein.«

»Und? Schafft er es?«

»Nicht mehr und nicht weniger als wir alle«, sagte er verschmitzt. Die Kellnerin trat zu ihnen an den Tisch und Charlotte nutzte die Gelegenheit, um sich noch einmal nach Paris umzusehen, ehe sie seine Anwesenheit hier vergessen wollte. Sie konnte ihn nirgends entdecken, doch gerade, als sie sich enttäuscht in die Lektüre der Speisekarte versenken wollte, sah sie ihn durch die Menge gleiten. So stellte sie sich die Bewegung eines Leoparden vor, der von seinem Baum auf den Boden zur Beutejagd schlich. Sie griff blind nach dem Weinglas, das die Kellnerin ihr reichte.

Beinahe hätte sie sich jedoch im nächsten Moment an dem guten Wein verschluckt: Paris Strongitharm begrüßte gerade mit Hand- und Schulterschlag *Tembo*. Charlotte hustete.

»Charlotte?«, fragte Shirish sanft, und sie wurde rot.

»Entschuldigung, Shirish. Ich will nicht unhöflich sein. Aber die Pressekonferenz von *PUR* beschäftigt mich sehr.«

»Weshalb? Hast du vorher nie von Kindermoden und Gutmenschen gehört? Erzähl!«

Charlotte war Shirish dankbar, dass er ihre Unaufmerksamkeit nicht übel nahm.

»Gutmenschen! Sind die Fleissners das etwa?« Sie sah wieder hin zu Tembo und Paris. Nun hatte sich noch Evangeline, die junge PR-Frau von *PUR*, zu ihnen gesellt und begrüßte Paris gerade mit einem Kuss auf beide Wangen. Dabei legte sie vertraut ihre Hände auf seinen Oberarm und Charlotte wandte schnell den Blick ab. War sie seine Freundin? Aber hätte er dann mit Charlotte so gesprochen, wie er es getan hatte? Wenn sie an Henrik und seine Affäre dachte, war wohl auch das möglich. Charlotte nahm einen großen Schluck Wein und konnte gerade noch beobachten, wie Paris ein wenig von Evangeline abrückte.

»In unseren Flüssen ist nicht alles Gold, was glänzt«, sagte Shirish. »Aber ich will nicht zu hart mit Max ins Gericht gehen. Er wollte in der Schule immer afrikanischer als die Afrikaner sein.«

»Frederik meint, das sei ihm auch gelungen.«

»Er hatte keine Wahl. Sein Vater hat vor der Heirat mit seiner Mutter lange in einem Kikuyu-Kral gelebt und ist erst nach der Geburt der Kinder mit ihr in ein Haus gezogen. Werner Fleissner, Max' Vater, ist noch aus dem alten Holz der Siedler geschnitzt, sein eigener Großvater ist auf dem Kutschbock eines Ochsenkarrens nach Kenia eingewandert. Max hat sich immer an seinem Vater gemessen, und ihm nachgeeifert. Manchmal hatte ich den Eindruck, je mehr Max ihn kopierte, umso mehr stieß sein Vater ihn zurück und zog ihm seine Schwestern vor.«

»Und hat er mit seiner Firma jetzt die Gunst seines Vaters gewinnen können?«

»Der alte Fleissner ist außerordentlich wohltätig und tief mit der örtlichen Gemeinschaft verbunden. Max' Geschäft muss ihm gefallen, und deshalb ist der Erfolg von *PUR* Max auch so wichtig. Er ist endlich so gut und so anerkannt wie sein Vater. Und wenn alles so klappt, wie er es sich vorstellt, sogar noch mehr.«

Er trank einen Schluck und wollte weitersprechen, als auch er *Tembo* entdeckte und mitten im Satz abbrach.

»Haben Sie sich etwas ausgesucht? Ich kann heute Abend den Mixed Grill empfehlen. Kudu und Zebra«, sagte die Kellnerin, die wieder an ihren Tisch trat und Block und Stift zückte.

»Klingt gut. Das nehme ich«, sagte Shirish und reichte ihr seine Karte.

»Ich nehme den Gemüseauflauf«, sagte Charlotte nach einem schnellen Blick auf die Speisekarte und fragte dann: »Kennst du den Mann?«

»Wen?«

»Na, den großen. Und versuch jetzt nicht, es zu leugnen – du beobachtest ihn ja die ganze Zeit.«

»Ja, ich kenne ihn. Aber ich habe ihn schon lange nicht mehr gesehen.«

»Woher kennst du ihn? Was macht er?«

Shirish überlegte kurz. »Sagen wir, ich kenne ihn aus einem früheren Leben. Für Männer wie ihn gibt es sicher viele böse Bezeichnungen, die sich jedoch niemand traut in den Mund zu nehmen. Aber alles auf der Welt hat zwei Seiten, deshalb würde ich sagen: Er hilft, wenn sonst auf keine Hilfe mehr zu hoffen ist.«

»Das klingt doch eigentlich positiv.« Charlotte hob ihr Glas und stieß mit Shirish an. »*Chin Chin*.« Sie hielt es für besser, den Ton ihres Gesprächs leicht und spielerisch zu halten.

»Zum Wohl. Wie man es nimmt. Man muss auf jeden Fall nach seinen Regeln spielen, wenn man seine Hilfe in Anspruch nehmen will, das gilt auch heute noch, auch wenn sich vieles geändert hat.«

»So sieht er auch aus. Hat er dir auch schon mal geholfen?«

Shirish schwieg einen Augenblick lang und seine Finger spielten wieder mit den zwei Ringen an seiner linken Hand. »Ja. Er hat jemanden für mich gefunden.«

»Wen denn?«

»Charlotte, das ist kein Gespräch für ein erstes Date. Und im Allgemeinen ist zu viel Interesse für *Tembo* und seine Geschäfte nicht gerade gesund.«

Charlotte senkte ihre Stimme und flüsterte: »Ist er bei *Mungiki*?«

Shirish legte ihr seinen Zeigefinger auf die Lippen, und Charlotte überraschte die intime Berührung. Doch sie hielt still und fixierte ihn mit ihrem Blick.

»Sht. Charlotte. Sht.«

Sacht zog sie ihren Kopf zurück. Shirish legte seine Hand wieder auf den Tisch und sein eigener Impuls schien ihm peinlich zu sein.

»Entschuldigung. Normalerweise bin ich nicht so forsch, aber deine Frage hat mich so überrascht.«

»Das macht nichts. Sagst du mir trotzdem, wobei er dir geholfen hat?«

Shirish seufzte. »Also gut. Irgendwann wirst du es ja doch erfahren, so schwatzhaft wie Nairobi ist. Wo soll ich anfangen?«

»Am besten am Anfang«, sagte Charlotte und Shirish nahm einen großen Schluck von seinem *Tusker* Bier, ehe er zu sprechen begann.

»Ich habe dir doch erzählt, dass ich aus London nach Kenia zurückgekommen bin, weil ich meinen Kindern dieselbe Kindheit bieten wollte, die ich hatte.«

»Ja.«

»Meine Frau und ich waren einer Meinung. Wir kannten uns schon als Teenager, haben uns dann in London wiedergesehen und schnell geheiratet. Unsere Familien begrüßten die Verbindung, aber es war vor allen Dingen eine Liebesheirat. Als wir nach Nairobi zurückkamen, bin ich in die Steuerberatung meines Onkels eingestiegen und habe schnell sehr viel Geld verdient. Dort habe ich auch *Tembo* kennengelernt, denn er und seine Firma waren damals unsere Kunden. Dann musste ich eines Tages nach Lagos auf Geschäftsreise und ließ meine Frau mit unseren Angestellten allein zurück, unsere Kinder waren damals schon im Internat. Als ich wiederkam, fand ich meine Frau an einen Stuhl gefesselt und geknebelt vor.«

Charlotte hielt sich entsetzt die Hand vor den Mund und Shirish nickte und trank noch einen Schluck *Tusker*. »Unsere Angestellten hatten das Haus ausgeraubt und sich dann aus dem Staub gemacht.«

»Und deine Frau?«

»Sie war erstickt.«

»Oh Gott«, flüsterte Charlotte und schob ihr Glas beiseite. Sie hatte plötzlich keine Lust mehr, etwas zu essen oder zu trinken, und sie ließ Shirish nicht aus den Augen.

Shirish mied erst ihren Blick, lehnte sich zurück und fischte sich eine *Sportsman*-Zigarette aus der Packung. Schweigend rauchte er ein paar Züge, ehe er Charlotte wieder ansah und sagte: »Es war entsetzlich. Das Verbrechen hat meine Familie zerrissen und meine beiden Kinder sind bis heute in Therapie. Ich selbst weiß nie, was mich erwartet, wenn ich nach Hause komme. Ich kann nicht die Tür aufsperren, ohne dass sich nicht die Haare in meinem Nacken aufstellen, und alle Alarmanlagen dieser Welt können mich nicht vor meinen Erinnerungen schützen.«

»Bist du im selben Haus wohnen geblieben?«

»Ja, meine Kinder wollten das so. Für sie ist der Geist ihrer Mutter darin noch lebendig.«

»Hast du deshalb den Wachhund?«

»Tyson? Ja. Wer hat dir von ihm erzählt?«

»Tisa hat dich am ersten Tag nach ihm gefragt, als du mir die Wohnung in Muthaiga gezeigt hast.«

Shirish lächelte schmal. »Du bist eine gute Journalistin, Charlotte. Du verwertest jede Information, die du nur zu fassen bekommst.«

»Nicht unbedingt.« Charlotte sah Shirish fest an. »Auf das, was du mir eben erzählt hast und was ich vor einigen Tagen in Kibera gesehen und gehört habe –« Shirish sah sie fragend an, doch sie hob abwehrend die Hand, um auszusprechen, »–kann ich mir momentan keinen Reim mehr machen.«

»Was ist denn in Kibera passiert?«

Charlotte hatte plötzlich einen Kloß im Hals. Heimweh nach Köln und ihrem geregelten Leben dort, wo das Abenteuer eine begrüßenswerte Ausnahme und nicht ein in seiner Unberechenbarkeit erschreckender Alltag war, überkam sie. Shirishs Geschichte hatte den Damm gebrochen, den sie in den letzten Tagen mühsam in sich aufgebaut hatte, um die Erinnerung an den Torso in Kibera und das Grauen, von dem Kumi ihr erzählt hatte, von sich fernzuhalten.

»Was in aller Welt hält euch hier noch, wenn es so gewalttätig und so gefährlich ist? Du könntest doch mit deinen Kindern überall leben. Irgendwo, wo sie nicht an den Mord an ihrer Mutter erinnert werden.«

Shirish lehnte sich in seinem Stuhl zurück und Charlotte wartete gespannt, aber gab ihm Zeit zu antworten. Er zündete sich noch eine Zigarette an, ehe er antwortete:

»Weil einem dieses Land das Herz stiehlt wie kein anderes. Jeder andere Himmel ist eng, jedes andere Licht blass, jede andere Erde karg. Jeder Tag woanders ist ohne Würze und ohne Freiheit. Für dieses Gefühl sind die meisten von uns bereit, einen hohen Preis zu zahlen. Du bist erst einige Tage hier. Gib dir Zeit. In ein paar Monaten schon wirst du verstehen, was ich meine.«

Sie schwiegen, und Charlotte sah wieder hin zu Paris, Tembo und der Gruppe von Leuten um sie herum. Die Fleissners selbst waren nicht zu sehen. Shirish folgte ihrem Blick.

»Paris wollte mir damals nicht helfen, als die Polizei schon nach zwei Tagen die Suche nach den Tätern einstellte.«

»Weshalb nicht?«

»Er sagte mir, er sei Chef einer Sicherheitsfirma und kein Kopfgeldjäger.«

»Stimmt ja auch irgendwie.« Charlotte gefiel Paris' Antwort, doch Shirish schüttelte den Kopf.

»In meiner Lage habe ich das damals anders gesehen. Für mich gab es damals nur Freund oder Feind. Wer mir half, war mein Freund, wer es nicht tat, aus welchem Grund auch immer, war es nicht. Paris und ich haben seitdem kein Wort mehr miteinander gewechselt.«

»Hm. Und *Tembo*?«

»*Tembo* hat mir sofort seine Hilfe zugesagt, sein Wort gehalten und hat eine ganze Armee von Männern auf die Fährte der Mörder gesetzt. Nach drei Wochen hatten sie sie in der Salzwüste um den Lake Magadi gefunden. Sie waren halb verdurstet und hatten den Schmuck meiner Frau gegen Fanta und Cola eingetauscht.«

»Und was dann? Was ist mit den Männern passiert? Haben Tembos Schergen sie der Polizei übergeben?«, fragte Charlotte und fürchtete Shirishs Antwort. Die Euphorie, mit der sie nach Afrika geflogen war, ihr Eifer, mehr über *Mungiki* und ihre Machenschaften in Zusammenhang mit den Albinos zu erfahren, waren momentan verflogen. Sie fühlte sich allein und verletzlich.

Shirish schüttelte den Kopf. »Die Rache ist mein, sagt dein Gott, Charlotte«, sagte er rätselhaft. »Und Tembo hat mir damals bei meiner Rache geholfen. Ich weiß viel über ihn, aber ich würde es niemals preisgeben. Nicht unbedingt aus Furcht vor, sondern auch aus Angst um ihn. Man muss jedem Menschen zugestehen, Fehler einzusehen und sich zu ändern. Das muss dir genügen. Ich sage kein weiteres Wort zu Tembo und *Mungiki*. Jetzt lass uns über etwas anderes sprechen.« Er zog sich die dritte Zigarette aus der Packung und fragte jetzt erst: »Stört es dich, wenn ich rauche?«

Charlotte schüttelte den Kopf.

»Aber jetzt hast du mir noch nicht erzählt, weshalb die Pressekonferenz von *PUR* dich so bewegt hat. Magst du noch darüber reden oder sollen wir einfach über Filme und Bücher sprechen?«

13. Kapitel

Charlotte stieß die Tür zur Damentoilette im *Carnivore* auf. Schöne, hochgewachsene Mädchen in sehr kurzen Kleidern zogen sich die Lippen nach, hingen am Mobiltelefon oder tauschten lachend Neuigkeiten über ihre Verehrer draußen vor der Tür aus. Zwei junge Inderinnen verrenkten sich den Hals, um zu sehen, wie gut ihre knackigen Jeans um den Hintern herum saßen. Charlotte lehnte sich gegen die grob verputzte Wand und wartete, dass eine Kabine frei wurde. Als die Tür sich öffnete, kam zu ihrer Überraschung Lisa Fleissner heraus. Ihre langen, dichten Haare glänzten und obwohl sie kaum Make-up trug, war ihr Teint frisch und ihre blauen Augen leuchteten dank ihrer sehr dunklen Wimpern. Sie trug ein schlichtes, sonnengelbes Kleid, das ihr kaum bis zur Mitte der Oberschenkel reichte, und Charlotte bemerkte augenblicklich das goldene Kruzifix, das Lisa als einzigen Schmuck trug und dessen Botschaft in merkwürdigem Gegensatz zu ihrer restlichen Erscheinung stand.

Lisa wusch sich die Hände, und als sie in den Spiegel sah, um ihr Make-up zu kontrollieren, traf ihr Blick den Charlottes. Sie stutzte kurz und drehte sich dann zu ihr um, während sie sich die Hände mit einem Papierhandtuch abtrocknete.

»Waren Sie nicht heute Morgen bei der Pressekonferenz im Serena-Hotel?«, fragte sie.

»Das war ich. Charlotte Frank von *TV Today*.«

»Charlotte Frank? Das klingt nicht gerade englisch.«

»Ist es auch nicht. Ich bin Deutsche.«

»Ach ja? Ich stamme aus der Schweiz«, sagte Lisa auf Deutsch, und es tat Charlotte gut, ihre vertraute Sprache zu hören.

»Ich dachte, Sie kommen aus Skandinavien.«

»Das denken viele. Nein, ich bin eine kreuzbrave Schweizerin. Meine Eltern wohnen in Bern. Sie sind mir heute Mittag schon aufgefallen.«

»Es war eine interessante Veranstaltung«, erwiderte Charlotte diplomatisch.

Lisa verzog ihr Gesicht. »Das hatten wir eigentlich nicht beabsichtigt. Aber Max hat sich dann plötzlich entschieden, unsere Pläne hinsichtlich der Adoption bekannt zu geben. Er denkt, wenn die Leute davon wissen, gibt es später weniger Fragen und Spekulationen. Außerdem sind für ihn und seine Firma alle Nachrichten gute Nachrichten. Solange *PUR* nur in der Presse ist…« Ihre Stimme verlor sich, und dann zuckte sie mit den Schultern, als ob sie selbst nicht weiterwüsste.

Charlotte dachte an Lisas Gesichtsausdruck, als sie an die Kinderlosigkeit des Paares gerührt hatte und wählte ihre nächsten Worte sehr vorsichtig.

»Das sind ja ganz schöne Veränderungen in Ihrem Leben, Mrs Fleissner.«

»Lisa, bitte«, sagte die. »Allerdings. Wir hatten nie vor, nach Kenia zurückzukehren. Erst in den letzten beiden Jahren hat Max immer öfter davon gesprochen. Vielleicht hängt es damit zusammen, dass er vierzig geworden ist. Das ist ja das Alter, in dem Terroristen bekehrt und Liberale radikal werden.«

Charlotte lachte kurz. »Diese Theorie kannte ich noch nicht.«

»Doch, doch. Vierzig ist ein Umschwungalter.«

»Und, jetzt wo du hier bist, gefällt es dir? Ich bin selbst auch gerade erst angekommen.«

Lisa zuckte mit den Schultern. »Kenia hat so viele Gesichter und ich versuche über den Tellerrand hinwegzusehen. Wenn wir früher zu Besuch kamen, dann waren wir hier in Nairobi oder auf der Farm meiner Schwiegereltern im Grabenbruch, oder aber bei Freunden im Hochland oder an der Küste eingeladen. Hier wirklich zu leben, wird anders sein, und auch bestimmt nicht unbedingt einfach.«

»Was erwartest du dir davon?«

Lisa sah sie kurz und prüfend an. »Wahrscheinlich sollte ich nicht mit dir darüber sprechen. Schließlich bist du Journalistin.«

»Wir reden ja hier mehr von Frau zu Frau.« Charlotte zwinkerte wissend. Die ersten Wochen hier hatten sie mit so vielen Eindrücken überflutet, dass sie völlig erschöpft davon war, und Lisa konnte es kaum anders gehen, auch wenn sie vielleicht kein gebrochenes Herz zu heilen hatte, da sie mit Max Fleissner verheiratet war.

Lisa lächelte kurz. »Von Frau zu Frau. Das kann einem hier fehlen.«

»Genau das habe ich gerade auch gedacht.«

Lisa lehnte sich gegen die Wand. »Ich weiß noch nicht, ob es mir hier gefällt oder wie unser Leben genau aussehen wird. Wir wohnen im Haus von Max' Eltern und ich sehe ihn tagsüber kaum, weil er immer mit seinen Geschäftspartnern oder Leuten von der Bank zusammen ist, wenn er nicht gerade in unserer neuen Produktionshalle nach dem Rechten sieht. Ich denke, wenn wir die Mädchen abgeholt haben, wird sich das ändern. Es wird meinem eigenen Leben einen neuen Sinn geben, und ich kann dem Land meines Mannes etwas Gutes tun.«

So viel Einsicht und soziales Gewissen hätte Charlotte Lisa nicht zugetraut und sie schämte sich, weil sie diese schöne blonde Frau für nicht besonders helle gehalten hatte. Lisa Fleissner war vieles, aber ganz sicher nicht dumm.

»Hast du dir schon lange Kinder gewünscht?«

Lisa nickte. »Sehr lange, du kannst dir nicht vorstellen, wie sehr. Am Anfang war mir nicht bewusst, dass in unserer Ehe etwas fehlte und ich dachte, irgendwann wird es einfach passieren, aber es ist nichts passiert. Max hat das nie weiter bekümmert, er hat sich in die Arbeit gestürzt und *PUR* bedeutet ihm alles. Manchmal mehr als unsere Ehe. Aber jetzt, wo wir uns zu der Adoption entschieden haben, geht es mir besser als in den letzten beiden Jahren…« Sie stockte, unsicher, ob sie wirklich weitersprechen sollte.

»Die letzten beiden Jahre?«, hakte Charlotte nach.

»Bleibt, was ich hier sage, wirklich unter uns?«

»Natürlich. *Off the record*, Lisa.«

»Die letzten beiden Jahre war ich wegen schwerer Depressionen in Behandlung.«

»Jetzt auch noch?«, fragte Charlotte ob Lisas überraschender Offenheit vorsichtig.

»Nein. Ich habe etwas anderes gefunden, das mir geholfen hat, meinen Weg zu finden.«

»Was denn?«

»Wen, wäre die bessere Frage. Gott«, sagte Lisa und ließ Charlotte nicht aus den Augen. »Ich habe Gott gefunden.«

Gott. Das Wort stand in seiner schlichten Absolutheit zwischen Lisa und Charlotte.

»Weißt du, wie lange ich ohne ihn gelebt habe? Was für eine armselige Existenz das war. Die westlichen Nationen sind so rational und materialistisch. Niemand sagt dir mehr, was wirklich wichtig ist, unsere Seelen verkümmern dabei einfach. Aber mein Glaube hat mich wieder auf den rechten Weg geführt. Wahren Frieden kannst du nicht kaufen. Gott gibt, und niemand sonst.«

Charlotte wusste nicht, was sie sagen sollte. Sie fühlte sich wie früher als Kind, wenn Zeugen Jehovas ungebeten an der Haustür klingelten und ihre Mutter ihnen die Tür vor der Nase zuschlug.

»Wer hat dich überzeugt?«

»Ein Pater hier. Ich habe ihn bei einem meiner ersten Besuche getroffen und war davon beeindruckt, wie ruhig und erfüllt er wirkte. Er suchte nicht, Charlotte, er hatte schon alles gefunden. Das ist es, was ich auch erreichen will, und ich werde es in meinen Töchtern finden. Er hat mir geholfen. Du kannst dir nicht vorstellen, wie sehr.«

»War das Pater Matos Vieira?«

Lisa sah sie erstaunt an. »Ja. Kennst du ihn?«

»Ich habe ihn in Kibera getroffen und kann verstehen, was du meinst. Er scheint ein außergewöhnlicher Mann zu sein.«

Lisa nickte nur stumm und stieß sich von der Wand ab, strich sich ihr Kleidchen glatt und drehte sich noch einmal zum Spiegel. »Ich muss gehen. Die anderen warten bereits auf mich. Ist mein Reißverschluss hinten ganz zu? Ich habe den Eindruck, er klemmt.«

Sie hob ihre Haare an, und Charlotte fiel dabei auf, wie stark Lisas Hände waren. Bei ihrer Körpergröße war das vielleicht nicht erstaunlich, aber doch bemerkenswert. Sie hatte Hände wie ein Mann. Vielleicht hatte sie wirklich als Schlammcatcherin in einer Bar gearbeitet.

»Lass mich mal sehen.« Sie fasste an den Kragen von Lisas Kleid. *Paco Rabanne* stand auf dem Label. Der Reißverschluss klemmte wirklich, aber nicht am Stoff oder etwa Lisas Haaren, sondern er hing an etwas wie einem Unterhemd fest. Charlotte wollte den Reißverschluss etwas aufziehen und stach sich an etwas Hartem und Spitzem, das auf dem Unterhemd appliziert war. »Autsch«, sie saugte an ihrem Finger. »Was ist das denn?«

Lisa drehte sich zu ihr um. »Ein Rosshaar.«

»Ein Rosshaar?«

»Ich trage ein härenes Hemd«, flüsterte Lisa.

Hären, das Wort hatte sie das letzte Mal wahrscheinlich gehört, als sie als Kind *Ivanhoe* im Fernsehen gesehen hatte. Im selben Augenblick begriff sie, dass Lisa wollte, dass Charlotte das Hemd entdeckte.

»Ja. Ich tue Buße. Es gefällt Gott, wenn ich es trage«, sagte Lisa leise.

»Du tust – Buße?« Charlotte staunte. »Wofür denn?«

»Für alle meine Sünden. Für meine Nichtigkeit. Für all das, weswegen Gott mich mit meiner Kinderlosigkeit straft…« Lisa brach ab.

»Lässt Gott denn so mit sich handeln?«, fragte sie leise. Lisa und sie waren nun allein in dem Waschraum und sie war froh darum.

»Pater Matos Vieira sagt ja.«

Pater Matos Vieira. Schon am Vormittag hatte seine Anwesenheit Lisa offensichtlich Kraft gegeben, die öffentliche Ankündigung der geplanten Adoption durchzustehen. Wie groß sein Einfluss auf Lisa wirklich war, begann sie nun erst zu verstehen.

»Wie lange musst du das Hemd noch tragen?«, fragte Charlotte weiter.

»Du meinst, wie lange *will* ich es noch tragen? Niemand schreibt mir irgendetwas vor, Charlotte. Bis zu dem Tag, an dem ich meine Töchter in die Arme schließen kann.«

Als sie dieses Mal *meine Töchter* sagte, schwang eine gewisse Andacht in ihrer Stimme mit und ihr Gesicht wirkte glücklich und entrückt. Charlotte schwieg entsetzt. Wenn ihr Finger von dem Stich eines Haares schon schmerzte, was richtete dann dieses seltsame Hemd mit der zarten Haut dieser jungen Frau an? Und was sagte ihr Mann dazu – konnte man seiner Frau nicht auf andere Art spirituellen Beistand gewähren?

Lisa nahm Charlottes Schweigen wohl als Ende des Gesprächs wahr und sah auf ihre Uhr. »Ich muss jetzt wirklich gehen. Wir sehen uns sicher bald wieder, Charlotte.« Nach einer kurzen Pause fügte sie hinzu: »Es war gut, mit dir zu sprechen. Hier draußen ist man einander schneller näher als in Europa, das ist mir immer aufgefallen. Und ich habe hier selbst noch keine eigenen Freunde, außer den Pater und ein paar Bekannten von Max. Und sicher noch keine Freundin.«

»Mach's gut, Lisa. Ich hoffe, es klappt alles mit der Adoption.«

In diesem Augenblick wurde die Tür aufgestoßen und

Evangeline steckte ihren Kopf in den Waschraum. »Lisa! Wir suchen dich überall. Ist alles in Ordnung?«

»Ja ja. Ich habe mich nur mit Charlotte unterhalten.«

»Charlotte?« Evangeline sah sie an und lächelte. »Natürlich. Sie waren heute Morgen auf der Pressekonferenz und haben all die interessanten Fragen gestellt.«

»Na ja, ob sie so interessant waren, sei mal dahingestellt.«

»Doch, doch, bestimmt. Mir macht es immer mehr Spaß, wenn echte Fragen kommen, anstatt immer nur diese freundlichen Standards. Vielleicht, weil ich selber eigentlich Journalistin werden wollte. Womöglich kann ich ja eines Tages noch mal ins andere Lager wechseln. Man muss nur an sich glauben, auch wenn der Anfang gewiss nicht einfach wird.«

Charlotte war Evangeline augenblicklich sympathisch. Sie dachte an ihre eigenen Lehrjahre beim Fernsehen, in denen sie mit tödlicher Sicherheit die Nachtschichten abbekam, der Regie die Schalter bedienen musste oder Stunden damit verbrachte, Grafiken für die Wirtschaftsnachrichten zu erstellen. Sie selbst hatte ihren Job nach dem Studium mit vollkommen überzogenen Erwartungen begonnen und geglaubt, sie könne bereits am ersten Tag vor der Kamera stehen. Tatsächlich war es dann erst nach zwei Jahren beim Sender so weit, als sie das gesamte Team von ihrer Zuverlässigkeit und ihrer Disziplin überzeugt hatte. Evangeline schien da reifer zu sein, als sie es selbst gewesen war.

»Das wusste ich gar nicht, Evangeline«, sagte Lisa.

»Doch, doch. Aber vielleicht klappt es eines Tages ja noch mal. Bis dahin bin ich bei *PUR* glücklich.«

»Wenn du willst, kannst du ja mal bei meinem Chef bei *TV Today* vorsprechen…?«, bot Charlotte an, ehe sie wusste, was sie tat.

»Bitte wirb nicht unsere Angestellten ab. Bis bald mal, Charlotte«, sagte Lisa lachend. Schließlich verabschiedeten sich die drei Frauen und Lisa und Evangeline verschwanden durch die Tür.

Wieder allein sperrte Charlotte sich in eine der Kabinen ein. Ihr Gesicht glühte und als sie sich anschließend die Hände wusch, ließ sie sich das kalte Wasser lange über die Handgelenke laufen. Der Gedanke an Lisas härenes Hemd ließ sie nicht los.

Als sie den Hauptraum des *Carnivore* wieder betrat, sah sie zur Bar, wo die Fleissners standen. Max hatte seinen Arm um Lisas Taille geschlungen. Paris hob ihr grüßend sein Glas entgegen, doch Charlotte winkte ihm nur kurz zu und kehrte zu Shirish an den Tisch zurück.

»Sorry, dass es so lange gedauert hat. Ich habe eine Bekannte getroffen und mich noch unterhalten.«

»Willst du noch einen Drink?«, fragte Shirish. »Du bist blass. Oder nur müde?«

»Ich bin müde, aber ich brauche unbedingt noch einen Drink. Einen Gin Tonic, bitte«, sagte Charlotte.

Als Shirishs Auto etwa eine Stunde später vor ihrer Wohnungstür in Muthaiga hielt, löste Charlotte ihren Gurt und sagte: »Danke für den schönen Abend.«

»Hm, schön war der Abend doch sicher nicht für dich, oder? Ich wollte entspannt mit dir plaudern, und dann reden wir nur über Mord und Todschlag. Mir ist noch immer nicht klar, wie du die Geschichten aus mir herausbekommen hast.«

»Ich glaube kaum, dass ich momentan viele entspannte Augenblicke verbringen kann. Ich habe in den letzten Tagen so viel gesehen und gehört – ich bin völlig reizüberflutet.«

»Versuch, eine Nacht lang gut zu schlafen.«

»Das mache ich.« Sie hatte die Hand schon am Türgriff, als ihr noch eine Frage einfiel. »Weißt du, wo ich hier ein Auto kaufen kann?«

»Was für eines? Eines für Nairobi? Dann nimm einen kleinen Peugeot, den kannst du leicht selbst reparieren.«

»Nein, eines, mit dem ich in den Norden kann.«

Er überlegte kurz. »Dann brauchst du einen geländetauglichen Wagen, einen Jeep, oder etwas Ähnliches. Mein Vetter hat einen Gebrauchtwagenhandel. Ich schicke dir morgen seine Adresse und sage ihm Bescheid, dass er dich nicht übers Ohr hauen darf.«

»Danke. Gute Nacht.«

»Charlotte?«

»Ja?«

»Was hast du denn im Norden vor?«

Charlotte ließ sich wieder auf den Beifahrersitz sinken und schüttelte den Kopf. »Die beiden Kinder, die die Fleissners adoptieren wollen, lassen mich einfach nicht los. Irgendetwas stimmt an der Geschichte nicht.«

»Was soll denn daran faul sein? Viele Leute adoptieren Kinder, Charlotte. Das ist doch für alle Beteiligten nur gut.«

»Ja, aber weshalb diese Kinder?«

»Die Gotteskinder?«

»Die Albinos.«

Shirish schwieg einen Augenblick lang. »Das kann ein Zufall sein. Max Fleissner lässt sich nicht mit normalen Maßstäben messen. Er stammt aus einer Familie, die immer außergewöhnliche Dinge getan hat, und vielleicht hat er sich deshalb für diese Kinder entschieden.«

»Aber was hat *Tembo* bei ihm zu suchen?«

»Die Fleissners sind erfolgreiche Geschäftsleute hier in Kenia. Da hat man früher oder später mit *Tembo* und seinen Freunden bei *Mungiki* zu tun. Außerdem habe ich dir ja, was *Tembo* anbelangt, gesagt, dass man jedem die Chance zugestehen muss, sich zu ändern. Die Leute hier vergessen viel zu selten. Wenn man sich erst einmal einen gewissen Ruf eingehandelt hat, wird man ihn so schnell nicht mehr los.«

»Aber ich glaube, dass es um mehr als nur um Geschäftliches geht. Max Fleissner wirkte heute Morgen in *Tembos* Gegenwart ganz verändert. Er wurde so…so…« Sie suchte nach dem passenden Wort.

»Wie?«, fragte Shirish nach.

»Entspannt. Er wirkte entspannt.«

Shirish überlegte kurz. »Max hatte schon in der Schule kaum weiße Freunde, sondern umgab sich gerne mit schwarzen Kenianern. Er spricht neben Suaheli auch Kikuyu und noch einige andere Dialekte. Dazu kennt er sich sehr genau mit der Geschichte und den Traditionen der verschiedenen Stämme aus. Er ist eigentlich der einzige wirklich echte weiße Afrikaner, den ich kenne.«

»Vielleicht hast du recht und ich bilde mir das alles nur ein. Seine Frau jedenfalls wartet sehnsüchtigst auf diese Kinder.« Mehr wollte sie nicht sagen, denn nach dem Gespräch am Abend hatte sie das Gefühl, Lisa beschützen zu müssen. »Aber ein Auto brauche ich trotzdem«, wechselte sie deshalb das Thema.

»Das stimmt. Bis morgen also, ich melde mich wegen des Wagens.«

Sie küsste Shirish auf beide Wangen und war froh, dass er keinen Versuch unternahm, ihr näher zu kommen. Er wartete noch, bis sie an ihrer Haustür angekommen war und wendete dann. Charlotte sah die Bremslichter seines Mercedes an der Ausfahrt kurz aufleuchten, dann gab er Gas und war verschwunden. Sie suchte in ihrer Handtasche nach ihrem Wohnungsschlüssel.

Vielleicht hatte Shirish recht, und sie bildete sich das alles nur ein. Was genau an dieser geplanten Adoption machte sie so misstrauisch? Ein leichter Abendwind kam nun auf, der die Zweige des großen Busches neben ihrer Eingangstür beiseite bog. Ein Schatten zerriss den steten Schein der Laterne über der Haustür – eine kleine Fledermaus stürzte sich in zackigem Flug von der Dachrinne in die Nacht. Charlotte tat einen Schritt zurück und prallte mit der Schulter hart gegen einen der Pfosten.

»Autsch«, stöhnte sie. Es war dieselbe Stelle, die *Tembo* an dem Abend in Kibera so unsanft gestoßen hatte. *Hau ab, sonst bist du als Nächstes dran.*

Eine plötzliche Erkenntnis traf Charlotte wie ein Blitz: *Tembo,* der neben dem verstümmelten Leichnam stand, der ihn beinahe bewachte; der dann neben den Fleissners saß, als sie die geplante Adoption der Albinokinder bekannt gaben und bei Journalisten, die zu viel fragten, auf Tuchfühlung ging.

Als es ihr endlich mit zitternden Fingern gelang, den

Schlüssel ins Schloss zu stecken, war ihre Entscheidung getroffen: Ihre Intuition bei der Pressekonferenz, als sie mit Paris gesprochen hatte, war richtig gewesen. *Tembos* Anwesenheit konnte einfach kein Zufall sein. Sie würde mit den Fleissners in den Norden fahren, wenn sie die beiden Mädchen abholten, da mochten Shirish, Paris und auch Frederik Nyere sagen, was sie wollten. Und Lisa? Was würde sie dazu sagen? Sie wollte ihr und den Mädchen ja nichts Böses, im Gegenteil, entschied Charlotte. Sie musste einfach fahren.

14. Kapitel

»Wie wäre es mit diesem Auto? Klein und handlich?« Sangit, Shirishs Vetter und Gebrauchtwagenhändler, schlug dem Jeep mit der flachen Hand auf die Kühlerhaube. »Gerade richtig für eine Dame.«

Charlotte sah durch das Fenster ins Wageninnere. Wer bequem darin sitzen wollte, brauchte sehr kurze Beine, und an Mitfahrer oder Gepäck war nicht zu denken. Sie schaute zu den anderen Autos, die auf dem Garagengelände kreuz und quer geparkt standen und ihr Blick blieb an einem verbeulten, staubfarbenen Landrover hängen. Fuhr Paris Strongitharm nicht ein ähnliches Auto?

»Nehmen sie ihn?«, fragte Sangit hoffnungsvoll und blinzelte in die Sonne. Aus seinem Büro plärrte Musik und zwei seiner Angestellten saßen in ihren Blaumännern auf einem Haufen Reifen und tranken kühle Cola, denn es war schon morgens um neun sehr heiß.

»Nein, danke. Der ist zu klein für mich. Ich nehme lieber den.« Sie zeigte auf einen kleinen Mercedes-Geländewagen, der das Lenkrad auf der linken Seite hatte. Der Wagen war zwar auf Hochglanz poliert, aber seine eine Tür war mühsam ausgebeult worden und der Lack wies Kratzer auf.

»Das ist ein Botschaftswagen, ist gestern erst reingekommen. Ich habe gerade angefangen, ihn herzurichten. Aber ich denke, der hat seinen Dienst getan. Sind Sie sich sicher? Schauen Sie sich die Dellen in der Tür an.«

»Hat er denn sonst irgendwelche Schäden?«

»Nein«, gab der Mann zu.

»Dann nehme ich ihn. Eine Delle in der Tür macht mir nichts.«

»Na so was. Charlotte Frank von *TV Today.* Welcher heißen Story sind Sie denn heute auf der Spur?«

Charlotte fuhr herum. Ihr Herz machte einen Sprung und ihr wäre vor Schreck und Freude zugleich fast ihre Tasche aus der Hand gefallen. Paris Strongitharm stand hinter ihr und lächelte sie an. Seine hellen Augen leuchteten, aber seine Grübchen verschwanden beinahe in dem Dreitagebart, der ihm auf seiner goldbraunen Haut spross. Man konnte ihm ansehen, dass er die ganze Nacht über aus gewesen war. Er verneigte sich spaßhaft, und Charlotte sagte in demselben freundlichen Tonfall wie er selbst:

»Paris, du läufst mir auch überallhin nach.«

»Allerdings. Hast du dir einen neuen Wagen ausgesucht?« Er zeigte mit dem Kinn auf den kleinen Mercedes.

»Ja, ich kann mir nicht helfen, aber ich habe eine Schwäche für deutsche Autos. Nenn es spießig.«

»Oder Heimweh?«

»Dafür ist es noch zu früh, glaube ich.«

»Die Schwäche für Mercedes teilst du jedenfalls mit ganz Afrika, also musst du dir deshalb keine Vorwürfe machen. Weißt du nicht, dass es für einen Mann, der einen Mercedes fährt, ein eigenes Wort in Swahili gibt? *Mbenzi.*«

Charlotte lachte. Paris zu sehen versetzte sie in gute Laune, denn für ihn schien das Leben leicht und schön zu sein und er übertrug diese Haltung unwillkürlich auf sein Gegenüber.

»Wie viel soll der Wagen kosten?«, fragte sie den Händler nun, der ohne nachzudenken einen stolzen Preis nannte.

»Das ist ja Wucher. Schauen Sie sich mal die Dellen in der Tür an.«

»Ja, aber Dellen machen Ihnen ja nichts aus.«

»Ich zahle die Hälfte und keinen Shilling mehr.«

»Treffen wir uns in der Mitte«, zeigte der Mann sich bereitwillig. »Ich nehme alle gängigen Kreditkarten.«

»Abgemacht.«

Charlotte zückte ihre Visa-Karte, während Paris zu seinem eigenen Landrover zurückging. Im Vorbeigehen streifte er sie leicht und ein Hauch seines Sandelholzduftes stieg ihr in die Nase. Sie fühlte wieder das aufregende Prickeln, wie sie es bei ihrer ersten Begegnung gespürt hatte.

»Hast du alles kontrolliert, Sangit?«, fragte er dann den Autohändler, nachdem er einmal gegen die Stoßstange seines Wagens getreten hatte.

»Ja, aber weiß der Teufel, was du wieder mit der Karre angestellt hast. Ich weiß nicht, ob ich ihn noch mal reparieren kann. Fahr in Zukunft ein wenig vorsichtiger, okay?«

»Ich werde es versuchen. Aber der Norden ist hartes Territorium.«

»Bleib doch einfach mal auf der Straße, wie wäre es damit? Vor allen Dingen im Norden. Das Vulkangestein dort oben bricht dir deine Achsen schneller, als du gucken kannst und dann sitzt du da. Und bitte pass in den Wadis auf. Das Wasser hat damals mehr Schaden angerichtet als alles andere.«

»Was ist ein Wadi?«, fragte Charlotte nun.

»Ein ausgetrocknetes Flussbett. Zur Trockenzeit lässt es sich problemlos durchqueren, aber wenn es in den Bergen geregnet hat, kann es innerhalb von Minuten zu einer Sturzflut kommen, die alles mit sich reißt. Das ist mir vor einem Jahr passiert. Wirklich ein Anfängerfehler, aber in der Dunkelheit habe ich gar nicht gesehen, dass ich mitten in einem Wadi stand. Am nächsten Morgen war der Wagen von oben bis unten voller Schlamm und ich beinahe ertrunken. Ich habe das Auto dann auf einem Ochsenkarren die dreihundert Kilometer bis zur nächsten Werkstatt gebracht.«

»Wann geht es denn los in den Norden?«, fragte Sangit, ehe er seine Stimme senkte. »Ich habe in der Zeitung von den Gotteskindern gelesen. Das ist keine gute Wahl. Glaub mir: keine gute Wahl.« Er schüttelte missbilligend den Kopf.

Charlotte tat, als ob sie das Innere ihres Geländewagens inspiziere, spitzte dabei aber die Ohren.

»Was macht das, Sangit?«, fragte Paris nur knapp.

Er zahlte bar und bekam von Sangit die Schlüssel zu seinem Landrover ausgehändigt.

»Hattest du gestern einen schönen Abend im *Carnivore?*« Er trat neben Charlotte und seine Nähe machte sie so schwindelig, dass sie an der Wagentür Halt suchte. Er streckte eine Hand aus, als wolle er sie halten, zögerte dann aber mitten in seiner Bewegung. Charlotte wurde rot – hatte er ihr Herzklopfen bemerkt? Zu ihrem eigenen Erstaunen stellte sie fest, dass sie sich gern von ihm hätte halten lassen. Sie hatte nicht erwartet, zu diesen Gefühlen noch fähig zu sein, und genoss es. Dennoch zwang sie ihre Stimme zur Ruhe, als sie sagte:

»Sehr schön, danke. Und du?«

»Es ging so. Ich war eher aus beruflichen Gründen dort.«

Charlotte konnte nicht anders, als daran zu denken, wie vertraut Evangeline Paris begrüßt hatte und auch an das, was Shirish ihr über *Tembo* erzählt hatte. Gehörte Paris als halber Kikuyu auch zu *Mungiki*? Bitte nicht, dachte sie unwillkürlich.

»Ich musste mich um meine Gäste kümmern. Eigentlich hatte ich dich noch zum Tanzen auffordern wollen, habe dich dann aber nicht mehr gesehen. Du warst wohl schon gegangen.« Er sah sie ehrlich enttäuscht an.

»Tut mir leid. Shirish und ich haben uns sehr angeregt unterhalten, und dann war ich müde.«

»Um ehrlich zu sein, war ich ganz schön überrascht, dich mit ihm zu sehen. Woher kennst du ihn?«

»Er ist mein Vermieter und außerdem ein Freund von Frederik Nyere.«

»Ach, jetzt verstehe ich. Nach einem langen Gespräch mit Shirish kann einem wirklich alle Lust aufs Tanzen vergehen.«

»Paris, das ist nicht nett. Was Shirish erlebt hat, ist eine Tragödie.«

»Allerdings. Entschuldige. Ich bin nur eifersüchtig.« Seine Augen funkelten, aber er sah sie ernst und durchdringend an. »Er hat dir sicher erzählt, ich hätte ihm damals jede Hilfe verweigert. Das erzählt er jedem, ob er's hören will oder nicht. Er hat lange versucht, mein Geschäft zu ruinieren und erst vor Kurzem damit aufgehört.«

»Ja, er hat mir gesagt, dass du ihm nicht helfen konntest.«

»Nicht helfen *konntest*. Die Formulierung gefällt mir.

Sonst erzählt er überall herum, dass ich ihm nicht helfen *wollte*.« Er nickte.

»Was stimmt denn?«

»Ich bin kein Kopfgeldjäger, Charlotte, und ich schlachte auch keine halb verdursteten kleinen Halunken in der Wüste ab. Nichts anderes ist mit den beiden passiert. Auge um Auge, Zahn um Zahn.«

»Das klingt sehr archaisch, ganz nach Altem Testament.«

»Älter noch, Charlotte. *Mungiki* hat mit dem Christentum nichts am Hut, sondern schreibt seinen Mitgliedern vor, nach althergebrachten afrikanischen Traditionen zu leben.«

Charlotte schnappte nach Luft, als Paris *Mungiki* so frei und ohne zu zögern erwähnte, und er unterbrach sich. »Sorry. Die Einzelheiten will ich dir ersparen, das ist nichts für dich. Shirish selbst ist ein guter, erfolgreicher Mann und er verdient es, nach der grässlichen Geschichte wieder glücklich zu werden. Ich kannte seine Frau, sie war ausgesprochen charmant und liebenswert und ich hoffe, dass er jemanden findet, der ihren Platz einnehmen kann.«

»Das hoffe ich auch«, sagte Charlotte diplomatisch und zeigte mit dem Kinn auf Paris' Landrover, um das Thema zu wechseln.

»Wann geht es los?«

»In zwei Tagen. Ich muss noch alles organisieren.«

»Wer kommt mit?«

»Die Fleissners, Evangeline und der Beichtvater. Außerdem noch ein enger Freund von Max.«

»Beichtvater?«

»Ja«, sagte Paris knapp.

»Ist das Pater Matos Vieira von der Franziskaner Mission der Barmherzigkeit?«

»Genau der. Kennst du ihn?«

»Ich habe ihn in Kibera getroffen und ihn außerdem bei der Pressekonferenz gesehen.«

»Niemand kann nach Kibera gehen, ohne früher oder später auf Pater Matos Vieira zu treffen, das stimmt. Aber wenn du dir nun ein Auto aussuchst, dann hast du wohl ebenfalls mit Frederik gesprochen und er hat dir für die Fahrt in den Norden grünes Licht gegeben?«

»Ich habe noch nicht mit Frederik Nyere gesprochen«, gab Charlotte zu. »Aber wenn die Fleissners ihre PR-Frau mitnehmen, dann haben sie ja wohl nichts gegen Berichte.«

»Das kann man so oder so sehen. Vielleicht wollen sie alle Berichterstattung durch Evangeline kontrollieren lassen. Soweit ich weiß, haben sie keine Journalisten eingeladen. Lisa war gestern schon wütend, dass Max die Adoption überhaupt öffentlich bekannt gegeben hat.«

»Weshalb hat er das getan?«

»Max ist ein Pfau. Und für ihn ist jede Presse zu *PUR* gute Presse.«

»Na, dann kann er ja zufrieden sein, denn die Geschichte über die Adoption war ja wirklich überall in den Nachrichten und in den Zeitungen. Sogar der Gebrauchtwagenhändler hier weiß darüber Bescheid.«

»Und das genügt den Fleissners. Du weißt ja, wie das ist mit den Zeitungen: Heute noch brandheiß, werden morgen vor Fett triefende *Samosas* darin eingeschlagen und alles ist vergessen. Ich denke, mehr Presse soll auch im Interesse der Mädchen vermieden werden, und das muss man respektieren. Es sind schließlich Kinder.«

»Gotteskinder«, rutschte es Charlotte heraus, und Paris sah sie kurz und scharf an.

»Ich will dich nur warnen, dass Frederik Nyere dich kaum mit einem offiziellen Auftrag in den Norden senden wird, okay?«

»Wie kannst du dir da so sicher sein? Was, wenn man die Kinder schützen muss? Wissen und Aufmerksamkeit können das bewerkstelligen.«

»Aufmerksamkeit, wofür? Und schützen? Wovor denn?«, fragte Paris ehrlich erstaunt. »Davor, in den Schoß einer großen und bekannten Familie aufgenommen zu werden?«

Charlotte schwieg. Hier, mitten am helllichten Vormittag in Nairobi, unter der heißen Januarsonne, im dichten, stockenden Verkehr am Kreis, dem Geruch nach Benzin, Bratfleisch und gegrillten Maiskolben, den Kindern, die lachend und schreiend den Autofahrern anboten, ihnen die Windschutzscheibe zu putzen, der plärrenden Musik aus Sangits Büro und den zufrieden schwatzenden Angestellten im Schatten der Werkstatt, die gerade ihre langen Beine von sich streckten und mit ihren Cola-Dosen nach den streunenden Katzen um die Wette warfen, schien ihr ungutes Gefühl und jeder Gedanke an den Torso in Kibera, *Tembos* Anwesenheit und *Uchiwa* sowie jeder böse Verdacht hinsichtlich der geplanten Adoption tatsächlich wahnwitzig zu sein.

»Ich habe nur so ein Gefühl, das ich nicht näher erklären kann.«

»Aha. Weibliche Intuition.«

»Nenn es, wie du willst, Paris. Aber ich will mit in den Norden. Nein: Ich *muss* mit in den Norden. Ich *muss* einfach.«

»Du weißt doch gar nicht genau, wo die Mädchen sind.«

»Nein, aber du.«

»Aber ich sage es dir nicht.«

»Nein?«

»Sonst bekomme ich Ärger.«

»Großen Ärger? Bitte, Paris.« Sie sah ihn flehend an. »Es ist mir sehr ernst.«

Er schien zu überlegen, ehe er leise sagte: »Großen Ärger. Also kann ich dir nicht sagen, dass die Mädchen bei den Franziskanerinnen nördlich von Isiolo nahe der Moyalefelsen im Marsabit-Distrikt sind. Das ist beinahe in Äthiopien. Auf keinen Fall darf ich das tun.«

»Du hast ganz recht, behalt das besser für dich. Wer hätte denn auch gedacht, dass die Kinder bei den Franziskanerinnen nördlich von Isiolo nahe der Moyalefelsen im Marsabit-Distrikt sind«, wiederholte sie vorsichtig, um keine wichtige Information zu vergessen.

Paris nickte kurz. Dann kam Sangit auch schon zurück, reichte Charlotte die Wagenpapiere und zwei Paar Schlüssel und sie stieg in ihr neues Auto. Als sie den Motor anließ, stand Paris noch in der offenen Tür, setzte einen Fuß auf das Trittblech und sah zu ihr in den Wagen.

»Charlotte?«

»Ja?«

Er zog sie plötzlich zu sich und küsste sie. Seine Lippen waren hart und fordernd und als seine Arme sich um sie schlangen und er sie an sich presste, ging in ihrem Inneren ein Sturm aus Schmetterlingen auf und ihr wurde heiß und kalt. Er hielt sie fester und fester und zunächst wollte sie sich gegen den Kuss und seine Umarmung wehren, doch ihr Körper war weich und wehrlos, ihr ganzes Ich drängte sich zu ihm hin. In dem Kuss, den sie erwiderte, lag mehr Leidenschaft als in allen Nächten mit Henrik zuvor. Paris ließ sie ebenso unvermittelt los, wie er sie gepackt hatte, trat einen Schritt zurück und schüttelte den Kopf, ehe er mit heiserer Stimme sagte: »Sorry, ich meine...das wollte ich nicht. So etwas ist mir noch nie passiert.«

Beide schwiegen kurz und verwirrt, und Charlotte genoss das warme Gefühl in ihrem Bauch: Es flutete in jeden Winkel ihrer Seele und löste einen Knoten in ihrem Herz auf, den sie jetzt erst bemerkt hatte. Sie war so froh, wie sie es seit Wochen nicht gewesen war.

»Kommt nicht wieder vor«, sagte Paris betreten.

Charlotte lächelte ihn an. »Schade.«

Da erwiderte er ihr Lächeln und tippte sich an die Krempe seines ledernen Safarihuts.

»Wenn Frederik dir entgegen aller Wahrscheinlichkeit wirklich erlaubt, zu fahren, dann ruf mich an. Der Verkehr hier hat es in sich, und für hübsche und schlaue Anhalterinnen mit roten Locken habe ich immer ein Plätzchen frei.«

»Ich habe keine roten Locken.«

»Nein?«

»Nein.«

»Komisch. Ich hätte schwören können.«

»Kommt ganz aufs Licht an.«

»Dann haben wir heute gutes Licht.«

Charlotte lachte. Bei der Erinnerung an den Kuss eben wollte sie nur wieder den Sturm aus Schmetterlingen spüren und ihr Blut noch einmal kochen lassen. »Und wenn dein Wagen liegen bleibt, rufst du mich an. Ich habe ein Herz für Anhalter mit Lederschlapphut«, sagte sie.

»Eher friert die Hölle zu, als dass ich eine Frau um eine Mitfahrgelegenheit bitte.«

»Macho. Es gibt für alles ein erstes Mal und in den Tagen des Klimawandels ist auch auf Petrus kein Verlass mehr.«

»Vergiss es einfach.«

»Wir werden sehen.«

15. Kapitel

Einige Tage vergingen, und Charlotte lebte sich mehr und mehr in Nairobi ein. Sie lernte die Namen der *Roundabouts*, der Kreisverkehre, nach denen sich der Verkehr orientierte, wie auch die der großen Ausfallstraßen hin zur Küste, nach Mombasa, oder in den Westen nach Kisumu am Victoriasee, und fand heraus, wo der nächste Supermarkt war, um dort rasch auf dem Nachhauseweg von der Arbeit einkaufen zu können. So fühlte sie sich schon viel freier und unabhängiger, um genau zu sein, besser und wieder mehr wie sie selbst, statt bei jedem Handschlag um Hilfe bitten zu müssen. Ihr altes Selbst: Bei allem, was bisher geschehen war und in der dichten, intensiven Atmosphäre der Stadt hatte sie keine Zeit mehr gehabt, an Henrik zu denken.

Am Freitag warf sie gerade einen Ordner mit verschiedenen Rechercheunterlagen auf ihren Nebensitz, als ihr Handy zwei Mal piepte. *1 Nachricht Paris*, las sie, und ihr Herz schlug schneller.

»*Verzeih die kurzfristige Einladung. Packe gerade meinen Wagen für ein Wochenende im Grabenbruch bei Freunden. Willst du mitkommen?*«

Charlotte zögerte nicht einmal eine Sekunde. »*Gerne, wenn ich willkommen bin. Aber: getrennte Zimmer.*«

Einige Atemzüge später folgte seine Antwort. »*Wunderbar. Hole dich in einer Stunde in Muthaiga ab. Schick mir deine Adresse. Ps. Keine Sorge. Zur Not zelte ich unter freiem Himmel.*«

Charlotte stieg ein und gab Gas. In einer Stunde? Bis dahin konnte sie sich gerade noch die Haare waschen und eine Flasche Wein als Mitbringsel besorgen.

Eine Stunde später rief der Pförtner in Charlottes Apartment an. Sie hatte ihre kleine Tasche gepackt und ging nach draußen, wo Paris' staubfarbener Pick-up gerade in den Hof der Anlage rollte und er mit laufendem Motor neben ihr zum Stehen kam.

»Steig ein. Bist du bereit für dein erstes Wochenende *Upcountry*?«

»Was heißt das?«

»Das ist das Hochland um Nairobi, wo die großen Farmen liegen. Wir fahren nur zwei Stunden, aber du kannst auch gut sechs unterwegs sein und immer noch *Upcountry* sein.«

»Zwei Stunden Fahrt? Und wo kommen wir dann an?«

»An die großen Seen. Wir besuchen Freunde. Mehr als Freunde eigentlich. Nach der Scheidung meiner Eltern war Werner wie ein Vater für mich und hat mich angehört, wenn immer ich seinen Rat brauchte.«

Paris ließ es dabei bewenden und auch Charlotte schwieg, bis sie sich in den Verkehr in Richtung Äquator eingefädelt hatten. Paris hielt an einem kleinen Café und kaufte zwei Flaschen eisgekühlte Cola. Sofort war ihr Pick-up von Kindern und fliegenden Händlern umgeben, die in der Hoffnung auf ein schnelles Geschäft durch das offene

Fenster alles nur Mögliche hineinsteckten, aber Charlotte verneinte.

Rechts und links der Straße wuchsen hohe, grüne Nadelbäume in den Himmel und die Menschen, die auf der roten Erde neben der Straße herliefen, trugen trotz des Sonnenscheins leichte Jacken oder langärmlige Sweatshirts. Die Straße schraubte sich höher und höher ins Hochland hinein und auf einem Schild sah Charlotte, dass sie sich über dreitausend Meter über dem Meeresspiegel befanden. Es herrschte dichter Verkehr; vollkommen überfüllte Reisebusse, aus deren Fenstern sich die Passagiere lehnten, um nach Luft zu schnappen, meterhoch mit Waren beladene Fahrräder, bis hin zu den Kindern, die ihre Ziegen am unbefestigten und ungesicherten Straßenrand weiden ließen. Die Straße selbst war in der Mitte und an den Seiten unmarkiert, der Teer an den Rändern aufgerissen und überall klafften Schlaglöcher von der Größe eines Kleinwagens.

Schließlich folgte Paris einem ausgeblichenen Schild, auf dem »*Bottom Road Limuru*« geschrieben stand.

»Warst du schon einmal am Grabenbruch?«, fragte Paris.

»Nein, ich hatte noch keine Gelegenheit.«

»Du wirst staunen. Selbst die Matatufahrer halten dort an, um Pause zu machen. Und wenn etwas so schön ist, dass es diese Kerle rührt, dann soll das was heißen. Gleich sind wir da. Dann haben wir uns einen Tee und ein Mandazi verdient.«

»Klingt gut, auch wenn ich nicht weiß, was ein *Mandazi* ist.«

Entgegen ihren Erwartungen schlängelte sich die Straße

höher und höher den Berg hinauf und sie ertappte sich dabei, wie sie auf dem Beifahrersitz mitbremste. Nach einer letzten scharfen Kurve tauchte ein großes Schild mit der Aufschrift *Viewpoint Rift Valley* vor ihr auf.

Paris zog den Wagen rüber auf den Parkplatz.

»Aussteigen«, sagte er beinahe zärtlich und sah bereits aus dem Fenster.

Charlotte öffnete die Tür, aber blieb überrascht in der offenen Beifahrertür sitzen, als sie die Aussicht des *View Point Rift Valley* in sich aufnahm.

»Wow«, war alles, was sie sagen konnte. Paris lachte sein leises, angenehmes Lachen, als er neben sie trat.

»Ich wollte bei dir sein, wenn du das zum ersten Mal siehst. Niemand sonst hätte dir das zeigen dürfen.«

Charlotte sank in ihren Autositz und sog den Anblick auf, der sich ihr bot. Sie hatte noch nie etwas Vergleichbares gesehen. Zu ihren Füßen fielen die Klippen Hunderte von Metern ab in die Tiefe und weit, weit am Horizont erkannte sie die andere Seite des Grabenbruchs, wo die Ursprungskräfte den afrikanischen Kontinent hatten in Stücke reißen wollen, doch das Land hatte ihnen nicht nachgegeben, sondern hatte sich gedehnt und gestreckt und war ganz geblieben. Dazwischen lag eine Ebene, in der riesige Seen wie Augen glänzten. Ihre Wasser schimmerten rosig. Charlotte kniff die Augen zusammen und das Rosige darin bewegte sich, wurde lebendig und hob sich in einer einzigen Wolke.

»Das sind Flamingos. Sie nisten um diese Jahreszeit. Sieht das nicht unglaublich aus?«, fragte Paris und zeigte mit dem Finger in die Ferne. »Schau, auf der Ebene siehst du die erloschenen Vulkane. Meine Mutter sagt immer, sie wären die Brüste der afrikanischen Göttin, die auf ihrem Rücken liegt.«

»Ganz schön viele Brüste«, lachte Charlotte und sah über die unzähligen Vulkane, die wie Schornsteine auf einem Flachdach in die Höhe ragten.

»Sie braucht das, um fruchtbar zu sein. Der Grabenbruch bietet die fetteste Erde in Ostafrika.«

Charlotte schwieg und schaute, denn mehr wollte sie nicht tun.

»Alles in Ordnung?«

Charlotte riss sich nur mit Mühe von dem Anblick los. Sie hatte sich noch nie zuvor so nahe am Ursprung der Erde gefühlt und mit jedem Atemzug dieser Luft wurde ihr das Herz weiter. Plötzlich verstand sie, was Shirish über Kenia und seine Anziehungskraft gesagt hatte.

Einen Augenblick später saß sie neben Paris auf einer kleinen Bank, die gefährlich nahe an dem beinahe senkrechten Sturz der Klippen hinunter in den Grabenbruch gebaut war und trank heißen, süßen Tee und aß einen vor Fett und Zucker triefenden Teigkringel, einen *Mandazi*.

Nach einer weiteren halben Stunde Fahrt bog Paris von der Hauptstraße auf einen kleineren, aber noch geteerten Weg ab und kam vor einem unmarkierten Gittertor zum Stehen. Neben dem Tor bemerkte Charlotte ein kleines Kreuz, an dem ein vertrockneter Strauß mit wilden Blumen hing. Als der Pförtner aus seinem Häuschen trat und begann, die Schranke hochzukurbeln, fragte sie Paris:

»Wie heißen deine Freunde eigentlich, bei denen wir eingeladen sind?«

Er nahm die Sonnenbrille ab und seine Augen waren

ernst und dunkel. »Fleissner, Charlotte. Sie heißen Fleissner.«

»Was? Weshalb hast du mir das nicht gesagt?« Sie legte instinktiv die Hand an den Türgriff. Nach allem, was sie über Max und seine Familie gehört hatte, war sie nun hin und her gerissen. Sie wollte sie aus einem persönlichen Widerwillen heraus nicht kennenlernen. Gleichzeitig wusste sie, dass sie vielleicht gerade in der Höhle des Löwen an wertvolle Informationen kommen konnte.

»Ich dachte, es ist besser, wenn du erst mal nichts weißt. Außerdem nehme ich an, dass der Besuch hier sehr hilfreich für deine Recherchen sein kann. Was meinst du?« Seine Stimme klang sanft.

»Sicher. Na, da hast du mir ja eine schöne Überraschung eingebrockt.«

»Ich dachte, ihr Frauen mögt Überraschungen?«

»Wie man es nimmt.«

Der Wagen fuhr an und Charlottes Blick blieb wieder an dem kleinen Kreuz hängen.

»Für wen ist das Kreuz?«

»Da ist jemand gestorben und das Kreuz erinnert an ihn. Eine schreckliche Geschichte, glaub mir.«

Der Wagen fuhr über die Piste und in der Abendkühle füllte sich der Busch mit Leben: Charlotte sah eine Gruppe Warzenschweine mit empört gehobenen Schwänzen von einem Wasserloch fliehen und immer wieder blieben Menschen stehen und grüßten den Wagen.

»Kommst du oft hierher?«

»In den letzten Jahren nicht mehr. Werner Fleissner lebt sehr zurückgezogen, seit...Wie dem auch sei, ich habe mich umso mehr über seine Einladung gefreut.«

»Wirst du auch deinen Vater besuchen, wenn du schon in der Nähe bist?«

»Ich habe meinen Vater schon seit sehr vielen Jahren nicht mehr gesehen. Wenn in Nairobi etwas los ist, wo ich befürchte, ihn zu treffen, dann gehe ich nicht hin.«

Wieder war da ein Ton in seiner Stimme, der sie vom Nachfragen abhielt. Sie würde schon noch erfahren, weshalb Paris sich so mit seinem Vater überworfen hatte. Nun musste sie sich erst einmal auf ihr Treffen mit dem alten Fleissner einstellen: Irgendetwas sagte ihr, dass es für ihre Geschichte wesentlich sein könnte.

Die Piste verbreitete sich zu einer von Eukalyptus und Feuerbäumen gesäumten Allee, der Paris langsam folgte. Unter den Rädern des Wagens knirschten die vertrockneten Blätter und füllten die Luft mit einem intensiven Duft nach Menthol. Vor ihnen lag im warmen Licht des Nachmittags ein langgestrecktes, einstöckiges Haus, das rundherum von einer Veranda umgeben war. Als Paris den Wagen parkte, trat aus einem Schuppen neben dem Haupthaus ein großer, weißhaariger Mann und kam auf sie zu. Erst dachte Charlotte, wie wenig Max Fleissner seinem Vater ähnlich sah, bis er ihre Beifahrertür öffnete und sie seinen sehnigen Körperbau und auch seine sehr dunklen Augen bemerkte. Er umarmte Paris und drückte ihre Hand fest.

»Sie sind die Freundin, die Paris mitbringen wollte? Seine Freunde sind auch unsere Freunde. Ihr kommt gerade rechtzeitig zum Tee, aber lasst mich euch eure Zimmer zeigen, falls ihr nach der Fahrt duschen wollt. Und dann ist es vielleicht für einen Tee zu spät und wir dürfen schon einen Gin Tonic trinken. Erst nach Sonnenuntergang, besagt eine alte koloniale Regel.«

Er lachte und zog Paris wieder an sich. »Schön, dass du da bist. Max habe ich seit seiner Rückkehr nach Nairobi nicht gesehen. Du?«

»Ja. Ich arbeite sogar für ihn.«

»Na, da hat der Junge ja einmal eine gute Idee gehabt.«

Werner Fleissner nahm Charlottes Tasche, während Paris sich sein eigenes Gepäck schulterte. Als er sich zum Gehen wandte, sah sie in den Schuppen, aus dem er eben getreten war und erblickte darin eine Unzahl von Regalen, die um einen hohen Tisch standen, die den Raum ausfüllten.

»Was ist in dem Schuppen?«, entfuhr es ihr.

»Wie bitte?« Werner Fleissner wandte sich erstaunt um.

»Sei Charlotte nicht böse. Sie ist Journalistin und fragt jedem sofort Löcher in den Bauch«, warf Paris ein.

»Ich bin ihr nicht böse. In dem Schuppen ist meine Spielzeugeisenbahn. Jeder Mann braucht in seinem Haus eine Ecke, die nur seine ist. Meine ist dort in diesem Schuppen. Aber nicht, dass Sie das jemals gegen mich verwenden.«

Paris warf Charlotte einen warnenden Blick zu, den sie auffing, ehe sie etwas sagen konnte.

Dann folgte sie Werner Fleissner in das helle, gemütliche Innere des Hauses, wo er ihr über ausgetretene und von der Sonne ausgeblichene Teppiche und zwischen alten Möbeln den Weg nach oben in ihr Zimmer mit Gartenblick zeigte.

»Lassen Sie sich Zeit«, sagte Werner Fleissner noch. »Paris und ich haben jede Menge zu besprechen. Kommen Sie doch in einer Stunde nach unten, dann können wir den Aperitif nehmen.«

Charlotte schloss die Tür hinter ihm und griff sofort zu

ihrem Notizbuch und begann zu kritzeln: Eindrücke, die sie nicht vergessen wollte.

Als sie eine Stunde später nach unten kam, war es draußen dunkel geworden. Irgendwo im Haus schlug eine Uhr dumpf und im Flur fiel ihr Blick auf einen Bilderrahmen, der neben einer mit Blumen gefüllten Vase stand. Das Silber war beschlagen und die Schrift auf dem weißen Passepartout ausgeblichen, doch das Bild zeigte drei blonde Kinder, die lachend vom Rücken eines Pferdes winkten. Charlotte nahm das Bild in die Hand und las die Namen Max, Bettine und Friederike. In dem halbwüchsigen Jungen war Max Fleissner bereits zu erkennen, und das größere Mädchen in der Mitte musste seine Schwester Bettine sein, die im Norden des Landes Wilderer jagte. Wer aber war Friederike? Sie stellte den Rahmen wieder auf den Tisch und betrat das Wohnzimmer, wo ein Kaminfeuer brannte. Werner Fleissner erhob sich, als er Charlotte bemerkte.

»Ah, da sind Sie ja. Ich höre gerade, dass Sie Ihren Einstand mit einem Beitrag über die Firma meines Sohnes gegeben haben. Was möchten Sie trinken?«

»Ja, die Rückkehr von *PUR* hat großes Interesse ausgelöst. Gin Tonic, bitte«, antwortete Charlotte.

Werner Fleissner mischte ihren Drink und als er ihr ihr Glas reichte, fiel ihr Blick auf sein Handgelenk, wo er neben seiner Uhr zwei Armbänder trug. Das eine war ein geflochtenes Perlenarmband mit seinen Initialen WF, wie Charlotte schon viele in Nairobi gesehen hatte – die Bänder wurden von den Massai gefertigt. Das andere aber war aus etwas geflochten, das wie weißblondes Haar aussah. Werner Fleissner merkte, wie Charlottes Blick an dem Armband hängen blieb und zog schnell seine Hand zurück.

»Setzen wir uns. Meine Frau ist leider noch auf Heimaturlaub bei ihrer Familie in Deutschland, also müsst ihr mit mir als Strohwitwer vorliebnehmen. Soll ich Euch morgen die Farm zeigen? Wir können im Morgengrauen auf Safari gehen.«

»Gerne«, sagte Charlotte. »Ich habe noch keine Safari mitgemacht, denn ich bin erst seit einigen Wochen im Land.«

»Dann haben Sie Glück, Paris getroffen zu haben«, sagte Fleissner und Charlotte lächelte, ehe ihr Blick wieder an dem Armband hängen blieb. Im Licht der Stehlampe leuchtete es gelblich, beinahe wie das Haar der Albinos, deren Bild Charlotte im Internet gesehen hatte. Er schien ihren Blick wieder zu spüren, denn er zog seine Manschette bis über seine Uhr und verdeckte damit seinen Schmuck.

Beim Abendessen saßen sie zu dritt an einem Ende des langen, polierten Tisches, der Platz für zwölf Leute bot. Charlotte wusste nicht, wer gekocht oder aufgedeckt hatte und nahm sich nur wenig von der Entenbrust und den Kartoffeln.

»Hast du die Enten selber geschossen, Werner?«, fragte Paris, und nahm einen Schluck Wein.

»Allerdings. Wir waren oben am Lake Baringo zum Entenschießen und ich habe an die fünfzig Stück mitgebracht.«

Charlotte spuckte beinahe ihren Wein wieder aus. Fünfzig Enten, die in freier Wildbahn viel eher ihren Platz hatten als auf Ihrem Teller! Dennoch beherrschte sie sich.

»Was gefällt Ihnen an der Jagd?«

»Was jedem Mann daran gefällt«, erwiderte Werner rätselhaft.

»Ist denn jeder Mann ein Jäger?«

»Ich denke schon. Obwohl mein eigener Sohn eine Ausnahme bildet. Er macht sich in die Hose, wenn er ein Gewehr halten soll. Früher hat er Vögel, die aus dem Nest gefallen waren oder die er mit angebrochenem Flügel gefunden hat, zu mir ins Haus gebracht.«

»Und was haben Sie mit ihnen getan? Ihnen den Flügel geschient?«

Werner Fleissner sah sie amüsiert an. »Den Flügel geschient? Und ihnen auch noch das Essen in den Schnabel geschoben? Nein, bestimmt nicht. Die Natur ist hart und grausam, Charlotte, und es ist nicht unsere Rolle, in sie einzugreifen. Ich glaube, dass Lebewesen, die nicht lebensfähig sind, auch nicht leben sollten.«

Charlotte schluckte, denn sie dachte an Lulu. Jeder Appetit war ihr vergangen. Lulu war gewiss in den Augen vieler Ignoranten – und dass Werner Fleissner dazugehörte, daran hatte sie keinen Zweifel – nicht lebensfähig und doch liebte sie sie von ganzem Herzen und hatte sich auf die Besuche bei ihr im Heim gefreut. Kleinste Fortschritte oder Reaktionen Lulus waren Erfolge. Dann versuchte sie sich den kleinen Max vorzustellen, der seinem Vater ein hilfloses Lebewesen reichte, nur um zu sehen, wie dieser dem kranken Vogel den Hals umdrehte. Ihr schauderte und ihre Finger schlossen sich hart um ihr Weinglas, doch Werner Fleissner sprach bereits weiter.

»Aber Sie haben mich gefragt, was mir an der Jagd gefällt. Das Warten, denke ich. Das Aussuchen. Das Beobachten. Die Macht, den Finger am Abzug zu krümmen. Und natürlich das Resultat, vor allen Dingen, wenn es so gut schmeckt wie heute. Aber nehmen Sie doch von der Cumberlandsoße, die gehört zur Entenbrust dazu.«

Er schob ihr eine flache, mit einer gallertartigen, hellroten Soße gefüllte Porzellanschale zu. Der Anblick ließ Charlotte an gestocktes Blut denken und sie begegnete Paris' Blick, der sie beruhigend ansah.

»Eine Cumberlandsoße? Woraus wird die gemacht?«, fragte sie.

»Johannisbeere, Rotwein, Senf… die anderen Zutaten kenne ich nicht auswendig.«

»Danke, aber Johannisbeeren gehören zu den wenigen Früchten, die ich überhaupt nicht mag«, sagte Charlotte, doch Werner Fleissner tauchte den Löffel in die Soße und füllte ihr eine Kelle voll auf den Teller. Charlotte musste beinahe würgen, doch gleichzeitig begriff sie, dass sie durch ihren Aufenthalt hier mehr über die Fleissners lernte als bei allen Recherchen im Internet. Sie aß von der Entenbrust und rührte die Soße nicht an, was Werner Fleissner nicht zu bemerken schien.

Nach dem Abendessen versammelten sie sich wieder um den Kamin, über dessen Sims ein langes, gebogenes und schlicht gearbeitetes aber offensichtlich sehr scharfes Messer hing. Werner Fleissner schenkte Wein nach, plauderte und lachte. Wie er da so saß, vor seinem Kamin und mit seinem Glas in der Hand, sah er aus wie ein warmherziger Familienvater und nicht wie ein despotischer Patriarch, dachte Charlotte. Sie wurde aus dem Mann nicht schlau.

»Was für ein schönes Zimmer. Darf ich mich ein wenig

umsehen?«, fragte sie. »Entschuldigung, das ist eine Berufskrankheit.«

»Gerne. Fragen Sie nur, wenn Sie wollen«, sagte Werner freundlich.

Charlotte besah sich die Bilder, die überall verteilt standen und die eine glückliche Familie zu zeigen schienen. Auf vielen Fotografien sah sie die drei Kinder zusammen und auf einer Porträtaufnahme auf einem kleinen Schreibtisch war eine junge Frau allein zu sehen, die herausfordernd in die Kamera blickte.

»Das ist Friederike«, erklärte Werner Fleissner. »Meine Tochter.«

Charlotte spürte, dass er noch mehr sagen wollte, es aber nicht tat, als auch Paris zu ihnen kam und tröstend seinen Arm um Werner legte.

»Lebt sie auch im Norden des Landes und jagt Wilderer?«, fragte Charlotte.

»Nein. Das ist Bettine. Friederike lebt nicht mehr. Sie kam vor ungefähr zehn Jahren bei einem Verkehrsunfall ums Leben, kurz bevor Max nach Europa ging.«

»Entschuldigung. Ich wollte nicht…«

»Keine Sorge. Wir halten die Erinnerung an sie sehr lebendig.« Er rieb sich die Augen und sah im Licht der um den Raum verteilten Stehlampen müde aus. »Entschuldigen Sie mich. Ich bin sehr müde und wir müssen morgen früh raus. Abfahrt um sechs, bei Morgengrauen. Um fünf Uhr dreißig gibt es ein schnelles Frühstück in der Küche«, sagte er lächelnd, jedoch in einem Ton, der keine Widerrede duldete.

Paris begleitete Charlotte bis an ihre Zimmertür und verschränkte seine Hände hinter dem Rücken, als sie ihn auf beide Wangen küsste.

»Gute Nacht, Paris. Ich hoffe, ich war nicht unhöflich, als ich nach Friederike gefragt habe.«

Er schüttelte den Kopf. »Nein. Und du hast dich tapfer gehalten. Ich weiß, dass Werner einen ganz schön vor den Kopf stoßen kann. Er ist eben ein Mensch, der wenig Spielraum für Zwischentöne erlaubt, und man muss ihn zu nehmen wissen. Aber dafür kann man sich auch vollkommen auf ihn verlassen. Was er verspricht, gilt.«

»Aber im Gegenzug muss auch jeder nach seiner Pfeife tanzen.«

»Stimmt. Aber sein Erfolg gibt ihm recht.«

»Selbst wenn man keine Cumberlandsoße mag.«

»Selbst dann«, erwiderte Paris.

»Ist er denn so erfolgreich? Ich habe auch anderes über die Farm gelesen.«

»Klar hat Werner mal Schwierigkeiten, aber im Großen und Ganzen läuft das Geschäft gut. Du wirst es ja morgen sehen, wenn wir über die Farm fahren. Ich glaube, ein Streitpunkt zwischen Max und ihm war früher, dass Max sich so wenig für die Farm interessiert hat und lieber Geschäftsmann sein wollte. Ein erfolgreicher Geschäftsmann, der selber etwas auf die Beine stellt.«

»Hm. Als Vater ist Werner bestimmt nicht leicht. Was ist damals mit Friederike geschehen? Was für eine grässliche Geschichte«, wechselte Charlotte das Thema.

»Allerdings. Und dabei kennst du noch nicht einmal die Einzelheiten ihres Todes.«

»Es muss schrecklich sein, ein Kind zu verlieren«, sagte

Charlotte. Ihre Mutter hatte Lulu, und hatte sie doch nicht. Was war schwieriger zu ertragen? »Was ist denn genau passiert?«

»Ich weiß nicht, ob das wirklich ein Gespräch für kurz vor dem Schlafengehen ist, Charlotte.« Er strich ihr sanft mit dem Zeigefinger über die Wange und sah sie zärtlich an. »Ich will nicht, dass du schlechte Träume hast.«

»Bitte. Ich will es wissen und kann es aushalten.«

»Ja?«

»Sicher«, sagte sie bestimmt.

»Es war ein entsetzlicher Unfall. Friederike ist an der Hauptstraße nach Nairobi überfahren worden. Der Fahrer hat die Flucht ergriffen und sie ist auf der Straße verblutet. Werner und seine Frau haben daraufhin das Land für einige Zeit verlassen, um sich von dem Schock zu erholen.«

»Mein Gott.«

»Ich weiß. Grässlich. Und noch dazu war ihr Tod von seltsamen Umständen umgeben…«

»Was für Umstände?«

»Charlotte, ich weiß nicht…«

»Paris, bitte.«

Paris fuhr sich mit der Hand über die Augen, unter denen dunkle Schatten lagen. »Es soll kurz nach Sonnenaufgang geschehen sein und Friederike trug angeblich ihr Nachthemd. Niemand weiß, was sie zu dieser Stunde da draußen gemacht hat, denn sie war zu dem Zeitpunkt alleine auf der Farm. Ihre Familie war in Nairobi.«

»Wollte sie davonlaufen? Hatte sie einen Freund? Oder ist sie schlafgewandelt?«

»Wir wissen es nicht. Ich wollte dir nicht von all dem

erzählen. Verzeih. Hoffentlich können wir uns morgen früh einfach an dem Ausflug freuen.«

Er küsste sie wieder auf die Wange, aber sehr nahe an ihrem Mundwinkel und sie schloss kurz die Augen, um seine Nähe zu genießen. Charlotte sah Paris nach, wie er zu seiner Zimmertür am anderen Ende des Gangs ging. Da fiel ihr noch eine letzte Frage ein.

»Paris? Was ist das für ein Messer, das über dem Kaminsims da unten hängt?«

»Das hängt da schon seit Jahren. Es ist ein altes Stück, ein rituelles Messer der weisen Männer der Kikuyu.«

»Was haben sie damit geschnitten?«

»Fleisch, wenn der Stamm zusammensaß und aß.«

»Okay.«

Er winkte ihr noch einmal zu, ehe er in seinem Raum verschwand.

Allein in ihrem Zimmer setzte sie sich auf ihr Bett und schloss kurz die Augen, um ihren Geist von allen Gedanken, die einander jagten, zu befreien. Als es ihr nicht gelang, griff sie wieder zu ihrem Büchlein und schrieb sich Notizen zu Friederikes Tod neben die Stichpunkte zu Werner Fleissner, der sie vor ein Rätsel stellte. Er war gewiss ein Despot, und doch auch der Mann, den Paris als seinen Ziehvater bezeichnete, was er sicher nicht leichtfertig tat. Noch ein Rätsel: Wie bitter war die Scheidung von Paris' Eltern verlaufen, einer Kikuyu und einem weißen, wohlhabenden Farmer? Mit *Mungiki* hatte das kaum etwas zu tun, oder etwa doch?

16. Kapitel

Der Rollstuhl holperte eine Piste entlang, die sich im Busch verlor.

»Sieh mal die Warzenschweine«, sagte Charlotte zu Lulu, die Laute von sich gab, die sie nicht ganz einordnen konnte. Lachte sie, oder hatte sie Angst? Es war früher Morgen und sie waren auf dem Weg zur Schule, aber das Licht war seltsam fahl, von einer blendenden Helle, die keinen Schluss auf die genaue Zeit zuließ. Es konnte nicht mehr als sechs Uhr morgens sein, die Sonne ging auf, ein glühender Ball im Blassblau des Himmels, der sich mit ungewöhnlicher Intensität in Charlottes Netzhaut brannte, als sie sich gegen den Rollstuhl stemmte. Weshalb ging denn das nicht voran? Sie sah nach unten, unter die Achse, wo der Wagen im Schlamm rund um ein Wasserloch festhing. Plötzlich hörte sie Stampfen und Schnauben und als sie aufsah, kam eine Heerschar Warzenschweine auf sie zu. Ihre aufgerichteten Schwänze erinnerten Charlotte an Antennen. »Alle einmal trinken«, befahl das größte Warzenschwein, dessen Fell vor Alter grau und knotig war, und alle anderen rund um das Wasserloch gehorchten. Ein junges Warzenschwein kämpfte, um durch die Gruppe hindurch an das Wasserloch zu kommen, doch es wurde immer wieder nach hinten gestoßen. Lulu streckte ihren Finger nach dem Frischling aus und machte einige gurgelnde Geräusche. Charlotte ließ den Rollstuhl los

und packte den Frischling, wobei sich unter ihrem Griff die Farbe seines Fells änderte, als sei er ein Chamäleon. Sein dunkles, borstiges Haar wurde so weiß wie Charlottes Haut. Wo hörte ihr Körper auf, wo fing das Tier an? »Was machst du da?«, fragte das große Warzenschwein und senkte seine Hauer. Sein Blick bohrte sich in Charlottes Augen und sie sah ein drohendes Funkeln in seinen dunklen Augen. »Ich will doch nur helfen«, sagte Charlotte, die nun vor Kälte zitterte. Weshalb, es war doch Sommer und sie trug doch Shorts und ein T-Shirt, oder etwa nicht? Sie sah an sich herunter, wo der Wind sich in der dünnen Seide eines Nachthemdes fing und die nackte Haut ihrer Arme mit einer Gänsehaut bedeckt war.

»Hilf dir selbst, dann hilft dir Gott! Lass das Kleine los! Wenn es nicht trinken kann, dann verdurstet es eben.«

»Nein«, beharrte Charlotte erst mit zitternder Stimme und dann fester. »Nein. Ich lasse es nicht los. Es soll trinken können, wie alle anderen.«

Das Warzenschwein senkte seinen Kopf und seine Hauer tiefer, zum Angriff bereit und Charlotte packte das strampelnde, weiße Tier fester. Sie würde nicht loslassen, nein, niemals. Nicht dieses Mal. Plötzlich knallte es von allen Seiten, die Erde wurde von Gewehrkugeln aufgepeitscht und Charlotte warf sich in den Staub. Sie legte sich die Arme über den Kopf, als die Schweine in panischer Angst über die Lichtung stampften und sie hörte ihren Anführer schreien. »Es geht nicht um euch, ihr verdient zu leben! Ihr verdient zu leben!«

Eine letzte Kugel vertrieb auch ihn von der Lichtung und nur der weiße Frischling lag noch neben Charlotte im Matsch. Sie robbte zu Lulus Rollstuhl, in dem ihre Schwester regungslos hing. War ihrer Schwester auch so kalt wie ihr selbst?

»Lulu«, flüsterte sie, als sie sich an dem Rollstuhl hochzog,

um nach ihrer Schwester zu sehen. Aber Lulu antwortete ihr nicht, sie hing schlaff in ihrem Gurt, der sich über ihre Brust und den Bauch zog. Ihr Kopf war zur Seite gesackt, und Blut lief aus einer Wunde an ihrer Stirn und aus ihrem Mundwinkel. Hatte eine der Kugeln sie getroffen? Charlotte wurde schwach vor Angst.

»Lulu«, schluchzte Charlotte und küsste ihrer Schwester das Gesicht, dessen Haut sich kühl anfühlte. Als Charlotte mit ihren Lippen die Wunde streifte, schmeckte sie Johannisbeeren, Rotwein und Senf. Sie sackte nach hinten in den Matsch, der schmatzende Geräusche machte und der sich warm und tröstend anfühlte. Aus dem Busch hörte sie die Jäger schreien: »Fünfzig Tiere, wir brauchen fünfzig Opfer!«

Der Frischling war derweil an das Wasserloch gegangen, das still und glitzernd in der an Kraft gewinnenden Sonne lag. Plötzlich kam ein Wind auf, der das Wasser aufrührte und seine Wellen sahen aus wie Tausende von scharf geschliffenen Klingen.

»Lasst uns zusammen essen«, riefen die Jäger im Busch und das schrille Pfeifen von Spielzeugeisenbahnen ertönte. »Alles einsteigen!«

Der Frischling sah Charlotte aus seinen hellen, goldgesprenkelten Augen an und neigte dann den Kopf, um genussvoll zu trinken. Charlotte hielt den Atem an, als der Frischling sie noch ein letztes Mal ansah, ehe erst seine Vorderhufe und dann die Hinterbeine unter ihm wegbrachen und er im Matsch vor ihren Augen verendete. Das Wasser musste vergiftet gewesen sein.

Die Schritte der Jäger entfernten sich und im Busch wurde alles still. Charlotte hielt Lulu fest im Arm, als der Busch sich vor ihr öffnete und sie die lange Hauptstraße in Richtung Nairobi hinuntersah. Im Morgengrauen herrschte noch kein Verkehr, nur ein Wagen näherte sich ihnen mit großer Geschwindigkeit. Der Fahrer musste sie doch sehen, beruhigte sich Charlotte, als das Auto genau auf sie zuhielt. Es war ein dunkler Range Rover. Sie sah die rote Erde, die unter den Rädern wegspritzte und hörte die Reifen quietschen, als der Wagen kurz schlingerte. »Halt«, schrie Charlotte und warf sich gerade noch zur Seite. Sie wollte nach Lulu greifen, doch deren Blick wollte sich nicht von dem Auto lösen, sie wirkte wie hypnotisiert. »Lulu, komm. Gib mir deine Hand«, schluchzte Charlotte, die nun auf dem Bauch im Busch neben der Straße lag. Sie reckte alle Glieder, um Lulus schlaffe Hand zu fassen, als der Range Rover mit Wucht in den Rollstuhl prallte und Lulu hoch in die Luft katapultiert wurde. Hoch, hoch, hoch in das gleißende Licht des Morgens flog Lulu, nicht anders als eine Wildente. Sie breitete die Arme aus wie Flügel, als der Wind sich in der Seide ihres Nachthemdes fing. Alle Zeit und Bewegung stand still, als sie wieder auf die Fahrbahn prallte, an der Stoßstange des Range Rover hängen blieb und von diesem mitgeschleift wurde. Der Fahrer bremste nicht, sondern gab, wenn möglich, noch mehr Gas. Als einzige Spur hinterließ er eine lange, olivfarbene Staubwolke, die sich in der Luft zu einer Schlange formte und drohend ihren schwarzen Rachen aufriss.

Charlotte erwachte schreiend im selben Augenblick, da Paris an ihre Tür klopfte. Als sie aufschluchzte und sich die Hände vor die Augen presste, kam er in ihr Zimmer, setzte sich an ihren Bettrand, schlang seine Arme um sie und hielt sie fest.

»Hey, Kleines, schlecht geträumt? Ich hätte dir all das gestern Abend nicht erzählen sollen. Du sagst immer, du kannst das wegstecken, aber du bist eben doch nicht so hart, wie du denkst. Wo soll so eine halbe Portion wie du das auch hinstecken können? Es ist doch alles so viel und so neu für dich hier.«

Sie schmiegte sich an ihn und spürte, wie der Schrecken der Nacht langsam von ihr wich, aber ihr T-Shirt klebte an ihrem Leib und es brauchte eine Weile, bis ihr flatternder Atem sich beruhigt hatte.

»Was machst du hier?«, flüsterte sie dann und sah auf die Leuchtanzeige des Weckers neben ihrem Bett. 5:00 Uhr, draußen lag der Garten noch in vollkommener Dunkelheit.

»Ich bewache deinen Schlaf«, sagte er zärtlich und strich ihr das Haar aus der Stirn. »Aber eigentlich wollte ich dich wecken. In einer halben Stunde gibt es Frühstück unten in der Küche, und dann geht's los mit der Safari.«

»Ich weiß nicht…«

»Was meinst du? Ob du mit willst?«

Charlotte nickte.

»Natürlich willst du das. Die Schönheit da draußen bringt dich auf andere Gedanken.«

»Also gut. Ich komme gleich.«

Paris stand auf und hob ihr Kinn mit seinem Zeigefinger an, ehe er ihre Stirn küsste. »Dann sehen wir uns in einer halben Stunde. Ich warte auf dich. Immer.«

Die Morgenkühle brachte Charlotte in die Gegenwart zurück, als sie in den Jeep stieg. Am Horizont zeigte sich der erste Streifen Licht und in den Bäumen um das Haus stimmte ein Vogelchor sein Lied an.

»Willkommen im Garten Eden«, sagte Paris, als er ihr eine Decke über die Knie faltete. »Pack dich warm ein, es ist noch frisch.«

Charlotte dachte an ihren Traum und ihr fröstelte, doch sie zwang sich zu einem Lächeln.

Werner Fleissner setzte sich ans Steuer und lenkte den Wagen durch die Allee hinunter und in den Busch hinein. Charlotte quälten noch die Bilder der Nacht, doch dann wehte ihr der Fahrtwind um die Nase und ihr Körper folgte den wackeligen Bewegungen des Autos. Sie versank schon nach wenigen Minuten Fahrt in einer anderen Welt: Farben, Duft, Geräusche, der Geschmack der Luft und das Gefühl der ersten Sonnenstrahlen auf ihrer Haut, alles waren ihr fremde Sensationen von betörender Schönheit. Paris hatte seinen Arm hinter sie auf die Lehne der Rückbank gelegt, berührte sie jedoch nicht und schwieg. Er warf ihr nur einige Seitenblicke zu, als wolle er sich vergewissern, dass Charlotte den Augenblick genoss. Willkommen im Garten Eden – Herden von Gnus tranken am stillen Wasser des Elementaita-Sees, der auf der Farm der Fleissners lag. Ein Leopard schlich zwischen den Tieren umher, die nervös in Stellung gingen. Giraffenköpfe erschienen hoch über den Akazien und ein Sekretär-Vogel trabte hoch erhobenen Hauptes durch das Gras, in dem eine DikDik-Mutter ihr Junges säugte. Unzählige Zebras grasten auf den Weiten, während Gazellen ob des gedrosselten Motors wachsam den Kopf in ihre Richtung drehten.

Werner erblickte mit seinem Kennerblick sämtliche Tiere vor den beiden anderen und erklärte Charlotte in leiser Stimme alles zu ihren Jagd- und Lebensgewohnheiten. Seine Stimme klang warm und er schien so tief berührt wie sie selber, obwohl er diesen Anblick schon unzählige Male genossen hatte. Dieser Mann war wie sein Land – wie konnte so viel Schönheit und Tiefe neben so viel Grauenvollem und Schrecken bestehen? Kenia war eine Medusa, eine Frau von unvergleichlichem Liebreiz, auf deren Haupt Schlangen wuchsen.

Es war beinahe zehn Uhr, als Werner den Jeep auf einer Lichtung wendete. »Genug gesehen. Jetzt wird es heiß, und die Tiere ziehen sich in den Busch zurück. Zeit zum zweiten Frühstück. Einverstanden? Aber ich nehme eine andere Route, so dass Sie noch etwas von meinem Land sehen, Charlotte.«

Meinem Land. Meinte er damit Kenia, oder das Land, das seine Vorfahren den Massai abgekauft hatten? Nun lebten auch andere Stämme darauf, wie die Kikuyu, das wusste Charlotte von Paris. Wie sonst sollte er an das zeremonielle Messer kommen, das offensichtlich als sein ganzer Stolz über seinem Kamin hing?

Im selben Moment erschienen vor ihnen im Busch zwei Männer entlang des Weges. Sie trugen die roten Shukas der Massai und hatten sich ihre Hirtenstecken über die Schultern gelegt, während sie gleichmäßigen Schrittes in das Gegenlicht voranliefen. Werner hupte einmal zur Warnung, die Männer drehten sich um, winkten und lachten, und Charlotte erstarrte auf dem Rücksitz: Einer der Hirten war nicht dunkelhäutig, sondern weiß, und im Licht leuchteten seine hellen Augen auf. Ein Albino. Werner trat so hart auf die Bremse, dass der Wagen zu schlingern begann und dann neben ihnen zum Stehen kam. Charlotte klammerte sich an Paris, der sich mit seinen Armen am Vordersitz abstützte. Sie hatten nur knapp den Stamm eines Baobabbaumes verfehlt.

»Werner!«, rief Paris. »Was ist denn los?«

Der Wagen kam zum Stehen und die Hirten warteten gespannt, was passieren würde.

Werner sagte: »Entschuldigung«, doch es klang zerstreut und er warf noch einen letzten Blick auf die Massai.

»Alles in Ordnung«, sagte er und machte den Hirten ein Zeichen, die kurz winkten, weitergingen und einen Augenblick später aus Charlottes Blickfeld verschwunden waren, ehe auch ihre nun wieder lauteren Stimmen, mit denen sie den Vorfall diskutierten, im Busch verhallten.

»Was war denn los?«, wiederholte Paris seine Frage. »Alles klar?«

»Ein Blackout. Eine Erinnerung. Das ist alles«, antwortete Werner Fleissner, senkte den Fuß auf das Gaspedal und der Wagen schoss drauflos. Alle schwiegen, bis der Wagen vor dem Schuppen auf der Farm vorfuhr.

Als sie ausstiegen, konnte Charlotte nicht an sich halten.

»Ich habe Ihnen noch gar nicht zu Ihren neuen Enkeltöchtern gratuliert«, sagte sie. »Werden Sie sie bald treffen?«

Werner Fleissner sah sie an und schüttelte dann den Kopf. »Nein. Ich habe von der geplanten Adoption erst aus der Zeitung erfahren. Typisch Max. Mein Herr Sohn involviert mich nicht mehr in seine Entscheidungen, selbst wenn es für die Familie so wichtige sind.«

Paris drehte seine Runden im Pool, der hinter dem Haus lag, während Charlotte versuchte, im Schatten der Veranda ein Buch zu lesen, doch sie konnte sich nicht konzentrieren. Ihre Gedanken wanderten immer wieder nach Kibera, zu *Mungiki*, allem, was sie über Max und seinen Vater wusste. Wenn er ihn doch beeindrucken und für sich gewinnen wollte, weshalb hatte er ihm dann nicht eher von der geplanten Adoption erzählt? Von der Veranda aus konnte sie den Schuppen mit den Eisenbahnen sehen, wohin Werner sich nach dem Mittagessen zurückgezogen hatte. Sein Umriss bewegte sich schattenhaft hinter dem Milchglas der Tür, und er füllte diesen Rahmen ganz aus. Wie konnte Max bei diesem Vater so ein zierlicher, drahtiger Mann sein? Neben Werner aufzuwachsen, mit all seiner Autorität und seinen sehr bestimmten Ideen, was auf seiner Farm zu geschehen hatte und was nicht, war gewiss nicht einfach gewesen. Konnte er denn sein Anwesen so leiten, ohne auf *Mungiki* angewiesen zu sein? Die Vereinigung schien in Kenia überall ihre Finger im Spiel zu haben.

Charlotte dachte wieder an Werners Reaktion, als sie den Hirten am Morgen getroffen hatten und das Messer, das über dem Kamin im Wohnzimmer hing. Da kam ihr ein schrecklicher Gedanke.

Glaubte Max, er müsste die Kinder vor seinem eigenen Vater *schützen* und hatte er deshalb die Adoption so ganz im Geheimen eingeleitet? Sie legte ihr Buch beiseite und griff wieder zu ihrem Notizbuch, wo ihre Aufzeichnungen immer unleserlicher wurden: Gekritzelte Namen, die umkreist und wieder durchgestrichen und mit Pfeilen miteinander verbunden waren.

Am späten Nachmittag, nach dem Tee, piepste Paris' Mobiltelefon zwei Mal auf. Er las die Nachricht, runzelte die Stirn und sagte: »Es tut mir leid, aber ich glaube, wir müssen abfahren.«

»Wann? Jetzt?«, Charlotte war über ihre Erleichterung,

die Paris' Worte in ihr auslösten, erstaunt. Die Atmosphäre auf der Farm war zu rätselhaft und beklemmend. In Muthaiga wollte sie in Ruhe die Eindrücke des Besuchs bei den Fleissners verarbeiten.

»Ja. Ich muss im Morgengrauen in Nairobi sein, für einen wichtigen Auftrag. Am besten, wir fahren bei Anbruch der Dunkelheit, dann ist auf den Straßen nicht so viel los.«

»Schade. Es gibt noch so viel zu besprechen«, sagte Werner Fleissner.

»Ich komme wieder. Bald«, versprach Paris.

»Bleibt noch zum Abendessen, okay? Bitte.«

»Also gut.«

Als sie gepackt hatten und ihre Taschen auf der Ladefläche von Paris' Pick-up lagen, umarmte Werner Paris in der vollkommenen Dunkelheit fest und schüttelte dann Charlottes Hand.

»Vielen Dank für Ihre Gastfreundschaft«, sagte sie.

»Paris' Freunde sind meine Freunde. Der Mann ist wie ein Sohn für mich und er verdient es, glücklich zu sein.«

Paris warf Charlotte ein verstohlenes Lächeln zu und sie senkte den Blick. Auch sie verdiente es, glücklich zu sein, und langsam, Schritt für Schritt, begann sie zu glauben, dass es wieder möglich war. Als sie davonfuhren, drehte sie sich noch einmal nach Fleissner um, der allein im schwachen Schein der Laterne stand und ihnen nachwinkte. Sie konnte sich kein endgültiges Urteil über ihn bilden.

Als sie auf die Hauptstraße nach Nairobi bogen, schaltete Paris seine Scheinwerfer an. Geschickt umfuhr er die größten Schlaglöcher.

»Dieses Mal nehmen wir nicht die *Bottom Road*, es ist ja

eh dunkel und je eher wir nach Nairobi kommen, umso besser.«

Charlotte legte den Kopf zurück. Es war beinahe halb elf. Hatten sie so lange beim Abendessen gesessen? Paris und sie schwiegen beide, während die Lichter des Wagens huschende Bilder aus der afrikanischen Nacht griffen und sie dann wieder der Dunkelheit und dem Vergessen überließen. Ihre Glieder wurden ihr schwer und ihre Augen fielen von Zeit zu Zeit zu, doch sie zwang sich zum Wachbleiben, um Paris Gesellschaft zu leisten.

»Schläfst du schon?«, fragte er sie leise.

»Nein. Ich denke nach.«

»Darf man stören?«

Sie lachte. »Sicher.«

»Hat es dir gefallen?«

Charlotte überlegte, ehe sie ihm antwortete, denn sie wollte nicht lügen, aber ihn auch nicht verletzen. »Ja und nein.«

»Weshalb?«

»Werner Fleissner ist mir ein Rätsel. Er scheint ein Mann zu sein, der zu großer Wärme und Mitgefühl fähig ist, der aber doch auch ein ziemlicher Despot ist, oder?«

»Damit triffst du den Nagel auf den Kopf, Charlotte.«

»Weshalb hat Max ihm nicht von der geplanten Adoption erzählt? Er freut sich doch sicher, Großvater zu werden.«

Ehe Paris antworten konnte, gab es einen Knall, der Wagen schlingerte und Paris' Knöchel an seinen Fingern wurden weiß, als er mit aller Kraft das Lenkrad festhielt und den Wagen am Straßenrand zum Stehen brachte.

»Verdammt. Der Reifen.«

»Hast Du ein Ersatzrad dabei?«

»Ja, Sangit hat mir ein neues auf die Ladefläche geschraubt.«

Er löste die Ösen der Klappe hin zur Ladefläche und fluchte dann laut.

»Ich möchte mal wissen, wo der Mechaniker seinen Kopf hat. Er hat mir das alte, platte Ersatzrad draufgelassen.«

»Und was machen wir jetzt?«, fragte Charlotte. »Gibt es hier so etwas wie den ADAC?«

»Den was?«

»Schon gut«, sagte Charlotte. Vermutlich gab es hier nicht so etwas wie den ADAC, schloss sie.

Paris überlegte. »Wir müssen bis morgen früh warten. Dann können wir jemanden anhalten. Aussteigen und versuchen, Hilfe zu finden, ist in der Dunkelheit keine gute Idee, hier in der Gegend sind die Leute nicht allzu freundlich.«

Charlotte erinnerte sich, wie sich die bunte Lebhaftigkeit des Tages in Nairobi in eine dunkle, stumme Bedrohung bei Einbruch der Nacht in Kibera gewandelt hatte und verstand, was Paris meinte. Der zog gerade zwei Decken von der Ladefläche.

»Wir müssen im Wagen schlafen, tut mir leid. Das entspricht nicht gerade dem schönen Wochenendausflug, den ich dir versprochen habe.«

»Das macht nichts.«

»Wir müssen nur sehen, wie wir uns mit dem Platz arrangieren, damit du es auch bequem hast. Das ist das Dumme bei einem Pick-up, man kann die Sitze nicht herunterklappen.«

»Das wird schon gehen«, flüsterte Charlotte leise und

sah Paris an. Seine Augen leuchteten in der Dunkelheit. Sie waren vollkommen allein auf der Straße, wenn nicht gerade ein verspäteter Lastwagen oder ein Nachtbus aus dem Norden mit lautem, langgezogenem Hupen und grellem Aufblitzen der Scheinwerfer an ihnen vorbeizog.

»Weshalb hält niemand an und fragt, ob wir Hilfe brauchen?«, fragte sie.

»Weil Räuber so anderen Autofahrern manchmal Fallen stellen. Aber jetzt komm her«, sagte er und öffnete seine Arme. Sie zog die Knie hoch und lehnte sich mit dem Rücken an ihn, so dass seine Wärme sie durchströmte, während er eine der Decken sorgsam über sie ausbreitete und gleichzeitig versuchte, seine eigenen Knie mit der anderen zu bedecken. Charlotte schloss die Augen, als Paris ihre Schläfe küsste.

»Willst du schlafen oder reden?«, murmelte er.

»Hm. Reden. Ich hatte dich gerade nach Werner Fleissner und den zwei Seelen in seiner Brust gefragt, als der Reifen platzte.«

»Zwei Seelen in seiner Brust, die hat er allerdings. Ich weiß, dass vieles an ihm erst einmal abschreckend wirken kann. Aber er hat mir und meiner Mutter geholfen, als keiner uns helfen wollte und er hat nie eine Gegenleistung dafür verlangt. Das Mindeste, was ich ihm dafür schulde, ist mein lebenslanger Respekt und meine Freundschaft. Und das tue ich gerne.«

»Klingt mehr nach einem sizilianischen *Padron* als nach einem afrikanischen Farmer. Don Fleissner.«

»Oder Papa Fleissner.«

Sie spürte, wie Paris seine Nase in ihr Haar vergrub und kuschelte sich näher an ihn, während er seine Arme um ihren Oberkörper schlang. Alles fühlte sich so natürlich an: So und nicht anders sollte es sein. Ihr war warm und sie war nahe bei einem Mann, der sie genauso, wie sie war, kennenlernte, und sie dennoch mochte. Vielleicht sogar noch mehr als das.

»Hm. Papa Fleissner. Ein schöner Spitzname. Das würde ihm auch gefallen.«

»Wie hat er euch geholfen?«, fragte Charlotte dann. Paris ließ einige Augenblicke verstreichen und sie spürte seine Finger mehr wie eine Ahnung durch ihr Haar streichen als eine echte Berührung, so sanft war er. Vor und neben ihnen beschlugen die Scheiben von ihrer beider Atem und sie begann mit ihrem Zeigefinger Muster in das Glas zu zeichnen, bis er ihr antworten wollte, denn sie wollte ihn nicht drängen. Als er weiter schwieg, versuchte sie ihm zu helfen: »Weshalb ist die Ehe deiner Eltern damals auseinandergegangen? Stammten sie aus zu verschiedenen Welten?«

»Ja. Aber nicht so, wie du denkst.« Er holte tief Luft. »Ich habe das außer Werner noch nie jemandem erzählt.«

Charlotte lauschte der Stille, die seinen Worten folgte. Geteilte Geheimnisse und ihre bindende Macht. Sie war bereit, seine Last zu teilen, doch sie schwieg und wartete, bis er willens war, weiterzusprechen.

»Mein Vater und Werner Fleissner hatten als junge Männer gemeinsam in einem Kikuyu-Kral gelebt, obwohl sie Weiße sind. Sie waren Nachbarn und sind zusammen aufgewachsen, so wie später Max, seine Schwestern und ich. Dort hat auch mein Vater meine Mutter kennengelernt. Aber während Werner nach seiner Eheschließung mit Max' Mutter in ein Haus gezogen ist und seinen Kindern feste

Wurzeln geben wollte, blieb mein Vater im Kral wohnen und verrannte sich mehr und mehr in verrückte Ideen.«

»Zum Beispiel?«, flüsterte Charlotte.

»Meine Mutter durfte mit keinem anderen Mann mehr sprechen. Sie durfte keine Hosen tragen und sollte nicht arbeiten gehen, obwohl sie in Nairobi eine Ausbildung gemacht hatte und frei sein wollte. Eines Tages war sie mit mir in der Stadt gewesen. Später hat sie mir gesagt, dass sie sich da bereits nach einem Job umgesehen hat, denn sie fand das Leben mit meinem Vater bereits damals unerträglich. Jedenfalls kam sie in einem neuen Paar Jeans wieder in den Kral, wo er gerade sein *Tusker* trank. Er trank damals ziemlich viel, erinnere ich mich.« Seine Stimme verlor sich, doch Charlotte spürte, wie er mit seinen Gefühlen kämpfte. Sie nahm seine Hand und küsste seine Finger.

»Ich höre dir zu«, versicherte sie ihm leise.

»Mein Vater war betrunken und verlor vor sämtlichen Mitbewohnern jede Beherrschung. Er schlug meine Mutter und band sie dann wie einen Hund vor die *Manyatta*, in der wir schliefen. Neben sie legte er zwei gefaltete Tücher, die *Kangas*, die die Frauen hier tragen und stellte ihr Wasser und Brot gerade außer Reichweite. Niemand durfte ihr helfen, wies er an, und erst wenn sie sich umzog, durfte sie wieder essen und trinken. Mir drohte er Prügel an, wenn ich ihr nur zu nahe käme.«

»Was geschah dann?«

»Niemand half, Charlotte. Sie blieb eine Nacht und einen Tag lang vor der *Manyatta* angekettet. Sie zog sich nicht um, aber versuchte immer wieder, an das Wasser zu kommen. Dann habe ich es nicht mehr ausgehalten und bin in der folgenden Nacht, als mein Vater schlief, aus der

Hütte gekrochen und habe mit meiner kleinen Zange, mit der ich sonst mein Fahrrad reparierte, das Schloss zu ihrer Kette geknackt. Dann flohen wir zusammen zu der Farm der Fleissners.«

»Mein Gott. Wie alt warst du damals?«

»Sechs oder sieben vielleicht. Ich weiß es nicht mehr genau. Werner Fleissner brachte uns nach Nairobi, wo wir erst in seinem Haus dort wohnten, ehe mein Vater meiner Mutter auf Anordnung des Gerichts Unterhalt zahlte. Das hat beinahe ein Jahr gedauert. Er hat den Kral verlassen und ist auf seine Farm gezogen. Ich habe ihn nur noch einmal wiedergesehen, als ich mein Abitur gemacht habe.«

»Was für eine schreckliche Geschichte. Jetzt ist mir auch klar, warum du dich Werner so verbunden fühlst.«

»Er ist ein einflussreicher Mann.«

Charlotte ließ all diese Informationen auf sich wirken. »Kann er all dies tun, ohne mit *Mungiki* verbunden zu sein? Ist das in Kenia möglich?«

»Ich weiß es nicht. Sicher ist er das eine oder andere Mal mit ihnen in Kontakt gekommen. Hast du nie Angst bei deiner Arbeit, Charlotte?«

Sie schluckte und schloss die Augen, ehe sie antwortete. »Doch. Oft. Große Angst.«

»Und was tust du dann?«

»Ich arbeite einfach weiter.«

»Weshalb? Was treibt dich dazu?«

Wie heiß es in dem Wagen war! »Weshalb fragst du mich das?«

»Ich will dich besser kennenlernen.«

Die bindende Macht der geteilten Geheimnisse. Charlotte sah in die Dunkelheit, spürte Paris' ruhigen Herzschlag an ihrem Rücken und erzählte zum ersten Mal in ihrem Leben jemandem von Lulu und jenem grauenvollen Nachmittag.

17. Kapitel

Frederik Nyeres Büro war im siebten Stock untergebracht. Die großen Fenster boten ihm einen weiten Blick über Nairobi: Als Charlotte wartete, dass er sein Telefonat beendete, sah sie über die Wolkenkratzer der Kenyatta Avenue hinaus in den Nationalpark. Sie konnte es nicht genau erkennen, aber sie hatte den Eindruck, ein paar graue Steine dort draußen auf der Savanne zu sehen, die sich bewegten. Waren das Tiere? Es mussten Elefanten sein.

»Charlotte, Entschuldigung, ich musste das Gespräch noch zu Ende führen. Möchtest du einen Kaffee? Ich brauche jetzt dringend einen. Mit Milch und Zucker?«

»Ja, danke.«

Frederik verschwand in Richtung der Kaffeemaschine. Charlotte stand auf und ging an seinen Schreibtisch. Sie nahm eines der gerahmten Bilder vom Tisch und sah in zwei fröhliche, lachende Jungengesichter. Auf einem anderen Foto waren Frederik und seine Frau an ihrem Hochzeitstag zu sehen: Braut und Bräutigam blinzelten in das Objektiv und ihre Umrisse traten scharf hervor. Charlotte stellte das Bild wieder hin und blickte zur Wand: Dort hingen das Abiturzeugnis mit Auszeichnung aus *Brookhouse* und zwei Diplome der Universitäten Nairobi und Cardiff, wo er anscheinend ein Austauschjahr absolviert hatte. Dann schaute sie auf den Schreibtisch, wo unter einem Stapel Papiere der Ausdruck eines Börsenkurses hervorsah, und unwillkürlich zog sie das Papier hervor. Es war die Aktie von *PUR* seit dem Börsengang der Firma vor vier Jahren. Man sah am IPO-Preis, welche Euphorie das Unternehmen hier in Nairobi ausgelöst hatte: Der steile Anstieg der Kurve vom Augenblick der Erstnotierung an zeugte von einem wahren Kaufrausch der Investoren. Dann aber folgten starke Schwankungen; stärker, als Charlotte es bei anderen Papieren je gesehen hatte, und jemand hatte auf dem Ausdruck die markantesten Sprünge mit Rotstift markiert. Aber auf jeden Einbruch der Aktie hatte sich das Papier in den folgenden Tagen wieder gefangen und wurde besser als zuvor notiert. Hatte *PUR* das allein mit guten Bilanzen erreicht? Wenn dem so war, dann schien die Firma mit schöner Regelmäßigkeit dem Tod von der Schippe zu springen. Charlotte runzelte die Stirn, überprüfte kurz, ob ihr Redakteur schon auf dem Rückweg war, und zog schnell noch einen Ordner von seinem Schreibtisch. Darin fand sie Zeitungsartikel, von denen die meisten einige Jahre alt waren. Es waren Berichte über die Familie Fleissner, vor allen Dingen ihre Wohltätigkeitsarbeit im Grabenbruch, wo alle Erlöse der Farm den Massai zugutekamen. Nur der letzte Artikel drehte sich darum, dass die Erträge der Farm zurückgingen und eine der Schulen für die Kinder der Viehhirten geschlossen werden musste. Charlotte blätterte weiter und stieß darunter auf die Kontoauszüge einer in Nairobi ansässigen Anlageberatung. Das Konto wurde in Frederik Nyeres Namen geführt, und sie überflog kurz die Summen, die monatlich alle in eine Aktie geflossen waren: *PUR*. Für die Verhältnisse in Nairobi hatte

Frederik ein kleines Vermögen investiert! Ehe sie mehr lesen konnte, hörte sie vom Gang her Schritte auf das Zimmer zukommen. Hastig legte sie die Papiere wieder dorthin, wo sie sie gefunden hatte.

Sie drehte sich zu ihm um. »Entschuldige. Ich habe mir deine Fotos angesehen. Hübsche Jungs hast du da.«

»Frech sind sie, aber das gehört dazu. Sie machen uns viel Freude.«

Er stellte Charlottes Kaffee auf die Schreibtischkante, setzte sich ihr gegenüber in seinen Sessel und zeigte auf den leeren Stuhl.

»Setz dich doch wieder. Was ist los? Die *PUR*-Geschichte hast du gut geschrieben und geschnitten. Wir haben den Beitrag nach Tansania, Burundi, Ruanda und Uganda verkauft, das war ein gutes Geschäft für uns. Was willst du als Nächstes machen? Die Geschichte mit dem Trinkwasser in Kibera?«

Charlotte zwang sich, nicht auf den Ordner mit dem Aktienkurs, den Artikeln und den Kontoauszügen zu schauen. »Nein, Frederik. Das Thema kann warten.«

Frederik lehnte sich in seinem Stuhl nach vorne, dass das Leder unter seinem Gewicht knarrte, und er faltete seine Hände vor sich auf dem Tisch. Charlotte hielt seinem Blick stand.

»Was hast du dann vor?«

»Ich möchte die Fleissners in den Norden begleiten, wenn sie die Gotteskinder adoptieren.«

»Weshalb?«

»Frederik, hast du ihr Bild gesehen?«

Er nickte.

»Das sind keine Kinder wie alle anderen. Zum einen

werden sie als diejenigen verehrt, die einen Draht zu Gott haben, zum anderen sind sie Albinos, die hier gejagt und getötet werden.«

»Na, jetzt wollen wir mal nicht übertreiben. Es gibt Einzelfälle, gebe ich zu…entsetzliche Geschichten. Aber ich weiß nicht, was das mit den Kindern der Fleissners zu tun hat.«

»Ich habe den toten Albino in Kibera gesehen. Nachdem ich das Thema zum ersten Mal angeschnitten habe, bekomme ich eine Schwarze Mamba in einem Paket zu mir nach Hause geschickt –«

»Wie bitte?« Frederik sah sie entsetzt an, und Charlotte nickte.

»Ja. An dem Abend, als ich mit Shirish essen gegangen bin. Ein Junge hat mir ein Paket überreicht und als ich es öffnete–«

Frederik hob abwehrend die Hände. »Was hast du getan?«

»Nichts. Die Schlange war mir viel zu nahe, um etwas zu tun. Gott sei Dank hatte ich gerade die Tür zur Terrasse geöffnet. Sie ist einfach nach draußen geschlängelt.«

Frederik vergrub sein Gesicht in den Händen. »Das tut mir leid, Charlotte. Das tut mir so leid.«

»Was?«

Er schluckte. »Ich habe doch vergangene Woche im Club zu Mittag gegessen, erinnerst du dich? Es war ein Treffen mit einem alten Freund, einem Kikuyu-Abgeordneten. Als der wissen wollte, an was für Themen wir gerade arbeiten, erwähnte ich dich, dein Interesse für die Gotteskinder und *PUR*«, sagte er leise.

Charlottes Arme überlief eine Gänsehaut. »Das eine

muss mit dem anderen nichts zu tun haben«, sagte sie schwach.

»Muss nicht, aber kann«, sagte Frederik. »Ein hoher Kikuyu wie dieser Mann hat auch Verbindungen zu *Mungiki* und Schulden jeder Art der Vereinigung gegenüber. Schulden, die auch mit steten Informationen beglichen werden können.«

»Da sagst du das Richtige: Muss nicht, aber kann. Max Fleissner macht keinen Schritt ohne einen stadtbekannten Gangster, und *Mungiki* predigt die Rückkehr zu alten Traditionen, wie krank auch immer sie diese für sich auslegen. Gehört zu diesen Traditionen auch schwarze Magie und *Uchiwa*?«

Frederik setzte sich wie elektrisiert auf. »Woher kennst du das Wort? Nimm es nicht leichtfertig in den Mund. Schon das Wort kann dir schaden.«

»Du glaubst doch nicht etwa daran?«

»Charlotte, es gibt Dinge, die kann man nicht mit einem europäischen Verstand begreifen, sondern nur mit einem afrikanischen Herzen.«

»So wie tödliche Schlangen in einem Schuhkarton? Weshalb ist dieser *Tembo* immer bei Max Fleissner und fährt nun auch mit ihm in den Norden, um die Mädchen zu holen? Weißt du das wirklich nicht? Wenn *Mungiki* wirklich von meinen Recherchen informiert worden ist und mir daraufhin die Schwarze Mamba ins Haus geschickt wurde, dann heißt das doch erst recht, dass ich auf der richtigen Spur bin. Und nach dem Wochenende auf der Farm der Fleissners bin ich überzeugt, dass die Familie jede Menge zu verbergen hat.«

Charlotte legte ihre flache Hand auf den Ordner, in dem

Frederik die Informationen zu PUR gesammelt hatte. Sie war sich des Risikos, das sie einging, bewusst. Wie lange arbeitete sie denn schon hier und wie gut kannte sie Frederik? Gerade mal zwei, drei Wochen. Und da wollte sie ihm so ins Gewissen reden? Dennoch atmete sie tief durch und setzte an:

»Frederik. Bitte. Bei allem Respekt, lass deine Freundschaft mit Max Fleissner und auch den Gedanken an Geschäftliches beiseite. Irgendetwas stimmt hier nicht. Ich weiß noch nicht, was, aber ich werde es herausbekommen. Denk an deine Kinder, Frederik. Was, wenn einer deiner Söhne als Albino geboren wäre?«

Frederik verschränkte seine Hände hinter dem Kopf, als er sie nachdenklich ansah. Er schwieg lange, ehe er mit brüchiger Stimme fragte: »Was soll denn deiner Ansicht nach im Norden passieren, Charlotte?«

Sie schüttelte den Kopf. »Ich kann es dir nicht genau sagen, Frederik. Es sind zu viele Puzzleteile, und ich kann das ganze Bild noch nicht sehen. Aber mein Instinkt hat mich noch nie getäuscht. Es wird etwas passieren. Und ich bin mir sicher, die Mädchen brauchen Schutz.«

»Schutz? Wovor?«

Charlotte sah Frederik in die Augen und flüsterte dann: »*Uchiwa*.«

Frederik Nyere hob abwehrend die Hand, stand auf und drehte Charlotte den Rücken zu, als er aus dem Fenster sah. Sie schwieg, um ihm Zeit zum Nachdenken zu geben. Dann drehte er sich um, strich sich über die Augen und sah sie an.

»Wenn ich dich richtig verstehe, willst du auch in den Norden fahren, wenn ich dir keinen Auftrag für *TV Today* gebe.«

Charlotte nickte. »Bitte, Frederik. Denk nach. Ich weiß, du bist mit Max Fleissner befreundet. Aber du bist auch ein brillanter Journalist und vor allem ein–« Sie zögerte kurz.

»Ein was?«

»Ein Mensch«, sagte sie leise. »Sei ein Mensch. Nichts anderes.«

Er nickte langsam. »Du bist so gut, wie ich es erwartet habe. Die Story wird nicht ungefährlich werden, Charlotte.«

»Die besten Storys sind selten ungefährlich.«

Charlotte hatte den Eindruck, dass er kurz auf die Klarsichthülle sah, die noch immer halb verborgen auf seinem Schreibtisch lag.

»Also gut. Fahr hin. Ich sag *PUR* Bescheid«, sagte Frederik

»Was, wenn sie ablehnen?«

Frederik Nyere lächelte kurz und grimmig. »Ich habe nicht gesagt, dass ich sie *frage,* ob du mitfahren kannst, Charlotte. Ich habe gesagt, ich sage ihnen *Bescheid*. Weißt du, in welchem Lager die Kinder sind?«

Charlotte zögerte einen Augenblick. Sollte sie ihre Quelle verraten?

»Sie sollen bei den Franziskaner-Schwestern nördlich von Isiolo, in der Nähe der Moyalefelsen sein.«

Frederik nickte. »Ich kenne die Mission und die Schwester, die sie leitet, denn sie arbeitet seit Langem eng mit Pater Matos Vieira aus Kibera zusammen. Die Mission ist sehr abgelegen, aber auf altem christlichen Land errichtet. In den Moyalefelsen gibt es ein Labyrinth aus Höhlenkirchen. Ich glaube, Pater Matos Vieira hat den Standort der Mission auch wegen diesen frühchristlichen Höhlen ausgesucht. Wann immer seine Arbeit in Kibera es ihm erlaubt, fährt er da hinauf und forscht in den Höhlen.«

»Er ist Lisa Fleissners Beichtvater und hat auch die Adoption für sie arrangiert.«

»Ich weiß. Jedes Mal, wenn sie hier in Nairobi war, habe ich Lisa zur Messe kommen sehen.«

»Max auch?«

»Nein, sie kam meist allein und auch erst nach Beginn des Gottesdienstes. Max war zunächst gegen ihre Konvertierung zum katholischen Glauben, hat aber dann nachgegeben.«

»Warum?«

Frederik zuckte die Schultern. »Ich weiß es nicht. Vielleicht, weil er gesehen hat, wie viel Kraft ihr der Glaube gibt.« Dann wechselte er das Thema. »Du wirst dir ein Zelt und Proviant einpacken müssen.«

Charlotte nickte, froh darüber, dass Frederik ihr grünes Licht zu der Fahrt in den Norden gab. Froh, weil sie ihn mochte und weil sie insgeheim gewusst hatte, dass sie nicht weiter bei *TV Today* hätte arbeiten wollen, wenn er seiner privaten Freundschaft zu Max Vorrang vor der Story gegeben hätte.

»Brauchst du Tisa als Fahrer?«, fragte Frederik, als sie aufstand.

»Nein, ich habe mir ein Auto gekauft.«

Frederik nickte anerkennend. »Gut. Der Norden ist rau. Sand und Staub, so weit das Auge reicht und du musst deine Wasservorräte gut einplanen, falls der Wagen liegen bleibt. Du wirst kaum jemanden anderen auf der Fahrt treffen, aber fantastische Bilder mitbringen, da bin ich mir sicher.«

»Vielleicht kann mir Tisa bei den Vorbereitungen helfen? Dann schaffe ich das.«

Frederik lächelte und wirkte viel entspannter als zuvor. »Genau das will ich hören«, sagte er. »Komm nur wieder heil zurück, okay?«

18. Kapitel

Als Charlotte aus Frederiks Büro kam, atmete sie tief durch und lehnte sich kurz gegen die Wand, um sich zu sammeln. Sie brauchte jetzt etwas frische Luft, um all ihre Gedanken zu ordnen und sich auf die Fahrt in zwei Tagen vorzubereiten.

»Tisa, ich gehe noch mal kurz raus.«

»Wohin?« Tisa sah von der Kopiermaschine auf, an der er gerade mit einem Schraubenzieher und einer kleinen Flasche Öl hantierte.

»Nur auf einen Spaziergang und um mir etwas zu essen zu kaufen. Was empfiehlst du mir?«

»Hm. Du kannst in den City Market gehen, da findest du alles, was du brauchst. Er liegt gleich hinter der Kenyatta Avenue.«

»Von dem Markt habe ich noch gar nichts gehört.«

»Es ist ein Markt, auf den wirklich nur Einheimische gehen. Ich glaube, wenn sich ein *Mzungu* dorthin verirrt, sucht er was ganz Besonderes.«

»Klingt gut. Danke«, sagte Charlotte und war auch schon zur Tür draußen.

Der City Market war nicht leicht zu finden, denn sein Eingang war nicht mehr als eine blaue Plane, die vor einer Luke zwischen zwei Bauzäunen hing. Charlotte lief zwei Mal daran vorbei, bis sie jemanden um den Weg fragte und sie dann unter die Plane in das Marktgelände schlüpfte. Der Glanz der breiten Straße war hier vergessen und wirkte wie eine Maske vor dem wahren, vor buntem Leben wimmelnden Nairobi: Unzählige Gassen lagen hinter der Kenyatta Avenue versteckt, und der Lärm, die Farben und die Gerüche, die aus allen Buden drangen, erschienen Charlotte wie ein Schlag auf alle Sinne. In großen Pfannen kochten auf offener Flamme Reis und Currys; *Nyama Choma*, gegrillte Ziege, drehte sich an Bratspießen und an jedem Eck boten Kinder die gebratenen Maiskolben an. Es roch nach frischem Kaffee, nach Holzkohle und Motoröl. Die Händler verkauften an ihren Ständen alles Mögliche, angefangen von Kochtöpfen und Schrubbern über bunt bedruckte Baumwollstoffe, Holzschnitzereien, Bernsteinschmuck, Körbe bis zu lebendigen Hühnern und jungen Ziegen.

Charlotte ließ sich einfach treiben, ohne auf ihren Weg zu achten. Die Gassen würden schon früher oder später wieder zur Kenyatta Avenue führen und sie wollte immer mehr von diesem Markt sehen. Jeden Tag zeigten ihr das Land und die Stadt ein anderes Gesicht: Die edle Abgeschlossenheit von Muthaiga, die klimatisierte Kühle des Williamson House, die ein künstlicher Kokon war, das Elend von Kibera und die vielen Arten, mit denen die Menschen überlebten, das *Carnivore*, in dem sich alle Gruppen in Kenia mischten, der behäbige Glanz der Kenyatta Avenue mit seinem Stanley Café, das voller Touristen war und nun der Markt hier, der Charlotte mit seiner Vielfalt und seiner Stimmung betörte. Sie ließ sich an einem Stand ein *Chapati* mit Tandoorihuhn füllen und setzte sich in den Schatten eines kleinen Cafés, wo sie eine Cola bestellte. Die Gassen waren voller Menschen, die zur Mittagszeit ihre Einkäufe tätigten und das Gedränge wurde dichter und dichter. Charlotte hörte das Lachen und das Schreien, doch plötzlich kam ein Stocken in die Bewegung der Masse. Sie reckte den Hals und wollte schon aufstehen, als ein Mann an ihr vorüberging. Er trug eine lange Hose, ein langärmeliges Hemd, hatte seine Augen hinter einer dunklen Sonnenbrille versteckt und eine Baseballkappe auf dem Kopf, unter der gelbes, krauses Haar hervorquoll. Seine Haut war weiß wie Milch, aber seine Hände und Wangen waren mit rotbraunen Pigmentflecken übersät. Er versuchte die Aufmerksamkeit, die er erzeugte, zu ignorieren, ging dennoch ein wenig schneller, als ein Kind mit dem Finger auf ihn zeigte und sie lachten und mit Steinen warfen. Der Mann zog den Kopf zwischen die Schultern und lief nun beinahe.

Wer den Stein geschmissen hatte, konnte Charlotte nicht sehen, aber plötzlich schrie der Mann, fasste sich an den Kopf und tiefrotes Blut lief über seine milchige Haut. Er nahm die Sonnenbrille ab und wischte sich über das Gesicht, aber verschmierte dadurch das Blut nur noch mehr. Es wurde still in der Gasse, und Charlotte kam es vor, als ob die Menschen näher und näher an den Mann heranrückten, bis sie eine Mauer um ihn bildeten. Ohne lange zu überlegen, packte sie die Serviette, in die ihr *Chapati* eingewickelt gewesen war, und lief zu ihm. Tränen und Rotz vermischten sich mit seinem Blut, das weiter aus der Platzwunde über seiner Augenbraue quoll.

»Keine Sorge. Ich helfe Ihnen«, sagte Charlotte und versuchte, ihm das Blut mit der Serviette vom Gesicht zu wischen, doch es quoll und quoll und das Papier war nach ein, zwei Mal Wischen bereits vollkommen vollgesogen. Charlottes Finger zitterten, als sie es zusammenknüllte und versuchte, ihm so zu helfen.

»*Asante.*« Danke, schluchzte der Mann, und Charlotte sah kurz auf. Um sie beide herum hatte sich ein Kreis gebildet. Männer, Frauen und Kinder standen in einer stummen Drohung auf dem kleinen Platz des City Markets und sahen ihr ohne sich zu rühren dabei zu, wie sie versuchte, dem Mann zu helfen.

»Hat jemand ein Taschentuch? Oder ein Pflaster?«, fragte sie, erhielt aber keine Antwort. Da legte ihr jemand eine Hand auf die Schulter und Charlotte fuhr herum. Es war die indische Eigentümerin des kleinen Cafés.

»Kommen Sie rein. Wir können die Wunde drinnen sauber machen«, sagte sie und legte ihren Arm um Charlottes Schultern, die den Mann an seinem Ärmel mit sich zog. Drinnen im Café drückte die Frau den Mann auf einen Stuhl und reinigte ihm seine Wunde mit warmem Wasser und einem Lappen.

»So. Jetzt geht es wieder«, sagte sie dann mit zusammengebissenen Zähnen. »Wenn sie nur jemanden haben, den sie jagen können.«

»*Asante Mama*«, sagte er mit einem scheuen Blick auf Charlotte. »Ich muss weiter.«

»Sie können doch da jetzt nicht raus«, sagte Charlotte und fasste ihn wieder am Arm, als er aufstand.

»Das war noch harmlos. Ich muss nach Hause. Meine Schwester wartet auf mich. *Asante*«, sagte er erneut.

»Aber das kann man doch nicht einfach so hinnehmen.« Charlotte wollte ihn aufhalten.

Der Mann sah sie aus seinen hellen Augen kurz an, ehe er die Schultern zuckte: »Was soll ich denn dagegen tun? So ist das Leben. Ich schaffe das schon. Ich muss es schaffen.«

Charlotte sah stumm und hilflos zu, wie er aus der Kühle des Cafés hinaus auf die Straße trat und dann aus ihrem Blickfeld verschwand. Als sie ihm folgen wollte, griff sie die Eigentümerin am Arm: »Versuchen Sie nicht, mutig zu sein. Das ist nur dumm, sonst nichts.«

»Was bekommen Sie für die Cola?«, fragte Charlotte und griff nach ihrer Börse. Sie hatte es nun eilig zu gehen.

»Sie müssen nicht bezahlen. Es ist schön zu sehen, dass es noch Menschen mit Herz und Mut gibt. Passen Sie auf sich auf und auf Wiedersehen«, sagte die Eigentümerin und begann, Sandwiches mit Huhn und Avocado zu füllen.

Charlotte trat vor das Café. Von dem Mann war keine Spur mehr zu sehen, und die Leute ließen sich wieder durch die engen Gassen des Markts treiben, als sei nie etwas geschehen. Sie fröstelte trotz des Sonnenscheins, und der City Market hatte viel von seinem bunten Charme, der sie eben noch in seinen Bann geschlagen hatte, eingebüßt. Sie schlug die Richtung ein, aus der sie gekommen war. Das hier musste eine Abkürzung sein, wenn ihr Ortssinn sie nicht täuschte. Dann lief sie eine Gasse entlang, in der die Läden kleiner waren als vorher, und deren Eingang mit Tüchern verhangen war. Sie bemerkte erst nach einiger Zeit, dass ein alter Mann neben ihr herging. Seine Haare, buschigen Augenbrauen und sein Bart waren grau meliert und er war auf einem Auge blind, denn seine Pupille war von einem dichten weißen Film überzogen.

»Psst«, sagte er und zwinkerte ihr zu. »Ich habe was für Sie.«

»Ach ja?«, fragte Charlotte und blieb stehen.

»Ich habe Sie vorhin beobachtet. Das war sehr tapfer. Wer so mutig ist, braucht Schutz. Großen Schutz, Mama. Glauben Sie mir.«

»Danke, ich habe alles, was ich brauche.«

»Wirklich? Und wie sieht es mit der Liebe aus? Brauchst du etwas, das dir hilft, den Mann deines Herzens zu erobern?«

Charlotte lachte nur und winkte ab. »Es gibt keinen Mann meines Herzens.« Sie wollte weitergehen, aber der Alte griff sie unvermittelt und fest am Ellenbogen.

»Hast du vielleicht eine Kollegin, die dir Böses will? Eine falsche Freundin? Willst du an jemandem Rache nehmen? Oder ein Unglück abwenden? Ich kann dir helfen, Mama. Selbst das größte Unglück kann sich wandeln, wenn ich es will. Glaub mir.«

»Wie denn?«, fragte Charlotte. Ihr Interesse war geweckt. Der Alte leckte sich die Lippen und flüsterte: »Komm mit. Mein Laden ist gleich hier.«

Er zog sie mit erstaunlich schnellen Schritten durch das Gedränge hindurch. Die Begegnung mit dem Albino und die Aggression, die sein Erscheinen ausgelöst hatte, hatten Charlotte schockiert. Ja, sie hatte Angst gehabt, einfach so in die Mitte der Menschen zu treten und sich vor den Mann zu stellen. Doch gleichzeitig hatte sie keine andere Wahl gehabt: Nie, nie wieder sollte Angst sie lähmen und am Handeln hindern.

Nun war helllichter Tag und sie waren von Menschen umgeben, also konnte ihr nicht mehr viel passieren. Sie passte ihre Schritte dem Tempo des Alten an und musste im Gewirr der Menschen darauf achten, ihn nicht aus den Augen zu verlieren. Die Gassen glichen einander und unzählige Ecken und Winkel machten es ihr unmöglich, sich zu orientieren. Dann waren sie angekommen, vor einer der verhängten Bretterbuden in der Marktstraße drehte er sich nach ihr um und hob den Vorhang vor dem Eingang an: »Wir sind da. Willkommen.«

Charlotte trat in das Halbdunkel des Ladens und das Erste, das sie bemerkte, war der muffige, faulige Geruch im Inneren des Ladens, in dem es nach schlecht gegerbtem Leder, nach getrocknetem Blut und nach etwas Bitterem roch, für das sie keinen Namen fand.

»Setz dich, Mama. Ich mache uns einen Tee. Dann kannst du mir erzählen, welche Sorgen du hast. Vielleicht kann ich dir helfen. Es gibt niemanden, dem ich noch nicht helfen konnte.«

Während der Alte auf dem Boden kniend in einem Blechkochtopf Wasser auf einem offenen Gasbrenner zum Kochen brachte, sah Charlotte sich in dem Laden um. In langen Regalen standen unzählige Schraubgläser und offene Konservendosen, in denen Pulver und dunkle, nicht genau identifizierbare Objekte lagen. Unwillkürlich überkam Charlotte eine Gänsehaut. Von der Decke hingen an Haken aufgehängt Leder- und Fellstreifen, an denen Charlotte noch das Leopardenmuster und die Noppen der Krokodilshaut sah. Auf einem kleinen Tisch neben dem Gaskocher lag eine Reibe und etwas, was Charlotte nicht auf den ersten Blick erkannte. Sie trat einen Schritt näher und hob den grauen Klumpen an, ehe sie ihn entsetzt fallen ließ: Es war die Hälfte eines Rhinozerushorns, das der Alte wohl gerade zu Pulver gerieben hatte. Er drehte sich zu ihr um: »Nicht erschrecken. Gehen Sie vorsichtig damit um, die Chinesen zahlen ein Vermögen dafür.« Er richtete sich auf. »*Wazungus* kommen selten zu mir, aber dir habe ich angesehen, dass du etwas auf dem Herzen hast. Erzähl es mir, und ich finde ein Heilmittel. Ich kann helfen.«

Charlotte sah auf das halb zerriebene, faserige Horn, das nach Staub roch. »Wogegen hilft das?«, fragte sie mit belegter Stimme.

Der Alte lachte kurz: »Das ist nicht für hübsche Frauen wie dich, im Gegenteil. Das ist für Kerle, verstehst du?«

Er reichte ihr den heißen, süßen Tee, doch sie brachte es nicht über sich, ihn zu kosten.

»Also, was für Sorgen hat eine hübsche junge *Mzungu* wie du?«

Charlotte versuchte alles, was sie über Magie und Zaubermittel gehört hatte, zu einem Bild zusammenzufügen. Kumis Worte in der Nacht von Kibera über die Macht von Uchiwa, für die Albinos ihr Leben lassen mussten. Paris und Frederiks Reaktionen auf ihre Recherchen. Schließlich die Klarsichthülle mit den Unterlagen zu *PUR*, die Frederik auf seinem Schreibtisch liegen hatte und die die Erfolgsgeschichte von *PUR* relativieren konnte. Sie dachte an Max Fleissner und an den Besuch bei seinem Vater, der ein Armband aus blonden Haaren trug, der bei dem Anblick eines Albinos auf seiner Farm beinahe einen Unfall baute und dessen Farm nicht mehr dieselben Erträge abwarf wie zuvor.

»Na, raus mit der Sprache«, drängte der Alte.

»Es geht um Geld. Viel Geld…«, begann sie und wusste nicht, was sie weiter sagen sollte.

Der Alte legte den Kopf schief. »Das ist schwierig. Wenn es um Geld geht, brauchst du große Hilfe und starke Mittel. Das wird nicht billig werden.«

»Zeig mir, was du hast«, sagte Charlotte.

»Normalerweise würde ich das einem *Mzungu* nicht zeigen. Sie rennen gleich zur Polizei.« Er sah sie prüfend an.

»Mir kannst du trauen.«

»Also gut.« Der Mann stand auf und holte von einem Regal ganz oben ein kleines Schraubglas. »Das ist meine feinste und teuerste Medizin. Bist du bereit?«

Charlotte nickte.

Er schraubte das Glas mit ehrfurchtsvoller Miene auf und sah hinein. Dann wählte er mit Bedacht etwas Kleines, Verschrumpeltes aus seinem Inhalt aus und hielt es Charlotte hin, die ihre flache Hand ausstreckte. Als es ihre Handfläche berührte, zwang sie sich zum Hinsehen und unterdrückte gerade noch einen Aufschrei: Sie hielt einen kleinen, vertrockneten Finger in ihrer Hand.

»Das ist starker Zauber. Wenn du große Sorgen hast und das nicht genügt, dann gibt es noch Stärkeres«, sagte der Mann und ließ sie nicht aus den Augen.

»Noch stärkeres?«

»Ja. *Uchiwa*«, flüsterte der Alte. »Wahre, große *Uchiwa*.«

19. Kapitel

Als Charlotte am nächsten Morgen erwachte, brannten ihr die Augen vor Müdigkeit. Sie war in der Nacht nur von einem unruhigen Schlummer in den nächsten verfallen, so sehr beschäftigte sie alles, was sie bisher gesehen und gehört hatte. Mehrere Male war sie aufgestanden und hatte sich die Aufzeichnungen in ihrem Büchlein angesehen, die immer konfuser wurden. Letztendlich hatte sie gegen zwei Uhr ihren Computer angeschaltet und im kalten Licht des Bildschirms versucht, sich und ihren Gedanken Klarheit zu verschaffen. Dennoch ließ die Erinnerung an den Alten im City Market sie nicht los. Wenn auf diesen Märkten mehr oder weniger offen mit so etwas wie einem menschlichen kleinen Finger gehandelt wurde, wie und mit welchen Methoden verschafften sich die Händler ihre … Charlotte suchte nach einem passenden Wort, weder Rohmaterialien noch Zutaten wollten passen, doch sie fand keines.

Sie dachte wieder an Kibera und sah dann auf die Uhr. Es war beinahe sieben und Kumi würde gleich ankommen. Sicher gab es viel, was Kumi ihr erklären konnte, aber bei Weitem nicht alles. Da brauchte es jemanden, der Kibera mit anderen Augen betrachtete und alles, was dort geschah. Bei allem, was sie bisher erlebt hatte, tat seelischer Beistand ihr Not, beschloss sie. Sie wollte noch einmal Pater Matos Vieira treffen, und das mit mehr Ruhe als bei ihrem ersten Zusammentreffen. Sie hatte keine Handynummer von ihm, aber war sich sicher, ihn in seiner Mission in Kibera zu treffen. Sie rief Frederik an und hinterließ ihm eine Nachricht, dass sie erst gegen Mittag im Büro eintreffen würde, da sie außer Haus recherchierte.

Charlotte beschloss, ihr Auto zu Hause zu lassen und so kam ihr das Fahrradtaxi, ein *BodaBoda*, gerade recht, als sie vor die Schranke des Pförtnerhauses trat. Sie handelte einen Preis nach Lindi mit dem Jungen aus, schwang sich hinter ihn auf den Gepäckträger des Fahrrads und versuchte es sich dort so gemütlich wie möglich einzurichten, denn die Fahrt in den Südwesten der Stadt würde bestimmt eine gute Stunde dauern.

Auf dem Weg nach Lindi versuchte Charlotte, sich auf ihre zweite Ankunft in Kibera besser vorzubereiten als das erste Mal. Wie hielt der Pater das nur aus? Härtete man ab, oder gelang es einem über zwanzig Jahre lang, offen für die unermesslichen Sorgen und Nöte der Menschen zu sein? Nairobi flog an ihr vorbei, das Geschrei, das Gedränge, die Gerüche – und als der Junge in den Pedalen stand, um einen Hügel hochzufahren, bot sich auf seiner Spitze Kibera in seinem unglaublichen, elendigen Ausmaß dar. Bei Tag nahm der Anblick des Slums Charlotte den Atem, denn sie begriff erst jetzt, wie gering die Chancen seiner Bewohner waren, diesem Viertel je zu entkommen. Die Hütten aus Blech, Lehm, Holz und Tüchern reichten bis an den Horizont, wo sie wieder die Gleise der Eisenbahnlinie nach Kisumu sah, auf denen ein langer Zug an Menschen in Richtung Stadt lief. Eine Wolke aus schmutzigem Staub lag über Lindi, dessen hässliche Farbe Charlotte an ihren Albtraum auf der Farm der Fleissners denken ließ. Am Morgen schon wurden die Abfälle neben den Häusern verbrannt und schwarze, stinkende Rauchsäulen stiegen in den Himmel.

Der Junge stieg von seinem *BodaBoda* ab und schöpfte Atem.

»Das ist Lindi«, sagte er und zeigte vor sie.

»Ich weiß. Kennst du Pater Matos Vieira? Kannst du mich noch dorthin bringen?«

Er zögerte kurz, aber nickte dann und ging Charlotte voraus in die engen Gänge des Labyrinths von Lindi. Sein Fahrrad schob er neben sich her, damit es ihm nicht gestohlen wurde.

An der Franziskanermission waren die Türen geschlossen, aber Charlotte klopfte dennoch. Hoffentlich war der Pater hier und sie musste nicht zu lange warten. Kinder drückten sich an ihre Hütten, die den kleinen Platz um die Mission umsäumten und ihre großen, weißen Augen leuchteten aus ihren Gesichtern und dem Dämmer ihrer Behausungen. Einige lachten, so dass Charlotte wieder dachte: Sie sind die Einzigen, denen das Elend hier noch nicht die Seele aus dem Leib gezogen hat, als die Tür mit einem Ruck geöffnet wurde und der Pater auf der Schwelle stand. Alle kleinen Gesichter verschwanden erschrocken in ihren Hütten. Charlotte fuhr herum, als er fragte: »Was ist denn nun schon wieder?«

»Ich bin es nur, Pater, Charlotte Frank. Erinnern Sie sich?«

»Natürlich. Kommen Sie herein. Verzeihen Sie meine ruppige Art eben, den Kindern macht es Spaß, an meiner Tür zu klingeln und dann davonzulaufen.«

»Klingelmännchen nannten wir das. Aber am Pfarrhaus hätte ich mich das als Kind nicht getraut«, sagte Charlotte und der Pater lächelte nun. »Wenn es den armen Würmern Freude macht, den dicken kleinen Pater zu quälen, so sollen sie das tun. Viel mehr Spaß haben sie ja sonst nicht.«

Er ging ihr durch den schmalen, weißen Gang der Mission voran in ein kleines Arbeitszimmer, das bis auf ein Pult, zwei Stühle und ein Kruzifix an der Wand leer war.

»Sind Sie also noch einmal nach Kibera gekommen, Miss Frank?«

»Ja. Aber dieses Mal am helllichten Tag und nicht in einem Matatu. Ich habe mir ein *BodaBoda* genommen.«

Der Pater sah sie aus seinen klugen, hellen Augen hinter seiner randlosen Brille an. »Ein *BodaBoda*? Sie sind eine Frau, die gerne die Kontrolle behält und mit der man rechnen muss. Darf ich Ihnen einen Kaffee anbieten?«

»Gerne.«

Charlotte drückte diskret auf den Knopf des kleinen Aufnahmegeräts, das sie sich in die Tasche ihrer Jeansjacke gesteckt hatte. Wenn sie sich hier vor seinen Augen Notizen machte, würde ihn das nur ablenken.

Der Pater kam mit zwei Espressotassen wieder, stellte eine vor Charlotte hin, und setzte dann in seiner typischen Bewegung seine Brille ab und rieb sich die rötlichen Flecken auf der Nase. Statt auf den freien Stuhl setzte er sich auf das Pult, zog seine Soutane hoch und ließ ein Hosenbein frei schwingen. Seine Schuhe waren mit dem

Staub und dem Schmutz von Kibera bedeckt. Er musste am Morgen bereits unterwegs gewesen sein.

»Sie sind ja schon gut beschäftigt, dafür, dass Sie gerade erst angekommen sind, Miss Frank. Oder habe ich Sie nicht bei der *PUR*-Pressekonferenz vergangene Woche gesehen?«

»Doch, doch. Aber als Journalistin habe ich dort ja auch meinen Platz. Ich war vielmehr erstaunt, Sie dort zu sehen.«

»Das müssen Sie nicht sein, denn auch ich hatte meinen Platz dort. Ich bin Lisas Beichtvater und ich nehme meine Pflichten sehr ernst.«

Charlotte trank einen Schluck Kaffee, ehe sie weitersprach. Fiel sie hier gerade mit der Tür ins Haus? Aber der Pater ließ sein Bein weiterschwingen und schien sich keine Gedanken zu machen, sondern nur seinen ohne Zweifel wohlverdienten Espresso zu genießen. Dann aber sah er Charlotte direkt an.

»Aber ehe wir weitersprechen, muss ich Sie auf das Beichtgeheimnis hinweisen, Miss Frank.«

»Weshalb?«

»Sind Sie als Journalistin hier oder als jemand, der seelischen Beistand sucht?«

Charlotte überlegte. »Beides, denke ich.«

»Eine schwierige Mischung. Aber lassen Sie mich sehen, ob ich Ihnen helfen kann. Mir ist nach so langer Zeit in Kibera fast nichts mehr fremd.« Er sah sie ernst und abwartend an. »Ich höre Ihnen zu. Weshalb sind Sie hergekommen?«

»Weil es hier so vieles gibt, das ich nicht verstehe und ich den Eindruck habe, Sie können mir helfen.«

Er neigte den Kopf, aber schwieg. Charlotte legte sich kurz die Hand vor die Augen, um ihren Gedanken Klarheit zu verschaffen. Was durfte der Pater ihr sagen und was nicht? Wie sollte sie ihre Fragen stellen?

»Ich weiß nicht, wie ich beginnen soll.«

»Am besten am Anfang.«

»Dann sind wir bei meinem ersten Besuch in Kibera. Als Kumi mich an jenem Abend zum Taxi bringen wollte, stießen wir auf eine Gruppe Menschen, die etwas umringten. Als ich näher kam, sah ich…sah ich, was es war…«

Der Pater legte seine Hand auf ihre. Seine Haut fühlte sich kühl und trocken an und Charlotte erschrak ob der unerwarteten Berührung. Er war blass geworden und sein Blick legte sich intensiv in den Ihren.

»Ich weiß, was Sie gesehen haben«, sagte er leise. »Es ist entsetzlich. Gott sei der Seele des armen Menschen gnädig. Ich habe seine verbrannten Überreste gesegnet und in einem Massengrab beerdigen lassen.«

»Kommt so etwas öfter vor? Ich hatte ja keine Ahnung. Weder davon, wie häufig Albinismus in Afrika vorkommt, noch davon, dass diese Menschen wie Vieh gejagt und getötet werden. Wie kann das sein? Wie kann man an so etwas wie *Uchiwa* glauben?«

»Menschen glauben in ihrer Not an vieles. Was lockt mehr als Hoffnung auf eine Lösung aller Probleme? *Uchiwa* ist ein Erbe aus alter Zeit, das nicht mit Vernunft zu erfassen ist. Es ist die Antwort auf alle Fragen, mit denen sich die Menschen hier im modernen Afrika nicht zu helfen wissen. Da ist es einfacher, zu vertrauten Mitteln zu greifen, auch wenn sie so entsetzlich sind wie diese.«

»Und greifen sie oft darauf zurück?«, fragte Charlotte.

»Oft wäre zu viel gesagt. Manchmal. Aber eben noch zu häufig. Aber verhindern können wir es nicht. Wenn ich einen Menschen mit Albinismus sehe, dann rede ich mit ihm. Ich versuche herauszufinden, wo er lebt und ob er Angehörige hat, die ihn schützen können. Aber oft kommen sie aus ihren Dörfern, weil sie sich dort nicht sicher fühlen und denken, dass die Anonymität der Großstadt ihnen Schutz gewährt. Ein tödlicher Fehler.« Er setzte seine Tasse ab. »Entschuldigung, aber meinen Kaffee mag ich jetzt nicht mehr trinken«, sagte er leise.

»Das verstehe ich, Pater. Ich bewundere Sie dafür, dass Sie schon so lange Zeit hier in Kibera arbeiten. Sie haben sicher schon viel gesehen.«

»Ja, das habe ich. Aber ich kenne auch Menschen, die einen Weg aus dem Elend hier gefunden haben. Tisas Familie beispielsweise kann sich vielleicht bald eine Wohnung in einem anderen Viertel von Nairobi leisten. Ich wünsche es ihnen von Herzen.«

»Kann man denn Kibera je ganz entkommen?«

»Wie meinen Sie das, Miss Frank?« Der Pater sah wachsam aus.

»Ich habe bei meinen Recherchen auch von *Mungiki* gelesen. Wie verträgt sich Ihre Arbeit mit der Vereinigung, die hier so mächtig ist, aber die eine Abkehr vom Christentum und das Erstarken alter Traditionen fordert? Traditionen wie *Uchiwa*?«

»Natürlich habe ich mit *Mungiki* zu kämpfen. Wer nicht? Jeder, der in Kenia irgendwie etwas verändern oder beeinflussen will, bekommt früher oder später mit *Mungiki* zu tun.«

»Das habe ich am Wochenende schon einmal gehört.«

»Von wem?«

Charlotte wollte Paris' Namen nicht nennen und antwortete: »Werner Fleissner.«

»Sieh an. Papa Fleissner. Was für eine tragische Geschichte das damals war.« »Kennen Sie ihn gut?«

»Ja. Oder besser gesagt: Ich kannte ihn gut. Vielleicht waren wir sogar befreundet. In jedem Fall haben uns gemeinsame Interessen verbunden. Aber das hat sich geändert und ich habe ihn seit Jahren nicht mehr gesehen. Nach Friederikes Tod hat er mit vielen alten Freunden gebrochen. Es war, als wolle er alles, was mit den letzten Jahren ihres Lebens zu tun hatte, ausmerzen.«

»Weshalb?«

»Ich glaube, die genauen Umstände von Friederikes Tod sind nie aufgeklärt worden. Viele sagten, dass Werner Fleissner in dunkle Machenschaften verstrickt war und dass seine Tochter dafür mit ihrem Leben bezahlen musste.«

»Hatte er denn vielleicht auch mit *Mungiki* zu tun? Und hat dadurch auch Friederikes Tod verschuldet.«

»Das geht mir zu weit. Wie kommen Sie darauf?«

»Weil sein Sohn am Mittwoch im Serena-Hotel einen Mann auf dem Podium neben sich hatte, den ich auch an dem Abend in Kibera neben dem Torso habe stehen sehen.«

»Wollen Sie vom Sohn auf den Vater schließen?«, fragte er defensiv.

Charlotte hatte das Gefühl, dass er Werner Fleissner schützen wollte, was sie nur noch mehr anstachelte.

»Nein. Aber ich habe das vergangene Wochenende auf der Farm der Fleissners verbracht.«

Der Pater stellte seine Tasse so hart auf das Pult, dass der restliche Kaffee darin überschwappte. »Ach ja? Dann wissen Sie ja bestimmt mehr als ich. Ich habe Werner schon sehr lange nicht mehr gesehen.«

»Vielleicht können Sie mir trotzdem bei einem Vorfall helfen, der mich verwirrt hat.«

Der Pater schwieg, doch Charlotte spürte seine Aufmerksamkeit. Er wusste ganz offensichtlich mehr über Werner Fleissner, als er sagen wollte. Und wie hatte er ihn genannt: Papa Fleissner? Genau der Spitzname, den Paris und sie im Spaß für ihn gefunden hatten.

»Als wir von einer Ausfahrt am Morgen zurückkamen, begegneten uns im Busch zwei Hirten. Einer war dunkelhäutig, doch der andere – war ein Albino.«

»Und?«, fragte der Pater gespannt.

»Werner Fleissner war plötzlich so aufgeregt, dass er seinen Wagen beinahe gegen einen Baum gesetzt hätte. Weshalb? Kann es sein, dass er in *Uchiwa* verwickelt ist?«

Der Pater schüttelte den Kopf, ehe er leise sagte: »Ich will darüber nicht mehr sprechen, Charlotte. Das alles liegt so lange zurück.«

Charlottes Herz schlug vor Spannung schneller. »So lange, dass es nicht mehr dem Beichtgeheimnis unterliegt?«

Pater Matos Vieira lachte kurz und bitter auf. »Wenn Werner mal gebeichtet hätte, dann ginge es ihm besser. Nein, ein Mann wie er vergräbt alles in seinem tiefsten Innersten, wo es kocht und brodelt und nie verarbeitet wird. Tatsächlich ist so einiges auf der Farm der Fleissners geschehen…«

»Was denn?«

»Vor Jahren wurde ein Schaffner eines Matatu getötet und zerstückelt…«

»Ich habe davon im Internet gelesen«, sagte Charlotte aufgeregt. »Was hatte Werner Fleissner damit zu tun?«

»Nun, während die Mörder Kopf und Rumpf anderweitig ablegten, wurden die Beine auf seine Farm geworfen. Ein klares Zeichen…« Der Pater brach ab. »Ich will nichts mehr sagen. Bitte.«

»Dass er Teil von *Mungiki* ist? Aber heißt das auch, dass er in Uchiwa verwickelt sein kann? Sogar die der übelsten Sorte.«

Der Pater war blass geworden. »So etwas mag ich nicht behaupten. Das wäre eine zu entsetzliche Anklage. Ich kann nicht mehr sagen, als…als dass zwei oder drei Mal Albinos von Siedlungen auf seiner Farm verschwunden sind. Aber diese Information haben Sie nicht von mir, damit wir uns recht verstehen.«

Trotz des Ventilators, der sich an der Decke des kleinen Raums drehte, brach Charlotte nun der Schweiß aus. »Meinen Sie, Max adoptiert die Mädchen, um sie vor seinem Vater zu schützen?«

Der Pater nickte langsam. »Vielleicht. Vielleicht hat er deshalb auch *Tembo* immer bei sich. Ich weiß es nicht und ich wage es nicht zu fragen. Auch ich bin nur ein Mensch, mit allen seinen Schwächen.«

»Max und Tembo waren auch an dem Abend zusammen im *Carnivore*, wo sie zu feiern schienen.«

»Die Fleissners haben allen Grund zum Feiern, denn die Adoption erfüllt ihnen einen Herzenswunsch. Mehr kann ich dazu nicht sagen.« Seine Stimme klang nun abweisend, aber Charlottte ließ nicht locker.

»Aber kann man sich seine Freunde nicht besser aussuchen?«

»Was wissen Sie von *Tembo*? Sind Sie sich in Ihrem Urteil über ihn so sicher?«

»Ich weiß nicht viel. An jenem Abend im *Carnivore* aß ich mit einem neuen Bekannten zu Abend, Shirish Khan.«

»Ich kenne ihn. Aber *Tembo* hat ihm doch damals geholfen, die Mörder seiner Frau zu finden, oder?«

»Allerdings. Vielleicht hatte er deshalb auch eine andere Ansicht über ihn.«

»Ach ja?« Der Pater sah sie gespannt an. Sein Bein hörte auf zu schwingen.

»Er sagte etwas wie – dass er *Tembo* aus einem früheren Leben kenne, und dass man jedem Menschen die Chance zu einer Umkehr lassen müsse. Jede Medaille habe zwei Seiten…«

»Allgemeinplätze also.«

»Ja und nein. Dahinter verbarg sich mehr, hatte ich das Gefühl, auch wenn Shirish mir nicht sagen wollte, was. Ich hatte den Eindruck, er wolle *Tembo* schützen. Umso mehr verwirrt es mich, was *Tembo* zu mir gesagt hat, als ich den Torso entdeckte.«

»Was denn?«

»Hau ab, sonst bist du als Nächstes dran«, flüsterte Charlotte.

Der Pater schluckte sichtbar. »Wie entsetzlich. Aber weiß denn *Mungiki*, dass Sie sich für sie interessieren?«

»Ja.«

»Wie können Sie so sicher sein?«

»Man hat mir ein kleines Geschenk ins Haus geschickt – eine Schwarze Mamba.«

Der Pater sah sie nur stumm an, ehe er den Kopf senkte und ihn schüttelte. »Ich denke manchmal, hier könnte mich nichts mehr überraschen, bis ich eines Besseren belehrt werde. Ihr Schutzengel ist sehr stark, Charlotte.«

»Aber ich frage mich, was Shirish gemeint haben kann, als er so über *Tembo* sprach?«

»Das frage ich mich auch.« Der Pater sah nachdenklich aus. »Ich kenne den Mann natürlich. So wie jeder hier ihn kennt. Oder zu kennen glaubt. Aber zurück zu Ihnen, Charlotte. Wie haben Sie den Anblick des Torso verkraftet?«

»Noch überhaupt nicht. Ich träume viel.«

Er sah sie mitleidig an und faltete seine Hände, als ob er sich zurückhalten musste, sie nicht zu berühren. »Sie Ärmste. Was wollen Sie dagegen tun?«

»Ich bin Journalistin, Pater. In meinem Metier lernt man, Persönliches von Beruflichem zu trennen. Die Wahrheit geht vor. Ich will mehr über *Uchiwa* und die Menschen mit Albinismus erfahren.«

»Und den Teufel mit dem Beelzebub austreiben? Vorsicht, Miss Frank. Was hülfe es dem Menschen, wenn er die Welt gewänne und doch Schaden an seiner Seele nähme?«

»Martin Luther. Ich bin Protestantin und Sie erstaunen mich, Pater.« Charlotte gelang trotz der Situation und des Gesprächsthemas ein kleines Lächeln.

»Man soll seine Freunde nah wissen und seine Feinde noch näher«, erwiderte er. »Ihr Plan nach mehr Recherchen zum Thema *Uchiwa* klingt aber sehr zäh und mutig. So mutig, dass es beinahe unvernünftig ist. Meinen Sie das denn ernst? Stehen Sie das durch? Wo wollen Sie anfangen? Als Weiße, und noch dazu als jemand, der gerade erst angekommen ist, hat man kaum Zugang zu den richtigen Quellen.«

»Deshalb spreche ich ja mit Ihnen.«

»Und genau deswegen muss ich Sie wieder an das Beichtgeheimnis erinnern, das mich zu Schweigen verpflichtet.«

»Was hat das Beichtgeheimnis mit meinen Fragen nach *Uchiwa* zu tun?«

Der Pater biss sich auf die Lippen, was Charlotte verwirrte, doch ehe sie darüber nachdenken konnte, sagte er bereits: »Nichts, Sie haben ganz recht. Es war nur, weil Sie die Fleissners erwähnten. Da war ich sicher, dass Sie früher oder später auf die geplante Adoption der beiden Mädchen zu sprechen kommen würden.«

Charlotte rückte unauffällig ihre Jeansjacke zurecht, so dass das Aufnahmegerät näher an dem Pater war. Sie wollte auf keinen Fall auch nur eines seiner Worte verpassen.

»Alles, was ich Ihnen sagen kann, ist, dass ich die Adoption auf Lisas Wunsch hin vermittelt habe. Die Mission nahe den Moyalebergen ist von mir mithilfe der Regierung gegründet worden, also war ich in der idealen Position, ihr helfen zu können.«

»War es leicht, das Land überschrieben zu bekommen?«

»Ich erinnere mich wirklich nicht mehr daran.«

»Hat man bei solchen Geschäften nicht auch mit *Mungiki* zu tun?«

»Sie gehen zu weit, Miss Frank. Sie sehen Gespenster. Die Kirche ist unantastbar.« Die Stimme des Paters nahm eine unmissverständliche Kühle an. Er sah auf seine Armbanduhr, als hätte er noch viel zu tun.

»Aber weshalb denn gerade diese Kinder?«

»Weshalb nicht? Vielleicht haben die Fleissners das Gefühl, damit etwas Gutes zu tun. Teil ihrer Familie zu sein, wird die Kinder schützen.«

»Aber es sind Gotteskinder. Kann man sie einfach so ihrem Kulturkreis entziehen?«

Der Pater lachte kurz und bitter auf. »Ihrem Kulturkreis? Miss Frank, Sie sollten einmal in den Norden des Landes fahren. Dann werden Sie verstehen, dass wir nur noch ein paar Jahre mehr Dürre brauchen und von dem Kulturkreis der Borana, so faszinierend er sein mag, bleibt nicht mehr viel übrig. Nein, die Fleissners retten die Kinder. Daran habe ich keinen Zweifel.«

»Vielleicht befolge ich Ihren Rat, Pater. Ganz bestimmt sogar. Ich werde ebenfalls in den Norden fahren, wenn Sie es tun.«

»Wirklich? Überlegen Sie es sich gut. Die Fahrt ist nicht leicht. Man könnte Ihren Martin Luther zitieren.«

»Mit welchen Worten?«

»Wer sich in Gefahr begibt, wird darin umkommen.«

»Welche Gefahr soll das sein? Dürre? Ein Platten? Eine Flut in einem Wadi?«

Der Pater lächelte nun. »Sie haben recht, ich mache nur Spaß. Obwohl ich wirklich nicht weiß, was Sie dort oben zu suchen haben.«

»Zwei Albinokinder und ein Paar, das sie adoptieren möchte, wobei sie mit einem Mann reisen, den ich neben dem verstümmelten Torso eines weiteren Albino getroffen habe«, sagte Charlotte trocken.

Der Pater schüttelte sich. »Wenn Sie es so formulieren…«

»Das ist die Wahrheit. Fakten, Pater. Reine Fakten.«

»Zählt für Sie nichts anderes?«

»Was sonst sollte in diesem Fall wichtig sein? Durch Phantasie wird man Schriftsteller, aber als Journalist hilft einem das nicht viel weiter.«

»Mit Fakten allein käme ich nicht viel weiter«, sagte er leise. »Ich denke, Glaube braucht mehr als das.«

»Sie kennen ja das überstrapazierte Zitat von Religion als Opium für das Volk.«

»Allerdings«, sagte der Pater und es klang grimmig. »Fakten also. Dann sehen wir uns oben im Norden wieder?«

»Ja«, sagte Charlotte bestimmt.

»Ich freue mich darauf. Meine Verehrung, Miss Frank.« Er sprang überraschend drahtig auf den Boden und strich sich die Soutane glatt. »Ich muss noch arbeiten. Wenn Sie mich jetzt entschuldigen…«

»Aber natürlich. Danke für den Kaffee.«

»Auf Wiedersehen, Miss Frank. Passen Sie auf sich auf.«

»Ich weiß nicht, wie oft ich das in den vergangenen Tagen gehört habe.«

Er schmunzelte. »Vielleicht dringt es ja so wenigstens einmal zu Ihnen durch.«

Pater Matos Vieira ging ihr den Gang voran zur Eingangstür und öffnete sie.

»Wie kommen Sie nach Hause?«, fragte er.

»Mit dem Matatu. Wohl oder übel. Mein *BodaBoda* ist längst weg.«

»In die Stadt geht es tagsüber recht schnell. Finden Sie den Weg, oder soll ich Sie führen lassen?«

»Ich schaffe das schon.«

Er lächelte schmal. »Natürlich, Miss Frank. Was für eine dumme Frage von mir.«

Sie suchte nach Spott in seinem Gesicht, doch er sah, ehe sich die Tür zur Mission hinter ihm schloss, nur tiefernst und nachdenklich aus.

Vielleicht hatte sie mit ihren Fragen nach Werner

Fleissner einen Aspekt der Adoption berührt, an den der Pater zuvor noch nicht gedacht hatte. Ein warmes Gefühl erfüllte sie. Sie war hier etwas auf der Spur, und es war gut, den Pater auf ihrer Seite zu wissen.

20. Kapitel

Charlotte schloss im Morgengrauen ihren Geländewagen auf und hob ihren Rucksack, an den seitlich Schlafsack und Isomatte geschnallt waren, auf die Ladefläche neben das kleine Zelt und das Sturmgepäck mit Gaskocher, Feldbesteck und einem Kochgeschirr. Dahinter standen vier Blechkanister mit Trinkwasser, zwei Ersatzreifen und ein brandneuer Wagenheber. Sie klappte kurz die Verkleidung über dem linken Hinterrad hinunter: Tisa hatte Wort gehalten, denn über dem Rad hing versteckt ein leichtes Gewehr. »Das brauchst du dort oben. Man weiß nie«, hatte er gesagt. Charlotte holte Luft, zog den Bauch ein und wuchtete die metallene Safarikiste mit den Lebensmitteln auf die Ladefläche: Pasta in Konservendosen, Kekse, Bananen, Zwieback, Trockensuppen, Teebeutel, Instantkaffee und Milchpulver, alles Einkäufe, die Kumi am Vorabend noch für sie getätigt hatte.

Dann hatte Kumi Charlotte schweigend beim Packen zugesehen, ehe sie gefragt hatte:

»Stimmt es, dass du in den Norden fährst, wo diese Leute die Gotteskinder holen wollen?«

»Ja, weshalb? Woher weißt du das?«

»Tisa hat es mir gesagt.«

»Ja, ich fahre morgen sehr früh los.«

Kumi schwieg, ehe sie plötzlich fragte: »Kann ich mitkommen?«

Die Frage überraschte Charlotte vollkommen. »Nein, Kumi. Das kann gefährlich werden und ich will nicht die Verantwortung übernehmen müssen, wenn es schiefgeht und dir etwas passiert. Ich habe genug damit zu tun, auf mich selbst aufzupassen. Außerdem, was willst du denn dort oben?«

Kumi hatte schweigend damit begonnen, ihre Sachen nach getaner Arbeit zusammenzupacken.

»Bis morgen, Mama Charlotte«, hatte sie in der Tür gesagt.

»Ich glaube, ich fahre schon vor deiner Ankunft hier ab, Kumi. Du musst die nächsten Tage, bis ich wieder hier bin, nicht kommen. Aber ich bezahle dich natürlich trotzdem.«

»Danke, Charlotte. Aber trotzdem bis morgen.«

Ehe Charlotte hatte antworten können, war Kumi schon zur Tür hinaus.

Charlotte klopfte noch prüfend die Taschen ihrer Jeansjacke ab, ehe es losging: Autoschlüssel, einige Hundert Shilling für unterwegs, Telefon, Aufnahmegerät, Bleistift und Notizbuch und eine angebrochene Packung *Toblerone*. Als sie um den Wagen herumging, um die Fahrertür aufzuschließen, sah sie, wie vorne am Tor der Pförtner aus seinem Haus kam, und sie staunte kurz über seine ungewohnte Aufmerksamkeit, denn sonst hatte Tisa ihn immer aus seinem Nickerchen hupen müssen, wenn er sie nach Hause gebracht hatte.

Sie stieg ein, ließ den Motor an und schnallte sich an, doch gerade als sie losfahren wollte, löste sich aus dem

Morgennebel eine schmale Gestalt, die direkt auf ihren Wagen zukam. Es war eine junge Frau, die die traditionellen bunten Tücher um Oberkörper und Hüfte gewickelt hatte und ein geschnürtes Bündel auf dem Kopf trug. Charlotte seufzte und wartete, bis sie am Wagen angekommen war.

»Guten Morgen, Charlotte«, sagte Kumi ruhig. »Kann ich einsteigen?«

Charlotte schüttelte den Kopf. »Kumi, du bist noch starrköpfiger, als Tisa es mir gesagt hat. Wie kann man nur so stur sein?«

»Kommt dir das nicht bekannt vor?«, fragte Kumi und lächelte.

»Doch«, gab Charlotte zu. »Du darfst einsteigen. Aber nur, wenn du mir sagst, weshalb du so unbedingt mitwillst. Eine reine Spazierfahrt in die Lavawüste des Nordens wird dich kaum interessieren, oder?«

Kumi schüttelte den Kopf und sah Charlotte ernst an. »Ich will mit, weil einer meiner Brüder *Mungiki* beigetreten ist und bei einem Mann namens *Tembo* als Assistent arbeitet. Das gefällt mir nicht. Niemandem gefällt das. Und ich weiß von Tisa, dass Nane zusammen mit *Tembo* im Norden sein wird.«

»Ist Nane dein Bruder?«

»Ja. Bruder Nummer acht.«

Sie lehnte sich über den Beifahrersitz, um Kumi die Tür aufzumachen. »Steig ein. Zusammen wird die Fahrt bestimmt unterhaltsamer und wer weiß, was mich da oben erwartet?«

»Danke. Du wirst es nicht bereuen, und ich glaube, du wirst meine Hilfe brauchen. Und ich will Nane im Blick behalten, damit er keine Dummheiten macht.«

»Er ist doch älter als du, oder?«

»Das hat doch bei Männern nichts zu bedeuten. Vor allen Dingen nicht bei Brüdern.«

»Ich habe nur eine Schwester.«

»Glück gehabt«, sagte Kumi trocken und setzte sich neben Charlotte.

»Schnall dich an. Wir müssen erst noch zur nächsten Tankstelle und noch mehr Wasser auffüllen, wenn wir nun zu zweit sind. Außerdem brauchen wir noch einen Schlafsack für dich. Das Essen sollte langen.«

»Wir kommen auch noch am Village Market an einem *Nacumatt* vorbei. Dort bekommen wir alles.«

Sie verließen Nairobi zügig, während sich auf der Gegenfahrbahn in Richtung der Stadt trotz der frühen Stunde die Fahrzeuge stauten. Einige Male konnte Charlotte gerade noch einem Auto oder einem Matatu ausweichen, das einfach ohne Signal auf ihre Fahrbahnseite schwenkte.

»Und jetzt kurbel dein Fenster hoch, Charlotte. Wir fahren durch dirty Dagoretti, und der Gestank ist selbst für ein Mädchen aus Kibera wie mich schwer auszuhalten.«

»Welche Richtung muss ich einhalten?« Charlotte fand es nun sehr angenehm, nicht allein im Auto zu sein. Statt in Karten zu suchen, sich auf den Verkehr zu konzentrieren und den Fleissners und *Tembo* alleine gegenübertreten zu müssen, war nun Kumi bei ihr.

»Immer geradeaus. Folg den Schildern in Richtung Naivasha und Nakuru. Lass uns aber in Limuru die *Bottom Road* nehmen, okay?«

»Zum *View Point Rift Valley*?«

»Warst du schon am Grabenbruch?«

Charlotte nickte nur, denn sie wollte die Schönheit des Augenblicks, den sie mit Paris geteilt hatte, ganz für sich behalten.

Als sie den Wagen auf dem windigen kleinen Parkplatz hoch über dem Grabenbruch abstellte, sagte Kumi: »Lass uns jetzt kurz was essen und trinken. Wir wollen nicht zu viel Zeit hier verlieren, sondern zu Mittag schon in Nanyuki sein. Wir wissen nicht, wann die anderen abgefahren sind.«

Charlotte war erstaunt, wie gut informiert Kumi war. Tisa schien alles mitzubekommen, was im Büro von *TV Today* vor sich ging.

»Hat Tisa dir das alles erzählt?«

»Hm, ja«, erwiderte Kumi vage, ehe sie lachte. »Er musste. Ob er wollte oder nicht.«

Gerade, als Kumi und sie mit ihrem Tee und ihrem *Mandazi* ins Freie traten, wirbelte überall auf dem Parkplatz Staub auf und drei Fahrzeuge kamen nahe dem *Viewpoint* zum Stehen. Die ersten zwei waren dunkle und sehr teuer aussehende Range Rover und der dritte war der verbeulte Landrover-Pick-up von Paris Strongitharm.

Charlottes Herz schlug schneller und sie verbrannte sich die Lippen an dem Tee, als sie einen zu großen Schluck nahm. Kumi runzelte die Stirn, denn aus dem ersten Range Rover stieg *Tembo* und ihm folgte erst der Mann, der Kumis Bruder sein musste, und dann Evangeline, die PR-Frau von *PUR*. Trotz dem sehr rauen Ziel der Reise trug sie einen engen Bleistiftrock und hohe Absätze.

»Ist das Nane?«, fragte Charlotte Kumi leise.

Kumi nickte und die Falte zwischen ihren Augenbrauen

hatte sich vertieft. *Tembo* öffnete nun den Schlag des zweiten Landrovers und Lisa Fleissner stieg aus. Sie hatte sich die Haare mit einem bunten Schal nach hinten gebunden und trug ein Hemd, Jeans und feste Safariboots. Als sie sich die langen Beine vertrat, sah sie Charlotte und stockte in ihrer Bewegung, ehe sie langsam auf sie zukam. *Tembo* wollte sie aufhalten und sagte leise etwas zu ihr, doch Lisa streifte seine Hand ab und schien etwas zu sagen wie: *Lass nur, ich kenne sie.*

Charlotte wartete ab, bis Lisa bei ihr angelangt war. Sie hatte gehofft, dem Tross der Fleissners erst oben im Norden zu begegnen und wusste nicht, wie Lisa auf ihre Anwesenheit reagieren würde. Der Gedanke und auch ihre Sorge darum überraschte sie kurz, aber ihr Gespräch in der Damentoilette des *Carnivore* hatte eine gewisse Vertrautheit zwischen ihnen geschaffen. Lisa sah Kumi kurz erstaunt an und fragte dann:

»Hallo Charlotte, was machst du hier? Etwa eine Safari?«

»Hallo Lisa, schön dich zu sehen. Wohin geht die Fahrt?«, versuchte Charlotte einer direkten Antwort auszuweichen. In diesem Moment trat Max neben seine Frau und legte seinen Arm um ihre Hüfte, was Lisa kurz zusammenzucken ließ. Charlotte biss die Zähne zusammen. Trug Lisa noch immer dieses Hemd? Sie sah zum Wagen der Fleissners und erkannte den vertrauten und freundlich wirkenden Umriss von Pater Matos Vieira. Er winkte ihr zu und Charlotte war sogleich etwas wohler zumute.

»Kennt ihr euch, Baby? Ich wusste gar nicht, dass du in Nairobi schon Freunde hast, die ich nicht kenne«, sagte Max, ehe er Charlotte genauer ansah und fragte: »Sie kommen mir bekannt vor. Haben wir uns schon einmal getroffen?«

»Das ist Charlotte. Du hast sie vielleicht auf der Pressekonferenz im Serena-Hotel bemerkt. Sie hat uns einige Fragen gestellt«, sagte Lisa und sah Charlotte prüfend an. »So ein Zufall, dass du auch hier bist«, sagte sie dann kühler.

»Ja, so ein Zufall«, wiederholte Max Fleissner. »Für wen arbeiten Sie?«

»*TV Today*«, sagte Charlotte und sah ihm gerade in die Augen, die sie kalt musterten.

»Das ist doch Frederiks Laden. Ach ja, jetzt erinnere ich mich, dass Evangeline etwas von einer Mail gesagt hat. Er wollte jemanden in den Norden schicken. Ihr habt anscheinend sonst auch nichts zu tun.«

»So würde ich das nicht ausdrücken. Ich will einen Beitrag über Ihre geplante Adoption der beiden Gotteskinder drehen.«

»Was?«, fuhr Lisa auf. »Davon hatte ich keine Ahnung.«

»Weshalb sollte ich das nicht tun, Lisa? Es ist doch eine wunderbare Geschichte.«

Max Fleissner löste seinen Arm von der Taille seiner Frau und machte einen drohenden Schritt auf Charlotte zu. Sie spürte seinen Atem auf ihrem Gesicht, als er leise sagte: »Nun sind Sie da und ich kann nichts dagegen unternehmen. Aber eins sage ich Ihnen: Wir legen auf Presse keinen Wert, schon im Interesse der Kinder. Mit der Ankündigung der Adoption habt ihr Hyänen schon genug Informationen bekommen.«

»Wir sind hier nicht im *Kaufmann von Venedig*, Mr Fleissner.«

Max spuckte auf den Boden, und Lisa sah Charlotte abweisend, aber auch traurig an.

»Und ich habe dir vertraut«, sagte sie leise, gerade als *Tembos* Schatten über die kleine Gruppe fiel.

»Gibt es Probleme, Max?«, fragte er mit einer tiefen Stimme, die zu seiner Größe passte. Er musterte Charlotte einmal von oben bis unten.

»Hallo, Nane«, sagte Kumi da und schob sich vor Charlotte.

»Was machst du hier? Halt dich da raus, okay?« Nane zog Kumi aus *Tembos* Weg, so dass dieser nun wie ein Turm über Charlotte aufragte.

»Die Dame von der Presse, wenn ich mich nicht täusche«, sagte er und ließ sie nicht aus den Augen, doch Charlotte wich weder seiner schieren körperlichen Drohung noch seinem Blick aus. »So ist es«, sagte sie ruhig, aber ihre Finger hakten sich um ihren Gürtel, um ihr Zittern zu beruhigen.

»Ich glaube, mein Kühler leckt…«, hörte sie da Paris' Stimme, ehe er bei ihrem Anblick ebenso überrascht stockte. »Charlotte!«

»Frag bitte nicht auch noch, was ich hier mache«, sagte Charlotte und versuchte ein Lächeln, doch es misslang ihr.

»Kennst du sie?« *Tembo* wandte sich Paris zu und der sagte gelassen: »Natürlich. Was ist denn hier los? Darf man denn nicht mehr in Ruhe den *Viewpoint* genießen oder worum geht es? Die Aussicht gehört doch allen«, sagte er, fasste Charlotte am Ellenbogen und zog sie unter *Tembos* Nase mit sich fort. Charlotte hörte, wie Kumi leise mit Nane zu streiten begann, als Paris laut sagte: »Komm, ich zeige dir, wo die Farm meines Vaters liegt, das wolltest du doch wissen.«

Als sie beide am äußersten Geländer des *Viewpoints* standen, sagte er: »Du bist wirklich hier. Ich hatte gehofft, du überlegst es dir anders.«

»Überrascht dich das etwa? Ich dachte, du kennst mich inzwischen ein bisschen.«

»Bist du in offiziellem Auftrag hier?«

Charlotte nickte. »Frederik Nyere hat mich in den Norden geschickt, um über die Adoption der Gotteskinder zu berichten. Aber ich wäre auch ohne seinen Segen gefahren, Paris.«

Er fuhr sich kurz über die Stirn. »Ich weiß. Aber musst du den Fleissners und *Tembo* gleich in die Arme laufen?«

»Das war einfach Pech. Ich will dir keine Schwierigkeiten machen. Aber es ist ja wohl kaum verboten, in den Norden zu fahren und vielleicht kannst du mir sagen, was die Fleissners und ihr dicker Freund zu verbergen haben, dass mein Auftrag sie so aufbringt?«

»Nichts. Das glaube ich noch immer«, sagte Paris überzeugt.

»Überhaupt nichts? Das *willst* du glauben, Paris. Hat man mir deshalb eine Schwarze Mamba ins Haus geschickt?«

»Das wusste ich nicht«, sagte Paris bestürzt. »Mein Gott. Warum hast du mir das nicht gleich erzählt?«

»Wie denn, wenn du ja so wie alle hier von deinem Freund Max und den Fleissners überzeugt bist? Ich glaube nicht an den Übervater Werner Fleissner, tut mir leid, und ebenso wenig daran, dass sie im Interesse der Kinder handeln. Alles was ich über *PUR* gehört, gelesen und gesehen habe, weist darauf hin, dass Max ein eitler, kalter

Geschäftsmann ist, der für seinen Profit und seinen Aktienkurs alles tut.«

Charlotte sah über Paris' Schulter hinweg, wie Max Fleissner Lisa nun zu ihrem Wagen zurückführte, wo Pater Matos Vieira sich tröstend zu ihr neigte. *Tembo* dagegen ließ Paris und Charlotte nicht aus den Augen, während Nane und Kumi leise und hitzig miteinander sprachen. Dann klingelte sein Handy, und Charlotte nutzte den Augenblick seiner Unaufmerksamkeit, um weiter mit Paris zu sprechen.

»Paris. Glaub mir. Es geht um sehr viel mehr«, sagte Charlotte leise und dringlich.

»Um was denn?«, fragte er zweifelnd.

»Das weiß ich auch noch nicht genau. Aber ich werde es herausfinden.«

Paris seufzte und legte seine Hände auf ihre Oberarme. Sein warmer Griff jagte trotz der Situation ihr Blut schneller durch ihre Adern und einen irrwitzigen Moment lang hoffte sie, er würde sie wie in der Nacht in seinem Auto an sich ziehen.

»Also gut. Ich kann dir nicht verbieten, in den Norden zu fahren, aber halt dich so weit als möglich von den Fleissners und vor allem von *Tembo* hinter mir fern, okay? Mit dem ist nicht zu spaßen, Charlotte.«

»Das weiß ich. Ich habe bereits in Sizilien über die Mafia und in Deutschland über die Machenschaften der chinesischen Vereinigungen berichtet.«

»Über etwas zu berichten ist etwas anderes, als sich im Auge des Sturms zu befinden.«

»Du gibst also zu, dass hier etwas vor sich geht, um das ich mich kümmern sollte?«

»Nein. Aber die Fleissners wollen um jeden Preis jegliche Aufmerksamkeit vermeiden, die dein Bericht einbringen würde. Ich muss auf sie aufpassen, da will ich nicht noch auf dich achten müssen.«

Charlotte senkte ihren Blick in den von Paris, der sie aus seinen grünen Augen ernst und bittend ansah. »Mach, was ich dir sage. Bitte. Nur ein einziges Mal.«

»Ich passe auf mich auf«, gab Charlotte widerstrebend nach.

»Versprich, dass du dich von unserer Gruppe fernhältst.«

»Nein, das kann ich nicht. Und jetzt entschuldige mich, denn ich habe noch einen langen Weg vor mir und *Strongitharm Securities* wie auch ich selbst haben einen Job zu erledigen, oder?«

»Du…«, begann Paris und ballte die Fäuste, als Charlotte sich an ihm vorbeischob.

»Was, ich?«, fragte sie und drehte sich noch einmal um. »Man kann viele Leute anlügen, Paris, aber nicht sich selbst.«

»Wie meinst du das?«

»Als wir uns kennengelernt haben, sagtest du, dass du das Beste aus zwei Welten mitbekommen hättest, aber das stimmt nicht. Du entscheidest dich gerade für das Schlechteste der einen, nämlich *Mungiki* und ihre schrecklichen Verbrechen. Gerade du!«

Paris wurde blass. »Nein, das tue ich nicht. Und wie kannst du gerade mir so etwas sagen? Du weißt doch, wie sehr ich unter *Mungiki* und ihren Ideen gelitten habe…«

»Allerdings, verzeih mir«, sagte sie sanfter und fasste ihn am Arm, um ihn bittend anzusehen. »Gerade deshalb verstehe ich nicht, wie du so blind sein kannst. Werner

Fleissner trägt ein aus blonden Haaren geflochtenes Band an seinem Handgelenk und baut vor lauter Aufregung, wenn er einen Albino auf seinem Land sieht, beinahe einen Unfall.«

»Das hast du falsch verstanden.«

»Was gibt es da falsch zu verstehen?«

»Ich weigere mich, Schlechtes von ihm zu denken. Was weißt du schon? Wie lange bist du denn schon hier? Es gibt vieles, was du nicht weißt, und was ich dir nicht auf die Schnelle erklären kann.«

»Man muss hier nicht lange sein, um zu sehen, was los ist. Alles, was du brauchst, sind Augen im Kopf. Du bist vielleicht schon zu lange hier, Paris. Feine Freunde hast du, da braucht man sich keine Feinde mehr zu schaffen«, sagte Charlotte und rief dann: »Komm, Kumi, wir fahren. Steig ein.«

Paris aber griff sie im Fortgehen am Arm und fragte sie zwischen zusammengebissenen Zähnen: »Hast du denn gar keine Angst?«

Charlotte befreite sich aus seinem Griff und nickte. »Doch. Große sogar. Und gerade deshalb bin ich hier. Meine Angst wird mich nicht noch einmal handlungsunfähig machen. Nie wieder. Und das weißt du.«

21. Kapitel

Kumi und Charlotte schwiegen nach der Abfahrt vom *View Point Rift Valley* in Gedanken verloren, als sich ihr Wagen weiter und weiter ins Hochland vorarbeitete. Die Erde neben der Straße war rot wie geronnenes Blut und von der Trockenzeit aufgerissen. Nadelbäume wuchsen hoch in den klaren Himmel. Am Mittag erreichten sie Nanyuki. *Sie überqueren jetzt den Äquator,* verkündete ein Schild. Am Nachmittag legten sie eine Teepause ein, aber saßen fünf Minuten später bereits wieder im Wagen. Charlotte hielt vor der Abfahrt unruhig nach dem Tross der Fleissners Ausschau, aber die beiden dunklen Range Rover und auch Paris' Wagen waren nirgends zu sehen.

»Was hat Nane gesagt, als du dich mit ihm unterhalten hast?«, brach sie schließlich das Schweigen.

»Er hat mir gesagt, es sei ein Job wie alle anderen und ich würde mir etwas einbilden. Bei *Tembo* könne er viel lernen und wir sollten uns da heraushalten. Nicht alles sei so, wie es aussieht.«

Charlotte lachte kurz und bitter. »Lernen! Das allerdings. Glaubst du ihm?«

»Nein«, sagte Kumi entschieden. »Aber Nane ist nicht wie Tisa. Er ist schon immer seine eigenen Wege gegangen und ich habe nicht dasselbe Verhältnis zu ihm.« Sie kaute auf ihrer Unterlippe. »Trotzdem will ich nicht, dass er zu *Mungiki* gehört. Ich verstehe auch nicht, was er mit *Tembo* zu schaffen hat. Vor einem Jahr noch wollte er der Polizei beitreten.«

»Meinst du, *Mungiki* hat auch etwas mit…« Charlotte zögerte kurz, denn seit dem ersten gemeinsamen Morgen in ihrer Wohnung hatten Kumi und sie nicht mehr über den Torso des Albinos geredet, obwohl sein Anblick in ihrer Erinnerung allgegenwärtig war. Nun musste sie es einfach aus dem Mund von jemand anderem hören. »Meinst du, *Mungiki* hat auch etwas mit *Uchiwa* und dem toten Albino zu tun?«

Kumi sah Charlotte ernst an. »Ja. Und ich werde nicht zulassen, dass Nane in diese Dinge hineingezogen wird.«

»Und ich lasse nicht zu, dass den Mädchen etwas geschieht«, sagte Charlotte.

»Aber ich verstehe nicht, was Max Fleissner damit zu tun haben kann. Er ist ein *Mzungu*«, sagte Kumi. »Und eigentlich meiden *Wazungus Mungiki*.«

»Aber die Fleissners sind wohl keine *Wazungus* wie alle anderen«, sagte Charlotte düster.

»Ich weiß. Jeder kennt die Geschichte, weshalb Paris' Mutter seinen Vater verlassen hat und auch sein einziges Kind mitgenommen hat. Das war damals unerhört mutig von ihr. Sie ist eine außergewöhnliche Frau.«

»Hm.« Mehr wollte Charlotte nicht dazu sagen, denn sie bezweifelte, dass viele Leute die wahre Geschichte von Paris' Mutter und ihrer Flucht von der Farm kannten.

»Und was weißt du vom alten Fleissner, außer dem, was in den Zeitungen steht?«

»Im Zusammenhang mit *Mungiki*?«

»Ja.«

Kumi überlegte kurz. »Vor einigen Jahren ist ein Matatu-Schaffner von Mungiki ermordet worden.«

Charlotte nickte und dachte an das, was sie im Internet gelesen hatte und was der Pater ihr unter dem Siegel der Verschwiegenheit erzählt hatte. Schon bei der Vorstellung an den verstümmelten und in alle Winde verstreuten Körper des Mannes bildete sich eine Gänsehaut auf ihren Armen.

»Hatte Max' Vater damit etwas zu tun?«

»Wohl nicht direkt. Aber man hat die Beine des Mannes auf seine Farm geworfen. Sollte wohl eine Warnung sein.«

»Vielleicht. Aber war es nicht vielmehr ein öffentliches Zeichen der Zugehörigkeit? Der alte Fleissner scheint vor nicht sehr Vielem Angst zu haben.«

»Nein. Das tut *Mungiki* eher, wenn jemand sie verlassen will. Die Beine waren eine deutliche Warnung, jeden Ausstiegsversuch zu unterlassen.«

Charlotte erinnerte sich an das kleine Kreuz, das sie neben der Schranke am Eingang zu der Farm der Fleissners gesehen hatte. Dort mussten die Beine dieses armen Menschen gelegen haben.

Bei Einbruch der Dunkelheit machten sie in Wamba auf einem Zeltplatz Halt. Der Motor tickte erschöpft, als Charlotte ausstieg und sich streckte. Die Glieder waren ihr vom langen Sitzen steif geworden. Die Dunkelheit fiel so rasch wie ein Vorhang und bedrohliche Geräusche verdrängten die harmloseren des Tages. Im dichten Busch knackte es, Bewegungen huschten und die Zikaden stimmten ihren Gesang an, nur um dann und wann augenblicklich wie unter einer nahenden Bedrohung zu verstummen. Der Wind pfiff durch die hohlen, dornigen Äste der Akazien und raschelte in den Blättern der Eukalyptusbäume. Charlotte sog den frischen Duft ein und sah nach oben in den Himmel: Hier draußen machten keine elektrischen Lichter den Sternen Konkurrenz. Sie hatte das Firmament noch nie so übersät gesehen wie in dieser Nacht. Die Milchstraße zog sich als weißer Streifen quer über den Nachthimmel und als eine Sternschnuppe fiel, bat Charlotte um Kraft für die Tage, die vor ihr lagen. Schon der Gedanke an den verstümmelten Leichnam in Kibera, das während der Pressekonferenz präsentierte Bild mit der fremdartigen Schönheit der beiden Gotteskinder und *Tembos* Anwesenheit bei beiden Vorfällen genügte, um ihr neue Entschlossenheit zu geben, doch gleichzeitig war sie sich auch der Gefahren bewusst. *Hast du keine Angst?,* hatte Paris sie gefragt. *Doch. Große sogar.* Sie schluckte. In den Stunden, als Paris und sie in der Dunkelheit auf den Morgen gewartet hatten, um den Platten zu flicken, hatte sie zum ersten Mal einem anderen Menschen von ihrer Angst damals erzählt.

Paris hatte ihr nur schweigend zugehört, ohne sie zu unterbrechen und ohne zu urteilen. Ihr Herz klopfte, als sie an die Kraft dachte, die jedes Wort sie gekostet hatte. Doch mit jedem Wort, das sie sprach, wurde ihr leichter zumute. Wie lange war die Scham an die Erinnerung und an ihre Passivität damals in einem Kerker tief in ihrem Inneren eingesperrt gewesen? Die Stunden mit Paris in dem engen, bestimmten Raum seines Autos waren der Schlüssel gewesen, der sie freiließ und der gleichzeitig auch Charlotte selber davon freisetzte. Als sie kurz die Augen schloss, spürte sie in ihrer Erinnerung wieder seine Fingerspitzen, die ihr weich durch die Locken strichen, während sie auf der von ihrem Atem beschlagenen Fensterscheibe Figuren zeichnete. Es war ein intensiver Augenblick gewesen, so intensiv, dass nichts, nicht einmal der Streit heute am *View Point Rift Valley*, die Erinnerung daran auslöschen konnte.

Hinter ihr knackte es in der Dunkelheit und sie fuhr herum, aber es war nur Kumi, die Feuerholz sammelte.

»Zelten ist besser als ein Hotel, hier draußen im Freien gibt es weniger Kakerlaken«, sagte Kumi und begann das Holz zu schichten. »Da hinterlassen wir weniger Spuren. Aber wir sollten uns mit dem Wachestehen abwechseln.«

»Wachestehen? Übertreibst du nicht etwas?«

»Ich denke nicht an die Fleissners, Charlotte. Wamba ist berüchtigt für Überfälle auf Reisebusse, und wir sind allein unterwegs, das spricht sich schnell herum. Wenn du willst, leg du dich nach dem Abendessen aufs Ohr und ich wecke dich gegen Mitternacht. Um drei kannst du dich wieder hinlegen, denn du musst ja morgen wieder fahren.«

Sie fasste sich an den Gürtel, wo Charlotte wieder das Messer sah, dass sie sich auch an jenem Abend in Kibera in den Rockbund gesteckt hatte.

»Ich habe auch ein Gewehr dabei. Es ist unter dem Seitenverschlag, hinter dem Ersatzreifen.«

Sie hockten auf Steinen um die Feuerstelle, die schon unzählige Reisende vor ihnen gewärmt hatte, und Kumi hängte das kleine Kochgeschirr über die offenen Flammen, ehe sie den Inhalt von zwei Konservendosen Ravioli in den Topf löffelte. Während sie darauf warteten, dass die Tomatensoße zu kochen begann, wickelte sich Charlotte fester in die grobe Decke, die sie sich um die Schultern gelegt hatte. Termiten flogen gegen die Gaslampe und verglühten mit einem Zischen, während der Schatten des Lagerfeuers Muster auf Kumis regelmäßige Gesichtszüge warf.

»Er gefällt dir, oder?«, fragte Kumi, nachdem sie beide die ersten Happen gegessen hatten.

»Wer?«, fragte Charlotte beiläufig.

»Paris Strongitharm.«

»Hm. Vielleicht. Kennst du ihn? Ich meine, hast du ihn schon vor unserer Begegnung am View Point gekannt?«, fragte Charlotte.

»Sicher. *Strongitharm Securities* ist in Nairobi eine bekannte Firma und die Liebesgeschichte seiner Eltern hat damals viele Leute träumen lassen, ehe alles so abrupt endete. Allerdings ist seine Mutter dadurch nur noch bekannter geworden und seither so etwas wie eine Ikone für die Unabhängigkeit der afrikanischen Frau. Kein Wunder, dass er dich mag.«

»Unsinn.« Weshalb schmeckten diese Dosen immer so entsetzlich und nicht im Entferntesten so, wie sie es sollten? »Ist er mehr ein *Mzungu* oder ein Kikuyu?«, fragte Charlotte dann vorsichtig.

Kumi sah sie ernst an: »Beides. Wirklich beides, denke ich, wenn das möglich ist. Er hat mit *Mungiki* nichts zu tun, falls du das wissen willst. Da bin ich mir sicher.«

»Ganz sicher? Was ist mit seinem Vater?« Charlotte war sich nicht sicher, ob sie die letzten Worte wirklich hätte sagen sollen: Gab sie damit Paris' Geheimnis preis?

»Ich bin mir ganz sicher. Aber ich verstehe auch, was ihn an die Fleissners bindet. Max, seine Schwester Bettine und Paris sind sowohl im Rift Valley als auch in Nairobi

Nachbarn gewesen und wie Geschwister miteinander aufgewachsen. Paris fühlt sich Max nahe, auch wenn der einige Jahre älter ist als er selber.«

Plötzlich schmeckten Charlotte die Ravioli aus der Konservendose doch ganz gut. Nach dem Essen rollte sie sich in ihren Schlafsack neben die Feuerstelle und schlief mit der Wärme der Flammen auf ihrem Gesicht ein, während Kumi sich einen viel zu großen Pullover überzog und mit dem Gewehr auf den Knien ihre Schicht antrat.

Um Mitternacht weckte Kumi Charlotte auf, die sich sofort aufsetzte und sich streckte.

»Ich hasse es, um diese Zeit zu arbeiten. Beim Fernsehen haben sie diese Schicht die Friedhofsschicht genannt.«

»Du musst wach sein, Charlotte. Sonst ist das für uns auch eine Friedhofsschicht, verstehst du?«

»Ich bin wach. Ich verspreche es dir«, sagte Charlotte, als Kumi sich nun in ihren Schlafsack legte. Einige Minuten später hob und senkte sich ihr Rücken unter regelmäßigen Atemzügen und Charlotte sah mit vor Müdigkeit brennenden Augen in die Dunkelheit. In der Kühle der letzten Nachtstunden duftete es intensiv nach dem Eukalyptus und als die ersten Sterne an dem riesigen Firmament verblassten, fühlte sie sich dem Ursprung der Welt so nahe wie noch nie zuvor. Kumi löste sie noch einmal ab, und ehe Charlotte noch einmal für ein, zwei Stunden einschlief, dachte sie daran, dass sie in zwei Tagen am Ziel sein sollten.

Als sie gefrühstückt, das Feuer sorgfältig gelöscht, alles wieder eingepackt hatten und in ihren Wagen stiegen, erwachte auch der Tag langsam um sie herum. Die Straße wurde schmaler und um sie herum wandelte die Landschaft sich dramatisch: Der Busch lichtete sich und wurde zu einer weiten, hügeligen Steppe, worauf die senkrecht stehende Sonne den Umriss der Wolken als wandernde Schatten warf. Zwischen Distelbüschen suchten Kamele im Sand nach letzten Halmen und dann und wann sprangen Kinder wie aus der Erde gewachsen neben dem Wagen her und winkten, ehe sie genauso urplötzlich wieder verschwanden.

Einige Male sah Charlotte Gruppen von drei, vier Männern, ihre rot- und pinkfarbenen Tücher leuchteten wie Blumen im Staub der Landschaft. Die Piste war vom Wechsel der langen Regen und der starken Hitze im Norden des Landes aufgerissen und an manchen Stellen gar nicht mehr vorhanden. Mehr als einmal krachte der Wagen in ein Schlagloch, das Charlotte nicht hatte kommen sehen und ein anderes Mal sah sie erst auf der Spitze eines Hügels, dass sich direkt vor ihr eines der ausgetrockneten Flussbetten auftat, ein Wadi, von dem der Autohändler ihr erzählt hatte. Es war ein gähnender Abgrund, wo die Piste gemeinsam mit dem Ufer des Flussbettes vom letzten Regen weggerissen worden war und nun an die zehn Meter in die Tiefe stürzte. Charlotte trat noch auf die Bremse, doch es war zu spät: Der Wagen hing einen schrecklichen Augenblick lang zwischen Schwerpunkt und Sturz, ehe sich die Kühlerhaube mit einem Ächzen in den Achsen nach vorne neigte und das Auto sich scheinbar unendlich langsam in den Wadi senkte. Kumi schrie:

»Halt das Steuer! Bleib auf der Bremse!«

»Kopf runter«, rief Charlotte, als ihre Stirn schon gegen das Lenkrad schlug. Der Wagen schlitterte das beinahe senkrechte Ufer hinunter, riss Büsche mit sich und wurde durch Risse, Schlaglöcher und dann wieder Vorsprünge kreuz und quer geworfen, bis sie endlich unten in dem von der Hitze festgebackenen Flussbett ankamen und der Mercedes ausrollte. Charlotte spürte ihr Blut durch die Adern rasen, als sie den Motor abstellte und in der plötzlichen, erlösenden Stille lauschte. Sie tastete sich kurz über die Stirn, wo sie sich gestoßen hatte, aber fühlte keine Wunde, sondern nur eine Beule und schaute dann zu Kumi.

»Alles in Ordnung?«

Die nickte und löste ihre Hand vom Türgriff, wo sie sich krampfhaft festgehalten hatte.

»Willst du fahren?«, bot Charlotte an.

»Ich habe keinen Führerschein.«

»Hast du mir nicht gerade noch gesagt, was ich tun soll?«

»Das heißt noch lange nicht, dass ich es selber tun kann.«

»Typisch Frau«, sagte Charlotte und beide brachen nun, da die Gefahr überstanden war, in schallendes Lachen aus.

»Bist du bereit?«, fragte Charlotte dann und Kumi nickte. »Aber erst tu mir einen Gefallen, Kumi.«

»Ja? Was denn?«

»Mach das Handschuhfach auf und gib mir ein Stück von der Schokolade, die da drinnen liegt.«

Nach einiger Zeit wurde aus der Steppe um den Wadi eine Wüste, an deren Horizont sich eine niedere Bergkette abzeichnete.

»Da sind schon die Moyalefelsen in Äthiopien«, sagte Kumi. »Wir sind gleich da.«

»Wann genau?«, fragte Charlotte konzentriert.

»In ein paar Stunden.«

»Hast du nicht gesagt *gleich*?«

»Hier oben ist das gleich, Charlotte. Willst du noch ein Stück Schokolade?«

Charlotte nickte. Die Schokolade, die Kumi ihr reichte, war geschmolzen und nichts als ein weicher, süßer Klumpen. Sie steckte das Alupapier in die Tasche.

»Warst du schon einmal in den Moyalefelsen, Kumi?«

»Nein, noch nie. Ich habe nur von dem Höhlenlabyrinth darin gehört. Frühe Christen sollen sich dort vor ihren Verfolgern versteckt und teils jahrelang in den Bergen gehaust haben.«

Auf Charlottes Armen bildete sich eine Gänsehaut. »Das klingt entsetzlich.«

»Weshalb?«, fragte Kumi.

»Na, so unter der Erde in der Dunkelheit zu hausen. Das ist doch wie lebendig begraben sein.«

Nach weiteren zwei Stunden Fahrt erhob sich die Mission der Franziskanerinnen wie eine Fata Morgana aus der Wüste. Sie hielten den Wagen an, die beiden Frauen stiegen aus. Charlotte begann, das Bild vor ihnen mit ihrer kleinen digitalen Kamera festzuhalten: Sie genoss diese Eigenständigkeit in ihrer Arbeit, in der sie und niemand sonst über Bild und Wort ihrer Beiträge entschied. Als sie ihre Karriere begann, waren bei Beiträgen immer noch ein Tontechniker und ein Kameramann mit dabei, doch am Ende hatte sie oft selbst gefilmt, kommentiert und den Beitrag innerhalb einer halben Stunde auf ihrem Laptop geschnitten und gesendet. Wenn sie dann live ging, um in einer Schalte aus Krisengebieten für den Sender während der Nachrichten zu kommentieren, dann bediente sie Kamera und eventuelle Grafiken oder Bildeinschaltungen an ihrem Computer selber, ohne auch nur einmal ihr Auge von der Linse zu lassen. Wer wegsah, verlor die Zuschauer, und den Zuschauer verlieren war im Fernsehen tödlich.

Charlotte warf einen kurzen Blick in den Himmel: Es war wohl um vier Uhr und die perfekte Zeit für Aufnahmen. Nur wenige Stunden früher ließ die brennende Sonne alle Umrisse beißend scharf hervortreten, machte die Farben zu grell und warf zu scharfe Schatten, als dass Charlotte gutes Bildmaterial hätte gewinnen können. Sie stellte das Objektiv genauer, damit es die staubfarbene Mission in der sandigen Weite der Wüste gut sehen konnte. Die heiße Luft stand wie eine unsichtbare Flamme zwischen den Gebäuden und ihr, als sie mit einem Summen ihre Stimme tiefer legte und begann, ihre Eindrücke auf Band aufzunehmen. Vielleicht würde sie diese Tonaufnahmen später verwenden, vielleicht auch nicht. Ihr Sprachtrainer beim WDR hatte ihr auferlegt, vor jeder Aufnahme ihre Stimme tiefer zu legen. Als Charlotte in spontanen, aber klaren und kurzen Sätzen sprach, sah Kumi erst erstaunt auf, doch dann lehnte sie schweigend und erschöpft ihren Ellenbogen auf das heiße Blech der Kühlerhaube. Charlotte ließ die Kamera mit ruhiger Hand schweifen. Eines der Holzhäuser schien die Kirche zu sein, denn es hatte einen kleinen Turm, und darum herum erstreckte sich ein Meer an Zelten, zwischen denen es vor Leben und Menschen wimmelte. Der glühende Wind trug Stimmen und Geräusche zu Charlotte und Kumi, doch erst als Charlotte wieder anfuhr und sich in einer roten Staubwolke der Mission näherte, konnte sie wirklich Genaueres erkennen.

Aus den Zelten kamen nun Menschen gelaufen, als Charlotte den Motor abstellte und die Kamera diskret auf dem Armaturenbrett positionierte, um aus dem Fenster heraus zu filmen: Kinder lachten und klatschten froh über jede Abwechslung in die Hände. Charlottes Blick glitt rasch über die Menge der kleinen Gesichter, aus denen große Augen sie neugierig und bittend ansahen. Die Gotteskinder waren nicht dabei, doch die Kinder griffen nun nach ihren und Kumis Händen, führten sich in Gesten die eigenen Finger an die Lippen oder taten, als ob sie mit einem Stift in der Handfläche schrieben.

»Sie wollen Stifte für ihren Unterricht oder etwas zu essen.«

»Ich habe nichts dabei, wie dumm von mir«, sagte Charlotte und schämte sich, als sie an all die Kugelschreiber dachte, die auf ihrem Schreibtisch oder in ihrem Apartment unbeachtet herumlagen.

In diesem Augenblick öffnete sich die Tür des langen Holzhauses und eine kleine, bucklige Gestalt trat auf die Schwelle. Es war eine *Mzungu*, eine alte, weiße Frau, die sich die Hand zum Schutz gegen den grellen Sonnenschein über die Augen legte, ehe sie sich ihren Weg durch die Kindermenge bahnte. Der Wind griff ihren hellen Schleier auf, während der rote Staub den Saum ihres blauen Kleides einfärbte.

»Guten Tag, ich bin Charlotte Frank...«

»Ich bin Schwester Elisabeth und leite die Mission hier. Sie sind die Erste«, sagte die alte Frau mit einer rostig klingenden Stimme und sah sie forschend an. »Wir haben ein Fax von Mr Nyere bekommen, das uns auf Ihre Ankunft vorbereitet hat, obwohl Pater Matos Vieira mir gar nichts von Presse gesagt hatte. Was will denn das Fernsehen von uns in dieser gottverlassenen Gegend? Es kümmert sich doch sonst weiß Gott niemand um uns, dabei könnte uns jede Aufmerksamkeit helfen.« Sie führte rasch das Kruzifix, das an einer Kette um ihren Hals hing, an die Lippen und küsste es. »Ach je. Das ist schon das dritte Mal, dass ich heute den Namen des Herrn missbrauche. Die Strafe folgt sicher auf dem Fuß.« Sie sah zweifelnd in den Himmel. »Oder auch nicht. Blitz, Donner und Regen könnten uns hier nicht schaden. Sie sehen ja, was drei Missernten in Folge hier anrichten. Es ist entsetzlich. Ich weiß nicht, wie lange die Menschen hier noch aushalten können, aber wir sind zähe Geschöpfe. Zum Überleben gemacht, sozusagen. Hier hilft alles Fluchen nichts, es regnet nicht.«

Charlotte schnappte in der plötzlichen Gluthitze nach Luft. Sie fühlte sich wie in einem Ofen, Sand steckte ihr nach den wenigen Minuten nun bereits in allen Poren und sie leckte sich die Lippen vor Durst.

»Es tut mir leid, ich kann sie hier nicht unterbringen. Alle unsere Betten in den Häusern sind von unseren freiwilligen Helfern besetzt«, sagte die Alte und ließ Charlotte noch immer nicht aus den Augen. Charlotte hatte den Eindruck, dass sie ihr mitten ins Herz sah.

»Das macht nichts. Ich habe ein Zelt dabei. Wir brauchen nichts, nur ein wenig Zeit.«

»Zeit? Davon haben wir hier jede Menge. Nichts drängt uns zu etwas oder wohin. Seien Sie herzlich willkommen«, sagte die alte Frau und lächelte zum ersten Mal. Ihr Gesicht zersprang dabei in Hunderte von Falten und erinnerte Charlotte an die von der Hitze und Sonne aufgerissene Erde um sie herum, als Mutter Elisabeth eine schweifende Bewegung um sich machte:

»Suchen Sie sich eine Stelle aus. Die nächsten zweihundert Quadratkilometer stehen voll zu Ihrer Verfügung. In der Nähe der Kirche ist gut, falls die Wasserpumpe dort mal funktioniert. Sonst sind Sie auf Container angewiesen. Gehen Sie sparsam damit um, okay? Jeder Tropfen ist Leben. Ich hoffe, Sie haben sich die Haare gewaschen, ehe Sie hierhergekommen sind und werden es erst wieder tun, wenn Sie wieder daheim sind.« Sie drehte sich um und zeigte auf die großen Plastikkanister, die auf den Dächern der Häuser festgeschraubt waren, wie auch auf einen Wassertank aus Beton, in dem mehrere Regenrinnen zusammenliefen.

»Dort fangen wir das Regenwasser auf, wenn es mal regnet. Damit füllen wir die Eimer zum Waschen, für die Wäsche und für die Plumpsklos im Haus. Zum Trinken müssen wir es mehrere Stunden lang filtern und dann abkochen. Das sage ich nur, damit Sie verstehen, wie wertvoll es für uns ist.«

»Was machen Sie, wenn es nicht regnet?«

»Dann hilft uns nur Gott. Wir sind in der Mitte der Trockenzeit. Noch zwei Monate und dann müsste die lange Regenzeit kommen. Nein, nicht müsste, sondern *muss*.« Sie sah mutlos zum Horizont, der von klarstem Blau war und an dem sich keine Wolke abzeichnete.

»Wir haben unser eigenes Wasser dabei, Mutter, und eher rasiere ich mir die Haare ab, als das wenige Trinkwasser der Leute hier zum Duschen zu verwenden.«

Das Lächeln von Mutter Elisabeth erreichte nun auch ihre Augen, und die Nonne streckte ihre Hand aus.

»Sie sind eine Frau nach meinem Geschmack. Fühlen Sie sich in meiner Mission wie zu Hause.«

»Ich habe Ihnen auch etwas mitgebracht, Mutter.«

Gespannt schaute die Nonne Charlotte an.

»Mr Nyere sagte mir, davon bekommen Sie hier oben zu wenig…«, sagte Charlotte beinahe schüchtern, als sie der Nonne eine Flasche Whisky hinhielt. Die stutzte kurz und lachte dann.

»Ihr Mr Nyere ist ein Menschenkenner. Whisky ist gut gegen Hitzschlag, allerdings muss man ihn leider schnell trinken, denn bei der Hitze hier oben verkommt er sonst. Aber darin bin ich Meister…Natürlich erst nach Sonnenuntergang, denn alles andere ist unzivilisiert. Jaja, ich komme ja schon, gleich ist Zeit für den Gottesdienst, ich weiß…«, sagte sie dann zu den Kindern, die sie mit sich davonzogen. Mutter Elisabeth verschwand zwischen den langen Reihen von aus Lumpen, Blech und Pappe zusammengeflickten Zelten und Hütten und Charlotte sah ihr kurz nach. Die Mission der Franziskanerinnen erinnerte sie an Kibera. Aber ein Kibera, wo ein freundliches Herz schlug und in dem trotz aller Not und aller Hoffnungslosigkeit die Menschen nicht ganz so verloren schienen. Hier gab es Glaube, begriff Charlotte, und fühlte sich einen Augenblick lang wieder so demütig wie damals in Kibera, doch auf andere Weise. Hier herrschte ein Geist, der ihr eigenes Dasein nicht infrage stellte, so wie ihr erster Besuch in Kibera es getan hatte, sondern der es bereicherte.

»Wo sollen wir das Zelt aufschlagen?«, unterbrach Kumi ihre Gedanken, gerade als über ihren Köpfen in dem kleinen hölzernen Turm der Kirche eine Glocke schrill und hektisch zu schlagen begann. Sie rief die Bewohner des

Lagers und der Mission zum Gottesdienst und die Stimmen und Geräusche, die von überall her drangen, verstummten, nur um einen Atemzug später wieder anzuheben. Der Lärm füllte Charlottes Ohren und betäubte ihre Sinne, als Menschen allen Alters auf die Kirche zuliefen, und auch Mutter Elisabeth tauchte wieder auf. Doch während diese gleich die Kirche betrat, blieben die meisten anderen Menschen rechts und links davor stehen, so dass sie zwischen sich eine Gasse bildeten, die Charlotte und Kumi vom Eingang des Gotteshauses aus gut überschauen konnten.

»Worauf warten sie?«, fragte Kumi leise. »Es ist doch wirklich zu heiß, da könnte man annehmen, dass jeder einen Platz in der Kirche will.«

Charlotte sah zu dem kleinen Bau, der gerade mal an die fünfzig Gläubigen Platz bieten konnte, doch um sie herum versammelten sich nun zügig mehrere Hundert Menschen. Hier würde gleich etwas Großes passieren und sie zog ihre Kamera aus der Tasche. Charlotte senkte ihre Stimme unwillkürlich zu einem Flüstern: »Ich weiß nicht, *worauf* sie warten, aber ich hoffe, dass ich richtig rate, auf *wen* sie warten.«

Mutter Elisabeth überflog die Menge der wartenden Menschen noch einmal mit einem ernsten Blick und schüttelte dann den Kopf, ehe sie sich in das Innere der Kirche zurückzog, so wie eine Schnecke in ihr Haus. Eine Minute später drangen Klaviertöne ins Freie, doch nicht nur war das Instrument verstimmt, sondern jemand schlug auch hart und zornig jede Taste an. *Lobet den Herrn*, erkannte Charlotte das Kirchenlied, während sie die Gasse zwischen den Menschen hinuntersah, die wie sie in Richtung der Zeltstadt blickten. Vollkommenes Schweigen legte sich über die Anwesenden, es war nichts zu hören außer das Pfeifen des glühenden Windes, das stete Surren der Fliegen und das entfernte Bellen der Hunde, die sich um etwas balgten. Die heiße Luft stand zwischen Kirche und Camp und in der Ferne machte Charlotte jetzt zwei menschliche Umrisse aus, die sich den Wartenden näherten. Es waren zwei Kinder, die gelassen und Hand in Hand zwischen den Zelten hervorkamen und ruhigen Schrittes auf die kleine Holzkirche zugingen. Eines von ihnen humpelte leicht und das andere stützte es.

»Wer ist das?«, flüsterte Kumi und Charlotte spürte, wie die Hand ihrer Freundin unwillkürlich in die ihre glitt. Trotz der Hitze bildete sich eine Gänsehaut auf Charlottes Armen und sie hielt den Atem an, als sie die Mädchen erkannte.

Die Kinder trugen nichts als zerlöcherte T-Shirts am Leib, die ihnen bis zu den Knien reichten, doch im gleißenden Sonnenlicht leuchtete ihre Haut wie Elfenbein und ihre langen, weißblonden krausen Haare wehten bei jedem Schritt wie Fahnen hinter ihnen her. Sie waren die Einzigen der Borana-Mädchen hier, die ihre Haare offen trugen: Alle anderen Frauen hatten ihre Haare kunstvoll geflochten.

Der heiße Sand musste ihnen unter den nackten Füßen brennen, doch ihre Schritte blieben gelassen und als sie nun die wartenden Menschen erreichten, knieten die Ersten von ihnen nieder oder senkten den Kopf, falteten die Hände und berührten ehrfürchtig die Stirn. Wenn die Kinder an ihnen vorbeigingen, fassten die Wartenden ihnen an den Saum der langen, zerschlissenen T-Shirts und küssten ihn, oder flüsterten ihnen rasch etwas zu, was die Kinder mit einem Neigen des Kopfes quittierten, ohne jedoch in ihrem Schritt innezuhalten. Als sie an Charlotte vorbeigingen, war diese unfähig, sich zu rühren, und froh, die Kamera schon vorher eingeschaltet zu haben. Wie alt waren die Mädchen, vielleicht zehn oder elf Jahre? Sie glichen einander vollkommen, von der hohen Stirn und den gebogenen Nasen und den vollen Lippen bis zu den langen mageren Beinen und den sehr schmalen Füßen. Beide hatten dieselben, dunklen Sommersprossen auf der weißen Haut und beider Augenbrauen waren blond und sehr dicht. Ihre entrückte Schönheit wurde noch durch die Ehrfurcht der Menschen hier, die sich um sie legte und sie schützte wie ein Schild, verstärkt. Den Bruchteil einer Sekunde legte sich der Blick eines der Mädchen auf Charlotte. Sie war wohl die Ältere der beiden und etwas größer als ihre Schwester, die beim Gehen das Bein nachzog. Ihre Augen waren hellblau mit rotgoldenen Sprenkeln darin, doch nach einem Wimpernschlag des Blickkontakts schweifte ihr Blick ohne Überraschung weiter über die versammelten Menschen, ehe sie ihre Schwester wieder unterfasste. Charlotte blickte auf das Bein des Mädchens, das gerade an ihr vorbeihumpelte, und sah eine lange, hässliche Wunde an seiner Wade, direkt unterhalb der Kniekehle.

Sie hätte die Mädchen berühren oder an sich ziehen können, doch stattdessen fühlte sie sich durch die Erscheinung der beiden so beeindruckt, dass sie erschöpft in die Hocke ging, als die beiden Mädchen in der Kirche verschwanden.

Im Gotteshaus stimmte Mutter Elisabeth nun an ihrem

Klavier die zweite Strophe der Hymne an, wobei ihr Anschlag noch zorniger als bei der ersten klang. Dennoch fielen die Menschen in und vor der Kirche aus voller Kehle in das Lied ein, bevor sie sich im Staub draußen vor dem Gebäude niederließen.

»Wer war das?«, wisperte Kumi.

Furcht und Ehrfurcht; Glaube und Aberglaube, was für ein ewiges Paar, dachte Charlotte, ehe sie sagte: »Das waren die Gotteskinder.«

Sie setzte sich in den Sand, stellte ihre Tasche ab, schaltete die Kamera aus und vergrub kurz ihr Gesicht in den Händen. Sie hatte den Dalai Lama interviewen dürfen und sie war bei der Inthronisierung des letzten Papstes in Rom mit dabei gewesen. Doch keine der Erinnerungen kam gegen das Gefühl an, das sie jetzt in sich verspürte. Furcht und Ehrfurcht, Glaube und Aberglaube: Vielleicht war davor niemand gefeit, dachte sie erschöpft und schloss kurz die Augen.

22. Kapitel

Als der Gottesdienst eine Stunde später vorbei war, stand die Sonne bereits tief am Himmel. Die Schatten wurden länger und die Hitze war weniger brennend, doch Charlotte war durch das Warten in Staub und Sand so durstig wie noch nie zuvor in ihrem Leben. Dennoch blieb sie stehen, bis sich die Kirche zum eintönigen Klang der kleinen Glocke geleert hatte und viele der Gläubigen begannen, ihrem Alltag nachzugehen. Frauen standen gemeinsam mit ihren Kindern Schlange vor einem der Häuser, wo ein Freiwilliger Teller mit Maismehl verteilte. Männer und Kinder hielten sich im Schatten abseitiger Büsche auf.

»Wollen wir unser Zelt aufschlagen?«, drängte Kumi, doch Charlottes Instinkt sagte ihr, dass ihre Begegnung mit den Gotteskindern noch nicht beendet war, und sie schüttelte den Kopf. Sie versuchte ihren Durst hinunterzuschlucken, doch ihre Kehle fühlte sich an wie Sandpapier und sie wischte sich den Staub aus den Augen, ehe sie diskret ihre kleine Kamera wieder anschaltete und das Objektiv aus ihrer Tasche lugen ließ.

»Vielleicht sind sie ja durch eine andere Tür weggegangen«, sagte Kumi schon entmutigt und trat von einem Bein aufs andere, während Charlotte ihren Blick nicht vom Kirchenportal ließ, wo nun die Zwillinge ans Tageslicht traten und hinter ihnen Mutter Elisabeth erschien.

Die Kinder blinzelten ins Tageslicht, während die wartenden Menschen aufstanden, ihre steifen Glieder ausschüttelten und vor dem Portal eine ordentliche Warteschlange bildeten. Das größere der Mädchen sah fragend zu Mutter Elisabeth, die widerstrebend nickte, und die Kinder traten aus dem Kirchportal, ließen sich im Schatten des Daches nieder, zogen ihre Knie an und zupften sich vorsichtig die zerlumpten langen T-Shirts bis an die Knöchel.

Erst dann winkte das größere der Mädchen die erste Wartende an sich heran, die sich ihnen zögerlich näherte, vor ihnen niederkniete und in einer kurzen ehrfürchtigen Geste ihre Stirn berührte, ehe sie leise auf die Kinder einsprach. Dabei liefen ihr Tränen über die Wangen, doch als das Kind ihr die Hand auf die nackte, knochige Schulter legte, rang die Frau um Fassung, ehe sie ruhiger weitersprach.

Charlotte aber hörte hinter sich jemanden scharf und missbilligend ausatmen, drehte sich widerstrebend von den Zwillingen weg, wobei sie aber die Kamera auf sie gerichtet hielt, und sah Mutter Elisabeth nahe hinter ihr stehen.

»Was machen die Mädchen?«, fragte Charlotte leise.

»Sie halten Hof«, sagte die Nonne mürrisch, ließ die Gotteskinder jedoch nicht aus den Augen.

»Sind Sie sicher, dass da nicht noch etwas anderes passiert, Mutter Elisabeth?«

Die alte Frau zuckte mit den Schultern. »Ach, wer weiß. Wenn es hilft. Ich erlaube ihnen ihren Hokuspokus einmal die Woche, sonst gibt es Unruhe. Und ich habe schon so viel Leid gesehen, dass ich mittlerweile alles, was die Not hier lindert, gutheiße. Wenn es den Menschen Hoffnung gibt, mit den Mädchen zu sprechen, dann sollen sie es tun. Auch wenn es für mich nicht viel besser ist als der Tanz um das goldene Kalb. Aber die Borana sind ein schwieriges, stolzes Volk und hier oben ist es besser, nach ihren Regeln zu spielen. Wir haben sehr viele von ihnen hier im Camp. Außerdem wird hier oben so viel gegen die Gebote verstoßen, da merkt hoffentlich keiner, und am wenigsten unser eifersüchtiger Gott, dass ich andere Götter neben ihm erlaube.«

»Unser eifersüchtiger Gott?«

»So heißt es doch im Text des Decathlon«, zuckte die Nonne die Schultern.

»Was erzählen die Leute den Kindern?«, fragte Charlotte, während sie sich kurz vergewisserte, dass auch das Mikro ihrer Kamera eingeschaltet war.

»Ihre Sorgen…«, begann Mutter Elisabeth, als sie von einem plötzlichen Zischen aufgeschreckt wurden. Kumi hatte sich den Kindern genähert, und die noch wartenden Boranas bildeten einen schützenden Wall um sie, so dass Kumi begütigend die Hände hob und sich wieder in den Staub setzte, um alles zu beobachten.

»Was war denn das?«, fragte Charlotte

»Die Borana haben Angst um die Kinder. Sie schützen sie.«

»Sind das nur Borana, die zu ihnen kommen, um mit ihnen zu sprechen?«

»Ja«, sagte Mutter Elisabeth kurz angebunden. »Nur sie glauben an diese Kinder als Mittler zwischen Gott und ihnen.«

»Stimmt es, dass diese Kinder sogar schon vor ihrer Geburt von den weisen Männern der Borana zu Gotteskindern ernannt wurden?«

Mutter Elisabeth nickte. »Das stimmt. Die Mädchen sind hier oben in einem Kral geboren worden und ich selbst habe ihnen die Nabelschnur durchtrennt. Man hatte mich ausnahmsweise gerufen, weil die Geburt so schwer war, denn normalerweise lassen die Boranafrauen keine Fremden zu sich in die Manyatta, wenn sie in den Wehen liegen, damit niemand mit dem bösen Blick die Neugeborenen ansehen kann. Ihre Mutter aber starb kurz danach an Kindbettfieber und ihr Vater hat sich davongemacht, als er sah, dass –« Sie stockte und Charlotte half ihr weiter:

»Dass –?«

»Dass sie Albinos sind«, beendete Mutter Elisabeth den Satz etwas leiser. »Die armen Würmer. Wer weiß, ob sie überlebt hätten, wenn sie keine –« Sie unterbrach sich noch einmal, benetzte sich die trockenen Lippen und nahm das Wort dann doch in ihren Mund: »Wenn sie keine Gotteskinder gewesen wären.«

Charlotte sah wieder zu den Kindern. Wie sie jedem ruhig zuhörten und leise mit ihnen sprachen und ihnen Trost spendeten. Jeder, den sie angehört hatten, schien leichteren Herzens davonzugehen. Staub wirbelte unter ihren nackten Füßen auf und brannte ihnen auf der Haut, Fliegen schwirrten ihnen um Mund und Augen, ihr Magen war leer und hungrig, aber zumindest hatten sie mit den Kindern über ihre Sorgen sprechen können. Dann hatte auch der Letzte unter ihnen den Kindern sein Herz ausgeschüttet und sie saßen allein und schweigend, erschöpft und blass, und streckten im Schatten der Kirche ihre langen Glieder aus. Mutter Elisabeth trat zu ihnen und half ihnen auf die Beine.

»Steht auf, Mädchen. Geht in die Mission und wascht euch. Heute kommen eure neuen Eltern und wir werden zusammen mit ihnen und Pater Matos Vieira zu Abend essen.«

Mutter Elisabeth untermalte ihre Worte mit Gesten, die wohl »Waschen« und »Essen« bedeuten sollten.

»Sie sprechen kein Englisch und auch kein Swahili, sondern nur einen der vielen Borana-Dialekte, die ich nicht beherrsche«, erklärte Mutter Elisabeth Charlotte, der das größere der Mädchen nun einen neugierigen Blick zuwarf, während das verwundete kurz die Augen schloss und sich an ihre Schwester lehnte. Zwischen Gott und den Menschen zu vermitteln kostete ungeheure Kraft, begriff Charlotte und unterdrückte den Impuls, das Kind in die Arme zu schließen. Die Mädchen schenkten Mutter Elisabeth ein Lächeln und gingen eng umschlungen durch den späten, warmen Sonnenschein davon. Nun erst sah Charlotte die Wunde an der Wade des zweiten Kindes von Nahem und sie sog vor Schreck scharf die Luft ein.

»Was hat sie sich da getan?«, flüsterte sie, gerade als Kumi neben sie und Mutter Elisabeth trat.

Mutter Elisabeth verjagte einige Fliegen, die ihr um den Kopf surrten. »Vor drei Wochen hat ein Mann eines anderen Stammes die Kinder angegriffen. Er wollte ihr das Unterbein abschneiden. Die Borana konnten ihn in die Flucht schlagen, aber die Machete hat das Mädchen schwer verletzt.« Sie blickte den Kindern nach, bis sie im Inneren der Mission verschwanden und sah dann zu Charlotte. »Es ist besser, wenn die beiden jetzt von hier fortgehen, Charlotte, glauben Sie mir. Gut für sie, und gut für uns. Ich brauche Frieden in meinem Camp, um es zu leiten. Diese Mädchen haben zu viel Unruhe hierhergebracht. Ich bin dem Pater sehr dankbar, dass er die Adoption in die Wege leiten konnte.«

»Wieso kann man einem Kind das Unterbein abschneiden wollen?«, fragte Charlotte entsetzt.

»Das ist noch so ein grässlicher Aberglaube. Den Albinos sollen angeblich abgehackte Körperteile einfach so nachwachsen, wie bei einer Eidechse der Schwanz«, warf Kumi ein und schnaubte durch die Nase. Aber Charlotte konnte sehen, dass sie ebenso erschrocken und abgestoßen wie sie selbst war.

»Und was hätte der Mann mit dem Unterbein angefangen?«, fragte Charlotte weiter.

»Das weiß ich auch nicht«, sagte Mutter Elisabeth brüsk und sah in die Ferne, wo die sich senkende Sonne gerade den Horizont in Brand steckte. »Ich habe noch viel zu tun, bevor Pater Matos Vieira hier zusammen mit den Adoptiveltern der Mädchen ankommt. Aber trinken Sie doch noch eine Tasse Tee mit mir. Dafür ist immer Zeit.«

23. Kapitel

Die Gotteskinder, ihre ruhige Würde und ihre Ausstrahlung hatten Charlotte tief berührt: Zu tief, um sofort Worte dafür zu finden, und auch zu tief, um sofort zu den Alltäglichkeiten ihrer Ankunft überzugehen und ihr Zelt aufzuschlagen. Sie konnte jetzt nicht schwatzend in einer Küche sitzen. Zudem wollte sie weder die Gastfreundlichkeit noch die Vorräte der Mission hier, so weit oben im Land, fern von jeder Zivilisation, überstrapazieren.

So schüttelte sie zuerst den Kopf, als sie ihre Kamera ausschaltete. »Nein danke, ich habe alles dabei, was wir brauchen.«

Mutter Elisabeth sah sie an und der Blick ging Charlotte direkt ins Herz. Die alte Frau wusste, was sie beim Anblick der Zwillinge empfunden hatte.

»Sie haben noch nicht einmal Ihr Zelt aufgebaut und werden in den kommenden Tagen noch genug davon sehen, glauben Sie mir. Nehmen Sie mein Angebot an, solange es steht, Charlotte. Wenn Pater Matos Vieira und die Fleissners hier sind, werden wir alle sehr viel zu tun haben.«

»Kennen Sie die Fleissners?«

»Max nicht, aber seinen Vater. Er kam manchmal mit

dem Pater hoch in die Mission. Er hat damals für die Projekte des Paters viel Geld gespendet. Früher. Bevor…«

»Bevor…was?«

»Ach, nichts. Kommen Sie.«

Ehe Charlotte Mutter Elisabeth weitere Fragen stellen konnte, stellte ein junger Mann ein kleines Transistorradio mit einer langen Antenne, die mehrmals mit Tesafilm geklebt worden war, in den Staub neben die Eingangsstufen und schaltete es ein. Wie auf ein geheimnisvolles Kommando hin füllte sich der Vorplatz mit Menschen.

»Was ist jetzt los?«, fragte Charlotte.

»Das ist unsere Radiostunde«, sagte Mutter Elisabeth.

»Wozu? Damit die Leute Nachrichten hören können?«

»Nein. Nachrichten haben sie genug am eigenen Leib erfahren und zu Nachrichten kann man nicht tanzen. Das Leben hier oben ist kurz und sie sollen tanzen, solange sie es können. Außerdem hat Musik für die Borana eine besondere Bedeutung. Der Stamm gibt all sein kulturelles Erbe in Gesang weiter.«

Ein Lied von den Simple Minds, *Don't you forget about me, don't, don't, don't…* schallte erst verzerrt, dann wieder klar und dann wieder verzerrt, aber immer in voller Lautstärke über den kleinen Vorplatz.

Der junge Mann wippte im Takt der Musik mit, klatschte in die Hände und Kinder, Männer, Frauen fingen zu der Musik zu tanzen an, wobei ihre verschlossenen, hageren und sorgenvollen Gesichter sich in etwas wie Freude auflösten, und selbst Kleinkinder, die gerade erst laufen gelernt hatten, hüpften zu dem Rhythmus, bis ein älteres Geschwisterkind sie packte, aufhob und mit ihnen barfuß durch den Staub stampfte. Charlottes Augen füllten sich mit Tränen, und Mutter Elisabeth musterte sie mit einem weicheren Ausdruck.

»Das ist nur der Wind«, erwiderte Charlotte hastig und wischte sich eine Träne weg.

»Natürlich. Der bläst hier oben scharf«, sagte die Nonne freundlich, als REM gerade *Losing my Religion* spielte, was aber niemanden hier in der Franziskaner-Mission zu stören schien.

Charlotte und Kumi folgten ihr in das kühle Innere des Hauses. Nach der Sonne, der Hitze und dem Wind auf dem Vorplatz der Mission war der Schatten des Hauses so wohltuend wie ein Sprung in einen kühlen Teich. Die Wände waren weiß gewaschen und der Linoleumboden sauber geschrubbt. Charlotte sah sich neugierig um: Im Gang hing neben einem Kruzifix ein Bild des Papstes sowie eines von Pater Matos Vieira. Durch eine offene Tür sah sie in den langgezogenen Hauptraum, an dessen Wand eine naiv gemalte Szene von Franz von Assisi inmitten der wilden Tiere zu sehen war. Eine junge Schwester deckte gerade einen langen Holztisch mit Blechtellern und einfachen Gläsern und grüßte Charlotte mit einem scheuen Nicken, als diese weiterging, um ein Eck bog und wie angewurzelt stehen blieb, so dass Kumi gegen sie prallte: Die Gotteskinder standen vor ihr im kühlen Dämmer des Ganges.

Das Licht, das durch das Fenster über ihnen in den Gang fiel, brachte die Staubkörner zum Tanzen, setzte ihr weißblondes Haar in Flammen und ließ beide wie Statuen aussehen. Sie hatten ihre langen T-Shirts ausgezogen und an ihren Körpern trat jede Rippe einzeln hervor: Ihre knochigen Knie stachen beinahe durch die zarte, helle Haut, die über und über mit Schrammen, kleinen Wunden und blauen Flecken übersät war. Die Mädchen sahen Charlotte ruhig aus ihren lichten Augen an, und der Blick der Kinder bannte sie und knüpfte ein Band zwischen ihnen, das sie hilflos machte und gleichzeitig fesselte.

»Kommt jetzt, Mädchen«, sagte eine junge Nonne, die gerade aus dem Zimmer trat, das vom Gang abging. Auch ihr Haar war nach der Art der Boranafrauen geflochten und sie strich den Kindern kurz und zärtlich über die langen, offenen Locken. »Euer Bad ist fertig.«

Das Kind mit der Wunde am Bein folgte der Aufforderung sofort, ihre Schwester aber blieb stehen und sah Charlotte mit einem ernsthaften, stechenden Blick an, der sie schwindelig machte. *Was willst du von mir? Was kann ich für dich tun?*, wollte sie fragen, doch ihre Stimme versagte und das Kind verstand sie vielleicht auch so. Mit einem Mal hoben sich ihre Mundwinkel unerwartet, und sie lächelte. Charlotte atmete scharf ein, so unverhofft und zum ersten Mal an dem Nachmittag kam dieses Lächeln auf das Kindergesicht, verwandelte es vollkommen und brachte es wie eine kleine Sonne zum Strahlen, als wollte das Mädchen zu ihr sagen: *Ich weiß, weshalb du hier bist. Ich weiß alles.*

War das Kind eine Erscheinung oder stand es wirklich da im Gang? Charlotte fasste sich und streckte die Hand nach ihr aus, gerade als die Jungschwester noch einmal ihren Kopf aus der Tür steckte und sie in die Wirklichkeit zurückholte. »Komm jetzt, das Wasser wird kalt«, mahnte sie.

Das Mädchen nickte Charlotte kurz zu und folgte der Schwester in das Zimmer, in dem es gebadet wurde.

Charlotte fasste sich an den Kopf. Ihre Stirn war schweißnass. Hatte sie Fieber? Sie fühlte sich, als ob sie eine Krankheit ausbrütete.

Shiny, happy people, dröhnte es vom Vorplatz in die Mission, und Mutter Elisabeth rief aus der kleinen Küche: »Kommen Sie? Der Tee ist fertig.«

Charlotte war nun doch froh, sich einfach in der Küche niederzulassen. Mutter Elisabeth schöpfte eine Kelle heißes Wasser aus einem Topf ab, goss es auf eine Handvoll Teeblätter auf und fügte – ohne zu fragen – Milch und Zucker hinzu.

Charlotte trank einen Schluck und verbrannte sich die Lippen, aber das heiße, süße Getränk rann wohltuend durch ihre Kehle, die nach der langen Reise und den Ereignissen des Tages erschöpft waren. Mutter Elisabeth schloss kurz die Augen vor Genuss, als sie selbst trank.

»Hm, gut. Das ist meine kleine Sünde jeden Tag. Eine kurze Pause noch, bevor ich mich wirklich um die Ankunft von Pater Matos Vieira kümmern muss. Er war seit beinahe einem Jahr nicht mehr hier, aber er lässt sich von mir genau über alle Geschehnisse im Lager auf dem Laufenden halten.«

»Wie lange sind die Mädchen schon hier im Camp?«, fragte Charlotte, während sie ihren Tee blies.

»Nicht lange. Gerade mal vier, fünf Wochen.«

Vier, fünf Wochen: Also nur kurz bevor *PUR* seinen Plan verkündet hatte, sich in Nairobi niederzulassen, rechnete Charlotte im Stillen nach, als ein Junge die Küche betrat, der eine an den Hufen gefesselte junge Ziege in den Armen hielt.

»Bring sie hinters Haus an die Schlachtstelle, nicht hier, Dummkopf«, schalt ihn die junge Schwester, die gerade

Maisbrei auf dem Feuer zu einer sämigen Paste rührte. Mutter Elisabeth lächelte entschuldigend. »Wir haben ein Zicklein für Pater Matos Vieiras Festessen auftreiben können. Leider hatten wir keine Zeit mehr, es in Milch einzulegen. Das essen wir in Portugal gerne.«

»Kommen Sie auch aus Portugal?«, fragte Charlotte, als sie wie Mutter Elisabeth einen Keks in den Tee tauchte und ihn dann aß.

»Ja. Pater Matos Vieira hat mich vor vielen Jahren nach Kenia geholt. Er hat meinem Leben einen Sinn gegeben.«

»Und waren Sie immer hier oben in der Wüste?«, fragte Charlotte weiter.

»Nein. Ich habe ihm zuerst in der Mission am Victoriasee geholfen. Der Pater lebte dort über fünf Jahre lang, aber ich war froh, als ich schnell von dort wegkonnte. Er hat mich erst in zwei andere Häuser geschickt, ehe er mir die Leitung der Mission hier anbot.«

»Weshalb waren Sie froh, vom Victoriasee wegzukommen?«

Mutter Elisabeth setzte ihren Tee ab, stand auf und strich den fertigen Maisbrei auf einem Blech breit. »So, nun ist das fast eine Polenta«, sagte sie, ehe sie aufsah. »Hm? Weshalb ich es dort nicht mochte?«

Charlotte nickte.

»Weil es eine gottlose Gegend ist, deshalb. Ich weiß nicht, wie Pater Matos Vieira es so lange dort ausgehalten hat. Er ist eben ein besonderer Mann, den Gott mit mehr Glauben als die meisten Menschen gesegnet hat. Zwei Mal wollte auch er vom See weg, als es am schlimmsten dort war, das weiß ich. Aber beide Male ist er schließlich geblieben. Manchmal warte ich auf den Tag, an dem auch er verzweifelt.« Sie bekreuzigte sich. »Möge er fern sein, denn wenn er kommt, dann leiden wir alle hier.«

Der gellende Todesschrei eines Tieres drang aus dem Hof ins Innere der Küche. Mutter Elisabeth sagte: »Ah, das war das Zicklein. Vielleicht haben wir doch noch Zeit, es in Milch einzulegen.«

24. Kapitel

Als Kumi und Charlotte nach draußen traten, hatte die Sonne ihre stechende Kraft verloren: Das Licht ermattete, wurde träge und dickflüssig und tropfte in die Landschaft, in die Häuser und in jeden Gegenstand, der warm von innen heraus zu leuchten schien. Der Himmel brannte, die Moyalefelsen am Horizont färbten sich kupfern und die Radiostunde am Vorplatz der Mission ging zu Ende – Rod Stewart sang *I am Sailing* und die letzten Tänzer kehrten zu ihren Zelten zurück. Eine Glocke läutete friedlich, als plötzlich ein paar Kinder wieder aufgeregt heransprangen, sich gegenseitig anstießen und in Richtung der Sandpiste zeigten.

Charlotte legte sich die flache Hand über die Augen, als sich am Horizont drei rote Staubwolken abzeichneten, sie Motorenlärm hörte und sie in den näher kommenden Wagen die beiden dunklen Range Rover der Fleissners und Paris' staubfarbenen Landrover erkannte.

»Da kommen sie«, sagte Charlotte und bekam trotz der Abendsonne eine Gänsehaut. Die Fleissners, *Tembo* und Paris Strongitharm. Nun ging es wirklich los. Sie kaute kurz auf ihrer Unterlippe und sagte dann: »Lass uns unser Zelt aufbauen und uns dann fertig machen, Kumi, solange wir noch Tageslicht haben.«

»Fertig machen, wofür denn?«, fragte Kumi überrascht.

»Na, für das Abendessen.«

»Hat Mutter Elisabeth uns denn eingeladen?«

Charlotte zuckte die Achseln. »Nein, nicht direkt. Aber am Tische des Herrn sollte für alle Platz sein, auch für kleine Schwestern und beharrliche Journalistinnen, meinst du nicht?«

Kumi runzelte die Stirn und sah Charlotte zum ersten Mal seit ihrem Kennenlernen mit Missfallen an. »Glaubst du etwa nicht an Gott?«

»Das ist eine Gretchenfrage!«

Kumi zuckte mit den Achseln. »Ich kenne dein Gretchen nicht, aber sie stellt gute Fragen.«

Charlotte und Kumi schlugen ihr Zelt im Schatten eines Dornbuschs und unweit eines mannshohen roten und von seinem Stamm verlassenen Termitenstocks auf. Als Charlotte das Zelt aus seiner naturfarbenen Rolle zog, leuchtete es in allen Farben des Regenbogens und Kumi musste bei dem Anblick so lachen, dass sie in die Knie ging und sich den Bauch hielt. Charlotte lachte mit, und in dem gemeinsamen Lachen löste sich all die Anspannung, die sich in den vergangenen Stunden seit ihrer Ankunft in ihnen beiden aufgebaut hatte.

»Kein Wunder, dass der Verkäufer es mir zur Hälfte gegeben hat. Und ich habe gedacht, mein Lächeln hätte ihn bezaubert. Sei es drum, so finden wir immer unseren Weg in unseren Schlafsack«, sagte Charlotte trocken.

Sie schlug die Heringe mit einem Stein in die harte Erde, rollte kniend ihren Schlafsack aus und sah im Liegen gegen die Zeltdecke, als sie über ihre zweite, überraschende

Begegnung am Nachmittag mit den Gotteskindern nachdachte. Der Blick des Kindes hatte die Gesetze von Zeit und Raum aufgehoben: Es hatte nur sie und das Mädchen auf der Welt gegeben, als es ihr ein wortloses Versprechen abgenommen hatte. Ein Versprechen, zu helfen, ohne jeder Angst oder jedem Zögern eine Chance zu lassen. Charlottes Herz schlug schneller, als sie diese Gedanken dachte, doch die Erinnerung an ihr stummes Zwiegespräch mit dem Gotteskind gab ihr Mut und sie beruhigte sich. Was immer hier oben geschah, sie würde nicht zulassen, dass den Kindern etwas zuleide getan wurde, ganz egal, wie viel Ärger sie sich einhandelte. Für dich, Lulu, dachte sie, als sie kurz die Augen schloss. Dann setzte sie sich auf und strich sich kurz die Haare aus dem Gesicht.

»Bist du fertig? Dann lass uns gehen, Kumi.«

In den kleinen Fenstern der Mission brannte Licht, als sie in der Dunkelheit den kurzen Weg von ihrem Zelt bis zum Haus gingen. Es versprach Zuneigung und Gemeinsamkeit und zog Charlotte mit Macht an, als sei sie eine Motte, die in der Nacht auf ein Gaslicht zuflog. Die Luft war noch immer warm und aus allen Büschen hörte man lautes Zirpen. Charlotte holte tief Luft, als sie die Tür zur Mission aufstieß. Nun gab es kein Zurück mehr.

»Auf in den Kampf, Kumi«, sagte sie und ballte ihre Fäuste, um das Zittern ihrer Hände zu unterdrücken. Sie hatte ihre Tasche und die Kamera nicht mitgenommen, da sie den Fleissners und *Tembo* sicher aufgefallen wäre. So schärfte sie nur alle fünf Sinne, die neben Fakten bei Recherchen für sie noch immer die besten Berichterstatter waren. Die wichtigsten Informationen blieben in vielen

Fällen ungesagt. Als sie die Tür aufstießen, flackerte über ihren Köpfen ein Neonlicht unentschieden an und aus und es roch köstlich nach dem gebratenen Zicklein und Charlotte merkte plötzlich, wie hungrig sie war. Außer dem Müsli mit Milchpulver und etwas Wasser am Morgen und dem Keks zur Teezeit hatte sie an dem Tag noch nichts gegessen.

Die Tür zum Hauptraum war angelehnt und stand nicht einladend offen wie zuvor, doch Stimmen und Gelächter schlugen ihnen entgegen, so dass Charlotte sie ganz aufstieß. An der Decke drehte sich müde ein Ventilator, Kerzen brannten auf dem langen Tisch und das kleine Radio dudelte im Eck unter dem naiven Gemälde von Franz von Assisi, ohne aber gegen die Unterhaltung, die im Gange war, anzukommen.

Max Fleissner sah Charlotte als Erstes und stockte mitten in seinem Satz, so dass Lisa sich ebenfalls umdrehte und die Stirn runzelte. Aber ehe jemand etwas sagen konnte, kam schon Pater Matos Vieira auf sie zu, und alle entspannten sich etwas ob seiner Geste.

»Ah, Charlotte. Wir haben uns gestern am *View Point Rift Valley* nicht einmal guten Tag sagen können, so überraschend war unser Treffen für alle. Schön, Sie wiederzusehen. Wie war die Fahrt hier hoch? Möchten Sie etwas trinken?«

Er drückte Charlottes Hand fest und freundlich und zog sie näher an die Fleissners heran. Lisa zögerte kurz, aber schenkte Charlotte dann ein kleines Lächeln, was sie erwiderte. *Tembo* war von seinem Stuhl im Eck aufgestanden und stellte sein Glas, in das zwei Fingerbreit Whisky gefüllt war, laut auf den Tisch, aber Pater Matos sagte sanft zu ihm: »Biete doch Miss Frank etwas zum Trinken an, ja?«

Charlotte sah *Tembo* geradewegs in die Augen, als er sie mit einem kurzen, mürrischen Nicken begrüßte. Als sie neben ihn an einen Beistelltisch trat, auf dem ihre Flasche Whisky neben einer Blechschale mit Eiswürfeln stand, sagte er leise und rau:

»Wie ich sehe, haben Sie meinen Rat nicht befolgt.«

»Welchen Rat?«, fragte Charlotte spielerisch und hielt ihm ein leeres Glas hin.

»Den ich Ihnen in Kibera gegeben habe.«

Hau ab. Sonst bist du als Nächstes dran.

»Nein, in der Tat«, sagte sie kühl. »Ich lasse mich nicht einschüchtern.«

»Wer sagt, dass ich Sie einschüchtern will?«

»Das scheint Ihr Beruf zu sein. Weshalb sollten Sie bei mir eine Ausnahme machen?«

In diesem Augenblick trat der Pater zu ihnen und *Tembo* sagte lauter: »Nehmen Sie Wasser? Das entlockt dem Whisky neue Aromen. Sie haben Mutter Elisabeth einen guten Tropfen mitgebracht.«

»Auch ich ziehe schottischen Whisky dem Bourbon vor. Nennen Sie es Sehnsucht nach Europa«, sagte der Pater und führte Charlotte mit sich, ehe er wieder zu Lisa und Max trat. Als Charlotte den Augenblick nutzte und sich kurz umdrehte, musterte *Tembo* sie mit einem unergründlichen Blick, der nicht zu dem Eindruck passte, den sie von ihm hatte. Sie versuchte sich an alles zu erinnern, was sie über ihn gehört hatte. Was hatte Shirish gesagt? Doch ehe sie sich richtig an seine Worte erinnert hatte, klatschte Mutter Elisabeth schon in die Hände.

»Jetzt wo Charlotte und Kumi auch da sind, können wir anfangen. Was für ein Fest. Ich weiß gar nicht, wann wir das letzte Mal so viele Gäste hier hatten. Wie schön, Sie alle zu sehen«, sagte sie und strahlte Pater Matos Vieira an, der gerade seinen Arm unter Lisas schob. »Es ist so ein freudiger Anlass für uns alle, und es gibt viel zu besprechen«, sagte die Nonne weiter.

Charlotte stand nun neben Kumi, die nur Wasser trank und sah sich unter gesenkten Augenlidern um. Wo war Paris?, wunderte sie sich, gerade als er den Raum betrat: Er trug lange, saubere Chinos und ein kariertes Hemd und trotz der Hitze des Tages, der langen Fahrt hoch in den Norden und dem Wassermangel im Camp sah er frisch aus. Nur sein Dreitagebart verriet, dass er die letzten Tage fernab der Zivilisation verbracht hatte. Er begrüßte die Fleissners und schenkte sich dann selber einen Aperitif ein, ehe er zu Charlotte blickte und grüßend sein Glas hob. Sie erwiderte seinen Gruß und war froh, sich an ihrem Glas festhalten zu können, denn ihr letztes, konfliktreiches Treffen am *View Point Rift Valley* hatte sie mehr beschäftigt, als sie es zugeben mochte. Sie hatte nicht mit ihm streiten wollen, doch vieles an ihm machte sie zornig, ebenso wie vieles andere in seinem Wesen sie anzog. Sie erinnerte sich an das Wochenende, das sie beide auf der Farm der Fleissners verbracht hatten und die Nachtstunden, die sie in seinem Wagen auf den Morgen wartend miteinander verbracht hatten. Sie erinnerte sich an das unglaubliche, wundervolle Gefühl der Erleichterung, als sie ihm von Lulu und dem schlimmen Tag damals erzählt und er sein Geheimnis mit ihr geteilt hatte. Die Nähe dieser Augenblicke blieb für immer mit ihnen, begriff sie, über was sie sich auch sonst uneinig waren. Paris wartete gerade noch kurz neben dem Beistelltisch, doch Charlotte wandte sich zu Kumi, um sich mit ihr zu unterhalten, als er zu ihr trat.

»Hallo Charlotte. Hallo Kumi. Ihr seid gut angekommen, wie ich sehe«, sagte er freundlich. »Ich habe leider meine Friedenspfeife in Nairobi vergessen, aber vielleicht tut es ein echtes Anstoßen auch. Es tut mir leid, dass wir uns so gestritten haben«, sagte er etwas leiser und sein Blick senkte sich in den Charlottes.

Charlotte lächelte ihn dankbar an. Diese Gelassenheit, eine angespannte Situation zu überspielen und die Größe, einen Fehler einzugestehen, ließen ihr Paris noch näher werden und sie stieß gerne mit ihm an. »Prost. Auf einen schönen Abend. Auch wenn ich sonst Beruf und Vergnügen nicht mische«, lachte sie.

Er stieß mit ihr an und wandte sich dann an Kumi: »Wo ist Nane? Ich habe ihn seit Nanyuki, wo er aus unserem Auto ausgestiegen ist, nicht gesehen.«

»Ich weiß es auch nicht«, sagte Kumi. »In Nanyuki ist er ausgestiegen? Was will er denn dort? Hoffentlich ist ihm nichts passiert.« Eine kleine Falte bildete sich zwischen ihren Augenbrauen.

»Vielleicht weiß sein Freund und Arbeitgeber ja Bescheid«, sagte Charlotte. »Wir können ihn fragen.«

»Wasser genügt nicht, um mir für diese Frage Mut anzutrinken«, sagte Kumi.

»Ich kann es nachher tun«, sagte Charlotte.

»Oder ich«, schlug Paris vor und Charlotte nickte. »Noch besser«, antwortete sie friedfertig.

Im selben Moment betrat eine Jungschwester den Raum.

Sie balancierte ein großes Holzbrett, auf dem das ganze Milchzicklein in der Mitte eines Gemüsebettes lag.

Mutter Elisabeth kippte mit Schwung ihren Whisky, stellte das Glas ab und klatschte in die Hände. »Zu Tisch! Zu Tisch!« Ihre Wangen waren rosig und ihre Augen glänzten, als sie sagte: »Pater Matos Vieira, Sie sitzen am Kopf der Tafel, neben mir. Und Max, Sie kommen bitte auf meine andere Seite.«

Paris Strongitharm fasste Charlotte am nackten Ellenbogen. Seine Hand war kühl und trocken, und die Berührung ließ ihr Herz hastiger klopfen, als es ihr lieb war. Sie tat rasch einen Schritt zur Seite, um etwas Abstand zwischen sich und ihn zu bringen, doch er folgte ihr unverzüglich und als sie ihn ansah, bemerkte sie wieder das Schillern in seinen grünen Augen, das ihr so bekannt vorkam und das ihr das Blut schneller durch ihre Adern fließen ließ.

»Charlotte, erweise mir die Ehre und sei meine Tischdame.«

»Gerne«, sagte Charlotte. Sie spürte wieder dieses aufregende Kribbeln.

»Eine gute Wahl, denn du willst ja wohl kaum neben dem Elefanten dort sitzen, oder?«, fragte Paris und warf einen kurzen Blick hin zu *Tembo*, der gerade ein zweites Glas Whisky in einem Zug leerte.

Ehe sie widersprechen konnte, drückte er sie auf die Bank an Max Fleissners andere Seite. Über dem Tisch drehte sich ein altersschwacher Ventilator, dessen leichte Brise Charlotte dennoch guttat. Kumi setzte sich ebenfalls neben Paris, Lisa und Tembo gegenüber, als der Pater vor Freude in die Hände klatschte und genussvoll den Duft des Fleisches einsog.

»Milchzicklein! Hm, das riecht nach Heimat. Ich weiß gar nicht, wie lang ich das schon nicht mehr gegessen habe. Soll ich tranchieren?«, fragte er und griff zu dem langen Messer, das vor ihm auf dem Tisch lag, aber Mutter Elisabeth fasste seine Hand.

»Ja, aber erst sprechen Sie doch das Tischgebet, Pater, oder?«

»Natürlich, natürlich. Verzeihung. Milchzicklein lässt mich alles vergessen, sogar die Grundsätze meines Glaubens«, sagte der Pater schnell und alle außer Lisa lachten. Ihr Gesicht blieb blass und sie beobachtete den Pater bei jeder seiner Bewegungen, als er die für seine kleine, runde Statur erstaunlich schmalen und langfingrigen Hände faltete und die Augen schloss, ehe er auf Portugiesisch einige Sätze murmelte, sich bekreuzigte und dann wieder zum Messer griff.

»Jetzt?«, fragte er lachend, und Mutter Elisabeth nickte.

»Jetzt.«

Als der Pater das geschmorte Zicklein mit raschen, scharfen Schnitten gekonnt so aufschnitt, dass das weiche Fleisch in Sekunden von den Knochen fiel, verstand Charlotte, weshalb die Nonne gerne mit ihm in der Mission am Victoriasee zusammengearbeitet hatte, auch wenn sie letzthin keine gute Erinnerung an die Zeit dort behielt. Der Pater war kein Mann, der auf seine Autorität pochen musste, sondern fühlte sich in seiner Haut wohl und in seinem Glauben sicher. Das machte seine Gesellschaft so angenehm.

»Wein?«, fragte Paris, und Charlotte zuckte zusammen, so sehr war sie in Pater Matos Worte und den Anblick seiner beinahe anmutigen Bewegungen beim Tranchieren gefangen gewesen.

»Wie bitte?«

»Möchtest du Wein? Sag besser ja, denn das ist hier oben eine so rare Köstlichkeit. Ihn abzulehnen wäre eine Beleidigung. Wir haben ihn aus Nairobi mitgebracht.«

»Ja, gerne.« Charlotte hob ihr Glas und flüsterte dann: »Das alles hier kommt mir vor wie ein Theaterstück.«

»Die Welt ist eine Bühne, Charlotte, auf der wir alle eine Rolle zu spielen haben.«

»Shakespeare.«

»Oder Paris Strongitharm. Sei nicht so streng heute Abend und gönn mir den Spruch.«

»Okay. Gut gesagt, Paris«, lächelte sie und hob ebenfalls ihr Glas, als er ihr wieder zuprostete.

»Kratzbürste«, murmelte er und dann richteten beide ihre Aufmerksamkeit auf den Tisch und das Gespräch, das sich entwickelte.

»Wie war die Reise, Pater Matos Vieira?«, fragte Mutter Elisabeth. »Ich habe gehört, dass die Strecke über Wamba immer gefährlicher wird.«

Charlotte sah kurz zu *Tembo,* der sich mit konzentriertem Gesichtsausdruck seinen Teller randvoll füllte. Nur ein von allen guten Geistern verlassener Bandit würde diesen speziellen Konvoi angreifen, dachte sie beim Anblick seiner großen Hände.

»Staubig«, antwortete der Pater. »Ich hatte vergessen, wie lang es dauert, bis man hier ist und am Ende dauert jede Stunde noch einmal doppelt so lang. Dies ist wirklich eine abgelegene Ecke der Welt.«

»Sie haben selbst diesen Ort für das Lager und die Mission gewählt«, erinnerte Mutter Elisabeth ihn, und Charlotte bemerkte, wie *Tembo* mit Interesse auf Pater Matos

Vieiras Antwort wartete. Seine Augen leuchteten im matten Kerzenlicht. Ein Schauer lief ihr über den Rücken und es war Paris, der Mutter Elisabeth Charlottes Teller hinhielt, damit die etwas von dem Zicklein, der Polenta und dem grünen Gemüse daraufgab.

»Das habe ich«, gab der Pater zu und trank einen Schluck. »Und ich würde es jederzeit wieder tun. Der Tag, an dem die Regierung meiner Bitte damals nachgegeben hat, das Land hier nahe den Moyalebergen für die Mission freizugeben, war einer meiner schönsten in Kenia überhaupt. Dies hier ist alte afrikanische Erde, so voll Erinnerung und Erbe, dass wir es teilweise gar nicht erfassen können, auch wenn das Christentum schon früh angefangen hat, hier eine Rolle zu spielen. Aber die Stämme wie die Borana oder die Turkana haben schon bald keine Hoffnung auf ein Überleben mehr, wenn die Dürre anhält, und sie wird anhalten, so entsetzlich das ist. Ihre althergebrachten Sitten und ihre Welt verschwinden unwiederbringlich. Wir können unsere Sünden an dieser Welt nicht ungeschehen machen, aber wir können helfen, wo es möglich ist, und ohne uns gäbe es vielleicht schon bald keine Borana und keine Turkana mehr. Sie stehen dem Christentum nicht immer offen gegenüber, aber wir müssen geduldig sein.«

»Mir fehlt manchmal die Kraft für diese Geduld«, gab Mutter Elisabeth zu.

»Das verstehe ich. Um das Leben hier oben durchzustehen, muss man im geistigen Krieg geschult sein. Der Kampf um Seelen wird mit dem Kopf gewonnen. Aber dazu müssen wir hier sein. Wie sagen die Briten? Sei deinen Freunden nahe, und deinen Feinden noch näher.«

Mutter Elisabeth tat einen tiefen Zug aus ihrem Weinglas, das *Tembo* ihr augenblicklich wieder auffüllte. Ihre Wangen röteten sich noch mehr, als sie dem Pater zuhörte und auch Charlotte konnte nicht anders, als von seinen Worten berührt zu sein. Alte, afrikanische Erde voll Erbe und Erinnerung.

»Was meinen Sie mit alter afrikanischer Erde, auf der das Christentum schon früh eine Rolle gespielt hat? Ist das nicht ein Widerspruch?«, fragte sie den Gottesmann.

»Nein, das ist es nicht. Denken Sie an den ehemaligen Kaiser von Äthiopien, der nach seinen eigenen Aussagen wie Josef selbst aus dem Hause Davids stammt. Dem Rastafariglauben zufolge war Haile Selassie eine menschliche Verkörperung Gottes auf Erden.«

Mutter Elisabeth bekreuzigte sich rasch und ließ sich dann von Max Fleissner ihr Glas wieder nachfüllen.

»Und die Höhlen in den Moyalebergen gehören zu den ersten Kirchen des Christentums überhaupt, nicht wahr?«, fragte Paris, und der Pater nickte.

»Allerdings. Sie sind ein Wunderwerk, ein Zeugnis menschlicher Erfindungskraft und Überlebenwillens. Die ersten christlichen Gläubigen wurden von den anderen Religionen verdammt und gejagt wie die Tiere. Oft haben sie sich auf Jahre dort in den Höhlen, tief im Inneren des Berges, versteckt. Ich kann mir nicht vorstellen, wie ihnen das gelungen ist.«

»Ich auch nicht«, sagte Mutter Elisabeth. »Ich selbst habe die Höhlen nur einmal besucht und schon die kurze Begehung hat mir die Haare zu Berge stehen lassen. Mein Führer hatte eine Fackel, aber um uns herum herrschte vollkommene Dunkelheit und wir mussten die Flamme ständig im Auge behalten, um zu sehen, dass noch genug Sauerstoff für uns im Berg war. Es ist erstaunlich, welche Kraft der Glaube den Menschen gibt. Aber auch wenn ich die Höhlen gruselig fand, haben sie mich in meinem Lebenswerk bestärkt.« Mutter Elisabeth wandte sich an den Pater. »Ist es nicht wunderbar, dass wir Missionare auf so etwas aufbauen konnten?«

Der bewegte bedächtig den Kopf und nippte von seinem Glas, das noch immer so gut wie voll war. »Ich bin mir nicht immer sicher und wenn ich beichte, dann bitte ich um Verzeihung für meine Zweifel«, sagte er leise, so dass Charlotte ihn fragte:

»Zweifel? Woran?« Es war das erste Mal seit ihrem zweiten Besuch in Kibera, dass sie sich näher mit dem Pater unterhalten konnte, und sie genoss es. Nach ihren ersten Eindrücken in Kenia war der Pater, sein Geist und seine Feinfühligkeit wie ein Quell Wasser in einer Wüste. Er überlegte kurz, ehe er ihr antwortete:

»Zweifel. Ganz einfach Zweifel. Zweifel an der weißen Überheblichkeit, andere von unserem Glauben zu überzeugen und sie auf unseren Weg bringen zu wollen. Diese Sturheit, dass nur unser Weg der richtige ist.«

»Aber ist das nicht die Definition von Glauben? Wie kann man ohne diese Überzeugung sonst sogar mit seinem Leben für etwas einstehen?«, fragte Charlotte. Sie genoss das Gespräch mit dem Pater und bemerkte, dass es rund um den Tisch stumm geworden war und die anderen Gäste ihnen zuhörten. Lisa öffnete den Mund, als wollte sie etwas sagen, doch der Pater antwortete Charlotte bereits.

»Sicher. Aber wenn wir nur von uns Christen reden,

dann haben wir vielleicht dennoch an vielem Schuld, ohne es überhaupt zu ahnen.«

»Eine weiße Schuld? Daran glaube ich nicht und davon habe ich auch zu viel gehört, um noch daran zu glauben. Ich finde es faszinierend, welche Kraft der Glaube den Menschen gab und vor allen Dingen heute noch gibt«, sagte Lisa, die ihr Essen noch nicht angerührt hatte. »Warst du schon in den Moyalehöhlen, Charlotte? Ich möchte sie mir gerne ansehen. Diese Orte helfen mir, geduldig zu sein mit allem, was in meinem Leben ungelöst ist. Vielleicht willst du mit mir kommen?«

Das Angebot überraschte Charlotte. Hatte Lisa ihr denn so schnell ihre Anwesenheit hier verziehen, die sie nach ihrem sehr privaten Gespräch im *Carnivore* als Betrug auslegen musste?

»Nein danke. Ich bin wirklich kein Angsthase. Aber dunkle, verschlungene Höhlenlabyrinthe, in denen noch möglicherweise Fledermäuse hausen, sind nichts für mich«, entschied sie, worauf Paris sich an seinem Essen verschluckte und husten musste.

»Ein Angsthase, Sie? Das ist mir neu«, warf Tembo ein. »Nach Ihren Reportagen, die ich mir angesehen habe…« Er unterbrach sich mitten im Satz und nun verschluckte sich auch Charlotte fast vor Überraschung.

»Sie haben sich meine Reportagen angesehen?«

»Natürlich. Wissen ist Macht«, sagte *Tembo* ruhig und lächelte Charlotte an, die seinem Blick nicht auswich, als sie sagte: »Wer weiß, vielleicht mache ich meine nächste Reportage über Schwarze Mambas in Nairobi. Angeblich ist dies der einzige Ort der Welt, wo die Schlangen es in über 1800 Meter Höhe aushalten.«

»Ach ja? Das klingt nach einem interessanten Thema.« *Tembo* aß nun, ruhig weiter, so dass Charlotte sagte:

»Es kann sein, dass ich in meiner Arbeit einiges aufs Spiel setze, aber jeder hat seine persönliche Vorstellung von der Hölle und für mich trifft diese so ziemlich exakt auf die Beschreibung der Moyaleberge zu. Ich mag weder Dunkelheit noch Enge noch Mangel an Sauerstoff. Sorry, Lisa, aber ich glaube, ich muss passen.«

»Ich denke, wir hätten gar keinen Platz mehr für Miss Frank in unserem Auto«, sagte Max kurz angebunden und legte dann seine Hand auf die Schulter seiner Frau. »Du hast noch nichts gegessen. Du brauchst Kraft, Liebling, immerhin siehst du bald die Kinder.«

Lisa fuhr herum. »Wo sind sie? Sind sie schon hier?«

»Iss dein Fleisch.«

»Nein. Und du weißt doch auch weshalb.«

»Bist du Vegetarierin, Lisa?«, fragte Charlotte sie freundlich, denn Lisa setzten der Abend und die bevorstehende Begegnung mit den Mädchen offensichtlich so zu, dass Charlotte Mitleid für sie empfand.

»Nein, aber ich faste, bis ich meine Töchter habe.«

»Ich habe die Kinder heute schon gesehen, sie sind wunderschön und…« Charlotte suchte erst nach Worten, um ihren Eindruck von den Mädchen zu beschreiben, aber schwieg dann. Zu den Gotteskindern musste sich jeder seine eigene Meinung bilden, aber *Tembo* sah Charlotte so ernst und gespannt an, dass sie verwirrt die Gabel sinken ließ.

»Wirklich?« Lisa setzte sich gerade auf. »Wo hast du sie gesehen und wann? Wie sehen sie aus? Gesund? Glücklich? Sind sie unversehrt?«

Ehe Charlotte antworten konnte, schaltete sich Max Fleissner ein. »Sie werden gleich kommen, Liebling. Evangeline ist gerade noch bei ihnen.«

Lisa wollte aufstehen, doch Max fasste sie am Handgelenk und zog sie bestimmt wieder auf die Bank. »Setz dich, Liebes.«

»Weshalb ist Evangeline bei ihnen und nicht ich? Ich habe so lange darauf gewartet, sie zu sehen und jetzt soll ich hier noch länger sitzen…?« Lisa biss sich auf die Lippen und ihre Augen füllten sich mit Tränen.

»Du bist zu emotional. Du brauchst Zeit, dich auf die Kinder vorzubereiten…« Max ließ Lisa nicht aus den Augen und Charlotte versuchte seinen Gesichtsausdruck zu deuten. Genoss er ihre Anspannung, ihr Warten, ihr Leiden? Charlotte lief ein kalter Schauer über den Rücken.

»In der letzten Woche hatte ich genug Zeit, um mich vorzubereiten, danke. Du hast mir versprochen, dass, wenn ich mit dir nach Kenia komme…«, begann Lisa, doch Max Fleissner ließ sich nicht beirren. »Lisa, bitte. Vergiss nicht, dass Evangeline ebenfalls eine Borana ist. Sie versteht die besondere Lage, in der die Kinder sich befinden, besser als wir.«

Er warf Pater Matos Vieira einen kurzen Blick zu und der kam ihm zu Hilfe.

»Max hat recht, Lisa. Was für ein großer Augenblick«, sagte der Priester. »Und alles nur mithilfe des Herren, der die glückliche Vorhersehung so gefügt hat, dass ich die Kinder für euch finden und wir die Mädchen so schnell und leicht adoptieren konnten.«

Charlotte konnte Lisa ihre Aufregung noch immer deutlich ansehen, als Max sagte:

»Das haben wir nur Ihnen zu verdanken, Pater. Sie kennen nach all der Zeit einfach überall den richtigen Mann am richtigen Platz.«

»Na, der Name Fleissner hat sein Übriges getan und auch *Tembo* hat geholfen.«

»Jetzt hört doch auf mit dem verdammten Süßholzraspeln, ich kann es nicht mehr hören. Wo sind die Mädchen? Wann kommen sie?«, unterbrach Lisa die Männer und Max warf seiner Frau nun einen besorgten Blick zu.

»Sie werden gleich kommen.«

»Wann?«

»Jetzt«, sagte Pater Matos Vieira entschlossen, und Charlotte war ihm dankbar dafür, als es kurz an die Tür klopfte und er aufstand. Lisa Fleissner sprang auf und alles Blut wich aus ihrem Gesicht, als sie zur Tür sah.

»Mach auf, Max«, flüsterte sie. »Mach doch auf.«

Mutter Elisabeth stand auf. »Keine Sorge, mein Kind. Die Mädchen sind jetzt hier in Sicherheit. Nun kann ihnen nichts mehr geschehen.«

»Geschehen, was soll ihnen denn geschehen?«, fragte Lisa, doch Mutter Elisabeth öffnete schon die Tür zum Gang, wo die Mädchen standen. Die Dunkelheit hinter ihnen rahmte ihre schmalen Körper ein, und beide trugen ausgewaschene blaue Baumwollkleider, die ihnen unter den Achseln zu eng und am Saum zerschlissen waren, doch ihre Haare waren glänzend gebürstet worden und ihre Haut leuchtete rein und weiß.

Lisa unterdrückte ein Schluchzen, doch die Kinder sahen sie gelassen an, als Mutter Elisabeth sie an den Händen fasste.

»Kommt, Kinder. Dies sind eure neuen Eltern. Mr und

Mrs Fleissner, das hier sind Anza –« Sie zeigte auf das Kind mit der Wunde am Bein – »und Vida.«

»Wer hat ihnen die Namen gegeben?«, fragte Max stirnrunzelnd, der nun ebenfalls aufstand. Lisa dagegen rührte sich nicht von der Stelle, als Evangeline die Kinder sanft vorwärts schob. Ihre roten Fingernägel, das sorgsam geflochtene Haar und ihre glänzend polierten Schuhe stachen dabei grell von der schlichten Würde der Kinder ab. Hier verstand sich das moderne Afrika nicht mit der Ursprünglichkeit des Kontinents, dachte Charlotte.

»Ich«, sagte Mutter Elisabeth. »Ich habe sie nach dem Leben und der Hoffnung benannt. Denn das ist es, was sie nun erwartet. Ein Leben, auf das sie nicht zu hoffen gewagt hatten.«

»Das verspreche ich Ihnen, Mutter. Den Kindern wird es gut gehen«, sagte Lisa.

»Da bin ich mir sicher, Liebes.«

Max streckte auffordernd seine andere Hand nach Evangeline und den Kindern aus.

»Kommt herein. Wollt ihr etwas zu essen? Seid ihr hungrig?«, fragte er sie und zeigte mit der offenen Hand auf den Tisch. »Setzt euch, und bedient euch.«

Die Kinder zögerten, als ihr Blick über den für ihre Welt so reich gedeckten Tisch glitt. Lisa ging auf sie zu. Sie wollten zurückweichen, doch Evangeline stand so nahe hinter ihnen, dass das unmöglich war. Vida schob die verwundete Anza hinter sich, und ihr ganzer Körper war angespannt wie der eines Tieres, das eine Witterung aufnimmt und nicht entscheiden kann, ob sie feindlich oder freundlich ist. Lisa aber ging vor den Mädchen in die Knie und nahm behutsam je eine Kinderhand in die ihre. »Hallo,

Anza. Hallo, Vida. Ich bin Lisa und das–« Sie drehte sich nach ihrem Mann um, der nun ebenso erregt wie sie wirkte und der mit ebenfalls feuchten Augen zu ihnen trat. »– Das ist Max, mein Mann. Euer Vater. Willkommen, Kinder, willkommen.«

25. Kapitel

Kumi war bereits eingeschlafen, doch Charlotte lag an jenem Abend noch lange wach. Ihre Kleider lagen neben dem Eingang gefaltet abgelegt und ihre Safariboots hatte sie draußen vor dem Zelt gelassen: Irgendwie war die bunte Muschel nach einer langen Reise für Stiefel in ihrem Inneren einfach zu klein.

Sie hatte sich tief in ihren Schlafsack gekuschelt und ihn bis über die Brust verschlossen, doch ihre Arme hielt sie unter dem Kopf verschränkt. Sie betrachtete die Zeltplane, deren schreiend bunte Farben selbst in der Dunkelheit auszumachen waren und ließ das Essen in der Mission noch einmal Revue passieren. Sie spürte noch die Wärme des Weins in ihren Adern und genoss die Leichtigkeit in ihrem Kopf, als sie kurz die Augen schloss und an Paris dachte, dessen Nähe sie entspannt hatte und der sie sich sicher fühlen ließ. Und das, obwohl sie hier war, um gegen ihre Angst zu kämpfen und zu verhindern, dass *Tembo* oder Max den Kindern etwas zuleide taten. Vielleicht täuschte sie sich, und vielleicht hatte er seine Wahl nicht getroffen – hatte sie am View Point Rift Valley übertrieben hart auf seine Verbundenheit zu den Fleissners, die schließlich lebenslange Freunde waren, reagiert?

Letztendlich war der Abend friedlicher verlaufen, als sie

es erwartet hatte. Die Anwesenheit des Paters und sein Sinn für Diplomatie hatte alle entspannt und das Gespräch in interessante und belebende Bahnen gelenkt. Konnten denn die Kinder in Gefahr sein, wenn ein so erfahrener und kluger Mann wie er im Spiel war? Er würde Max nicht erlauben, den Kindern Böses anzutun, davon war sie überzeugt. Was aber, wenn *Tembo* und Max ihn bedrohten oder überwältigten?

Lisa hatte den Kindern immerzu die Haare gestreichelt oder sie sonst wie kurz berührt. Der Wunsch nach einem Kind hatte offensichtlich jedes andere Interesse in ihrem Leben ausgelöscht, außer ihrem brennenden Glauben natürlich, den Charlotte aber dennoch nicht als fromm bezeichnen wollte. Mutter Elisabeth war vielleicht noch fromm, da sie an ein sinnerfülltes Dasein glaubte. Lisa dagegen schien ihren Glauben als eine Art Tauschhandel anzusehen, der ihr endlich das geben sollte, wonach sie sich so sehr sehnte, und Max bestärkte sie darin noch.

Ihre Gedanken kamen wieder bei Pater Matos Vieira an, denn fromm war er ganz bestimmt. Er war so eng mit seiner Arbeit in Kibera verbunden, dass Charlotte ihn nicht mehr von seiner Berufung trennen konnte. Was war am Victoriasee geschehen, dass Mutter Elisabeth die Gegend so gottlos fand? Sie musste daran denken, Kumi nach dem Victoriasee zu fragen, wenn sie aufwachte. Charlotte drehte sich auf die Seite und dachte daran, wie Vida und Anza sich zögerlich Essen von den Platten genommen hatten und dann Messer und Gabel rechts und links des Tellers liegen ließen, um Fleisch, Polenta und das grüne Gemüse mit den Fingern in kleine Brocken zu reißen und mit den Fingern zu essen. Sie hatten den Abend über geschwiegen, die Anwesenden genau angesehen und leise miteinander geflüstert. Vida hatte Paris angelächelt und immer wieder scheu zu Charlotte gesehen, während Anza ihren Blick auf den Teller gesenkt hielt. Als beide Kinder nach dem Abendessen *Gute Nacht* sagten, hatte sich Vida mit einem Kopfschütteln geweigert, Tembo die Hand zu geben.

Mutter Elisabeth hatte vermitteln wollen, aber *Tembo* winkte ab. »Lassen Sie, Mutter, sie ist doch nur ein Kind.«

Er streckte die Hand aus, um Vida den Kopf zu streicheln, doch sie zog ihn zurück, so dass seine Geste ins Leere ging. Anza hatte sich dabei hinter sie gedrückt und sich immer wieder die Wunde an ihrer Wade gekratzt. Aus der Nähe besehen sah der Wundrand noch schlimmer aus, als Charlotte in Erinnerung hatte.

Charlotte rollte sich auf die andere Seite. Hatte Kumi *Tembo* nun nach Nane gefragt? Weshalb war er in Nanyuki ausgestiegen? Die Augen wurden ihr schwer, doch ihr Geist war mit zu vielen Fragen beschäftigt, um Ruhe zu finden. Vielleicht half ein wenig Yoga? Charlotte drehte sich auf den Rücken und kroch aus dem Schlafsack, streckte ihre Glieder aus, um sie schwer werden zu lassen und alle Sorgen und Gedanken von sich in die Erde sinken zu lassen. Doch gerade, als sie die Augen schloss und bewusst anfangen wollte, tief zu atmen, hörte sie ein Motorengeräusch, das rasch näher kam. In die Mission fuhr ein Wagen ein. Wer kam da so spät in der Nacht noch an? Sie hielt den Atem an und versteifte sich. Alle Entspannung war zum Teufel, als sie atemlos lauschte: Eine Wagentür wurde zugeschlagen und Männerstimmen sprachen leise in Swahili, ehe sie in der Mission verschwunden sein mussten, denn nur einen Augenblick später war alles still und die afrikanische Nacht wieder ungestört.

Dann musste Charlotte eingeschlafen sein.

Es war heiß, die Sonne trocknete ihr die Poren aus und über den Bürgersteig wirbelten Wolken an rotem Staub, die der Wind von weiß woher tragen musste. Der Weg war lang und steil, und Lulu in ihrem Rollstuhl sehr schwer, aber ihre Mutter wartete doch mit dem Mittagessen und sie musste Lulu rechtzeitig wieder zurück ins Heim bringen, also schob sie mit aller Kraft, die in ihren mageren Armen steckte.

Sie stemmte sich mit ausgestreckten Armen gegen den Rollstuhl und keuchte:

»Lulu, was hast du denn gegessen, du bist so schwer geworden, aber gleich sind wir da. Gleich sind wir oben und dann sehen wir schon unser Haus am Bahndamm.«

Charlotte versuchte, seitlich am Rollstuhl vorbeizusehen, um zu erkennen, wie viel Meter Weg noch vor ihr lagen und hielt erstaunt inne: Sie war doch bestimmt schon zehn Minuten unterwegs, aber der Berg vor ihr war viel länger und wurde mit jedem Atemzug länger und länger, als sei er Kaugummi, den jemand ausgespuckt hatte und der jetzt an ihrer Schuhsohle klebte und sich zog, zog und zog.

Sie sah nach vorne in den Rollstuhl und Lulu war eingenickt, ihr Kopf unter der Wollmütze – Lulu trug beinahe das ganze Jahr über eine Mütze, weil sie sich so leicht erkältete – war zur Seite gedreht, so dass Charlotte ihr Gesicht nicht erkennen konnte. Sie holte tief Atem und schob und schob. Irgendwann musste sie ja oben ankommen auf diesem Kaugummiberg, so ein Unsinn, denn wie konnte der Weg länger sein als sonst, das gab es doch nicht, oder? Gerade da kamen sie oben auf dem Hügel an und vor ihnen lag der kleine Bahnhof mit den Schranken am Übergang und dem Bahndamm rechts und links, auf dem Häuser standen.

Sie konnte das ihre schon erkennen: Die Schranken waren oben und das Signal stand auf rot, also schob sie Lulu auf die Gleise, um nach Hause zu kommen. Doch plötzlich zerriss ein schrilles Pfeifen die Luft. Es klang wie hunderttausend Zikaden, und als Charlotte schreien wollte, schluckte sie nichts als eine Ladung von diesem roten Staub, der doch nicht in ihr Dorf gehörte, oder etwa doch?

Der Zug raste auf Lulu und sie zu, doch Charlotte stand erst wie erstarrt und schnellte dann nach vorne, um Lulu einfach aus dem Rollstuhl zu reißen, ganz egal wie schwer sie war, sie mussten weg von hier, weg! Doch Lulu war aufgewacht, und es war nicht Lulu, die sie im Arm hielt, sondern ein anderes Kind, dem der Wind der heranrasenden Lok die Mütze vom Kopf gerissen hatte. Der rote Staub färbte der Fremden ihr langes weißblondes Haar ein, als sie Charlotte aus rotgold gesprenkelten Augen ansah, die vor Hilflosigkeit brannten. Sie streckte ihr die Arme entgegen, die aus einem zerfetzten T-Shirt sahen, dessen Saum ihr beinahe zu den nackten, knochigen Knien reichte. Charlotte vergaß ihre Überraschung und riss das Kind hoch, ehe sie nach hinten sah: Wo war der Zug, hatten sie noch eine Chance? Plötzlich stand auf der anderen Seite des Bahnübergangs dasselbe Kind noch einmal: Weißblonde Haare im Wind, diese Augen, und ein zum Schrei geöffneter Mund. Charlotte spürte die Angst in sich aufsteigen, diese alles lähmende Angst. Eisfinger, die in den Sekunden der Bedrohung nach ihr griffen und ihr innerstes Selbst zerpflückten. Wie konnte dasselbe Kind zwei Mal hier sein und konnte sie denn beide retten, wenn ihr doch selber alle Glieder schwer wurden und ihre Füße auf den

Gleisen Wurzeln zu schlagen schienen? Sie hob das Mädchen aus dem Rollstuhl, presste es an sich, aber hielt mit einem Mal nicht mehr das Kind, sondern nur noch Gliedmaßen umfasst, die sich von dem schmalen Körper gelöst hatten: Arme, Hände, Schenkel und Waden, die ihr aus den Armen zu gleiten drohten.

Der Zug hatte sie beinahe erreicht, als das Kind auf der anderen Seite des Bahndamms auf sein eigenes Knie zeigte, das nicht mehr als ein Stumpf war: Jemand hatte ihm das Schienbein und den Fuß sauber abgetrennt. Tränen liefen über sein Gesicht, aber es formte die Hände zum Schalltrichter, während aus der Lautsprecheranlage des Bahnhofs »Don't you forget about me, don't, don't, don't« hallte.

Charlotte konnte über den hunderttausend singenden Zikaden erst nicht verstehen, was das Kind rief, als sie gemeinsam mit ihrer Last rittlings auf die Gleise fiel, und als aus den Gliedmaßen jetzt wieder ein ganzes Kind wurde, das hilflos weinte, und über der Musik und dem schrillen Pfeifen der Lok waren die Worte seiner Schwester ganz klar zu hören: »Keine Sorge, siehst du, es wächst wieder nach!«, rief sie, während es aus seinem Stumpf wie ein Springbrunnen zu bluten begann und das Mädchen vor Schwäche seitlich einknickte und hinfiel.

Charlotte kroch von den Gleisen, der Kies schnitt ihr in die Knie, doch sie kroch weiter und schleifte das eine Kind mit sich, an den Rand des Bahndamms. Dann drehte sie sich nach dem anderen Kind um. Konnte sie es ebenfalls retten? Nun hörte sie Stimmen.

»Da ist die Kleine ja«, rief jemand, und Charlotte musste sich entscheiden, jetzt schnell: Warf sie sich vor den Zug dem anderen Kind entgegen oder rettete sie das Mädchen in Lulus Rollstuhl? Es gab nichts zu denken, Charlotte sprang, und gerade

als sie sich mit dem Mädchen in ihren Armen den Bahndamm hinunterrollte und ihre Haare sich in den Disteln verfingen und die Brennnesseln ihre Haut mit roten Pusteln übersäte, sah sie die Jungen kommen. Nichts als ein paar dumme Jungen, die das andere Kind packten und ihm die Arme verdrehten. Sie ließen es mit dem Kopf wackeln und zogen es rechts und links wie eine Schlamperpuppe, wobei der kleine Körper ihnen nachgab, als sei er aus Gummi.

»Was ist denn mit der Anderen?«

»Die kriegen wir auch noch!«, schrie ein Junge über den Lärm des Zuges hinweg. »Wart nur ab!«

»Und die Frau?«

»Das Fliegengewicht? Die macht uns keinen Ärger, sonst stopfen wir ihr das Maul«, hörte Charlotte die Jungen noch sagen, von denen der eine nun wuchs und wuchs, die Haut an seinen nackten Armen und Beinen wurde tausendjährig dick und grau und riesenhafte Ohren und Stoßzähne sprossen aus seinem Kopf. Er wiegte sich wie ein Elefantenbulle vor dem Angriff drohend von einem Bein auf das andere, um seinen großen Körper auszubalancieren. Charlotte warf sich auf das Mädchen in ihrem Arm, um ihr die Sicht auf ihren Zwilling zu nehmen, doch das Kind zappelte und schrie, es wollte zu seiner Schwester, doch nun raste der Zug an ihnen vorbei und sein schriller Ruf hallte in ihren Ohren, als sie vom Bahndamm den ganzen Weg, den sie den Rollstuhl gerade mühsam hochgeschoben hatte, gemeinsam wieder nach unten rollten, und erst in einen Graben, und dann in einen Schlund fielen, dessen Boden und Wände so glatt wie eine Rutschbahn waren und von dem sich neue und immer neue Wege auftaten. Plötzlich waren sie beide in einem Labyrinth der Dunkelheit gefangen; es herrschte vollkommene Stille, bis plötzlich wieder Musikfetzen

in das schwarze Nichts um sie herum drangen. »Losing my Religion« schallte es blechern aus den Lautsprechern des Bahnhofs und als das Lied zu Ende war, folgte noch ein Knacken, ehe sich vollkommene, schreckliche Stille um Charlotte legte. Sie wusste, sie war allein.

Charlotte setzte sich in ihrem Schlafsack auf. Sie war schweißnass. Ihr war auf einmal viel zu warm und sie legte sich die Hände vor die Augen, bis sie sich etwas gefasst hatte. Der Traum war entsetzlich wirklich gewesen und sie spürte noch die vollkommene Hilflosigkeit, die sie beim Anblick der Gliedmaßen und dem blutenden Stumpf des Kindes erfasst hatte. Ihr Magen stülpte sich um und sie presste sich jetzt die Hände vor den Mund, um nicht zu würgen. Nach ein, zwei Atemzügen suchte sie im Dunklen nach der Wasserflasche und trank einige Schlucke. Ihr Herzschlag beruhigte sich und außer Kumis regelmäßigen Atemzügen war im Zelt nichts zu hören. Charlotte wollte die Wasserflasche wieder neben ihren Schlafsack stellen, als sie das Geräusch vor ihrem Zelt hörte.

Nein, nicht nur vor ihrem Zelt, sondern auch neben ihrem Zelt und um ihr Zelt herum. Es war überall und bewegte sich: Sie hörte ein Schleifen, mit dem Knie über den harten, krustigen Erdboden krochen und auch Atem – das war keine Frau, so viel stand fest. Jemand kroch durch den Busch, ihr ganz nahe, nur durch eine Zeltplane von ihnen getrennt. Dann, einen Augenblick später, rang jemand nach Luft, und Charlotte hörte einen Moment lang nichts. Sie wagte es nicht, sich zu rühren und hielt noch immer ihre Finger um die Wasserflasche gekrallt. Nachdem ihr durch den Traum der Schweiß ausgebrochen war,

war ihr nun plötzlich zu kalt. Wer war da? Was wollte er an ihrem Zelt? Sie wusste, sie sollte nachsehen und den Eindringling stellen, doch ihr Körper gehorchte ihr nicht. In diesem Augenblick kam der Atem draußen wieder, und sie hörte jemanden kurz und stoßweise nach Luft schnappen. Es klang nach einem trockenen Schluchzen, ehe sich der Mann erhob, denn Charlotte hörte leise Schritte, ein Knacken und das Weinen verebbte.

Alles blieb nun still draußen, denn zu dieser späten Stunde schlief selbst die afrikanische Nacht, die sonst ihr so ganz eigenes Leben hatte. Charlotte selbst wagte es nicht zu atmen, als sie die Wasserflasche absetzte und so gut wie geräuschlos neben der Kapuze ihres Schlafsacks nach ihrem Mobiltelefon suchte. Wie viel Uhr war es? Mit zitternden Fingern presste sie auf den Knopf in der Mitte unter der Anzeige, die sofort aufleuchtete. Drei Uhr morgens. Charlotte lauschte noch einen Augenblick lang in die Dunkelheit, ehe sie sich etwas entspannte. Drei Uhr morgens, das war die Sorgenzeit. Sie sah mit weit geöffneten Augen in die Dunkelheit, bis ihr eigener Atem sich wieder beruhigte. Hatte es da eben wirklich neben ihrem Zelt geraschelt und geatmet, oder stand sie noch unter dem Eindruck ihres Albtraums? Nein, sie hatte sich nicht getäuscht, da war etwas gewesen, aber musste es unbedingt ein Mensch sein? Es konnte ebenso gut einer der wilden, streunenden Hunde gewesen sein oder eine Ziege, die sich von ihrem Pflock losgerissen hatte. Ein streunender Hund oder eine Ziege, die leise meckerte. Ja, ganz sicher, das war es gewesen.

Wahrscheinlich spielten ihre Müdigkeit und ihre überreizte Phantasie ihr einen Streich. Dennoch legte sie sich nicht gleich wieder hin, sondern zog die Knie an, schlang die Arme um die Schienbeine und legte den Kopf auf die Arme. So fühlte sie sich warm und sicher und Kumis ruhiger Atem neben ihr tat ein Übriges. Sie fühlte nun wieder die Kälte der Wüstennacht, und auf ihren nackten Armen bildete sich schon bei der Erinnerung an den Traum eine Gänsehaut. Warum hatte sie keine Schlaftabletten eingepackt? Es dauerte lange, bis sie wieder einschlief, doch dann tat sie es tief und traumlos, bis um sechs Uhr die ersten Sonnenstrahlen die Welt wieder zum Leuchten brachten und in den stacheligen Ästen der Akazien die Webervögel ein Lied anstimmten.

Als Charlotte am Morgen den Reißverschluss am Zelt aufzog, waren alle Gedanken und möglichen Geschehnisse der vergangenen Nacht unwirklich geworden und selbst ihr Traum kam ihr irrwitzig vor. Sie genoss die Morgenkühle und alles an dem neuen Tag war frisch und freundlich: Die Wärme war noch keine Hitze, die Farben waren noch nicht zu übermächtig, das Licht noch nicht blendend. Sie schlüpfte im Sitzen in ihre Kleider und fuhr sich rasch mit der Zunge über die Zähne, um das pelzige Gefühl zu vertreiben. Konnte sie ein paar Schlucke Wasser zum Zähneputzen verwenden? Am Missionshaus trat gerade Paris auf die Schwelle und winkte ihr zu. Ganz bestimmt sogar durfte sie sich die Zähne putzen und auch noch das Gesicht waschen, entschied sie sofort, und winkte zurück, als er seine Hände zu einem Trichter vor dem Mund formte und: »Morgen! Gut geschlafen?«, zu ihr hinüber rief.

Charlotte machte mit der Hand eine wedelnde Bewegung, die als »so-so« ausgelegt werden konnte und sah sich dann nach ihren Stiefeln um, um aufzustehen.

»Was machst du da?«, fragte Kumi schlaftrunken von innen.

»Ich suche meine Stiefel.«

»Immer ausschütteln, wenn du sie über Nacht draußen lässt. Skorpione und Schlangen mögen das warme Leder.«

Schlangen. Schon bei dem Gedanken schüttelte es Charlotte.

»Mach ich«, sagte sie und fand den einen Schuh etwas unter die Zeltplane gerutscht. Vielleicht hatte doch ein Hund letzte Nacht damit gespielt? Als sie den einen Stiefel anzog, trat Paris gerade die paar Stufen hinunter in den Staub des Vorplatzes und einige Jungen liefen mit einem Ball, der aus Stofffetzen und Draht zusammengebunden war, auf ihn zu. Sie warfen den Ball in die Luft und Paris trat ihn mit seinem Absatz zurück und als Charlotte ihren einen Stiefel zugeschnürt hatte, war schon ein Spiel im Gange. Sie hörte die Rufe und das Lachen der Kinder, als sie Paris in einer Rangelei den Ball abnahmen.

Wo war denn jetzt ihr anderer Schuh?

Sie sah sich um und hörte nur noch mit halbem Ohr das Gelächter und das Geschrei des spontanen Fußballspiels vor der Mission. Da entdeckte sie den Stiefel ein paar Meter von ihrem Zelt entfernt, wo er umgekippt unter dem Dornbusch lag. Sie ging auf die Knie, kroch nach vorne und streckte sich danach, um ihn zu sich zu ziehen, denn sie hatte keine Lust, barfuß auf dem dornigen Grund aufzutreten. Weichei, dachte sie gleichzeitig, denn welches der Kinder, die gerade Paris den Ball um die Ohren fliegen ließen und vor Freude johlten, als er gegen die Tür der Mission ins Tor ging, hatte schon Schuhe an. Charlotte griff den Schuh und bemerkte, wie schwer er war.

»Immer ausschütteln«, ermahnte sie sich und versuchte genau das, doch was immer in dem Schuh steckte, ließ sich nicht so leicht ausschütteln. Sie drehte ihn um und sah nach, was ihn so schwer machte. Dann ließ sie ihn augenblicklich fallen und tat einen entsetzten Sprung nach hinten, so dass sie gegen ihr Zelt prallte. Sie war zu schockiert, um zu schreien, sondern hörte nur ihren keuchenden Atem, als sie die Knie anzog, um ihre Beine am Zittern zu hindern. Sie sah auf den Schuh, der vor ihr im Staub stand, und in dem ein weißer Männerfuß steckte. Fußrücken und halber Knöchel, wo ein Machetenschnitt ihn brutal von dem Bein abgehackt hatte, ragten zu drei Vierteln heraus und trockenes Blut krustete dunkel um die weiße, mit Pigmentflecken übersäte Haut. Fliegen surrten um den Stumpf und Charlotte sah den Fuß noch einen Moment lang ungläubig an, ehe sie schrie.

»Was ist los?«, fragte Kumi und kam aus dem Zelt gesprungen, ehe sie entsetzt die Hände vor den Mund schlug. »Oh Gott. Oh mein Gott.«

»Was ist los?«, rief Paris ebenfalls, der auf sie zugelaufen kam, während Kumi Charlotte schon von hinten umschlang und sie von dem Schuh wegzog.

»Komm, weg von hier. Sieh da nicht hin.«

Doch Charlotte konnte nicht anders, ihr Blick wurde von dem Schuh und dem Körperteil magisch angezogen, doch nun stieg ihr auch der faulige Geruch des toten Fleischs in die Nase und sie musste würgen. Gerade als Paris am Zelt ankam, kroch sie zu dem verlassenen Termitenstock und übergab sich.

»Was zum Teufel...«, sagte Paris, und als sie wieder hinsehen konnte, hatte er den Schuh mit den Fingerspitzen angehoben, ehe er murmelte: »Der arme Kerl.«

»War das der Mann aus Kibera?«, fragte Charlotte, als Kumi ihr aufhalf und ihr die Trinkwasserflasche an die Lippen zwang. »Trink was, das hilft«, befahl sie Charlotte.

»Wer immer es war, seine Reise endet hier«, sagte Paris grimmig. »Kannst du dir denken, wer das gemacht hat?«

»Nein«, sagte Charlotte erst, als ihr einfiel, wie sie in der Nacht das Auto hatte ankommen hören und wie die Männerstimmen miteinander geredet und gelacht hatten, ehe sie in der Nacht die Geräusche vor ihrem Zelt gehört hatte: Das Kriechen, das zögernde Warten und schließlich das Weinen.

»Kumi?«, flüsterte sie und wischte sich den Mund.

»Ja?« Kumi sah sie mit gerunzelter Stirn an und Charlotte wusste, dass Kumi ihre Frage erwartete.

»Wo ist Nane, Kumi?«

»Ich weiß es nicht. *Tembo* hat mir gesagt, er würde nachkommen.«

»Du hast *Tembo* also doch nach ihm gefragt?«

Kumi nickte. Paris stellte den Schuh behutsam in den Staub. Er war blass vor Wut, als er sagte: »Wer kann nur auf eine so entsetzliche Idee kommen? Und wer will dir solche Angst einjagen?« Charlotte sah ihm an, wie zornig er war.

Sie fuhr sich mit zitternden Fingern über ihr Gesicht. »Wer stand mir in Kibera im Weg, als ich den verstümmelten Leichnam gesehen habe? Wer hat mich gewarnt, abzuhauen, sonst wäre ich als Nächstes dran? Wer hat mir die Schwarze Mamba ins Haus geschickt, das Wahrzeichen von Mungiki? Wer ist immer dort, wo die Fleissners sind, wenn es um die Gotteskinder geht?« Ihre Stimme verlor sich, als Paris leise sagte:

»*Tembo*.«

Charlotte konnte nur stumm nicken, als Paris den Fuß mit einem angeekelten Gesichtsausdruck wieder aufhob.

»Du sollst das nicht mehr sehen müssen. Trink noch etwas Wasser. Wenn ich wieder da bin, dann mache ich dir einen heißen, süßen Tee. Das hilft erst einmal.«

Charlotte nickte stumm und lehnte sich an Kumi. Sie war Paris dankbar, dass er den Schuh mitnahm, denn sie konnte den Anblick des abgehackten Fußes nicht mehr ertragen.

»Wohin gehst du?«, fragte sie ihn dennoch.

»Zu Tembo«, sagte er voll unterdrücktem Zorn. »Ich muss ein Wörtchen mit ihm reden, und das am besten unter vier Augen.«

Charlotte bewunderte Paris' Mut und Entschlossenheit.

»Pass auf dich auf.«

»Keine Sorge. Wenn man die Taliban überlebt hat, kann einen *Tembo* nicht schrecken.«

Charlotte versuchte zu lächeln, aber es gelang ihr nicht. Sie erschauerte wieder und schlang sich die Arme um die Knie, so dass sie am Boden kauerte. Paris beugte sich besorgt zu ihr herunter und strich ihr zärtlich über die Haare.

»Bist du sicher, dass ich dich hier alleine lassen kann?«

Charlotte nickte und sah zu ihm auf. Der besorgte Blick seiner hellen Augen tat ihr unendlich gut, er fühlte sich an wie eine Umarmung, die ihr Kraft und Wärme gab. »Ich bin ja nicht allein. Kumi ist bei mir.« Charlotte sah zu Kumi, die zwar nickte und ihr wieder den Arm um die Schultern legte, doch gleichzeitig konnte Charlotte nicht anders, als daran zu denken, dass es Nane gewesen sein musste, der in der Nacht um das Zelt gekrochen war und der den Fuß in ihren Schuh gesteckt hatte. Nane, Kumis Bruder, dem diese so nahestand. Dann verjagte sie den Verdacht. Wenn sie allen misstraute, dann war der nächste Schritt der Verfolgungswahn. Paris zögerte noch immer, aber richtete sich auf und hielt den Schuh auf Armeslänge Abstand. »Ich brauche nicht lange, okay?«

»Okay.«

Er wandte sich zum Gehen und Charlottes Arme und Beine begannen wieder unkontrolliert zu zittern.

»Paris?«, fragte sie leise, aber er hatte sie gehört.

»Ja?« Er wandte sich um.

»Komm bitte schnell wieder.«

Ein kleines, zärtliches Lächeln glitt über sein Gesicht. »Das mache ich, Charlotte. Versprochen.« Er beugte sich ein letztes Mal zu ihr hinunter und küsste sie auf die Stirn. Charlotte genoss den Trost seiner Nähe und konnte nicht anders, als ihre Arme um ihn zu schlingen. Er fasste sie mit einem Arm um die Schultern und drückte sie fest an sich.

»Keine Angst, Kleines. Ich helfe dir. Ich weiß, auf wessen Seite ich stehe, da kannst du dir sicher sein.«

»Es tut mir leid, was ich am View Point gesagt habe. Du hast recht, dass es sicher vieles hier gibt, was ich nicht weiß und nicht kenne und so auch nicht richtig beurteilen kann.«

Paris lächelte zärtlich. »Ich bin und war nicht gegen dich. Im Gegenteil. Ich bin bloß ein Mann, das ist alles.

Wir brauchen oft für alles etwas länger, auch darin, uns ein Urteil zu bilden.«

Sie schmiegte sich schweigend an ihn.

26. Kapitel

Als Paris gegangen war, kauerten Kumi und Charlotte schweigend im Schatten der Eingangsklappe des Zeltes und Charlotte sah stumm auf den Fußabdruck im Sand, wo Paris zuvor den Stiefel abgesetzt hatte. Um die letzten dunklen Flecken schwirrten noch immer Fliegen, doch langsam hörten ihre Glieder auf zu zittern, und auch ihr Magen beruhigte sich etwas.

»Soll ich dir jetzt schon einen heißen Tee machen?«, fragte Kumi. »Wer weiß, wie lange Paris mit *Tembo* spricht?«

»Bitte.« Charlotte kaute nachdenklich auf ihrer Unterlippe und hörte gleich darauf den Gaskocher aufzischen.

»Kumi?«, fragte sie dann.

»Ja?« Kumi setzte sich mit ernstem Gesicht auf. Die Frage nach Nane hatte ihr offensichtlich zugesetzt.

»Weshalb hat Mutter Elisabeth den Victoriasee eine gottlose Gegend genannt?«

Kumi gab zwei Löffel Teeblätter in das kochende Wasser. Sie löffelte Zucker nach, ehe sie antwortete.

»Weil dort am meisten *Uchiwa* praktiziert wird.«

»Schwarze Magie?«

»Ja. Aber nicht nur das. Aberglauben beherrscht das ganze Leben dort. Ob die Sonne scheint oder es regnet, ob ein Kalb mit einem oder zwei Köpfen geboren wird, alles ist ein Zeichen für etwas und alles wird als gut oder schlecht ausgelegt. Die Menschen dort haben sich mit dem Christentum nie wirklich angefreundet.«

»Was tun sie dort zum Beispiel? Hat die *Uchiwa* dort auch etwas mit Albinos zu tun?«

»Ja. Sehr viel sogar. Zum Beispiel flechten die Fischer dort gerne die Haare der Albinos in ihre Netze, denn sie glauben, dass deren goldene Farbe die Fische anlockt und ihnen einen fetten Fang verschafft.«

»Sie tun *was*?«

Kumi zuckte mit den Schultern. »Daran glauben sie, Charlotte, verstehst du? Sie *glauben* daran.«

Charlotte stellte ihre Tasse Tee in den schon heißen Sand. »Und was soll ein Fuß in einem Schuh bewirken?«

»Das weiß ich nicht, aber ich denke, die Nachricht ist einfach zu verstehen, oder?«

»Allerdings. *Hau ab*, heißt das, und zwar schnell. Aber nicht mit mir.« Sie stand auf und zitterte nun vor Wut. »Nicht mit mir. Ich kann selbst mit diesem *Tembo* sprechen und ihm auf seine Elefantenzehen steigen.«

»Da kommt Paris«, sagte Kumi, erhob sich ebenfalls und schob ihren Arm unter Charlottes. »Mal sehen, was er sagt.«

Charlotte zwang sich zur Ruhe. Es stimmte, übereilte Entscheidungen waren selten gut und sie war Kumi für ihre Ruhe und Geistesgegenwart dankbar. Paris kam näher, bei jedem seiner Schritte wirbelte er Staub auf und es war nun bereits so heiß, dass die Luft um ihn flirrte und seine Umrisse in der Landschaft auflöste. Charlotte musste sich zurückhalten, um ihm nicht entgegenzulaufen, und als er bei ihnen ankam, öffnete er nur hilflos die Hände.

»Und?«, wollte sie wissen und spürte, wie all der Mut und die Hoffnung, die sie eben noch in sich gebündelt hatte, aus ihr flossen. Paris hatte schlechte Nachrichten, da war sie sich sicher.

»Wir kommen zu spät, Charlotte«, sagte er. Das *wir* in seinem Satz tat ihr gut. »Tembo, Max Fleissner und Nane sind heute ganz früh morgens abgefahren.«

»Nane ist hier?«, fragte Kumi, während Charlotte gleichzeitig fragte: »Was? Wohin? Nach Nairobi etwa?«

Paris schüttelte bedrückt den Kopf. »Nein, nicht nach Nairobi, sondern in die Moyaleberge.«

»Wer hat dir das gesagt?«

»Mutter Elisabeth.«

»Haben sie die Kinder mitgenommen?«, fragte Charlotte entsetzt.

»Nein. Oder zumindest nicht beide, denn ich habe eines der Mädchen gerade gesehen. Sie ist bei Evangeline und Lisa.«

»Lass mich zu ihnen gehen. Wo ist der Fuß?«

»Ich habe ihn Mutter Elisabeth gegeben.«

»Weshalb?«

»Ich konnte nicht anders. Sie kam mir im Gang entgegen, als ich das Haus betrat.«

»Und was hat sie damit getan?«

Paris machte eine hilflose Geste. »Sie hat ihn in der Küche verbrannt.«

»Wie bitte?«

»Ich konnte sie nicht daran hindern. Sie hat sich zehn Mal bekreuzigt, als sie das Ding sah und schrie dann, dass sie vieles in ihrer Mission dulde, aber keine Schwarze Magie. Ich habe selten eine alte Frau so zornig gesehen.«

»Ich hätte ihn der Polizei als Beweisstück übergeben müssen«, fuhr Charlotte auf. »Wie konntest du ihn vernichten?«

»Die Polizei! Shirishs Geschichte von dem Mord an seiner Frau sollte dir genug über die Polizei erzählen. Wenn du ihnen den Fuß bringst, sperren sie dich ein, aber sonst niemanden.«

»So ein Quatsch. Ich bin Journalistin!«

»Und das hier ist Afrika. Sie werden dich mit Vergnügen als Paradebeispiel der sich überall einmischenden *Mzungu* an den Pranger stellen, und am Ende sieht es so aus, als hättest du dem armen Menschen persönlich mit einer deiner vielen Macheten den Fuß abgeschnitten.«

Einen Augenblick lang maßen sich Charlotte und Paris schweigend mit ihren Blicken. Die Nähe und die tröstende Zärtlichkeit, die eben zwischen ihnen geherrscht hatte, war verflogen. Sie versuchte, sich zu beherrschen, doch alle Gefühle der vergangenen vierundzwanzig Stunden kamen nun mit Macht über sie und es waren zu viele, als dass sie sie hätte meistern können. Erschöpfung, Furcht, Freude, Spannung, Glück, Entsetzen. Das stete Wechselbad erschöpfte sie und sie musste ihre Kraft jetzt nur für eines bewahren, nämlich den Kindern zu helfen. Sogar alle Empfindungen, die sie für Paris hatte, die Freude, wenn sie ihn sah, und die Sicherheit, die sie in seiner Nähe verspürte, waren nun zu viel für sie. Wem konnte sie hier trauen? Hatten alle etwas zu verbergen und trugen alle eine Maske? Sie fühlte sich schwach vor Zweifel und Hilflosigkeit, doch sie riss sich dann zusammen. Für dich, Lulu, dachte sie und biss die Zähne zusammen.

»Das hast du absichtlich getan«, sagte sie.

»Was?« Paris sah sie ehrlich erstaunt an.

»Mutter Elisabeth das Beweisstück vernichten lassen.«

»So ein Unsinn. Den Menschen will ich sehen, der sich der Frau in den Weg gestellt hätte. Du kennst sie nur als freundliche alte Nonne, die gerne Wein und Whisky trinkt. Aber sie hat auch ein anderes Gesicht, das ich gerade gesehen habe: Nämlich das einer Frau, die mit Entschiedenheit und Kraft eine Mission mit vielen Hundert Menschen leitet.«

Charlotte schüttelte den Kopf. »Das hätte nicht geschehen dürfen. Aber vielleicht ist noch nicht alles zu spät und ich kann Max und Tembo noch einholen.

Lass mich jetzt zu Lisa und den Mädchen gehen.«

In diesem Augenblick mischte sich Kumi in ihren Streit ein:

»Was soll ein *Mzungu* wie Max Fleissner mit dem Aberglauben um Albinos zu tun haben? Wenigstens ist Pater Matos Vieira ein guter Mann, bei dem die Kinder sicher sind. Und Nane…«, sie unterbrach sich und biss sich auf die Lippen, ehe sie zu Charlotte sagte: »Vielleicht bildest du dir das alles nur ein.«

»Ach. Und der Fuß ist von allein in meinen Safaristiefel marschiert, oder was? Denkst du nur daran, deinen Bruder zu schützen? Siehst du nicht, auf welchem Weg er sich mit *Tembo* als Arbeitgeber befindet?« Charlotte war den Tränen nahe. Kumi legte ihr nun mitfühlend die Hand auf den Arm.

»Entschuldige. Wenn du in die Moyaleberge willst, dann fahre ich mit dir.«

»Danke. Jetzt will ich erst mit Lisa und Evangeline reden«, sagte Charlotte und ging entschlossen auf das Missionshaus zu. Aus den Augenwinkeln sah sie dabei ihr im Schatten des Wassertanks geparktes Auto stehen. War es gestern schon so tief im Sand gestanden oder war es nur eine optische Täuschung? Sie blieb kurz stehen und ging dann erst zu ihrem Wagen statt zur Mission, wo sie neben den Reifen in die Knie ging. In jedem Rad sah sie lange, waagerechte Schnitte. Sie seufzte, stand wieder auf und klopfte sich den roten Sand von den Knien. Einen Ersatzreifen hatte jeder dabei, aber vier wohl kaum, das wussten auch *Tembo* und Max Fleissner. Wie sollte sie jetzt zu den Moyalebergen kommen?

Sie klopfte nur kurz an die Zimmertür, die eine Jungschwester ihr gezeigt hatte, und sie hörte, wie die Stimmen und das Lachen in dem Raum dahinter verstummten. Charlotte ballte die Fäuste, um ihren plötzlich wieder aufkeimenden Zorn zu besänftigen und sich in den Griff zu bekommen. Was fiel diesen Leuten ein? Dachte Tembo, sie ließe sich einfach so verjagen und ließe all ihre Recherchen fallen? Ganz gewiss nicht. Sie würde ihn und Max schon in diesen Felsen aufspüren und ihren Machenschaften auf die Schliche kommen, um der Welt die Wahrheit über PUR und Mungiki zu erzählen. Max wollte diese Kinder aus einem anderen Grund als seine Frau, das war ihr klar, sie wusste nur noch nicht weshalb. Aber sie würde es herausfinden, dachte sie entschlossen.

»Herein«, rief Lisa da und Charlotte stieß die Tür auf. Lisa drehte sich nach ihr um und ließ das bunt karierte Kinderkleid sinken, das sie in der Hand hielt.

»Hallo, Charlotte. Komm rein. Wir sind gerade unter uns«, sagte Lisa freundlich.

Charlotte sah sich rasch um: Evangeline saß barfuß und mit anmutig angezogenen Knien auf Lisas Bett – selbst hier im Staub und der Hitze der Wüste trug sie einen ihrer gut geschnittenen, modernen Kostümröcke, bemerkte Charlotte – und eines der beiden Gotteskinder stand in neuer Unterwäsche in der Mitte des Raums vor einem hohen Spiegel. Ihre Wade war unverletzt, also musste es Vida sein. Ihr kleines Gesicht leuchtete, denn neben Evangeline lag ein Stapel von Kleidern auf Lisas Bett, von denen sie offensichtlich gerade eines nach dem anderen anprobierte. Auch Gotteskinder waren nur kleine Mädchen, dachte sie, als sie Vida so erwartungsvoll vor dem Spiegel stehen sah, und diese hier kannten ihr Leben lang bisher nur zerfetzte T-Shirts, oder was gerade von der Mission an mildtätigen Gaben ausgeteilt wurde. Ein Tag wie dieser musste ihr vorkommen wie Weihnachten und Ostern auf einmal, dachte Charlotte, als Vida ihre Arme nach dem Kleid in Lisas Händen ausstreckte. Dennoch war ihre Geste nicht bittend, sondern voll selbstverständlicher Würde und von dem Wissen geprägt, dass es ihr selbst in größter Armut zustand, einfach *Gib es mir* zu sagen. Lisa lächelte und zog Vida das Kleid über den Kopf und die nach oben ausgestreckten Arme, half ihr dann mit dem Reißverschluss und drehte sie schließlich zum Spiegel.

»Schau, Vida«, sagte sie leise. »Schau, wie schön du bist.«

Vida lachte plötzlich, auch wenn sie Lisa nicht verstehen konnte. Ihr ganzes Gesicht verwandelte sich durch ihre unschuldige Freude, wie ein Gewitterhimmel, durch den Sonne brach. Sie drehte sich einmal um die eigene Achse, sodass das Kleid wirbelte und sein Saum über ihre Waden strich, ehe sie wie in einem Tanz auf und ab hüpfte. Das

Kleid flog, doch mit einem Mal stand sie ganz still und sah nur stumm ihr Spiegelbild an. Das Gotteskind in ihr gewann die Oberhand über das Mädchen, das nicht mehr wollte als sein wie alle anderen.

Lisa wischte sich schnell die Augen, als ob sie Tränen unterdrückte. »Es ist so schön«, sagte sie zu Charlotte und Evangeline lächelte sie verständnisvoll an.

»Was gibt es, Charlotte?«, fragte sie und sah durch die anderen Kleider in dem Stapel.

»Ich suche deinen Mann und *Tembo*, Lisa.«

»Weshalb? Ist etwas passiert? Sie sind heute Morgen vor Sonnenaufgang schon aufgebrochen. Pater Matos Vieira ist auch bei ihnen«, sagte Lisa und Charlotte spürte Evangelines neugierigen Blick auf sich ruhen. Innerlich stellten sich ihr alle Haare auf, doch sie beherrschte sich. Nur mit Ruhe und Zielstrebigkeit konnte sie die Mädchen retten.

»Tembo hat mir eine Nachricht gesandt, auf die ich antworten wollte«, antwortete Charlotte deshalb nur.

Im selben Moment klopfte Paris an die offene Tür und betrat den Raum. Vida kletterte zu Evangeline aufs Bett und drückte sich scheu an sie, als diese sie umarmte, doch dann lächelte sie Paris wieder mit derselben Scheu an, die sie schon am Vorabend während des Essens gezeigt hatte. Paris' Anwesenheit füllte den Raum aus und Charlotte spürte, wie er die Aufmerksamkeit aller Frauen wie ein Magnet auf sich zog. Charlotte war froh, ihn so nahe bei sich zu haben.

Lisa setzte sich neben Vida aufs Bett und legte ebenfalls ihren Arm um das Kind.

»Tut mir leid, Charlotte. Da musst du warten. Wie gesagt, sie sind bei Morgengrauen in die Moyaleberge gefahren und werden erst in ein paar Tagen wieder hier sein. Aber vielleicht kann ich dir helfen?«, fragte sie dann.

»Ich hoffe nicht, Lisa.«

Lisa zuckte mit den Schultern. »Wie du willst. Wollen wir weitermachen?«, fragte sie Vida und zeigte auf den Stapel Kleider. Vidas Blick glitt über die bunten Stoffe und sie nickte rasch, stand auf und stellte sich wieder vor den Spiegel. Angesichts ihres erwartungsvollen Blicks lachte Paris und sagte: »Eitelkeit, dein Name sei Weib.«

»Welches wollen wir dir jetzt anziehen? Dieses hier?«, fragte Lisa, als Evangeline ihr ein rotes Kleid mit weißen Tupfen reichte.

»Wie kann ich Max und Tembo in den Moyalebergen finden?«, fragte Charlotte. Ihr blieb keine andere Wahl.

»Haben sie Anza mitgenommen?«, fragte sie und Vidas Blick wurde plötzlich aufmerksam. Sie drehte sich fragend zu Lisa, obwohl sie sicher nicht mehr als den Namen ihrer Schwester verstanden hatte. »Warum nur das eine Gotteskind?«, wollte Charlotte weiter wissen.

»Verwende doch nicht diesen unsinnigen Namen«, sagte Lisa entschieden. »Damit ist jetzt Schluss. Sie sind nur noch *meine* Kinder.«

»Wo ist sie?«, hakte Charlotte nach und Evangeline sah sie direkt an: »Anza ist mit Max und dem Pater mitgefahren.«

»Weshalb?«

»Weshalb nicht? Er ist doch jetzt ihr Vater und will sie kennenlernen, ebenso wie ich Vida kennenlerne. Was ist daran so erstaunlich?«, fragte Lisa.

Charlotte konnte ihre Furcht nicht in Worte fassen, ohne dass diese hier bei der trauten Szene vor dem Spiegel absurd klangen und fragte deshalb: »Wohin genau sind sie gefahren?« Ihre Angst wuchs weiter, eine Angst, die jeden anderen Gedanken ausschloss.

Evangeline zuckte die Schultern. »In die Höhlen, wo denn sonst? Der Pater forscht seit Jahren dort nach der Geschichte des frühen Christentums.«

»Weshalb hat der Pater das gerade dir anvertraut?«, fragte sie Evangeline misstrauisch.

»Weshalb nicht? Er hat mich doch aufgezogen, weißt du das denn nicht?«

»Nein.«

Evangeline warf Paris einen kurzen Blick zu, der Charlotte noch zorniger machte.

»Es gibt so viel, was du nicht weißt. Und nur Wissen hilft dir, die richtigen Entscheidungen in diesem Land zu treffen. Ich bin seine Adoptivtochter. Ihm habe ich auch die Arbeit bei *PUR* zu verdanken.

»Wenn du unbedingt willst, sage ich dir, wo du sie finden kannst«, sagte Lisa. »Wenn du gleich losfährst, holst du sie vielleicht noch ein.«

»Das würde ich gerne«, erwiderte Charlotte voll unterdrückter Wut über den freundlich interessierten Ausdruck auf Evangelines sorgfältig geschminktem Gesicht. »Nur leider habe ich nicht nur einen Platten, sondern vier.«

»Wirklich? So etwas habe ich noch nie gehört. Aber einem unerfahrenen Autofahrer kann das hier oben leicht passieren. Mit den Straßen ist nicht zu spaßen und die Dornen der Akazienbüsche sind scharf wie Messer, wenn der Wind sie auf die Fahrbahn bläst.«

»Allerdings«, sagte Charlotte knapp. Akaziendornen! Für wie dumm hielt Evangeline sie eigentlich?

»Ich fahre dich«, sagte Paris kurz entschlossen. »Komm. Evangeline, du sagst uns, wie wir das Lager von Max und *Tembo* finden.«

»Nein, Paris.« Lisa fuhr herum und sah ihn flehend an. »Bitte bleib. Ich brauche einen Mann hier. Alleine ist mir unwohl, das weißt du genau, und genau deshalb hat Max dich angestellt. Er wusste, dass er sich auf *Strongitharm Securities* verlassen kann, selbst wenn er so plötzlich wie heute Morgen wegmuss.«

Charlotte wollte etwas sagen: Etwas wie *Nein. Bitte hilf mir. Komm mit mir. Lass uns dieses Rätsel lösen und ein schreckliches Verbrechen, von dem ich selbst nicht begreife, weshalb und wie es geschehen wird, aber von dem ich sicher bin, dass es geplant wird, verhindern,* aber sie schwieg. Als sie aufsah, begegnete ihr Blick dem Evangelines, und sie war sich sicher, dass diese genau wusste, was sie dachte. Verdammte Evangeline, mit ihrem perfekten Make-up, ihrem nutzlosem kleinen PR-Job und ihrem offensichtlichen Interesse an Paris!

»Kann ich dich allein in die Moyaleberge fahren lassen?«, fragte Paris Charlotte widerwillig und er sah sie mit vor Sorge dunklen Augen an. Für einen Moment waren sie allein in dem Raum und sie las vieles in seinem Blick: Zuneigung, Verständnis, Furcht und Zögern. Furcht davor, dass sie sagen würde: Ich kann alleine fahren, Furcht davor, von ihr zurückgewiesen zu werden und ihr nicht erklären zu können, was ihn bewegte. Charlotte begriff: Dieser Mann war bereit, sich mit ihr in Gefahr zu begeben und ihr zur Seite zu stehen, was immer geschah. Dieser Mann half ihr, gehörte zu ihr, wie weder Henrik oder ein anderer Freund es je getan hatten. Sie müsste nur sagen:

Ja, komm mit mir. Hilf mir, und er käme. Sie lächelte ihn an und sah, wie sich in seinem Blick die Sorge, die Furcht und das Zögern auflösten und Wärme und Liebe Platz machten, doch ehe Charlotte ihm antworten konnte, sagte Lisa erleichtert: »Danke, Paris. Ich habe gewusst, dass Max und ich uns auf dich verlassen können. Und dass Charlotte klarkommt, wissen wir doch, oder? Sie hat doch jede Menge Erfahrung.«

Nicht gerade mit einem Höhlenlabyrinth und einer Schwarze Magie praktizierenden Bruderschaft, dachte Charlotte, aber sie nickte. »Ich schaffe das. Kumi kann ja auch mit uns kommen.«

Doch in diesem Augenblick schaltete sich Evangeline ein: »Kumi kennt sich in den Bergen nicht aus. Wenn Lisa es in Ordnung findet, dann kann ich dich fahren.«

»Danke, Evangeline. Das hilft uns allen«, sagte Lisa sofort und Charlotte sagte: »Kumi kann auch mitkommen, dann sind wir zu dritt.« Doch Evangeline schüttelte den Kopf. »Leider nicht. Wenn du an deinem Wagen alle Reifen platt hast, dann steht uns nur Paris' Wagen zur Verfügung und das ist ein Zweisitzer. Auf der Ladefläche kann ich Kumi nicht mitnehmen, dazu ist die Fahrt zu lang, die Straßen zu schlecht und die Sonne zu heiß.« Sie strich sich den Rock glatt, wobei sie Paris wieder einen kurzen Blick zuwarf, und drückte Vida zum Abschied kurz an sich. Charlotte fiel ihre Ähnlichkeit mit dem Mädchen auf, als Paris zu ihr trat und rau sagte: »Komm.«

Er zog sie mit einigen Schritten in den Gang und umarmte sie dort. Sie spürte seinen Körper mit jeder Faser ihres Seins an dem Ihren und versenkte sich in ihn, seine Stärke und seine Nähe, die ihr so viel Kraft gab. Als sie die

Augen schloss, presste er sie noch näher an sich und einen Augenblick lang lauschte sie nur seinem Atem. Er küsste ihr Haar, so wie er es schon einmal zuvor getan hatte, und in der kleinen Geste lag so viel echte, vorsichtige Zärtlichkeit, das Charlotte Tränen in die Augen stiegen.

»Lass mich nie wieder los«, sagte sie leise. *Lass mich nie wieder los* – Bei den Worten löste sich etwas wie ein Knoten in ihrer Brust: Sie ließ ihren Gefühlen zum ersten Mal seit Langem freien Lauf, einfach so, ohne zu denken oder zu fürchten, was daraus entstehen mochte und genoss den Augenblick einfach so, wie er war und wollte ihn nicht anders haben.

»Das tue ich auch nicht, wenn du erst wieder da bist. Ich habe kein gutes Gefühl bei der Sache. Ich will dich nicht fahren lassen, denn ich habe Angst um dich.«

»Ich habe auch Angst. Große sogar. Aber gerade deshalb muss ich fahren, und das weißt du.«

Sie sah in seine Augen. Er dachte so wie sie an die Stunden, die sie gemeinsam in seinem Wagen verbracht hatten, die Stunden, die sie aneinanderbanden.

»Traust du ihr nicht?«, flüsterte sie mit einer Kopfbewegung in Richtung des Zimmers. Evangeline redete zwar gerade lebhaft mit Lisa und Vida, doch war Charlotte sich sicher, dass sie Paris und sie durch die halboffene Tür nicht aus den Augen ließ. Ihr fiel der Abend im *Carnivore* ein, bei dem Evangeline immer wieder Paris' Nähe gesucht hatte, wie auch die Blicke, die Evangeline ihm eben immer wieder zugeworfen hatte.

»Das ist zu viel gesagt.«

»Ist sie … ich meine, wart ihr mal …?«, begann Charlotte zögerlich. Sie konnte die Frage einfach nicht unterdrücken.

»Nein«, sagte Paris mit einer Entschiedenheit, die Charlotte erstaunte. »Ganz bestimmt nicht. Auch wenn sie das vielleicht gerne gewollt hätte.«

Charlotte schmiegte sich wieder an ihn, als Lisa die Tür öffnete und bei ihrem Anblick stehen blieb.

»Oh, Verzeihung. Ich wusste nicht, dass…«, begann sie, und Paris löste seine Arme von Charlotte, die einen Augenblick lang nach ihrem Gleichgewicht suchte, aber er legte gleich seinen Arm schützend um ihre Schulter. Lisa lächelte, doch es war, als ob sie Charlottes letzte Frage an Paris gehört hätte, denn sie sagte: »Bist du bereit, Charlotte? Auf Evangeline ist Verlass, denn sie kommt von hier, vergiss das nicht. Sie ist genau wie die Mädchen eine Borana. Kann sie deinen Wagen haben, Paris, oder brauchen wir ihn?«

»Natürlich kann Charlotte meinen Wagen haben. Wir warten hier, und zur Not können wir immer den Toyota der Mission benutzen.«

Nun trat auch Evangeline zu ihnen in den Gang

»Wie werdet ihr die Männer finden?«, fragte Paris.

»Ich weiß genau, wo das Höhlenlabyrinth ist, denn ich war schon viele Male mit Pater Matos Vieira dort. Sicher haben sie ihre Zelte an derselben Stelle wie sonst auch aufgeschlagen.«

»Also gut. Okay. Wann wollt ihr fahren?«

Charlotte sah in den Raum, wo Vida nun alleine auf Lisas Bett saß. »Sofort«, sagte Charlotte entschieden und Evangeline nickte.

»Bring deinen Schlafsack mit und pack viel Wasser ein, denn unterwegs gibt es bis zum Fuß der Moyaleberge keine Quellen und wer weiß, ob sie nach der langen Trockenzeit hier Wasser führen. Kumi kann sich hier Wasser aus dem Tank filtern.« Dann sah sie auf die Uhr an ihrem schmalen Handgelenk. »Mach schnell. Je eher wir fahren, umso besser ist es.«

Evangeline schlüpfte ganz selbstverständlich in die Rolle der Führerin, und Charlotte konnte nichts dagegen unternehmen, denn sie war von ihr abhängig, wenn sie Anza und die Männer finden wollte. Die Lage gefiel ihr nicht, doch sie konnte nichts anderes tun, als sie zu akzeptieren.

»Pass auf dich auf.« Paris zog ihre Hand an seine Lippen und küsste sie, ehe er ihre Finger presste.

Evangeline drängte:

»Komm, pack deine Sachen. Ich will vor der größten Hitze aufbrechen.«

Charlotte konnte noch nicken, dann war sie schon zur Tür draußen auf dem Weg zu ihrem Zelt. Als sie dort ankam, liefen ihr die Tränen über das Gesicht und Kumi, die im Schatten saß und wartete, sprang auf und umarmte sie.

»Fahren wir?«, fragte sie.

»Ich fahre. Ich *muss* fahren«, sagte Charlotte und wischte sich die Tränen vom Gesicht. »Alles andere ist unmöglich.«

»Und was ist mit mir? Ich will dich nicht alleine in die Moyalefelsen lassen.«

»Evangeline fährt mit mir. Uns bleibt nichts anderes übrig, aber Paris' Wagen ist ein Zweisitzer.«

»Du schaffst das, Charlotte. Und mach dir keine Sorgen. Solange Pater Matos Vieira bei Anza ist, kann ihr nichts passieren«, sagte Kumi tröstend. Dann sagte sie mit weniger Überzeugung in ihrer Stimme: »Ich hoffe, Nane ist nicht bei ihnen und tut nicht, was *Tembo* ihm vorschreibt.«

Charlotte nickte nur stumm. »Wenn ich in vier Tagen nicht zurück bin….«

»Was dann?«, schreckte Kumi auf.

»Nichts«, sagte Charlotte dann. »Mach dir keine Sorgen. Ich werde innerhalb von vier Tagen wieder da sein, und zwar zusammen mit Anza.«

Evangeline wartete bereits in Paris' Wagen auf sie und Charlotte schwang ihren Rucksack auf die Ladefläche des Landrover. Kumi dagegen stand mit verschränkten Armen vor der hochgeschlagenen Zeltklappe, und selbst auf die Entfernung konnte Charlotte ihren düsteren Gesichtsausdruck erkennen. Es war klar, dass sie am liebsten mitgefahren wäre. Schon ihr Anblick und das Wissen um eine Freundin gaben Charlotte Kraft.

»Was ist los? Hast du Bedenken?«, fragte Evangeline.

Hau ab. Sonst bist du als Nächstes dran.

»Natürlich nicht. Fahr los, Evangeline.«

Paris trat gerade vor die Mission und hinter ihm erschienen Lisa und Vida auf den Stufen. Lisa hängte sich bei Paris ein und winkte kurz, was Evangeline erwiderte. Paris sah dem Wagen ebenso zornig und bedrückt nach, wie Kumi es getan hatte, aber Charlotte schluckte hart und blickte nicht mehr zurück, sondern nur nach vorne.

»Die Fahrt ist nicht lang, aber beschwerlich. Wenn alles gut geht, sind wir heute Abend vor Sonnenuntergang am Lager.«

27. Kapitel

Den Großteil der Fahrt über schwiegen die beiden. Charlotte sah aus dem Fenster hinaus in die karge und feindselige Umgebung, deren tiefrote Erde zwischen dem Lavagestein und den wenigen Distelbüschen, die hier mit ihren Wurzeln in der vom Wüstenwind gepeitschten Landschaft noch Halt fanden, von der Hitze und Dürre aufgerissen war. Menschen sah sie so gut wie keine mehr über die Steppe laufen. Nur einige Kamele suchten noch nach letzten, verdorrten Gräsern, und die Fahrer der wenigen anderen Wagen, die ihnen auf der Fahrt begegneten, hielten ihre Autos an, grüßten Evangeline und tauschten ein paar Worte aus, in denen sie einander vor neuen Wadis oder Orten warnten, an denen die Piste vom Wind verweht worden war und man sich anders orientieren musste.

»So stelle ich mir die Mondlandschaft vor«, sagte Charlotte, als nur noch Hügel aus harter, dürrer Erde zu sehen waren, so weit das Auge bis zu den Moyalebergen reichte. Zwischen ihnen taten sich von der Sonne hart gebackene Krater auf, in denen kein Grün mehr wuchs. Es waren die ersten Worte, die sie seit der Abfahrt von der Mission gewechselt hatten und Evangeline nickte.

»Gut, dass uns noch andere Wagen begegnen. So fühle ich mich sicher. Ich merke, dass ich trotz all der Zeit in

Nairobi ein Stammesmensch geblieben bin. Menschen geben mir das Gefühl, in Sicherheit zu sein, obwohl das in der Großstadt wirklich nicht so ist. Die Einsamkeit hier ließ die Menschen zusammenhalten, und eine schnelle Verbrüderung und Wissen konnte für das Überleben entscheidend sein. In der Stadt dagegen macht gerade die Masse von Menschen einen einsam«, erklärte sie, ehe sie gerade noch einer plötzlichen Senkung in der Piste geschickt auswich und dann mitten durch den Busch weiterfuhr. Die trockenen Zweige knackten unter ihren Reifen und Staub und Steine wirbelten rechts und links des Wagens auf. Charlotte zog gerade noch ihren Kopf zur Seite, als ein Dornenzweig durch ihr offenes Fenster peitschte. Sie kurbelte das Fenster hoch, doch die Sonne brannte auf das Wagenblech und ließ die Temperatur im Inneren des Autos auf Backofenhitze ansteigen.

»Können wir die Klimaanlage anschalten?«, fragte Charlotte, doch Evangeline drückte den Knopf neben der Gangschaltung umsonst. Paris hatte offensichtlich bei den Reparaturen gespart, also öffnete Charlotte wieder das Fenster, um ihnen durch den Fahrtwind etwas Kühlung zu verschaffen. Doch es zog heiß wie aus einem Föhn in das Auto, und der Luftzug dörrte sie noch mehr aus. Ihre Lippen sprangen vor Hitze auf und die Zunge klebte geschwollen an ihrem Gaumen, so, als ob sie nicht mehr zu ihrem Körper gehörte, sondern ein fremdes, felliges Wesen war, das sich irgendwie in ihren Mund geschmuggelt hatte.

»Trink nur, wenn du musst«, sagte Evangeline hilfreich, als Charlotte nach ihrer Flasche griff, und Charlotte erwiderte nur: »Ich muss.«

Nach vielen Stunden Fahrt senkte sich die Sonne und

Evangeline sagte: »Tut mir leid, ich war zu optimistisch. Ich denke, wir schlagen unser Nachtlager auf.«

Sie rollten vor Erschöpfung schweigsam ihre Isomatten auf der Ladefläche des Landrovers aus. Evangeline sagte »Gute Nacht«, ehe sie sich zur Seite rollte, und nur kurz darauf hörte Charlotte ihre ruhigen, gleichmäßigen Atemzüge. Sie selbst dagegen sah lange in den von unzähligen Sternen übersäten Nachthimmel. Gab es eine schönere Decke? Sie sehnte sich nach Paris und wollte wieder mit ihm Sterne zählen, doch dann hoffte sie auf eine Sternschnuppe, um sich etwas wünschen zu können: Anzas Sicherheit oder eine Antwort von *Tembo*, wenn sie ihn zur Rede stellte. Eine Antwort, die seine und Max' Verbindung zu *Mungiki* und den Handel mit Körperteilen für die schlimmste und dunkelste Art der Schwarzen Magie aufdeckte. Doch solange sie auch in das unendliche Firmament sah, geschah nichts und schließlich fielen auch ihr die Augen zu. Sie konnte auch ohne Sternschnuppen hoffen, entschied sie.

Am nächsten Tag lösten sich die Umrisse der Moyaleberge aus den Wolken. Sie wirkten im klaren Morgenlicht zum Greifen nahe und jeder Kilometer Fahrt ließen ihre scharfen, zackigen Umrisse schärfer hervortreten. Gleichzeitig änderte sich die Landschaft, je näher sie dem Hochland Äthiopiens kamen. Sie wurde einladender, mit einer Ahnung von Fruchtbarkeit darin. Als Charlotte den ersten, niederen und grünen Baum wachsen sah, machte ihr Herz vor Freude beinahe einen Sprung. Sie hatte nicht gewusst, wie sehr man sich nach all den Disteln und den Dornen hier oben im Norden nach dem Anblick eines Baums sehnen konnte: Eines echten Baums, an dem so etwas wie grüne Blätter wuchsen, selbst wenn sie hier noch von einer dicken Staubschicht überdeckt waren.

Evangeline sah prüfend nach draußen. »Die Bäume scheinen Wasser zu bekommen. Wenn wir Glück haben, sprudeln die Quellen.«

»Können wir dann unsere Wasserflaschen auffüllen?«

»Das und noch mehr«, sagte sie. »Wir können baden, Charlotte.«

»Baden? Ich will so schnell wie möglich zum Pater und Anza kommen.«

»Keine Sorge, das schaffen wir. Es ist nicht mehr weit. Ich bin sicher, sie haben ihr Lager bereits aufgeschlagen, und wir erreichen sie noch vor Anbruch der Dunkelheit. Nur ein ganz kleiner Sprung in die Quellen, okay? Für uns Borana ist das Baden ein wichtiges Ritual. Bitte.«

Nur ein ganz kleiner Sprung. Wie konnte sie diesen Worten bei der Hitze widerstehen?

»Klar«, gab Charlotte nach. »Aber nur ein ganz kleiner Sprung.«

Sie folgte Evangeline, die ihr voraus den schmalen Pfad hoch in die Ausläufer der Moyaleberge ging, und die ihre Füße geschickt zwischen all die scharfkantigen Brocken setzte, so dass Charlotte manchmal Mühe hatte, ihr zu folgen. Gleichzeitig war sie fest entschlossen, ebenso schnell wie Evangeline voranzukommen, denn sie spürte sich, seitdem Evangeline die Art ihrer Bindung zu Paris begriffen haben musste, auf dem Prüfstand. Evangeline schien sie stetig zu beobachten und jedes Wort und jede Bewegung auszulegen. Es war klar, dass sie Paris einmal sehr gemocht hatte, oder ihn noch immer mochte, doch gleichzeitig hatte Charlotte ihn ihr ja nicht weggenommen, sondern sie beide wären frei gewesen, als sie sich bei der PUR Pressekonferenz kennengelernt hatten. Nach etwa einer halben Stunde Anstieg, die Charlotte den Schweiß in die Augen und den Nacken laufen ließ, drehte sich Evangeline zu ihr um, legte lauschend ihren Kopf zur Seite und sagte:

»Gleich sind wir da. Hörst du das Wasser?«

Charlotte stützte sich an der Felswand neben ihr ab. Sie war sportlich und hatte sich immer für fit gehalten, aber die Tage hier im Norden belehrten sie eines Besseren. Als ihr Herzschlag sich etwas beruhigte und nicht mehr nur das Blut durch ihre Ohren rauschte, hörte auch sie das Geräusch. Es war nicht mehr als ein leises Plätschern und Gurgeln, es war ein Versprechen von Leben und von Fruchtbarkeit.

Evangeline verschwand mit mehreren Sätzen hinter mannshohen Felsbrocken und rief: »Komm, es ist herrlich.«

Der Gedanke an das Wasser zog Charlotte magisch an und sie folgte dem gurgelnden Geräusch, bis hinter den Felsbrocken die Quellen auftauchten. Klarstes Wasser sprudelte hoch oben aus den Felsen und fiel mit einem glitzernden Sprühregen an Tropfen in eine Kette von Bassins, von denen ein Wasserfall das nächste speiste. Die Luft funkelte hinter einem feuchten Schleier, überall an den Felsen wuchsen Moose und Gräser, Schmetterlinge torkelten und Kingfisher-Vögel surrten von einer der Blüten, die sich an den Bäumen entlang der Hügel hochrankten, zur anderen. Es war ein kleines Paradies von einer unerwarteten Schönheit und Vollkommenheit, wie sie es noch nie gesehen hatte. Sie zog ihre kleine Kamera aus der Seitentasche des Rucksacks und ließ das Objektiv schweifen. Erst, als sie die Kamera ausschaltete, bemerkte sie die Stille um sich herum: Außer dem Wasser war nichts zu hören und Evangeline war auch nirgends zu sehen. Instinktiv richtete Charlotte sich auf und sah sich um.

»Evangeline?«, rief sie, doch sie bekam keine Antwort. »Evangeline, wo bist du?«

Ihre eigene Stimme hallte von den hohen Wänden um die Quellen herum wider und Charlottes Herzschlag beschleunigte sich. Sie war mutterseelenallein hier oben. Würde sie ohne Evangeline den Weg zurückfinden? Natürlich, beruhigte sie sich. Natürlich. Dies waren doch nur Quellen in den Ausläufern der Moyaleberge, und nicht das Felsenlabyrinth selber.

»Hier bin ich«, hörte sie Evangeline antworten und Charlotte sah sie von einem der Bassins hoch oben über der Felswand winken. »Hier oben! Komm!« Charlottes Instinkt und die eben ausgestandene Furcht warnten sie dumpf vor einer Gefahr, die sie nicht benennen konnte, doch Evangeline winkte noch einmal, ehe sie sich ihr verschwitztes und schmutziges T-Shirt über den Kopf zog und sich Wasser auf die nackte Brust spritzte.

Charlotte stellte den Rucksack ab, aus dem noch immer das Objektiv der laufenden Kamera sah, und richtete es nach kurzer Überlegung auf das Becken. Dann zog sie sich aus. Als sie sich umdrehte, ließ Evangeline sich gerade mit den Armen am Rand des Beckens abgestützt ins Wasser, und Charlotte sah ihre große Brust, den flachen Bauch und dann, ehe sie wusste was geschah, hörte sie ihren eigenen Entsetzensschrei. Evangeline zuckte zusammen und verharrte kurz in ihrer Bewegung, ehe sie sich wieder hochzog und sich an den Rand setzte.

»Was ist denn los, Charlotte?«

Charlotte dagegen sprang ins Wasser und war in einigen Zügen bei Evangeline angekommen.

»Was ist denn los?«, fragte Evangeline wieder und legte sich schützend die Hände vor den Unterleib. »Hast du dir wehgetan?«

Charlotte zog sich ebenfalls auf den Rand des Bassins. »Mir nicht, Evangeline. Aber wer hat dir um Gottes willen so wehgetan?«

»Ich weiß nicht, wovon du sprichst«, sagte Evangeline und ihre Stimme klang ehrlich erstaunt.

»Davon«, sagte Charlotte entschieden, fasste Evangeline an den Handgelenken und bog ihre Arme beiseite. Der Anblick war so erschreckend, dass Charlotte wieder scharf Atem holte, obwohl sie dieses Mal darauf vorbereitet gewesen war. Wo bei Charlotte ihr Schamhaar und ihr Geschlecht begannen, sah man bei Evangeline nur glatte Haut, die bis tief zwischen ihre Schenkel reichte. Es sah aus, als hätte sie überhaupt keine Scheide und Charlotte konnte nur flüstern: »Du bist beschnitten worden. Du bist voll beschnitten.«

Evangeline machte sich mit unerwarteter Kraft aus ihrem Griff frei. »Deshalb machst du so einen Aufruhr?«

»Wie bitte?«

»Das ist doch ganz normal. Alle Mädchen, die ich kenne, sind beschnitten worden. Das gehört sich so für eine anständige Frau.«

»Wer sagt das? Wie kannst du das glauben? Wer hat dir das angetan?«

»Angetan? Ich will es nicht anders haben.«

»Wer hat dir das angetan?«, wiederholte Charlotte zornig.

»Es ist geschehen, als ich noch ganz klein war. Ich kann mich an nichts mehr erinnern«, sagte Evangeline. »Wirklich nicht.«

»Nein? Es muss doch furchtbar wehgetan haben.«

»Ich erinnere mich nur noch, dass ich wochenlang still liegen musste und sie mir die Beine zusammengebunden haben, damit die Wunden sauber verheilen. Ich habe von so vielen Mädchen gehört, die ihre Wunde verschmutzten und daran starben. Da habe ich es besser gehabt, man hat sich sehr um mich gekümmert«, sagte Evangeline.

»Wer – man?«

Evangeline zuckte die Achseln. »Die Frauen, die mich beschnitten haben und die alle Mädchen der Gemeinschaft beschneiden.«

Evangeline zog trotzig die Knie an und die kurze Vertrautheit zwischen ihnen war verflogen.

»Was sagt der Pater dazu? Er als dein Adoptivvater muss doch darüber genauso entsetzt sein?«, fragte Charlotte, um den feindseligen Augenblick zu überspielen.

»Dazu versteht der Pater viel zu viel von unserer Welt, Charlotte. Mehr als du.«

Ehe Charlotte sie daran hindern konnte, war Evangeline schon ins Wasser gesprungen und tauchte tief bis auf den Grund des Beckens. Charlotte dagegen hatte jedes Bedürfnis nach einem Bad verloren. Als Evangeline wieder auftauchte, sagte Charlotte nur ruhig: »Ich will sofort zum Lager. Ich will sofort zu Anza.«

Etwas war an Evangeline, das sie nicht ausloten konnte

und das sie zutiefst beunruhigte. Ihr wechselhaftes Benehmen war unergründlich, und dabei war ihr die junge Frau am Anfang so sympathisch gewesen. Nichts an Evangeline passte nun noch zum anderen: Ihre moderne Erscheinung, ihr selbstbewusstes Verhalten – alles, was Charlotte als das moderne Afrika ausgelegt hatte. Doch dann wieder war sie voll beschnitten und akzeptierte dies, obwohl ihr als Kind natürlich keine andere Wahl geblieben war. Hätte Evangeline eine Tochter, würde sie sie ebenfalls beschneiden lassen, auch wenn sie damit gegen das Gesetz verstieß, da war sich Charlotte sicher.

»Wie du willst«, sagte Evangeline und schwamm ans Ufer, während Charlotte sich hastig anzog. Bei dem Gedanken an die Beschneidung rang sie nach Atem: Wer konnte einem kleinen Mädchen so etwas antun? Sie erinnerte sich an Recherchen, die eine Kollegin über Beschneidungen bei Einwandererkindern in Deutschland durchgeführt hatte und sie erinnerte sich auch an die Bilder, die sie damals gesehen hatte. Es war ein schwieriges und gefährliches Thema, denn obwohl in Europa verboten, wurden jährlich Zehntausende von Mädchen von dem Ritus bedroht. Das damals war eine Reportage gewesen, die sie aufgewühlt hatte, obwohl sie die Recherchen nicht einmal selber ausgeführt hatte. Doch Evangeline hier war die Wirklichkeit, begriff sie, die sie mehr als je zuvor irgendein Thema für eine Reportage packte.

Hier in Kenia erlaubte ihr nichts mehr, von der Arbeit und den Themen Abstand zu gewinnen. Das Land und seine großen, drängenden Fragen waren überall und begehrten unaufhörlich Einlass in die ruhigsten und intimsten Momente. Schon nach den wenigen Wochen in Nairobi fühlte sich Charlotte davon tief berührt. Natürlich könnte sie immer nach Europa zurück, aber sie würde ihr Leben nie wieder mit derselben Distanz zu den Dingen leben können. Vielleicht war es das, was Shirish gemeint hatte. Im Vergleich zu dem Leben hier war alles andere nur ein blasses Abziehbild, doch man musste es selbst zu leben wagen, es annehmen, um es seine volle Kraft entfalten zu lassen. Kenia und der Abend in Kibera hatten sie in eine Wirklichkeit gezwungen, die immer da war und die immer da sein würde, und die nicht mit dem Schneiden und Senden der Reportage beendet war. Dies war das Leben, begriff sie. Ihr Leben, Evangelines Leben und das Leben der Gotteskinder. Hatte man ihnen angetan, was Evangeline als Kind erlitten hatte? Sie hielt inne und wischte sich den Schweiß, der schon wieder über ihr Gesicht lief, aus den Augen und dachte an Vidas und Anzas kleine Gesichter.

Charlotte erschauerte trotz der Hitze: Welche Schmerzen stand Evangeline aus, wenn sie mit einem Mann schlief? Wusste der Pater von Evangelines Beschneidung? Sicher, entschied sie dann traurig, aber was sollte er heute noch dagegen tun? Bestimmt war sie geschehen, ehe sie zu ihm kam, und rückgängig ließ es sich ja nicht machen.

Charlotte beeilte sich nun, zu Paris' Wagen zu kommen. Sie spürte von Minute zu Minute, dass es dringender wurde, Max und das Mädchen zu finden.

28. Kapitel

Im Wagen setzte sich Evangeline mit einer trotzigen Geste ihre Sonnenbrille auf. Erst als sie den Motor angelassen hatte und der Wagen aus dem Schatten der Bäume wieder auf die Piste rollte, unternahm Charlotte noch einen Versuch, mit ihr zu sprechen.

»Ich wollte dir eben nicht zu nahe treten, Evangeline. Ich bin nur so erschrocken und es tut mir so leid, dass du das ertragen musstest.«

»Es muss dir nicht leid tun«, sagte Evangeline feindselig. »Ich habe einen Fehler begangen, mich dir so zu zeigen. Mir war nicht einmal bewusst, dass es dich schockieren könnte.«

»Du hast doch sicher heute noch Schmerzen, oder? Was wird, wenn du ein Kind bekommst?«

»Dann schneiden sie mich auf und nähen mich danach wieder zu«, erwiderte Evangeline knapp und gab Gas, so dass Charlotte kurz in ihren Sitz gedrückt wurde. »Wer – sie? Beschneidungen sind doch auch in Kenia offiziell verboten.«

Evangeline sagte nur: »Seit wann ist es schmerzfrei, eine Frau zu sein? Bringen die Frauen in Europa ihre Kinder etwa ganz ohne Schmerzen auf die Welt?«

»Nun, da gibt es erhebliche Unterschiede in der Definition von Schmerz«, sagte Charlotte, doch Evangeline sah sie nur kurz und verständnislos an, so dass Charlotte sagte: »Lass uns fahren.«

Die Piste führte nun in den Wald am Fuß der Moyaleberge. Zweige hingen tief bis auf den Boden und Teile von umgestürzten Stämmen lagen ihnen im Weg, so dass Evangeline vorsichtig um sie herum lavierte. Charlotte konzentrierte sich ebenfalls auf den Weg vor ihnen und versuchte, im sandigen Geröll andere Reifenspuren auszumachen, die auf *Tembos* und Max' Anwesenheit schließen ließen, doch es war unmöglich.

Die Natur hatte sich rund um die Quellen in kürzester Zeit vollkommen gewandelt. Statt des Sandes und der Dornen der letzten Tage wucherten nun Eukalyptus, Akazien und Affenbrotbaum rechts und links der Piste. Ihre Zweige verwuchsen zu einem undurchdringlichen Dickicht. Schlingpflanzen hingen von den Ästen und ihre Wurzeln ragten aus der Erde wie Fallen, die geduldig auf ein Opfer warteten. Bewirkten nur die nahen Quellen diesen Wandel?

Charlotte sah nun rechts und links der Piste frisch abgeschnittene Zweige liegen, die grob mit einer Machete abgehackt worden waren. Vielleicht waren es Tembo und Max gewesen, die sich hier den Weg freigeschnitten hatten, hoffte sie. Sie wunderte sich, ob es noch weit zum Lager war, aber hatte keine Lust, Evangeline danach zu fragen. Ihr Vorrat an möglicher Gemeinsamkeit war seit Langem aufgebraucht, aber sie biss die Zähne zusammen, denn sie brauchte Evangeline hier oben – und diese wusste das genau.

Paris fehlte ihr plötzlich so sehr, dass es ihr geradezu

körperlichen Schmerz bereitete. Wie selbstverständlich er sie in den Arm genommen hatte, als sie den schrecklichen Fuß in ihrem Schuh entdeckte und wie gerne er sie eigentlich begleitet hätte, obwohl er ihr noch immer nicht glaubte, dass die Kinder bei den Fleissners in Gefahr waren. Hatte sie ihn in ihrer Dummheit und ihrem Stolz noch dazu entmutigt? Nur wegen Lisas hilflosem Blick gab sie selbst sich so einfach und kampflos geschlagen? Ja Himmel Herrgott, hatte sie denn seit Henrik und seiner Vorzimmerdame gar nichts gelernt? Wenn sie einen Mann wollte, dann musste sie eben um ihn kämpfen, aber nicht mit Füßen stampfen und kindisch *Ich will aber!* schreien, sondern mit den Waffen der Frauen. Es hatte sie also fast dreißig Jahre ihres Lebens gekostet, das zu lernen, und diese Erkenntnis ließ sie sich stumm in ihren Sitz drücken, gerade als Evangeline sagte: »Gleich sind wir am Lager.«

»Wie oft warst du schon hier?«

»Schon sehr oft. Ich glaube, ich habe hier laufen gelernt.«

»Wirklich? Wie alt warst du, als der Pater dich adoptiert hat?«

»Ein Neugeborenes. Meine Mutter ist in seiner Mission am Victoriasee bei meiner Geburt gestorben und er hat mich dann an Kindes statt angenommen und mir auch meinen Namen gegeben.«

Nach wenigen Minuten lichtete sich das Dickicht, und vor ihnen war der Wald deutlich mithilfe einer Machete gerodet und ein offener Platz geschaffen worden.

»Wir sind da«, sagte Evangeline und stellte den Motor ab.

Das plötzliche Schweigen füllte Charlottes Ohren. »Danke«, sagte sie dennoch. Evangeline nahm ihre Sonnenbrille ab, um ihr einen unergründlichen Blick zuzuwerfen.

»Nichts zu danken, Charlotte, nichts zu danken. Lass uns aussteigen.«

Charlotte setzte ihren Fuß auf das weiche, junge Gras, das auf der Lichtung spross, nun, da die Erde durch die Rodung endlich wieder Licht bekam. Sie streckte sich, denn sie spürte die Fahrt der vergangenen beiden Tage in allen Knochen.

Es war später Nachmittag und das warme Sonnenlicht tanzte in Flecken über die Blätter und den Busch um die Lichtung. In einigen Abständen voneinander waren drei Zelte aufgebaut und dazwischen lag die mit Steinen umgebene Feuerstelle, über deren noch glimmender Asche ein Topf hing. Sie sah hinein, aber er war sauber und leer, und auch die Zelte waren sorgfältig mit ihrem Reißverschluss bis oben hin zugezogen verschlossen.

»Wo sind sie alle?«, fragte sie Evangeline, die gerade ihr Zelt von der Ladefläche des Landrovers lud.

»Ich weiß es nicht. Vielleicht in den Höhlen?«

»Ist das unser Zelt? Sieht ziemlich klein aus«, sagte Charlotte und zeigte mit dem Kinn auf das Bündel in Evangelines Hand.

»Du hast recht. Ich habe das falsche Zelt eingepackt. Nun, du hast ja auch vergangene Nacht in deinem Schlafsack unter freiem Himmel geschlafen. Wenn du willst, kannst du dich wieder auf die Ladefläche legen. Da bist du vor den Tausendfüßlern sicher«, sagte Evangeline und zeigte auf eines der bunten, dicht behaarten und beinahe ellenlangen Insekten, das gerade über einen Stein nahe der Reifen kroch.

Charlotte nahm ebenfalls ihren Rucksack von der Ladefläche, an dessen Seite sie nur eine Isomatte und nicht das Zelt gerollt hatte und ärgerte sich, obwohl sie das Schlafen unter freiem Himmel liebte. Kumi hätte auch in der Mission noch Platz finden können und so als Einzige, die einfach im Schlafsack am Lagerfeuer schlief, fühlte sie sich auch auf der Ladefläche des Landrovers schutzlos. Sie spürte Evangelines Blick und beschloss, sich ihre Wut über das Versäumnis nicht anmerken zu lassen. Sie hatte viel zu überstürzt gehandelt, wurde ihr klar, aber die *Uchiwa* des Albino-Fußes und die Abfahrt Max Fleissners wie auch Anzas Verschwinden hatten sie alle Vernunft vergessen lassen. Nun war es zu spät, um daran etwas zu ändern. Sie schaltete diskret ihre kleine Kamera an, die lautlos begann, aufzunehmen.

»Sind die Höhlen weit von hier?«, fragte sie Evangeline.

»Nein, nicht weit.«

Musste sie denn dieser Frau jede Information aus der Nase ziehen? Sie versuchte, ihren Zorn zu bekämpfen, denn der war ein schlechter Ratgeber.

»Was machen sie in den Höhlen um diese Zeit? Es wird doch bald dunkel.«

»Vielleicht sind sie gerade auf dem Rückweg. Es gibt dort viel zu sehen. In einer der Höhlen ist ein Opferstein, über den eine Öffnung hoch oben in der Höhlendecke ins Freie führt. Zu einer bestimmten Zeit mittags fallen die letzten Sonnenstrahlen durch diese Öffnung und es sieht aus, als ob der Stein brennt. Vielleicht wollten sie das Anza zeigen. Sie hat bestimmt so etwas noch nie gesehen. Aber als Gotteskind muss es sie interessieren.«

Nun konnte Charlotte sich beim besten Willen nicht

mehr beherrschen. Ein Opferstein, den Anza sich unbedingt ansehen sollte? Schon der Gedanke entsetzte Charlotte und sie packte Evangeline am Arm. »Wo, verdammt noch mal, sind diese Höhlen? Sag mir sofort, wie ich dorthin komme.«

»Das allein genügt nicht. Einmal dort weißt du noch lange nicht, wie du Max und das Kind findest. Du brauchst mich, damit ich dich führen kann.«

Max und das Kind! Evangeline wusste also genau, weshalb sie hier war.

»Es ist doch Anza, die du suchst, oder? Willst du sie interviewen? Willst du sie wie einen Affen der Öffentlichkeit vorführen? Damit beleidigst du uns Borana.«

»Im Gegenteil. Ich will sie schützen.«

»Schützen? Wovor?«

Charlotte konnte und wollte Evangeline nicht trauen, als diese schon sagte: »Wer sagt dir, dass es nicht ihre Bestimmung ist, von den Fleissners adoptiert zu werden?«

Ihre Bestimmung? War es auch ihre Bestimmung, in Stücke geschnitten zu werden, damit ihre Körperteile von den Kunden der *Uchiwa*, wer auch immer das sein konnte, geradezu mit Gold aufgewogen wurden?

Charlotte versagte einen Moment lang die Stimme, ehe sie antworten konnte: »Bring mich sofort zu dieser Höhle. Sofort, oder …« Ihr fiel keine Drohung ein, die ihrer Forderung genug Nachdruck gegeben hätte, aber Evangeline hob besänftigend die Hände »Schon gut, schon gut. Ich führe dich hin. Warte hier, ich stelle nur noch mein Zelt auf, sonst wird es dunkel, und ich habe keine Lust, in der Nacht nach meinen Heringen zu suchen.«

»Mir ist vollkommen egal, wo und wann du nach deinen Heringen suchst. Lass uns jetzt gehen. Sofort.«

»Paris hatte schon recht mit dem, was er über dich gesagt hat.«

»Was hat er denn gesagt?«, rutschte es Charlotte heraus, ehe sie stolz schwieg. Weshalb wusste eine Frau so genau, wie und wo sie die Andere am empfindlichsten treffen konnte? Einen Augenblick lang kämpfte sie mit sich: Sollte sie Evangeline glauben? Dann weigerte sie sich. Paris würde nie hinter ihrem Rücken über sie sprechen, und schon gar nicht auf diese Art und Weise gegenüber einer anderen Frau. Das wusste sie einfach, mit ihrem Herzen und ihrem Hirn.

Evangeline aber zog die Mundwinkel nach unten und Charlotte hätte sie dennoch aus Irritation und Schmerz am liebsten geohrfeigt. »Das kann ich aus Loyalität Paris gegenüber nicht wiederholen.« Sie schien dennoch ihre nächsten Worte abzuwägen. »Was im Schlafzimmer gesagt wird, bleibt im Schlafzimmer.«

Charlotte zwang sich, gelassen und bei ihrer Entscheidung von eben zu bleiben. Sie traute Paris, daran sollte niemand und schon gar nicht diese Frau etwas ändern. »Das hättest du sicher gerne gehabt, Evangeline. Sei nicht traurig. Ich weiß, wie hart es ist, abgewiesen zu werden. Es gibt ja noch mehr Fische in der See.«

»Lass uns gehen, Miss Frank.«

Evangeline wandte sich um und ging Charlotte voran langsam über die Lichtung. Sie suchte nach etwas, ging erst nach links, dann nach rechts, ehe sie den Busch, der vor ihnen wie ein Wall aus dem Boden wuchs, teilte. Hinter den dichten, dunkelgrünen Zweigen, deren frischen Duft Charlotte in der Abendkühle einsog, schlang sich ein schmaler Pfad, der sich im Urwald rund um die Moyalefelsen verlor. Ehe Charlotte Evangeline ganz in den Wald folgte, drehte sie sich noch einmal nach dem Lager um. Die Lichtung war von den letzten Sonnenstrahlen durchflutet, Vögel zwitscherten in den Zweigen und neben dem Lagerfeuer waren einladend die Feldstühle aufgestellt. Es sah nach Frieden und Freundschaft aus, und bei dem Gedanken an das dunkle Höhlenlabyrinth, das sie gleich betreten musste, brach ihr der Schweiß aus, denn alles an der Beschreibung der Moyalehöhlen war für sie abstoßend.

Dennoch unterdrückte sie den Impuls, einfach bei den Zelten zu bleiben und dort auf Max Fleissner und Anza zu warten. Was, wenn das Kind nie wiederkam und sie es nicht einmal versucht hätte, ihr zu helfen? Nein, sie musste gehen. Sie musste einfach. Es blieb ihr keine andere Wahl. Auf wessen Hilfe konnte Anza hier oben hoffen, wenn nicht auf ihre?

Hau ab, sonst bist du als Nächste dran.

Charlotte war bereit, auf sich zu nehmen, was immer *Tembo* für sie geplant hatte. Sie wollte nur eines: dem Mädchen helfen.

»Was ist?« Evangeline drehte sich schon zehn Schritte entfernt nach ihr um. »Traust du dich nicht, Charlotte? Hast du Angst vor deiner eigenen Courage bekommen?« Ihre Stimme war schneidend und Charlotte schüttelte den Kopf.

»Da täuschst du dich. Ich habe vor nichts und niemandem Angst.«

»Dann ist es ja gut.«

Sie folgten dem Weg durch den Busch lange und über Zickzackpfade, bis Charlotte vollkommen die Orientierung verloren hatte. Über ihrem Kopf schwangen Affen durch das dichte Laub, deren langes schwarz-weiß gestreiftes Fell beim Sprung schwirrte und deren rote Zungen wie ein Warnzeichen aufleuchteten, wenn sie überraschend laut und kreischend lachten, so dass Charlotte jedes Mal zusammenfuhr.

Mehrere Male achtete sie nicht auf die Zweige, die Evangeline im Vorangehen beiseite bog und sie schlugen ihr schmerzhaft ins Gesicht. Ein Dorn riss ihre Haut knapp unter ihrem Auge ein und sie unterdrückte gerade noch einen Schmerzenslaut. Danach hielt sie den Kopf gesenkt und achtete auf jeden Schritt, um nicht über eine der langen, knorrigen Baumwurzeln zu stolpern, die wie Fallstricke aus dem Boden ragten. Als sie einmal stehen blieb und Atem schöpfte, sah sie, wie handtellergroße Spinnen ihre Netze zwischen Stamm und Ästen der hohen Bäume woben, deren Kronen das Licht ausschlossen. Auf einem Blatt in einem Busch direkt neben Charlotte saß ein Chamäleon, das sie nicht aus seinem starren Auge ließ, ehe es auf eine rote Blume glitt und dort im Zeitlupentempo eine blutige Farbe annahm.

Charlotte verstand den Wechsel als Warnung und ihr Herzschlag stockte kurz. So ein Unsinn. Sie war doch nicht abergläubisch! Aber überall in diesem so ursprünglichen und von Menschenhand unberührten Wald knackte und atmete es, ohne dass sie sehen konnte, was genau da auf sie lauerte und von welchen Lebewesen sie sich so beobachtet fühlte. Nach einer Weile drehte sie sich einfach nicht mehr um und hielt ihren Blick starr auf Evangelines Fersen geheftet. Für sie gab es nur einen Weg und nur eine Richtung, und die führte nach vorne, in das Labyrinth der Moyalehöhlen hinein. Sie mochten ihre Hölle sein, aber geradewegs in ihre Mitte zu gehen und Anza zu retten, konnte sie auch von ihren Erinnerungen und ihrer Scham erlösen. Das Gleichmaß der Schritte wiegte sie in eine Art Trance, was Charlotte erlaubte, ihre Kraft zu sammeln, um trotz der namenlosen Furcht in ihrem Herzen noch vernünftig handeln zu können. Sie wusste nicht, was sie in den Höhlen erwartete, und sie hatte auch keine Beweise dafür, aber sie spürte mit jeder Faser ihres Wesens, dass Anza sie nun brauchte, und zwar so sehr wie noch nie einen Menschen zuvor und vielleicht nie einen Menschen wieder in ihrem Leben; denn ein Gotteskind war dabei, Teufeln in die Hände zu fallen.

29. Kapitel

Charlotte hatte den Eingang zu den Moyalehöhlen nicht kommen sehen, aber plötzlich standen Evangeline und sie vor einer Spalte im Fels, die die steinerne Wand von oben bis unten in zwei Hälften teilte.

»Bitte. Hier sind wir«, sagte Evangeline. Auch sie war etwas außer Atem.

»Hier?« Charlotte legte den Kopf in den Nacken und sah nach oben bis zum Rand des Felsens, der als Klippe überhing.

»Ja. Das Labyrinth der Moyalehöhlen beginnt hinter dieser Spalte. Pater Matos Vieira hat sie vor vielen Jahren entdeckt, als er gerade in Kenia angekommen war. Der Fels war vollkommen überwachsen, aber einer der Padres am Victoriasee hatte ihm von den Legenden um die Moyalehöhlen erzählt und er hat lange gesucht, bis er ihren Eingang gefunden hatte.«

»Warum gibt es hier keinen Wegweiser oder kein Schild?«, fragte Charlotte misstrauisch.

»Und wo parken die Reisebusse? Gibt es denn auch einen Kiosk mit kalter Coca-Cola? Nein, Charlotte, den gibt es nicht. Diese Höhlen sind ein Geheimnis, in das nur Menschen, die wirklich *glauben,* eingeweiht werden. Von ihnen zu wissen, ist eine Gnade und eine Belohnung.

Du musst dich ihrer würdig erweisen«, spöttelte Evangeline.

Sie wartete Charlottes Antwort nicht ab, sondern drehte sich seitwärts, schob sich durch die breiteste Stelle im Spalt und verschwand darin. Charlotte folgte ihr und machte einen Schritt auf die Spalte zu. Ein Schritt, der zwei Welten verband und gleichzeitig teilte, als sie den kalten Stein berührte. Sie sah nach oben in ein letztes Stück Himmel, auf das die Zweige ihr die Sicht erlaubten. Das letzte Sonnenlicht wärmte ihre Haut, als sich über den Klippen bereits ein Streifen Violett in das zarte, helle Blau des Abendhimmels mischte. Wenn sie Anza vor Sonnenuntergang finden wollte, musste sie sich beeilen. Charlotte schloss die Augen, ballte die Fäuste, holte tief Luft und schob sich in die Spalte. Der Stein war kalt an ihren nackten Unterarmen, verbrauchte Luft schlug ihr wie hässlicher Atem ins Gesicht, und als sie sich an die Felswand presste, um ihren nächsten Schritt in die Felsenhöhlen hinein zu tun, schlug ihr Herz so fest, dass es aus der Höhle widerhallen musste.

»Evangeline?«, fragte sie in das Dunkel und hörte selber die Unsicherheit in ihrer Stimme. Da blitzte in einiger Entfernung das Licht einer Taschenlampe auf.

»Bist du da, Charlotte? Ich bin hier vorne.« Ihre Stimme kam geisterhaft aus der Dunkelheit.

»Komm. Folg dem Licht. Dann kann dir nichts passieren.«

Sie klang ruhig und bestimmt, und doch weigerte sich alles an Charlotte, ihr zu trauen, auch wenn ihr in dieser Lage keine andere Wahl blieb. Der Lichtstrahl schweifte langsam von links nach rechts, wie ein Signal, das ihr den Weg wies, so dass Charlotte sich zwang, ihre Finger von den Rändern der Spalte zu lösen und die warme, lebendige Welt dort draußen endgültig zu verlassen. Sie schöpfte Atem und schloss kurz die Augen, ehe sie einen Schritt tat. Ihre Finger spürten keinen Stein mehr. Sie war in den Moyalehöhlen.

»Komm. Wir müssen hier entlang.«

Charlotte folgte Evangelines Stimme, die wie Wellen kam und ging, und schon nach zwei, drei Schritten berührte ihre Stirn etwas Warmes, Haariges, das ihrem Körper nachgab und dann wieder an ihr Gesicht heranschwang. Charlotte schrie leise auf und Evangeline zischte: »Psst. Das Echo spielt hier drinnen verrückt!«

»Da war etwas…«, begann Charlotte und unterbrach sich dann.

»Ich weiß. Duck dich, denn überall hängen Fledermäuse und glaub mir, du willst sie nicht aufwecken, denn viel zu fressen haben sie hier in den Höhlen nicht.«

Der Lichtstrahl von Evangelines Taschenlampe glitt kurz an die Decke der Höhle, wo Fledermäuse hingen, von denen die größten leicht von Charlottes Hand bis zu ihrem Ellenbogen reichten. Hunderte und Tausende von ihnen lebten hier im Inneren der Felsen, und der Gedanke, die Tiere aufzuwecken und sich ihre Flügel um die Ohren schlagen zu lassen, jagte Charlotte einen Schauer über den Rücken. Also senkte sie den Kopf und kroch beinahe auf das Licht zu, so tief geduckt ging sie weiter hinter Evangeline her, die nun noch einmal warnte: »Gut so. Pass aber auf, wo du hintrittst. Es gibt eine Menge Löcher, durch die du in einen Schlund fällst, der dich mit dem Nimmerwiedersehen verbindet. Das sind Fallen, die frühe Gläubige für ihre Verfolger gebaut haben, denn Zeit genug hatten sie hier drinnen ja. Wer weiß, wie ihnen das so gut wie ohne Werkzeug gelungen ist? Also bleib nahe bei mir, okay?«

»Okay«, erwiderte Charlotte, die gerade noch zwischen Licht und Schatten ein, zwei gähnende Löcher im Stein des Fußbodens ausmachte, die sich dort auftaten, wo sie gerade hatte hintreten wollen. Wer immer hier gehaust hatte, hatte viel Zeit und noch mehr Grund zur Furcht gehabt. Sie ärgerte sich, nicht selbst an eine Taschenlampe gedacht zu haben. Was für ein blöder Anfängerfehler, der ihr wirklich selbst in aller Eile nicht mehr hätte passieren dürfen, und das nicht nur aus Sicherheitsgründen und ihrer Angst vor der engen Dunkelheit, sondern auch um mehr von den Höhlen sehen zu können. Sie hasste es, von anderen Leuten abhängig zu sein: Wie hatte sie nur so überstürzt aufbrechen können? Das sah ihr doch gar nicht ähnlich. Sie setzte über eines der Löcher und folgte Evangeline nun dicht auf dicht, so dass sie deren Parfum nach Patschuli und Bergamotte im Dunkel wahrnahm. Die Nase war der schärfste aller Sinne, erinnerte sie sich von einer Reportage, die sie über die wachsenden Weinexporte Chinas gemacht hatte. Solange sie Evangelines Duft vor sich in der Schwärze der Höhlen wahrnahm, war sie auf dem richtigen Weg, auch wenn dieser wie ein Teil des gordischen Knotens verschlungen war. Evangeline aber schien sich vollkommen in diesem Labyrinth auszukennen und geheimen Markierungen zu folgen, denn wann immer sich zwei oder drei verschiedene Wege vor ihnen auftaten, wählte sie mit schlafwandlerischer Sicherheit einen unter ihnen.

»Gleich kommen wir in die erste Höhle«, hörte Charlotte sie nach einer Weile, die ihr endlos vorkam, sagen. »Ihr Anblick überwältigt mich immer wieder.«

Charlotte spürte die Luft um sich herum kälter werden. Und als Evangeline den Lichtstrahl der Taschenlampe über Wände und Decken gleiten ließ, lief Wasser daran herunter, das wie Edelsteine glitzerte.

»Ich dachte, die Höhlen wurden als Kirchen genutzt?«, fragte Charlotte.

»Das wurden sie auch.«

»Woran will man das erkennen? Sie sind nicht verziert.«

»Warte. Diese hier ist einfach von Natur aus so wunderbar anzusehen. Alles andere kommt noch. Lass uns weitergehen, du wirst schon noch alles zur rechten Zeit sehen.«

Charlotte versuchte, den Boden unter ihren Füßen auszumachen, als sie einen leisen Schrei hörte, der aus einer der Höhlen weiter vor ihnen kam. Er schwang durch die feuchte Luft, prallte an den Wänden ab und hallte von Decke und Boden wider, so dass er Charlottes Ohren mit einem dutzendfachen Echo füllte.

»Evangeline! Hast du das gehört?« Sie griff in Richtung des Lichtstrahls und fasste Evangeline am Arm, um sie am Weitergehen zu hindern.

»Nein, was denn?« Der Lichtstrahl der Taschenlampe verharrte.

»Den Schrei! Das war Anza. Wir müssen sie finden.« Ihre eigene Stimme wurde vor Erregung laut, aber Evangeline übertönte sie noch: »Das bildest du dir ein. Deine Sinne sind vollkommen überreizt, das passiert leicht in den Höhlen. Hier ist noch niemand. Ich glaube nicht, dass der Pater oder Anza hier sind, denn die Höhle, von der ich dir erzählt habe, ist noch viel weiter weg und liegt tiefer im Fels.«

»Doch, doch, sie sind hier. Wir müssen weiter«, beharrte Charlotte. »Ich glaube, es kam aus der Richtung.«

Im selben Augenblick hörte sie wieder einen Schrei: Kein Zweifel, es war eine Kinderstimme, deren ängstlicher Ruf von den Decken, den Wänden und den Böden der zahllosen ineinander verzweigten Gänge widerhallte. Es lief Charlotte kalt durch die Adern, als sie den zweiten Ruf hörte, doch nun sagte auch Evangeline:

»Du hast recht. Jetzt habe ich es auch gehört.« Dennoch blieb sie stehen und ließ den Lichtstrahl auf einer Stelle ruhen, statt nach einem Weg in Richtung des Hilferufs zu suchen.

»Wir müssen sie finden«, drängte Charlotte. »Aber wohin sollen wir gehen?«

»Lass mich nachdenken«, sagte Evangeline und setzte zögerlich einen Fuß vor den anderen.

»Um Gottes willen, beeil dich doch. Beeil dich«, sagte Charlotte, während ihr Bilder durch den Kopf spukten: Den Leichnam in Kibera, die Reaktion der Menschen bei der Pressekonferenz zu *PUR*, den Albinofuß in ihrem Safaristiefel und den Anblick von Evangelines beschnittenem Unterleib.

»Ich mache, so schnell ich kann«, sagte Evangeline, aber sie verlangsamte ihren Schritt, so dass Charlotte ihr in einem Impuls die Taschenlampe aus der Hand nahm.

»Ich glaube, es kam von da«, sagte Evangeline, zeigte nach rechts und im Dunkeln wurde der Duft nach ihrem Parfum schwächer.

»Nein, es kam von dort«, beharrte Charlotte und zeigte

nach links. Ein erneuter, leiserer Schrei gab ihr Kraft und Mut zum Handeln. »Ich gehe hier lang, und du gehst in die andere Richtung. So finden wir sie bestimmt.«

»Nein, Charlotte, tu das nicht. Du verläufst dich, auch mit der Taschenlampe«, hörte sie Evangeline noch sagen, aber da war sie bereits um die Ecke gegangen und plötzlich boten sich ihr zwei Wege dar, die sich nach nur wenigen Metern wiederum verzweigten. Sie drehte sich nach Evangeline um, doch die war nirgends zu sehen. Instinktiv sog sie die Luft ein, um ihr Parfum zu erahnen, doch es roch nur kalt und modrig nach Vergessen und Vergangenheit. Charlottes Herz schlug nun so fest, dass das Blut nur so in ihren Ohren rauschte. Ihre Handflächen wurden trotz der Kühle schweißnass und sie packte die Taschenlampe fester. Es gab keinen Grund zur Sorge, beruhigte sie sich sofort. Schließlich war Evangeline schon einmal, als sie an den Quellen badeten, kurz verschwunden gewesen. Sicher würde sie auch hier gleich wieder auftauchen.

»Evangeline?«, rief sie dennoch. »Evangeline, bist du da?«

»Ja…«, kam ganz leise und schwach die Antwort von irgendwoher. »Ich bin hier.«

»Wo denn?«

Evangeline lachte. »Such mich doch, Charlotte. Such mich.«

»Evangeline, das ist nicht lustig.« Charlotte blieb stehen. Das Blut rauschte ihr in den Ohren und ihr brach der Angstschweiß aus.

»Nein? Ich finde schon, aber ich habe schon vorhin gemerkt, dass wir keinen gemeinsamen Sinn für Humor haben. Die Höhlen erstrecken sich unterirdisch über viele Kilometer. Da hast du gut was zu tun, wenn du Anza suchst. Aber weißt du was? Du musst dich beeilen, denn die Batterien der Taschenlampe halten nicht mehr lange. Ein, zwei Stunden vielleicht noch. Um mich musst du dir keine Sorgen machen, Frau Besserwisserin, mir kannst du die Augen verbinden und ich finde dennoch aus den Höhlen heraus. Adieu, Charlotte. Leb wohl.«

»Evangeline! Lass mich nicht allein. Was habe ich dir denn getan?«, rief Charlotte, als sie noch ein letztes Mal den Schrei hörte, den sie für Anzas hielt, der aber dieses Mal schon sehr weit entfernt klang und der im Echo ihrer eigenen Stimme ertrank.

»Schrei nicht so«, kam aus der Entfernung Evangelines Stimme. »Das Echo weckt die Fledermäuse und sie sind jetzt nach ihrem Schlaf bestimmt sehr hungrig.«

»Das war Anza!«, rief Charlotte und ihre Stimme überschlug sich. »Was geschieht hier? Was tun sie mit ihr?«

»Nichts, was ihr nicht vorherbestimmt gewesen wäre«, kam geisterhaft die Antwort von sehr weit her, und dann herrschte vollkommene Stille um Charlotte. Sie war mit dem Lichtstrahl der Taschenlampe allein im Labyrinth der Moyalehöhlen. Die Stille füllte ihre Ohren und brachte ihren Kopf beinahe zum Platzen. Die Dunkelheit um sie herum, außerhalb der kleinen Lichtglocke, die die Taschenlampe ihr gewährte, war vollkommen und ihre Augen konnten sich auch nicht an das Schwarz gewöhnen und es teilen. Charlottes Hände zitterten, als sie sich zwang, die Taschenlampe auszuschalten, um die Batterie zu sparen. Dann jedoch schaltete sie sie sofort wieder ein, da sie die überwältigende Finsternis nicht ertrug.

Sie saß in der Falle. Schlimmer noch: Sie war sehenden Auges in die Falle gegangen. Wie hatte sie so dumm sein können, Evangeline für eine Frau des modernen Afrika zu halten? Sie trug selbst in der Wüste Röcke, wie *Mungiki* es vorschrieb und ihre Beschneidung hätte Charlotte eine endgültige Warnung sein sollen. Stattdessen war sie nur besorgt um Evangeline gewesen und hatte sie weiter gemocht, wie schon zuvor, als sie ihr hatte helfen wollen.

Tembo hatte recht gehabt: Sie war als Nächstes dran.

30. Kapitel

Charlotte klammerte sich an die Taschenlampe. Der Gedanke, dass sie ihr aus ihren feuchten Händen gleiten und sie sie verlieren könnte, war ihr unerträglich.

»Vielleicht mache ich dich doch besser aus, um deine Batterie zu sparen«, sagte sie laut, nur um etwas anderes als ihren eigenen Atem zu hören, doch als ihr Finger auf den Knopf der Taschenlampe fasste, brachte sie es nicht über sich, ihn noch einmal zu drücken. Ebenso hätte sie ihr ganzes Leben wegdrücken können. Über ihrem Kopf raschelte es, und der Lichtstrahl glitt panisch nach oben an die Decke, wo einige der Fledermäuse ihre Flügel regten, aber noch mit geschlossenen Augen hängen blieben. Lange würde es nicht mehr dauern, und sie flögen aus, und dann würde es hier lauter sein, als es ihr lieb war. Sie versuchte, den namenlosen Schrecken, der sich in ihr ausbreitete, zu verdrängen. Etwas würde geschehen, da war sie sich ganz sicher. Sie konnte nicht so sterben. Nicht einfach so, und nicht so – dumm. Sie hasste es, das Wort zu denken, aber es war das Einzige, das wirklich auf ihr Verhalten und ihre Gutgläubigkeit passte. In ihrer Hast, Anza zu finden, in ihrem Entsetzen und der Wut auf Max und Tembo hatte sie jedes Misstrauen gegen Evangeline außer Kraft gesetzt und war ihr blind gefolgt. Sie lehnte die Taschenlampe vorsichtig gegen einen Haufen Steine ihr gegenüber, so dass sie im Lichtkegel saß, und zog die Beine wieder an.

»Mach's dir gemütlich, du dumme Kuh«, sagte sie. Ihre Stimme zitterte und sie konnte ihre Glieder nicht mehr ruhig halten, so panisch jagte nun ein Gedanke den anderen. Beruhigen. Sie musste sich beruhigen, ermahnte sie sich und zählte ihre Atemzüge, die rasselnd und viel zu schnell kamen. Es hieß an andere Sachen zu denken als an das Hier und Jetzt, aber dazu war es zu mächtig. Ihr Geist suchte nach einem Schlupfloch und nach einem Anker für ihre Hoffnung. Filme? Musik? Arbeit? Sie erinnerte sich an einen Dokumentarfilm, bei dem ein Bergsteiger in eine Schlucht gefallen war und dann seinen Weg dadurch herausfand, dass er tiefer in den Berg ging. Das war momentan keine verlockende Lösung. Später vielleicht, wenn sie verzweifelter war. Dann erinnerte Charlotte sich an einen alten Mann, den sie einmal über seine jahrelange Einzelhaft als Kriegsgefangener in Sibirien interviewt hatte.

Wie haben Sie das überlebt? Jeder andere wäre doch wahnsinnig geworden, hatte sie ihn gefragt und der Alte hatte nur mit den Schultern gezuckt und ihr geantwortet:

Zuerst habe ich mir selbst die Bibel aufgesagt, immer wieder. Dann Goethes Gedichte und Stücke, bis ich mir schließlich Shakespeares Komödien erzählte.

Und das zwölf Jahre lang?, hatte sie ihn gefragt.

Zwölf Jahre lang, junge Frau.

Sie konnte sich nun vorstellen, was er gemeint hatte. Sie musste ihren Geist zwingen, hier in der Wirklichkeit nach einem Ausweg zu suchen. Sie durfte nicht aufhören zu hoffen, denn das Ende der Hoffnung wäre auch ihr Ende. Die

Hoffnung, je wieder Tageslicht zu sehen oder ihre Mutter und Lulu noch einmal in die Arme schließen zu können.

Shakespeares Komödien. Das ließ sie an Paris' Kommentar vom Abendessen in der Mission denken. Paris. Die Sehnsucht nach ihm kam so plötzlich und so heftig in ihr auf, dass sie aufschluchzte. Sie wollte, dass er sie in die Arme nahm, wie bei ihrem Abschied in der Mission. War das wirklich erst gestern gewesen? Seine Lippen sollten wieder über ihre Stirn streifen und er sie leise und tröstend fragen: *Alles klar, Baby?* Auch wenn nun gerade wirklich nichts klar war, außer, dass sie ihn nie mehr wiedersehen würde. Die Möglichkeit, sich an ihn zu schmiegen und wieder seinen Kuss so wie damals an der sonnigen Tankstelle zu spüren, war auf immer verflogen.

»Oh Gott, in einem anderen Leben werde ich keine Gelegenheit mehr verstreichen lassen«, schwor sie sich mit einem Schluchzen, aber ihre Worte hallten zehn Mal als Echo wieder, so dass Charlotte von sich selbst genervt verstummte. Ein Augenblick Selbstmitleid war immer okay, aber mehr nicht, entschied sie, auch wenn es um Leben und Tod ging. Sie konnte doch hier nicht sitzen wie eine Maus in der Falle und geduldig auf ihr Ende warten, so wie Evangeline und die anderen es sich für sie ausgedacht hatten.

»Ich spiele nicht nach euren Regeln, ihr Schweine«, sagte sie und drückte sich an der Wand in den Stand, wobei sie den Kopf einzog, um die Fledermäuse, die langsam lebhafter wurden, nicht zu reizen. Dann bückte sie sich nach der Taschenlampe und ließ ihr Licht wandern, doch überall verlor es sich in vollkommener Dunkelheit in den nächsten Verzweigungen. Was nun?

»Wenn ich bleibe, sterbe ich. Wenn ich gehe, auch.« Sie überlegte kurz. »Los, Charlotte.«

Sie ließ eine Hand an der kalten Steinwand und tastete sich voran, wobei sie zuerst versuchte, die Richtung zu finden, aus der sie gekommen waren, doch das war angesichts der Verzweigungen in den Höhlen sinnlos. Ihre Finger rissen sich an den scharfen Kanten der Vorsprünge blutig, doch sie ging unbeirrt weiter. Handeln war wichtig, denn Handeln erlaubte ihr zu hoffen, wenn sie schon zu ihrer Schande keine Komödien von Shakespeare auswendig kannte. Alles, was ihr gerade einfiel, war »*Wanderers Nachtlied*«, doch als sie begann, es leise zu zitieren, brach sie schon nach *Über allen Gipfeln ist Ruh* ab, denn Ruh hatte sie hier selbst genug.

»Echter Galgenhumor, Charlotte Frank«, murmelte sie und tat einen Schritt nach vorne. Ihr blieb keine Zeit zum Schreien, als ihr Fuß abglitt und ihr eines Bein in einem der Löcher im Felsboden verschwand. Charlotte griff blind nach der Felswand und konnte sich gerade noch an einem Vorsprung festhalten, als die Taschenlampe aus ihrer Hand geschleudert wurde, sich mehrere Male in der Luft überschlug und sie dann hörte, wie sie auf den Felsboden fiel und klirrend zerbrach. Um sie herum war es nun dunkel. So dunkel, wie sie sich eine Dunkelheit nicht hatte vorstellen können. Ihr Herz raste, und mit aller Kraft zog sie sich an dem Felsvorsprung nach oben und aus dem Schlund heraus. Als sie wieder festen Felsboden unter den Füßen hatte, krümmte sie sich zusammen, ehe sie vorsichtig auf die Stelle zukroch, wo sie die Lampe hatte fallen sehen. Ihre Finger tasteten über den Grund, jede Berührung schmerzte in ihren Wunden, und Charlotte biss sich auf die Lippen. Handeln und Hoffen, ermahnte sie sich wieder, doch als sie die Lampe tatsächlich zu fassen bekam und sie auf den kleinen Knopf an der Seite drückte, hörte sie nur ein hohles Klicken und nichts geschah. Alles blieb dunkel und in einem Wutanfall schleuderte sie die Lampe gegen die Felswand, wo sie mit einem letzten Blitz explodierte.

Was nun? Wie viel Zeit war vergangen, seitdem Evangeline sie verlassen hatte? Sicher nur eine Stunde, oder zwei, das wusste sie. Draußen musste es nun auch Nacht sein, dachte Charlotte und hörte es im gleichen Augenblick über ihrem Kopf rauschen wie Wind in den Segeln von hundert Booten. Die Fledermäuse! Sie warf sich flach zu Boden, denn der Gedanke an die nach allen Seiten schlagenden Flügel und die fliegenden Körper, die blind ihrem Echolot folgten, war grauenvoll. Sie sah die Tiere nicht mehr, sondern hörte sie nur. Ihre Vorstellungskraft spielte verrückt. Charlotte biss sich in ihre Handfläche und kroch voran, in irgendeine Richtung, egal wohin. Hauptsache, sie tat etwas und Hauptsache, es bestand eine kleine Chance, den Tieren zu entkommen. Als sie so blind in den nächsten Gang hineinkroch, fiel ihr zwischen ihrem Weinen und Fluchen noch ein Gedicht ein. Sie setzte sich auf ihre Fersen und schöpfte Atem, als sie lauschte. Alle Fledermäuse mussten ausgeflogen sein, denn in den Höhlen war es wieder still geworden.

»*Sein Blick ist vom Vorüberziehen der Stäbe so müd geworden, dass er nichts mehr hält…*«, begann Charlotte, ehe sie keuchend Atem holte. Es war die reine Angst, die sie hier in den Wahnsinn treiben konnte, begriff sie, als sie sich zwang, weiter zu deklamieren. »*Es ist, als ob es tausend Stäbe gäbe und hinter tausend Stäben keine Welt…*« Ihre Stimme stockte und sie wischte sich Rotz und Wasser vom Gesicht. Sie schniefte, oder zumindest hörte sie plötzlich etwas, das ebenfalls wie ein Schniefen klang, wie ein Atmen, wie ein Rauschen der Fledermaus-Flügel. Das Geräusch kam unerwartet und aus weiter Ferne, dass Charlotte sich vor Konzentration auf die Lippen biss, um es genauer zu lokalisieren.

Hörte sie denn wirklich, was sie sich zu hören einbildete? Sie hielt den Atem an und lauschte. Wasser. Sie hörte es fließen, leise und tropfend, sich seinen Weg durch den Stein suchend, und vage Leben und Hoffnung versprechend. War das die Höhle, durch die Evangeline und sie am Anfang gekommen waren? Kein Versprechen dieser Welt hätte für Charlotte in diesem Moment zu vage sein können. Sie stand auf, streckte sich endlich wieder voll durch und konzentrierte alle ihre Sinne auf die Richtung, aus der das Tropfen und leise Plätschern kam und begann sich voranzutasten. Wasser bedeutete Überleben, auch wenn es ein qualvolles Überleben war. So war sie zumindest nicht schon in drei Tagen tot, sondern erst in drei Wochen, schloss Charlotte und unterdrückte einen Schmerzensschrei, als sie über einen scharfkantigen Stein stolperte, fiel und sich das Knie aufschlug. Sie spürte es warm und klebrig über ihr Schienbein rinnen. Vielleicht war es doch besser, zu kriechen, entschied sie und ging demütig wieder auf alle viere.

31. Kapitel

Wie lange sie so kroch, wusste Charlotte nicht, doch das leise tropfende Geräusch und sein Echo neckten und quälten sie, denn kaum dass sie in ihre Richtung kroch, entfernte sie sich auch schon wieder von dem Geräusch.

Sie hielt inne und lauschte weiter. Zumindest verschwand das Gurgeln nie ganz, was Charlotte noch die Hoffnung ließ. Hoffnung, zu handeln, und nicht mehr handeln, um zu hoffen, drehte sie ihr Motto der vergangenen Stunden grimmig um, ehe sie noch einmal verharrte und sich mit den Fingern über die Augen strich, die von der Dunkelheit, die ihnen keine Unterscheidung und keine Erholung bot, schmerzten. Ihre Fingerkuppen waren vom Tasten aufgerissen, und eine bleierne Müdigkeit in allen Gliedern durch die stete kriechende Position machte nun jedes Vorankommen zur Qual. Ihr Magen knurrte, und ihre Zunge war vor Durst in ihrer Kehle angeschwollen und füllte ihren Mund aus. Sie versuchte, zu schlucken, aber umsonst. Sie wollte zum Wasser, wollte es so sehr, wie sie noch nie zuvor in ihrem Leben etwas gewollt hatte.

Wieder setzte sie sich und schlang die Arme um ihren Leib, um sich selbst zu wiegen. Es tröstete sie und ließ ihre Müdigkeit natürlicher werden und nicht mehr so bleiern sein. Schlaf. Sie brauchte erst einmal Schlaf, um wieder zu Sinnen zu kommen und einen klaren Gedanken fassen zu können. Charlotte versuchte blind, all die kleinen Steine vom Felsboden beiseite zu räumen, so dass sie eine einigermaßen glatte Oberfläche zum Schlafen hatte, auch wenn sie hier wohl kaum geruhsam die Augen schließen konnte. Sie hatte schon zu viel Kraft verloren. Wenigstens war sie alleine in den Höhlen und Gängen, denn die Fledermäuse waren ausgeflogen. Ihr eigener Atem stieg und fiel in ihren Ohren, als sie sich an den samtig dunklen Himmel mit seinem unwirklichen Glitzern der Abermillionen Sterne und dem weißen Wirbel der Milchstraße, der sich ihr jede Nacht hier fern von den Lichtern der Großstadt bot, erinnerte. Sie wollte nur noch einmal diese Sterne sehen, dachte sie, als sie sich zur Seite rollte und die Augen schloss. Normalerweise begann ihr Schlaf damit, die Welt um sich bewusst auszuschließen und ihren Atem zu beruhigen, doch dieses Mal war es ganz egal, ob sie die Augen schloss oder sie offen hielt. Sie starrte ohne zu zwinkern in die Schwärze, bis ihre Augen schmerzten und tränten. Charlotte fasste sich. Es gab so viele Dinge, die sie nur noch einmal tun wollte. Lulu umarmen und mit ihrer Mutter lachen. Henrik sagen, was für ein Idiot er gewesen war, aber dass sie ihm mit seiner Vorzimmerdame alles Gute wünschte, denn seit sie hier in Kenia war, war sein Leben nicht mehr ihres und sie wollte es nicht anders haben. Sie dachte an den Duft einer der Mondblumen im Garten von Muthaiga, frühmorgens, wenn der Tau gefallen war, und wie sie mit ihren Armen nach einem der warmen Tage das kalte Wasser im Pool teilte. Sie schmeckte die heiße Süße des afrikanischen, mit Milch gekochten Tees und sehnte sich nach dem scharfen Geruch des vor Hitze dampfenden Asphalts in der Mittagsstunde in Nairobi, nach dem steten Lärm der Millionenstadt und wollte nur noch einmal auf den Stufen des Williamson House ein zusammengerolltes Chapati mit einer eiskalten Cola zu Mittag essen. Köln und Deutschland gehörten nicht zu ihren Wünschen, bemerkte sie überrascht. Sie wollte nur noch einmal Paris küssen, dachte sie dann, ehe sie sich im Geiste selbst verbesserte: Nein, sie wollte ihn noch zehntausend Mal küssen, und der Gedanke gab ihr Kraft. Jeden Morgen und Abend ihres Lebens wollte sie ihn umarmen, aber erst, nachdem sie Anza davor gerettet hatten, was diese Unmenschen mit ihr vorhatten, denn sonst wollte sie sich selbst nie wieder im Spiegel ansehen. Sie ballte die Fäuste in einem plötzlichen Wutanfall, Wut gegen sich selbst und Wut gegen die Menschen, die sie hier festsetzten, um sie am Handeln und am Reden zu hindern.

Am Petzen, schoss es ihr durch den Kopf, und sie rief laut zu sich selbst: »Denk nicht daran, was du machen willst, sondern was du wirklich machst, wenn du hier rauskommst.« Dann holte sie tief Atem und schrie mit aller Kraft aus vollen Lungen: »Was-du-machst!«, als ihre Worte höhnisch von den Wänden widerhallten. *Was-du-machst, Was-du-machst, Was-du-machst.*

Charlotte legte sich die Hände auf die Ohren, krümmte sich zusammen und presste die Augen zu, doch sie musste an Kumis Frage denken: Was hat ein *Mzungu* wie Max Fleissner denn mit *Uchiwa* zu schaffen? Sie war nur froh, dass der Pater bei Anza war. Solange er Tembo und Max begleitete, würden sie es nicht wagen, dem Kind zu schaden. Charlotte nahm die Teile des Puzzles, die sie hatte, auseinander, nur um sie wieder anders zusammenzusetzen. Doch keine Interpretation ergab wirklich einen Sinn. Wenn Tembo und *Mungiki* Anza für *Uchiwa* wollten – große, starke *Uchiwa* von unerhörter Macht –, da sich in ihr das Albinoblut mit der Würde eines Gotteskindes verband –, so verstand Charlotte das noch. Doch was hatte Max Fleissner, ob sie ihn nun sympathisch fand oder nicht, damit zu tun? Wie konnte sie Pater Matos Vieira von all dem informieren, oder war auch er Max Fleissner in die Falle gegangen? Der Gedanke erfüllte sie mit neuem Schrecken.

Charlottes Geist drehte sich im Kreis und schließlich musste sie doch eingeschlafen sein, denn als sie erwachte, fühlte sie sich beinahe erfrischt und bereit, weiterzukriechen. Das Wasser war nun deutlicher zu hören. Der Gedanke an den alten Soldaten, der leiblich und seelisch unversehrt aus vielen Jahren sowjetischer Einzelhaft gekommen war, gab ihr wieder Kraft, als sie merkte, wie leicht es ihr inzwischen in der vollkommenen Dunkelheit fiel, dem Geräusch zu folgen. Es ging unerträglich langsam vorwärts, doch Zeit hatte keine Bedeutung mehr, denn vielleicht waren es ihre letzten Minuten, die nun ungezählt verstrichen, um einen Gang nach dem anderen hinter sich zu lassen. Charlotte erlaubte sich keinen Zweifel und keine Pause mehr.

Das Plätschern des Wassers wurde mit jedem Atemzug lauter und sie schmeckte das Wasser schon in ihrer Kehle, selbst wenn sie es vom Stein lecken oder aus dem Sand saugen musste, das war ihr vollkommen egal. Plötzlich hielt Charlotte in ihrer Bewegung inne, als sie die nächste Abzweigung des einen Ganges in zwei andere ertastete. Sie legte sich beide Hände an den Kopf, um ihre Gedanken zu beruhigen. War sie schon wahnsinnig geworden? Während der eine Weg ebenso undurchdringlich pechschwarz wie der Tunnel hinter ihr war, schimmerte der andere Pfad grau. Grau. Charlotte hielt den Atem an. Sie sah Licht, von woher auch immer es kam. Licht!

Charlotte hatte nicht gewusst, wie schnell man auf blutigen Knien und mit aufgerissenen Fingerkuppen kriechen konnte und plötzlich musste sie lachen, ein irres, widersinniges Lachen, das sich in ihren rasselnden Atem mischte. Sie kicherte wie ein Schulmädchen, als sie auf diesen Schimmer von Grau zukroch, ehe sie plötzlich innehielt und verstummte.

Licht hatte überhaupt nichts zu sagen; Licht bedeutete nicht unbedingt einen Ausgang. Doch!, entschied sie dann und versuchte in dem Grauschleier die Decke des Tunnels auszumachen. Tatsächlich, da hingen die Fledermäuse wieder, Hunderte, Tausende von ihnen, groß und fett gefressen nach ihrem Ausflug in die vergangene Nacht. Sie zog den Kopf ein und ging nun wieder geduckt vorwärts. Sie summte ein Lied, was ihr gerade einfiel »*Ein Männlein steht im Walde…*«, dass es von den Wänden widerhallte. Das Echo kam nun kurz, der Gang erweiterte sich und der Grauschleier wurde heller. Wohin führte sie dieser Weg? Sie kroch voran, doch plötzlich verengte sich der Gang und wurde niederer, so dass Charlotte erst in die Knie ging und sich dann auf den Bauch legen musste, um nur noch robbend voranzukommen. Ihr Herz raste, als die Felsendecke mit ihren unzähligen Tonnen Masse an ihren Rücken drückte. Vor ihr öffnete sich nun ein Spalt, durch den ein Mensch passen konnte, wenn er sich dazu zwang, und dahinter war es hell. Licht sickerte in die Dunkelheit und schmerzte in ihren Augen, doch sie zwang sich zum Hinsehen. Hell! Sie war gerettet, jubelte sie innerlich und drückte sich mit letzter Kraft durch den Spalt, schob ihre Arme nach vorne, fasste an die Seiten der Felswand und zog ihren ganzen Körper nach.

Doch statt den Wald und den Himmel zu sehen, fiel ihr Blick nur wieder auf grauen Stein.

Sie stand in einer Höhle, deren Ausmaße sie erst nicht ganz erfassen konnte, denn schon wenn sie den Kopf in den Nacken legte, um nach oben zu sehen, wurde es ihr schwindelig und sie taumelte nach hinten gegen den Spalt, durch den sie gerade gekommen war. Die Enttäuschung, nicht im Freien zu sein, zog sie nieder und sie setzte sich auf einen Felsbrocken, ehe sie die Kraft fand, vorsichtig wieder nach oben zu sehen. Weit nach oben, zwanzig, dreißig Meter hoch die spiegelglatten Felswände entlang, wo die Höhlendecke eingestürzt war und helles Tageslicht in das Innere der Felsen drang, dessen Strahlen bis durch den Spalt in den Gang hineingereicht hatten. Dort war der Tag, dort war das Licht, und dort war das Leben. Aber das alles war für sie ebenso unerreichbar, wie sie es eben in den Gängen und dem Labyrinth gewesen war. Ohne Steigeisen gab es hier kein Entkommen. Charlotte wischte sich den Schweiß von der Stirn. Das Wasser war nun ganz nahe. Sie sah es von den Wänden in den beinahe weißen Sandboden fließen, oder eher tropfen: Viel war es nicht, doch das Geräusch wurde durch das Echo der Höhle vervielfacht. Nur einen Atemzug später sog und leckte sie das Wasser von der Wand und presste ihren Körper gegen die Wand, um alle Feuchtigkeit aufzusaugen. Das wenige, das sie erhaschen konnte, schmeckte süß und frisch. Als sie endlich genug getrunken hatte, sah sie sich richtig um. Es musste beinahe Mittag sein, denn das Licht fiel senkrecht durch die Öffnung, die unerreichbar hoch lag, und Staubkörner tanzten in den goldenen Strahlen.

»Wenigstens sterbe ich im Licht«, murmelte Charlotte und tat einige Schritte in die Höhle hinein. Nach der muffigen Enge des Labyrinths sog Charlotte die klare und frische Luft gierig ein. An Wand und Decke dieses riesigen unterirdischen Saals wuchsen helle Gräser und Moos an der Wand ihr gegenüber. Direkt unter dem Sonnenloch blühten auch kleine, bunte Blumen. Charlotte zwinkerte, kniff die Augen zusammen und sah wieder hin. Das waren keine Blumen, begriff sie und suchte sich zwischen dem Geröll und den Gesteinsbrocken ihren Weg durch die Höhle hin zu der Wand. Als sie auf der anderen Seite ankam, schob sie die Zweige eines Busches beiseite, doch sie konnte nicht genug erkennen und zog einmal an seinen Zweigen, und hielt ein ganzes Netz an Blättern in der Hand. Es war hier nicht gewachsen, sondern von jemandem zur Tarnung über die Wand gehängt worden, begriff sie und sah sich rasch über ihre Schulter um.

»Keine Sorge, Charlotte, dich beobachtet hier niemand. Schön wär's«, sagte sie dann und trat einen Schritt zurück, wobei sie das Netz mit einem Ruck mit sich zog. Die Wand lag nun frei. Charlotte stand vor Staunen stumm und legte ihren Kopf in den Nacken. Die gesamte Wand war mit primitiven Bildern von ungeheurer Ausdruckskraft bedeckt, die anscheinend gerade erst frisch übermalt worden waren, denn die Farben leuchteten, und als Charlotte mit dem Finger über eine kleine, rote Gestalt fuhr, blieb etwas von der purpurnen Farbe an ihrer Fingerspitze haften. Sie zögerte kurz, aber dann ließ eine Vermutung sie erschrecken und sie roch vorsichtig an ihren Fingerspitzen. Die Farbe roch süß und klebte zähflüssig an ihrem Finger. Sie tat einen Schritt zurück und zwang sich, wieder an die Wand zu sehen. Wenn dies Bilder der gejagten ersten afrikanischen Christen waren, die sich hier versteckten, dann mussten sie hochinteressant sein. Sie versuchte, ihr bekannte Symbole und Bilder zu sehen – ein Kreuz, einen Fisch oder eine Taube, doch sie fand nichts dergleichen. Was sie dagegen sah, waren Geschichten von Sonne und Regen, von Dürre und Flut, von Bergen und Tälern und von Wüste und Meer, die sich über die Wand vom Boden bis beinahe hoch an das Loch in der Decke erstreckten. Die Bilder waren so mächtig, dass Charlotte sich in das Geröll setzte, um sie in Ruhe zu betrachten. Alles Leben und Sterben auf diesem Kontinent lag darin. Sie lehnte sich an den schweren Stein, der in ihrem Rücken in der Mitte der Höhle lag und ihr Blick verlor sich in den Bildern, deren bunte, ursprüngliche Schönheit nach dem Schrecken der vergangenen Stunden erholsam war.

Zum ersten Mal, seitdem sie in den Höhlen war, steckte Charlotte ihre Hände in ihre Jackentaschen und fühlte darin etwas Alupapier, in das ihre letzte Toblerone eingepackt gewesen war. Wann hatte sie sie gegessen? Charlotte zog das Papier aus der Tasche, strich es sorgsam glatt und roch an der Folie. Sie erahnte nicht mehr als eine Erinnerung an den süßen, starken Geschmack, aber es tröstete sie doch. Als sie die Finger in den Sand legte, um die Schmerzen an ihren Kuppen zu lindern, fühlte sie etwas Feuchtes, schreckte auf und sah auf den Boden neben sich. Im Sand um sie herum waren dunkle Flecken, so dunkel wie die Farbe, mit der der kleine Mann anscheinend gerade erst übermalt worden war. Charlotte sprang auf und sah mit klopfendem Herzen rund um sich in den Sand. Die Flecken waren überall, und gerade in diesem Augenblick fiel das senkrechte Sonnenlicht auf den Stein, an den sie sich eben noch so vertrauensselig gelehnt hatte. Als Charlotte mit der Hand über die Oberfläche strich, war diese vollkommen glatt geschliffen und ebenfalls mit den dunklen Flecken übersät. Es war Blut. Der Opferstein, von dem Evangeline ihr erzählt hatte, war also kein Märchen und keine List gewesen, um sie in die Höhle zu locken, sondern sie stand direkt davor.

Charlotte erinnerte sich an Anzas Schrei. Es *musste* Anza gewesen sein, und der Schrei war aus dieser Höhle gekommen. Wie aber waren sie hinein- und wieder hinausgekommen? Anza und Max Fleissner passten vielleicht durch den Spalt, durch den sie sich gedrückt hatte, aber *Tembo* und der Pater ganz bestimmt nicht. Mit einem zitternden Finger berührte Charlotte einen der dunkelroten Flecken, die auf dem Stein bereits getrocknet waren. War das Anzas Blut? Der Anblick verursachte ihr Übelkeit und sie sah wieder an den Wandmalereien hoch. War sie zu spät gekommen?

Sie wischte sich die Tränen mit dem Handrücken vom Gesicht, doch als sie sich die Motive jetzt genauer ansah, entdeckte sie plötzlich doch ein Kreuz, und dann immer wieder, doch es spie Feuer oder brachte Berge zum Einsturz.

Ihr Geist arbeitete fieberhaft. Diese Bilder und das, was ihr über das Labyrinth erzählt worden war, passten nicht zusammen. Unter der plötzlichen Erkenntnis setzte sie sich kerzengerade auf: *Es war genau andersherum!*

Diese Höhle, wie auch das ganze Labyrinth der Moyaleberge, hatten nie frühen Christen zur Andacht gedient, sondern im Gegenteil den Menschen Schutz geboten, die von ihnen gejagt und getötet wurden. Dies war ein Zufluchtsort der alten Religion, die mit der Natur und der Schöpfung in Einklang lebte. Wie hatte der Pater sich so täuschen können? Hatte er nicht gesagt, er käme seit Jahren hierher, um die Geschichte der ersten Christen in den Höhlen zu erforschen? Charlottes Überraschung über ihre Erkenntnis war zu groß, um einen klaren Gedanken zu fassen.

»*Uchiwa* hat damit nichts zu tun. Das ist eine kranke Erfindung«, sagte sie entschieden, denn die Schönheit der Malerei erlaubte ihr keinen anderen Schluss. Was sollte sie tun? Die Fragen und Antworten, die sich ihr aufdrängten, erlaubten ihr keine Schlussfolgerung. Sie zwang sich, einmal ganz um den Opferstein herumzugehen und sah hinter ihm etwas aufgeworfene Erde und Steine. Mit dem Fuß räumte sie den kleinen Haufen beiseite und tat erschrocken einen Satz nach hinten: Vor ihren Füßen lag ein halb gerupfter, ausgebluteter Vogelkadaver, dem mit einem Schnitt von der Kehle bis zur Brust der Körper aufgeschnitten worden war. Charlotte ging in die Knie und besah sich das Tier näher. Es konnte nicht mehr als einen Tag lang hier liegen und sie stand wieder auf. Vielleicht war es gar nicht Anzas Blut, das zur Malerei verwendet worden war und das im Sand trocknete?

Sie musste hier raus, und zwar sofort. Anza konnte noch gerettet werden, wusste sie plötzlich, aber wie sollte sie das Mädchen erreichen? Ihr Blick streifte wieder an den glatten Wänden und der Decke der großen Höhle entlang.

Hier hingen seltsamerweise keine Fledermäuse, obwohl sie so leicht ausfliegen konnten. Vielleicht war ihnen die große Höhle zu hell. Stattdessen suchten sie sich ihren Weg durch die engen Gänge, durch die Charlotte gekrochen war.

Sie stand ganz still, denn mit einem Mal wusste Charlotte, wie sie aus dem Felsen gelangen konnte. Sie sah zu dem Spalt, durch den sie sich in die große Höhle gezwängt hatte und der sie wieder in die feuchte Dunkelheit dahinter brachte. Es gab keine andere Möglichkeit. Sie musste es tun, auch wenn der Gedanke allein sie mit neuem Schrecken füllte, denn es war ihre einzige Rettung.

32. Kapitel

Wieder durch die Spalte in die Gänge hineinzukommen war einfacher als andersherum, entschied Charlotte, aber sie wollte es erst tun, wenn es absolut notwendig war.

Bis dahin trank sie tröpfchenweise von dem Wasser und versuchte noch einmal etwas zu schlafen und Kraft zu schöpfen, für das, was vor ihr lag, doch ihre Nase füllte sich immer wieder mit dem süßen, fauligen Geruch des Blutes, und ihre Augen konnten nicht von den Wandmalereien lassen. Sie bereute es nun zutiefst, nicht an ihre Kamera gedacht zu haben und zog dann wenigstens ihr Handy aus ihrer Westentasche. Sie hatte in der Wüste zwischen Kenia und Äthiopien schon seit drei Tagen keinen Empfang mehr gehabt, aber wenigstens konnte sie dieses Kunstwerk fotografieren, denn etwas anderes war diese Wandmalerei nicht: Ein Schrei nach Leben, eine Bitte ums Überleben, während die Menschen, die diese Bilder malten, wie die Tiere gejagt wurden und sich auf Jahre in den Moyalebergen versteckten. Charlotte fotografierte, so viel sie nur konnte, auch wenn das Ergebnis weder sehr scharf war noch die Fresken in ihrer Kraft widerspiegelte.

Als sie innehielt, wurde das Licht in der Höhle bereits weicher, die zuvor scharf hervortretenden Umrisse der

Gesteinsbrocken milderten sich und ihr eigener Schatten wurde länger. Es musste später Nachmittag sein, und ihr blieb vielleicht noch eine halbe Stunde, dann musste sie bereit sein.

Sie schloss die Augen und ballte die Fäuste, ehe sie sie wie zum Gebet aneinanderlegte.

»Hilf mir. Hilf mir. Gib mir Kraft«, murmelte sie, ohne genau zu wissen, zu wem – vielleicht einfach zu sich selbst, auch wenn das Kumi nicht gefallen hätte, oder zu einer guten Macht, die sie wunderbar aus den Moyalehöhlen bergen sollte. Sie trank tief und durstig von dem Rinnsal an den Wänden der Höhle und sah noch einmal alles in der lichtdurchfluteten Höhle an: Die leuchtenden Wandmalereien, den mit Blut befleckten Opferstein und sie wusste, dass von allen Orten der Welt, die sie bisher gesehen hatte, dieser in all seiner Schönheit der grausigste war und sie hoffte, sie nicht einmal in einem Albtraum wieder betreten zu müssen.

Dann fasste Charlotte entschlossen in den Spalt und zog sich hoch, drehte ihren Körper leicht seitwärts und spürte wieder den Druck des Felsens so dicht an ihrem Rücken, dass sie kaum atmen konnte. Sie zählte leise bis dreißig, um nicht die Beherrschung zu verlieren, als sie weiter nach vorne robbte. Tränen stiegen in ihrer Kehle auf, doch sie schob sich verbissen Zentimeter für Zentimeter durch den Spalt, der sich endlich wieder weitete und in den Gang mündete, der durch das Licht der Höhle nicht so dunkel wie die anderen war.

Als sie Platz genug um sich vermutete, richtete sie sich auf ihren Knien auf und zwang ihren Atem und ihre Gedanken zur Ruhe. Jede Minute zählte nun, denn über ihrem Kopf regten sich bereits die Fledermäuse, und Charlotte wagte es, aufzusehen.

»Also fliegt los, ihr Biester. Ich folge euch«, sagte sie laut und nur kurz darauf lösten die ersten Tiere ihren Griff von den Felsvorsprüngen und Rissen der Decke und stießen sich ab, um sich auf ihr Echolot vertrauend in die Dunkelheit zu werfen. Charlotte spürte sie um sich schwirren, aber keines der Tiere berührte sie, sondern sie wichen ihr immer im letzten Augenblick mit einem pfeifenden Geräusch aus, das ihr die Haare zu Berge stehen ließ.

»Fliegt! Fliegt doch!«, schrie sie, und das Echo ihrer Stimme, verzerrt und hallend, gab ihr Mut und scheuchte die Tiere noch mehr auf. Sie zögerte keine Sekunde mehr, denn sie durfte auf keinen Fall ihre Spur und den Anschluss verlieren: Charlotte kroch, so schnell es ihre Wunden und die Gruben im Fußboden erlaubten, hinter den Tieren her, die durch die Gänge wirbelten und in einer immer dichter werdenden Wolke, die Charlotte umhüllte, durch die Gänge und Höhlen des Moyalelabyrinths sausten. Charlotte beherrschte ihren Schrecken und der Boden unter ihren Knien stieg nun steil an. Sie erinnerte sich, dass Evangeline und sie erst ein gutes Stück abgestiegen waren, um in das Labyrinth zu kommen. Hieß das, dass sie dem Ausgang nahe war? Sie kroch noch schneller, denn die Fledermäuse um sie herum wurden weniger und sie hatte Angst, ihre Spur zu verlieren, ehe sie ins Freie kam. Der Gedanke, noch eine Nacht und einen Tag auf die Tiere zu warten, war ihr unerträglich und ließ sie wertvolle Zeit auf der Suche nach Anza verlieren. Sie kroch und kroch, und plötzlich blies ihr ein Windhauch ins Gesicht. Die Brise hatte nichts von dem hässlichen, verbrauchten Atem der Höhlen, sondern es war die frische Luft des Moyalewaldes. Am ganzen Leib zitternd kroch sie die letzten Meter voran, bis sich vor ihr die lange Spalte öffnete, die den Berg teilte und durch die sie die Höhlen gemeinsam mit Evangeline betreten hatte.

Sie erreichte sie gerade, als die letzten Fledermäuse über ihren Kopf hinweg im Zickzack in die Nacht flogen. Charlotte sackte auf einem Felsvorsprung außerhalb der Spalte erschöpft zusammen. Sie rang nach Atem – und war frei.

Über ihr leuchteten die Sterne, von denen sie angenommen hatte, dass sie sie nie wieder sehen würde. Charlotte richtete sich auf ihren Knien auf und legte den Kopf in den Nacken. Sie öffnete ihre Augen, so weit sie es nur konnte, um alles in sich aufzunehmen: Den fernen Mond und den weißen Wirbel der Milchstraße. Die frische Nachtluft berauschte sie und ihre wunden Finger betasteten ungläubig das Gras und das Moos, die auf dem Fels wuchsen. Um sie herum lebte der Busch, die Zikaden brachen zur Jagd für die Sterne auf, es knackte, und dann und wann sah sie eine huschende, aber nicht bedrohliche Bewegung. Vielleicht konnte sie nie wieder etwas wirklich bedrohen, nachdem sie ihren Weg aus den Höhlen gefunden hatte, dachte sie, als sie ein anderes Geräusch hörte, das sie sich gespannt aufrichten ließ: Schritte kamen auf dem schmalen Pfad näher, den Evangeline und sie nur knapp zwei Tage zuvor gekommen waren.

Zwei Tage und ein Leben: Sie presste sich in den Schatten der Spalte gegen den Fels und machte sich bereit zum Sprung. Wer kam da? Evangeline, die hier auf sie gewartet hatte? Die nun zurückkam, um ihr Werk zu vollenden? Charlotte hielt den Atem an und war vollkommen still.

So leicht würde sie es ihnen nicht machen! Sie richtete sich erst auf und kauerte dann, mit ihrer letzten Kraft zum Sprung auf einen möglichen Angreifer bereit. Aber als sie aufsah, trafen sie die Hunderte von Watt starken Strahlen einer Nachtjagdlampe mitten in die Augen.

»Ah«, schrie sie und presste sich die Finger vor die Augen, denn das grelle Licht schmerzte nach der langen Dunkelheit in ihren Pupillen. Sie versuchte, dem Strahl auszuweichen, doch ehe sie wusste, was geschah, packte sie jemand bei den Oberarmen und zog sie auf die Füße.

»Charlotte! Mein Gott, Charlotte, ich habe dich gefunden«, hörte sie Paris sagen, als er seine Arme so fest um sie schlang, dass sie kaum mehr Atem holen konnte. »Du lebst. Gott sei Dank, du lebst«, flüsterte er in ihr Haar, das er immer wieder küsste, ehe er ihr Gesicht vorsichtig anhob und es mit den Fingerspitzen erforschte.

»Geht es dir gut? Sag mir, ist alles in Ordnung mit dir? Was du ausgestanden haben musst…« Er brach ab, umarmte sie wieder, und sie spürte seine Lippen wieder auf ihrer Stirn, ihren Wangen, ihrer Nase und ihrem Mund, doch ihr fehlte die Kraft zum Sprechen und auch die Kraft, seine Zärtlichkeit zu erwidern. Sie ließ alles an sich fallen und in ihn sinken. Die letzte Kraft, mit der sie sich beherrscht hatte, die sie aus den Höhlen und auf den Vorsprung dort geführt hatte, lief mit ihren Tränen aus ihr. Paris hielt sie stumm umfangen und wiegte sie wie ein Kind. Da brach in ihr der Damm, mit dem sie ihre Gedanken und ihren Mut zusammengehalten hatte, und mit einem Mal schluchzte sie, dass sie kaum mehr Atem schöpfen konnte; sie keuchte und begann am ganzen Leib zu zittern, als ob sie erst jetzt verstand, was hinter ihr lag.

Paris rieb sanft ihren Rücken, in dem alle Muskeln von der geduckten Haltung schmerzten, in der sie so lange gekrochen war und er wartete unter kleinen, gemurmelten Worten, die keine Bedeutung hatten, aber deren Chor Charlotte half, sich zu fassen, bis sie sich beruhigt hatte.

»Wie hast du mich gefunden?«, flüsterte sie, als sie endlich die Kraft zum Reden fand, und sah zu ihm auf.

Paris lachte kurz und trocken. »Indem ich wieder zu Verstand gekommen bin, so ungefähr gleich nach deiner Abfahrt. Ich habe mich verflucht, Lisas Bitten nachgegeben zu haben. Und das, nachdem dieser verdammte Schuh vor deinem Zelt gelegen hatte! Aber Mutter Elisabeth brauchte ihren Pick-up in der Mission und deine Reifen waren so gründlich aufgeschnitten worden, dass ich sie nicht flicken konnte. Kumi konnte mir nicht weiterhelfen und plötzlich kam Nane am Abend noch ins Camp gefahren. Er heulte Rotz und Wasser und sagte, Max Fleissner hätte ihn gezwungen, den Fuß in deinen Stiefel zu stecken.«

»Max! Nicht *Tembo*?«

Paris schüttelte nur den Kopf. »Nane hat mir von dem Lager hier erzählt. Ich wollte ihm erst nicht glauben, dass er sich zusammen mit Max Fleissner, *Tembo* und Anza frühmorgens nach Sonnenaufgang in eine der größten Höhlen abgeseilt hätte und hier eine Wildente schächtete, während der Pater schlief. Sowohl Fleissner als auch *Tembo* haben von dem Blut getrunken und sie haben auch Nane dazu gezwungen. Der hat sich noch am selben Abend in Todesangst mit einem der Autos auf und davon gemacht, um Kumi und dich zu warnen, doch es war zu spät. Ich bin dann sofort mit Nanes Auto und Kumi zu den Felsen aufgebrochen und wir haben Evangeline hier am Lager gefunden.«

»Hat sie euch denn freiwillig gesagt, wo ich bin?«

»Freiwillig nicht. Aber Kumi hatte so ihre Methoden. Von Frau zu Frau.«

Paris fasste Charlotte unter.

»Wir müssen gehen. Max Fleissner und Tembo sind mit Anza nach Nairobi unterwegs, hat Evangeline gesagt. Sie müssen eine andere Straße kennen, denn sonst wären sie uns ja begegnet. Wir müssen los.«

»Wo ist der Pater?«

»Angeblich hatte er vor, mit Lisa und Vida auch nach Nairobi zu fahren, sagte Evangeline.«

»Dann ist wenigstens ein Kind in Sicherheit. Lass uns gehen«, erwiderte Charlotte.

»Kannst du denn schon wieder laufen?«

»Egal, ob ich laufen kann oder nicht, Paris. Lass uns sofort nach Nairobi aufbrechen. Und wenn du mich tragen musst.«

»Dein Wunsch ist mir Befehl.«

Er hob sie auf, als sei sie so leicht wie eine Feder und stieg mit ihr zusammen den letzten Felsvorsprung hinunter auf den Pfad. Charlotte schmiegte sich an ihn, um seine Nähe zu genießen, und war fest entschlossen, in ihrem Leben keinen Augenblick mehr ungenutzt verstreichen zu lassen. Der Rest ihres Lebens begann gerade in diesem Augenblick. Sie vergrub ihre Nase in seinem Hals und sog seinen Duft ein; den Duft nach Stärke und Verlässlichkeit.

33. Kapitel

Im Lager umarmte Kumi Charlotte lange, während Nane Evangeline bewachte, die mit Handschellen und Stricken gefesselt war. Charlotte sah mit Genugtuung die langen Kratzer auf ihrem Gesicht. Kumi hatte wirklich so ihre Methoden. Sie ging vor der am Boden hockenden Evangeline in die Knie und hob ihr mit beiden Händen den Kopf an, den diese störrisch gesenkt hielt. Wie hatte sie sich so täuschen können? Einen Atemzug lang überkam sie wieder Bedauern und Traurigkeit, alles, was sie auch im Moment des ersten Begreifens in der Höhle empfunden hatte. Evangeline hatte sie aufs Grausamste getäuscht, und plötzlich spürte Charlotte nichts als ungeheure Wut in sich aufsteigen.

»Hallo Evangeline«, sagte sie dennoch sanft. Diese Hexe hatte sie töten wollen. *Töten*. Evangeline spuckte wütend aus und schwieg, so dass Charlotte kalt sagte:

»Du hast doch gesagt, ich soll dich suchen und finden. Hab ich dich.«

»Das ist nicht lustig«, knurrte Evangeline.

»Nicht? Das finde ich aber schon. Aber du hast ja selber gesagt, dass wir keinen gemeinsamen Sinn für Humor haben.«

»Nein. Und wir haben auch sonst nichts gemeinsam.«

Charlotte schüttelte den Kopf. »Leider nicht. Ich habe dich gemocht und wollte dir helfen. Weshalb hast du mich so getäuscht? Jetzt verstehe ich, weshalb du an den Quellen, als ich deine Beschneidung gesehen habe, gesagt hast, dass du einen Fehler gemacht hast. Deine Reaktion hätte mich schon warnen müssen, dass du zu *Mungiki* gehörst.«

Evangeline zerrte an ihren Fesseln. »Na warte, wenn *Tembo*, Max und Papa dich zu fassen bekommen…«

Charlotte war überrascht: Max und Papa. Sollte sie also mit ihrem Verdacht gegen den alten Fleissner Recht behalten? Sie dachte wieder an das Armband aus blondem Haar an seinem Handgelenk und daran, wie er bei dem Anblick des Albinohirten auf die Bremse getreten war. Natürlich: Hatte nicht auch Frederik gesagt, dass Max sich nichts mehr wünschte, als seinem Vater zu gefallen und zu genügen? Ein Schauer überlief sie: Zu wie viel war ein Kind bereit, um den Respekt und die Liebe seiner Eltern zu gewinnen? Dann erinnerte sie sich an das lange, scharf geschliffene Messer der Kikuyu, das der alte Fleissner bei sich an der Wand hängen hatte und ihr Herzschlag stolperte. Sie erhob sich. »Erst bekomme *ich* sie zu fassen. Und du hast jetzt bald selbst genug Zeit zum Warten.«

Evangeline sagte nichts mehr, sondern starrte nur auf den dunklen Erdboden, als Nane zu ihnen trat, Charlottes Hand nahm und küsste. »Sorry, Mama Charlotte. Entschuldige. Ich hatte einfach solche Angst. Max hat mir damit gedroht, dass es mir selbst nicht besser geht, wenn ich nicht auf seinen Befehl höre. Er hat mir bei meiner Ankunft am Abend, als der Pater schon schlief, gesagt, ich soll den Fuß in deinen Stiefel stecken.«

»Ich habe dich vor meinem Zelt weinen hören, Nane«, sagte Charlotte und Nane nickte, als er sich Tränen von seinem Gesicht wischte. »Es war das Gottloseste, was ich je gesehen und getan hatte, und glaub mir, in Kibera tut und sieht man viel gottloses Zeug.«

Kumi umarmte Nane und sagte: »Wir finden einen Ausweg für dich von *Mungiki* und einen anderen Job als den bei *Tembo*«, doch Nane warf ihr einen Blick zu, den Charlotte nicht deuten konnte. Er öffnete seinen Mund. »Aber…«, begann er, doch schien dann nachzudenken und verstummte. Im selben Augenblick legte Paris seinen Arm um Charlotte. »Komm, wir fahren. Kumi, Nane, ihr habt genug Essen und Wasser für die nächste Woche und mein Auto. Passt auf Evangeline auf, sie darf euch auf keinen Fall entwischen. Ich schicke die Polizei hier hoch.«

Kumi sah erschrocken zu Nane, doch Paris sagte: »Keine Sorge, Nane lassen wir da raus.«

»Ich denke, die Polizei unternimmt nie etwas?«, fragte Charlotte und griff nach ihrem Rucksack, der noch von ihrer Ankunft gepackt im Lager stand, aber Paris nahm ihn ihr sofort ab.

»In diesem Fall schon, so wahr ich Paris Strongitharm heiße«, sagte er grimmig und die Erinnerung an Shirishs Frau und *Tembos* Schergen ließ Charlotte kurz erschauern, auch wenn sie mit Evangeline nun nicht mehr das geringste Mitleid verspürte.

Paris machte ihr auf der Rückbank seines Wagens ein Lager aus seiner Jacke und einer Decke. Charlotte streckte sich dankbar darauf aus, als Paris den Motor anließ.

»Schlaf jetzt. Wenn du aufwachst und dich fit genug

fühlst, kannst du das Steuer übernehmen. Wir dürfen keine Zeit mehr verlieren.«

Er legte eine CD mit leiser klassischer Musik ein: »Bei Nachtfahrten brauche ich was Sanftes. Nachts ist die Seele zu empfindlich für Rock«, sagte Paris und gab Gas. Charlotte sah noch kurz gegen das Ledermuster der Sitze, bis dieses vor ihren Augen verschwamm und sie tief und traumlos schlief.

»Wo sind wir?«, fragte sie und setzte sich auf. Es war heller Tag, aber es lief noch immer die klassische Musik, und es war ein Stück, das sie erkannte. Es war Mozarts Klarinettenkonzert K622, gespielt von Sabine Meyer, eine ihrer eigenen Lieblings-CDs.

Paris' Blick traf den ihren in seinem Rückspiegel und er lächelte zärtlich. »Guten Morgen, Schlafmütze. Wir sind schon fast in Nanyuki.« Unter seinen rot geäderten Augen lagen dunkle Schatten und die kleinen Falten, die von seinen Nasenflügeln zu seinen Mundwinkeln führten, zeichneten sich scharf ab, aber er sagte ermutigend: »Wir kommen gut voran.« Im selben Augenblick verlangsamte er den Wagen deutlich und sagte: »Mist.«

»Was ist das?« Charlotte setzte sich auf, beugte sich vor und zeigte auf die Straße vor ihnen, wo sich mehrere Menschentrauben bildeten. »Was wollen all die Leute?«

»Es sind bald Wahlen. Ich glaube, wir sind mitten in eine Rallye geraten und das kann ungemütlich werden. Duck dich, ich versuche, noch durchzufahren.«

Charlotte gehorchte, aber linste doch mit einem Auge über den unteren Fensterrand, als Paris den Wagen im Schritttempo zwischen den Menschen weiterfahren ließ, von denen mehr und immer mehr auf die Straße strömten. Charlotte sah in Hunderte von Gesichtern, die sangen und schrien; Menschen wedelten Plakate und hoben auf Bettleinen gepinselte Transparente in die Luft. Sie reckte den Hals: Weit vor ihnen stieg ein Mann auf eine Tribüne und alle begannen zu jubeln, doch plötzlich kam eine feindselige Bewegung in die Masse: Die Leute drückten und drängten sich, doch von außen kamen nun mehr und immer mehr Menschen hinzu, schoben und zogen, Charlotte hörte Schreie, und plötzlich knallten Schüsse.

»Kopf runter, Charlotte«, rief Paris. »Wir müssen hier raus. Verdammt, das sind zwei verfeindete Stämme, die von der letzten Wahl noch eine Rechnung offen haben.«

Er gab so rasch Gas, dass Charlotte in ihrem Sitz nach hinten geschleudert wurde, und gerade, als Charlotte sich wieder aufsetzte, sprang ein Mann mit einer Spitzhacke in der Hand auf den Wagen zu. Er rannte, um mit dem Wagen Schritt zu halten und schwang seine Waffe. Charlotte schrie und duckte sich, als ihr Fenster auch schon unter seinem Schlag in tausend Splitter zersprang. Der Mann holte mit gefletschten Zähnen noch einmal aus, um wieder nach ihr zu schlagen und sie dieses Mal mit tödlicher Wucht zu treffen.

»Gib Gas, Paris. Gib Gas«, schrie sie und duckte sich, als der dunkle Range Rover mit sich durchdrehenden Rädern nach vorne und auf eine Gruppe Menschen zuschoss, die gerade noch schreiend flüchtete. Charlotte sah sich entsetzt um, als ihr Wagen davonraste, aber es schien niemand verletzt worden zu sein. Den Mann mit der Spitzhacke sah sie in der Masse untertauchen. Sie strich sich mit zitternden Händen die Haare aus dem Gesicht.

»Wie entsetzlich. Ich hatte ja von der Gewalt bei den letzten Wahlen gelesen…«

»Ich glaube kaum, dass das damit zu tun hatte. Der wusste genau, wer in diesem Auto sitzt.«

»Was meinst du damit?«, fragte Charlotte. »Wie sollte er?«

Paris presste grimmig den Unterkiefer zusammen. »*Mungiki* ist wie eine Spinne, die das ganze Land mit einem Netz überzieht und seine Mitglieder überall hat. Wenn sie die Parole ausgeben, nach einem dunklen Range Rover, der in Richtung Nairobi fährt, Ausschau zu halten, so weiß das bald das ganze Land.«

»Woher sollte Tembo wissen, dass wir kommen?«

»Jemand in der Mission kann ihm erzählt haben, dass ich mich auf den Weg in die Moyaleberge gemacht habe, und sie haben ihre Leute entlang der Straße nach Nairobi in Habachtstellung gesetzt. Wer weiß?«

»Ja, wer weiß«, sagte Charlotte entmutigt. Der Hass im Blick ihres Angreifers und das Gefühl der überall hinfliegenden Glassplitter war noch allgegenwärtig und sie war froh, als Paris wieder Gas gab, bis sie aus Nanyuki draußen waren.

»Geschafft«, sagte Paris und zog den Wagen an den Straßenrand. »Jetzt bist du dran. Ich brauche eine Pause.«

Charlotte hievte sich aus dem Auto und ging darum herum, um Paris abzulösen, dessen Gesicht grau vor Müdigkeit war. »Paris?«

»Ja?«

»Danke«, sagte Charlotte, nahm sein Gesicht zwischen ihre Hände und küsste ihn kurz und zärtlich.

»Wofür? Ich bin ein fauler Nichtsnutz. Ich werde mir nie verzeihen, dass ich dich alleine in die Moyaleberge habe fahren lassen. Nie. Wie kann ich das wiedergutmachen?«

»Da wird uns schon etwas einfallen.«

»Das kann ein Leben lang dauern.«

»Ja, vielleicht.«

Er umarmte sie und kroch dann auf die Rückbank, von der er noch die letzten Glassplitter sammelte, ehe er sich lang ausstreckte und sich die Jacke als Kissen unter den Kopf schob.

»Nach Nairobi immer geradeaus«, sagte Paris und gähnte.

»Und zur Farm der Fleissners?« Es war schrecklich, ihm diese Frage stellen zu müssen, da sie wusste, wie viel Werner Fleissner ihm bedeutete.

Paris sah sie überrascht an. Sie sah Trauer in seinem Blick, die er dann unterdrückte. »Kurz vor Nakuru musst du abbiegen. Es ist ausgeschildert.«

Dann schlief er ein und Charlotte konzentrierte sich auf den Verkehr. Sie würde Papa nun sagen können, was sie von *Mungiki* und seiner *Uchiwa* hielt: Papa Fleissner.

Kurz vor der Ortseinfahrt nach Nakuru sah Charlotte das verwitterte Holzschild, auf dem »Fleissner Estates« zu lesen stand und sie bog auf die schmale asphaltierte Straße ab, um dann nur hundert Meter weiter an dem Metallgitter Haltzumachen, hinter dem die Fahrt auf einer Staubpiste weiterging. Der Askari trat aus seinem kleinen Pförtnerhaus, tippte sich an die Mütze und öffnete das Gitter, ohne zu fragen, was sie bei den Fleissners wollte. Charlotte aber kurbelte hastig das Fenster herunter und fragte ihn:

»*Jambo*. Hattet ihr heute schon Besucher?«

»*Ndio*. Ja. Mr Max kam heute bei Morgengrauen.«

Charlottes Mund wurde trocken. »Ist er noch hier?«, fragte sie mühsam beherrscht und ihre Finger umklammerten das Lenkrad.

Der Askari schüttelte den Kopf. »Das weiß ich nicht. Ich war nicht immer hier, weil ich auch nach meinen Ziegen sehen musste.«

»Danke«, sagte Charlotte und trat schon aufs Gas, dass Steine aufflogen und Staubwolken unter ihren Rädern aufwirbelten.

Das langgestreckte Haus der Fleissners lag still im hellen Sonnenschein des Vormittags. Charlotte klopfte das Herz bis zum Hals, als sie den Wagen im Schatten eines Feuerbaums parkte. Was erwartete sie in dem Haus? Alleine wollte sie es nicht betreten. Sie griff nach dem Rucksack mit der Kamera darin, schaltete sie ein und beugte sich dann zwischen den Sitzen zu Paris, um ihn sanft zu wecken. Mit einem Ruck setzte er sich auf und rieb sich die Augen, ehe er sich umsah. Sein Blick verdunkelte sich, als er das Haus der Fleissners erkannte.

»Ich bin bereit«, seufzte er, und Charlotte strich ihm über das Gesicht.

»Es muss sein, Paris.«

Niemand antwortete auf ihr Klingeln, so dass sie um das Haus herumgingen. Auf dem Rasen vor der Veranda pickten Wiedehopfe nach Würmern und auf dem Tisch stand noch das Frühstücksporzellan. Charlotte überflog die Anzahl der Kaffeetassen: Es waren fünf, also genau genug für Werner Fleissner, seinen Sohn und die anderen.

Paris stieß die Tür zum Wohnzimmer auf. Alles war still. Charlotte sah sofort zum Kamin. Wie sie befürchtet hatte, sah sie dort, wo bei ihrem ersten Besuch das rituelle Messer gehangen hatte, nur noch einen staubigen Umriss an der Wand. Sie griff vor Entsetzen den stumm gewordenen Paris am Arm und zeigte darauf. Waren die Fleissners noch mit den Mädchen hier? Versteckten sie sich irgendwo auf den beinahe hunderttausend Hektar der Farm? Charlottes Mut sank. Sie würden sie nie finden.

»Werner?«, rief Paris aufs Geratewohl in das stille Zimmer. »Bist du hier?«

Alles blieb still und Charlotte war froh, als Paris ihre Hand nahm und mit ihr leise das Wohnzimmer durchquerte. Er stieß die angelehnte Tür zur Küche auf, die sich mit einem Knarzen öffnete. Charlotte unterdrückte einen Schrei, denn unter dem Küchentisch sahen ein paar zusammengebundene Männerbeine hervor, die zu zappeln begannen, als sie beide die Küche betraten.

»Mein Gott«, sagte Paris, als Charlotte hinter sich ein würgendes Geräusch hörte. Doch Paris war schneller als sie und war als Erstes bei Werner Fleissner, der auf einem Stuhl festgebunden hinter der Tür saß. Sein Gesicht war verfärbt, denn der Knebel war ihm tief in den Rachen geschoben worden. Charlotte sah Paris blass werden, als er langsam den Knebel aus Werners Mund löste. Sie wusste, er konnte nicht anders, als an Shirsihs Frau zu denken. »Hilf du dem anderen«, sagte Paris, als Werner Fleissner unter Keuchen wieder zu Atem kam. Charlotte zog an den Beinen unter dem Küchentisch und der Koch der Fleissners kam zum Vorschein, der ebenfalls geknebelt worden war, das aber weniger brutal als sein Arbeitgeber. Sie richtete ihn auf, löste die Fesseln, und der Mann sackte in sich zusammen. An einer tiefen Wunde an seiner Stirn war das

Blut bereits geronnen, doch er brauchte Hilfe. Paris dagegen massierte Werner Fleissner die Handgelenke, als dieser zu weinen begann.

»Gott sei Dank seid ihr da. Er wollte mich töten. Er hat mich gewürgt, bis mir schwarz vor Augen wurde. Er…«

»Wer?«, fragte Charlotte angespannt.

»Max.« Werner Fleissner betastete seine Kehle, an der Charlotte blaue Würgemale sah, und begann krampfhaft zu weinen. »Mein Max.« Er beugte sich nach vorne und wurde von Schluchzern geschüttelt. »Wenn *Tembo* ihn nicht gehindert hätte, dann…«

»*Tembo*? *Tembo* hat ihn daran gehindert, Sie zu töten?«, fragte Charlotte überrascht, und Werner nickte stumm.

»Wo sind sie hin? Wir rufen dir einen Arzt, aber wo ist Max mit den Mädchen hin? Sie haben dein Messer mitgenommen«, sagte Paris.

»Mein Gott. Will er denn von diesem Unsinn nicht lassen? War denn Friederikes Tod nicht genug?«

»Was meinst du?« Paris richtete ihn auf, als Charlotte Werner ein Glas Wasser reichte, und er strich dem alten Mann zärtlich die grauen, verschwitzten Haare aus dem Gesicht. Werner Fleissner war nun nicht mehr der mächtige Patriarch einer der einflussreichsten Familien des Landes, sondern nur ein gebrechlicher, zutiefst enttäuschter Mann.

»Friederikes Tod damals war kein Unfall. *Mungiki* schickte mir die Rechnung dafür, dass ich die Warnung mit den Beinen des Matatuschaffners in meiner Einfahrt ignoriert hatte und mich weiter mit allen finanziellen Konsequenzen von ihnen lossagen wollte.«

Er griff sich bei den Worten an das Armband aus eng geflochtenen blonden Haaren an seinem Arm.

»Sind das Friederikes Haare?«, flüsterte Charlotte. Mein Gott, jetzt erst verstand sie. Wie hatte sie so falschliegen können? Er trank einen weiteren Zug Wasser und nickte stumm.

»Damit ich nie vergesse, mit welchem Teufel ich einmal den Bund geschlossen habe und es nie wieder tue. Und jetzt habe ich zwei Kinder an *Mungiki* verloren.«

In der Küche war es auf einmal unerträglich heiß und einen Atemzug lang war alles bis auf die trockenen Schluchzer des Kochs still.

»Ich hatte ja keine Ahnung davon, Werner«, flüsterte Paris und umarmte den alten Mann, der sich mit geschlossenen Augen an ihn lehnte. »Weshalb hast du uns das nie gesagt? Es tut mir so leid. Wo ist Max hin? Wir müssen ihn finden.«

»Ich weiß es nicht. Er kann überall mit den Mädchen hin sein…« Werner brach ab und begrub sein Gesicht in den Händen. »Er ist wahnsinnig geworden, Paris. Wahnsinnig!«

»Wir müssen uns entscheiden. Überall ist keine Richtung. Lass uns nach Nairobi fahren, Paris«, bat Charlotte.

Der nickte. »Ich rufe dir einen Arzt, Werner, der sich auch um deinen Koch kümmern kann. Wo sind deine anderen Leute?«

»Ich glaube, Max hat sie im Poolhaus eingesperrt.«

»Wir lassen sie frei. Und dann müssen wir weg.«

»Wir kommen klar hier. Ich kümmere mich um meine Leute, das bin ich ihnen schuldig.« Werner Fleissner zog sich auf die Füße und nahm einen Schlüssel vom Bord über der Tiefkühltruhe. »Ihr habt keine Zeit zu verlieren. Worauf wartet ihr noch?«, fragte er und eine Spur seiner alten Autorität kehrte in seine Augen zurück.

Nakuru lag bald hinter ihnen. Die Wasser der großen Seen schimmerten rosig, aber Charlotte ließ die *Bottom Road Limuru* dieses Mal links liegen, denn sie wollte nur in Nairobi ankommen und Anza und Vida finden. Wo konnten die Kinder sein? Überall und nirgends. Sie konnten genauso gut einen Halm auf der Savanne suchen, trotz der auffallenden Erscheinung der Gotteskinder. Bei der Erinnerung an ihren Traum und den Vogelkadaver in der Höhle lief ein Schauer über ihren Rücken.

Wer wusste, was für grässliche Spiele Max mit ihnen trieb?

Charlotte dachte an die Innigkeit, mit der Lisa die Mädchen umarmt hatte, und die gewiss nicht gespielt gewesen war. Niemand, der ein härenes Hemd trug, spielte etwas vor, schloss sie dann. Nein, Lisa war es brennender Ernst mit dieser Adoption. Sie sah auf die Uhr: Paris und sie waren seit gut vierzehn Stunden unterwegs. Automatisch sah sie auch auf die Tankanzeige, deren Pfeil tief im roten Bereich war.

»Mist. Der Tank ist fast leer. Sind Reservekanister hinten drin?«, fragte sie Paris, der mit weit geöffneten Augen auf dem Rücksitz lag. Er hatte sich wieder ausgestreckt, um noch zu ruhen, doch sie sah ihm an, dass in seinem Kopf ein Gedanke den anderen jagte. Nun beugte er sich über die Lehne des Rücksitzes in den Kofferraum und kam dann mit einem Kopfschütteln wieder hoch.

»Nein. Der Kanister ist leer.«

Charlotte erschrak: Das Letzte und Dümmste, was ihr jetzt passieren konnte, war, mit leerem Tank liegen zu bleiben. Sie kniff die Augen zusammen und sah die lange, helle Straße hinunter, die sich zwischen einer langen Allee wie eine Startbahn in den Himmel bis zum Horizont dahinzog. An ihrem Ende sah sie das Schild einer Tankstelle.

»Das ist die Delamere Tankstelle«, sagte Paris. »Glück gehabt.«

Sie zog den Range Rover vor eine der Zapfsäulen, wo ein Teenager auf einem Plastikstuhl im Schatten lümmelte und mit seinem Mobiltelefon spielte. Paris schüttelte seine Beine aus und sagte dann: »Da drüben ist ein Café. Ich hole uns was zu trinken, denn mir klebt die Zunge am Rachen.«

Während er die Straße überquerte, ging Charlotte auf den Teenager zu, der nicht aufsah.

»Arbeitest du hier?«

»Hm.«

»Ich möchte tanken.«

»Hm.«

»Voll, bitte.«

»Hm. *Pole Pole*.«

»Nichts da, *Pole Pole*. Langsam kann ich später machen. Einen Tank Super bleifrei.«

Während der Junge zu den Zapfsäulen schlurfte und nebenbei noch immer auf seinem Handy tippte, entfernte sich Charlotte etwas und wählte Frederik Nyeres Nummer.

»Charlotte, endlich«, sagte er und klang ehrlich erleichtert. »Ich hatte mir schon furchtbare Sorgen gemacht. Wo bist du jetzt?«

»Und das zu Recht, Frederik. Ich bin auf dem Weg nach Nairobi und brauche deine Hilfe. Aber du musst ehrlich sein, dann bin ich es auch.«

Frederik lachte kurz. »Also gut. Ich werde es versuchen, aber du zuerst!«

»Bei unserem letzten Gespräch habe ich in den Unterlagen auf deinem Schreibtisch etwas gesehen.«

»Du hast geschnüffelt? In meinem Büro, während ich dir einen Kaffee gemacht habe?«, fragte er ungläubig.

»Ja. Das gehört zu meinem Job.«

Wenn Frederik Nyere wütend war, so ließ er sich das nicht anmerken. »Und was hast du gefunden?«, fragte er mit ruhiger Stimme.

»Einen Ordner mit finanziellen Informationen zu *PUR* und zu den anderen Aktivitäten der Fleissners.«

Frederik fragte angespannt: »Und?«

»Wie gut geht es *PUR*, der afrikanischen Musterfirma, wirklich, Frederik? Bitte sag mir die Wahrheit. Es ist wichtig.« Er seufzte.

»Du hast selbst gesehen, was ich mir da zusammengesucht hatte, und das Ergebnis meiner Recherchen liegt auf der Hand. *PUR* ist bereits mehrmals dem Bankrott gerade noch entgangen, weil sich immer wieder ein Investor gefunden hat, der Geld in die Firma gepumpt hat. Teils war das Max' Vater, teils andere Leute.«

»Auch Leute wie du.«

»Auch Leute wie ich, allerdings in geringem Maße. Ich bin nur ein kleiner Fisch, Charlotte.«

»Wer sind die großen Fische? *Tembo* und *Mungiki*?«

»Ja, *Mungiki*.«

»Wie geht es *PUR* jetzt, nach dem Wirbel um die Rückkehr nach Afrika?«

Frederik zögerte kurz mit seiner Antwort, ehe er sagte: »Max ist bis über beide Ohren verschuldet. Sehr viele Leute sind sehr wütend auf ihn. Da muss er sich etwas einfallen lassen, wenn du mich fragst.«

»Wann hast du das erfahren?«

»Erst heute Morgen, Charlotte. Die Aktie ist vom Handel ausgesetzt, da eine Erklärung der Fleissners zu *PUR* erwartet wird.«

Charlottes Herz schlug ihr bis zum Hals. Sie musste Anza und Vida heute noch retten, denn sie fürchtete, dass Max sich sonst wirklich etwas einfallen ließ. »Ich muss aufhören. Bis bald, Frederik«, sagte sie und er fragte noch: »Wann kommst du, wie–«, als sie schon auflegte.

Sie rannte zu den Zapfsäulen zurück und bezahlte dem mürrischen Tankwart den vollen Tank, ehe sie in den Wagen sprang und den Motor anlassen wollte, obwohl Paris noch in dem Café gegenüber an der kleinen Kasse wartete. Sie drückte die Kupplung, steckte den Zündschlüssel ins Schloss und ging aufs Gas. Aber alles, was der schwere Range Rover tat, war ein empörter Satz nach vorne, der sie trotz ihres Gurts hart gegen das Steuerrad schlagen ließ.

»Autsch. Verdammt.« Sie gab wieder Gas, doch der Wagen röchelte nur einmal und dann sackte der Motor ab. Sie warf einen Blick in den Seitenspiegel und sah, wie der Tankwart sich das Lachen verbiss.

»Hast du Probleme, den Motor anzulassen, Mama?«, fragte er mit harmlosem Gesicht, als Charlotte ihr Fenster herunterkurbelte und er zu ihr schlenderte.

»Bei einem Diesel kann das schon mal vorkommen«, sagte er und zog sich eine Zigarette aus der Tasche seines Overalls, die er sich direkt neben den Zapfsäulen ansteckte.

»Das hier ist aber kein Diesel«, sagte Charlotte mit nur mühsam unterdrücktem Zorn.

»Nicht? Damit habe ich den Wagen aber gerade vollgetankt«, sagte der Junge, zog an seiner Zigarette und ließ sie dabei nicht aus den Augen.

»Du hast *was* gemacht?«, fragte Charlotte fassungslos. Sie nahm ihm die Zigarette aus der Hand und drückte sie auf dem Armaturenbrett des Wagens aus. »Und meinst du, ich habe Lust, hier in die Luft zu fliegen?«

Der Tankwart hob besänftigend die Hände. »*Pole Pole*, Mama, tut mir leid, du hast Diesel gesagt, da bin ich mir ganz sicher. Ich kenne eine gute Werkstatt in Naivasha, die dir helfen kann, aber das kann dauern. Ich kann mal anrufen, ob sie Zeit haben, um das zu reparieren. Oh Mann, das ist mir auch noch nicht passiert …«

Ohne ihr Zeit für eine Antwort zu lassen, ging er davon und tippte auf seinem Handy, ehe er sich erneut eine Zigarette aus seinem Overall holte. Charlotte sah ihm mit einem unguten Gefühl nach. Wem textete er da gerade? Wohl kaum der Werkstatt in Naivasha. Vielleicht war *Mungiki* wirklich wie eine Spinne, die das Land mit ihrem Netz überzog, und seine Mitglieder hielten überall nach dem dunklen Range Rover mit dem Befehl, sie und Paris mit jedem nur möglichen Mittel aufzuhalten, Ausschau. Charlotte fühlte sich so hilflos, dass sie mit der Faust gegen das Lenkrad schlug. Sie saß hier fest, während Anza und Vida gerade einem grauenvollen, archaischen und vollkommen verdrehten Aberglauben geopfert wurden.

Die Bilder ihres Traums schoben sich vor die Wirklichkeit, sie atmete wieder die Luft der Höhlen und fühlte die klebrige Dicke der Blutfarbe, mit der die Wandmalereien um den Opferstein aufgefrischt worden waren. Charlotte rang nach Atem und ihr brach erneut der Schweiß aus, während der Tankwart in sein Telefon sprach und lachte.

Wo blieb Paris? Er stand noch immer Schlange in dem Café. Wie sollte sie von hier wegkommen? Es waren noch gute zwei Stunden Fahrt bis Nairobi. Sie zückte wieder ihr Mobiltelefon, stieg aus, wählte eine Nummer und wartete gespannt. Bitte, bitte, lass ihn da sein, flehte sie in Gedanken, als es schon knackte, drei Mal läutete und ihr dann eine männliche Stimme antwortete. Ihr wurde schwach vor Erleichterung, als sie sagte: »Hallo Shirish, ich bin es, Charlotte.«

34. Kapitel

»Charlotte! Wo bist du?«

»Shirish, ich habe nicht viel Zeit. Ich sitze in Naivasha an der Delamere Tankstelle fest und muss unbedingt so schnell es geht nach Nairobi kommen. Ich muss!«

»Ich kann jetzt nicht weg, aber ich kann dir einen Wagen schicken, kein Problem.«

»Kannst du nicht selbst kommen?«

»Nein, ich habe hier jede Menge Probleme am Hals.«

Probleme waren relativ, aber Charlotte schluckte diese Bemerkung hinunter und fragte stattdessen: »Ich muss Max Fleissner finden. Weißt du, wo er ist?«

»Aber ja doch«, sagte Shirish überrascht. »Er war gerade bei mir.«

»Wie bitte?« Charlotte fiel beinahe ihr Telefon aus der Hand. »Was hat er gewollt?«

»Das Übliche. Geld. Aber ich konnte ihm nicht helfen.«

»Weißt du, wo er nach dem Treffen mit dir hin ist?«

»Ja, er hat gesagt, er hätte eine wichtige Verabredung bei sich zu Hause.«

»Sende mir den Wagen bitte sofort. Sofort.« Charlotte kämpfte mit den Tränen und Shirish schwieg einen Augenblick lang, ehe er sagte: »Ich komme selber. Warte auf mich. Mach keine Dummheiten, okay?«

»Danke, Shirish. Beeil dich bitte.«

Sie legte auf und begann trotz der warmen Sonne auf ihrer Haut zu zittern, denn ihre Nerven waren überreizt. Zwei Stunden Warten: Zwei Stunden, die leicht über Leben und Tod entscheiden konnten. Der Tankwart kam gerade wieder zu ihr und sagte: »Tut mir leid. Die Werkstatt in Naivasha hat gerade wegen eines Trauerfalls in der Familie für zwei Tage geschlossen. Ich denke, Sie sitzen hier fest.«

Charlotte hatte nichts anderes erwartet. Sollte er nur denken und weitergeben, was er wollte. *Geld, natürlich,* hatte Shirish gesagt, und da sollte sie zwei Stunden hier an der Tankstelle warten und dann noch einmal zwei Stunden für die Fahrt nach Nairobi verschwenden? Nein, sie musste sofort los. Sie wählte noch einmal Shirishs Nummer, doch sie bekam mit einem Mal keinen Empfang mehr, und eine kurze SMS wurde mit dem Kommentar »Senden fehlgeschlagen« vom Netzwerk zurückgewiesen. Hoffentlich verzieh er ihr, wenn er hier ankam, aber sie konnte nicht vier Stunden verschwenden. Vier Stunden, in denen Anza und Vida das Leben aus dem Leib blutete. Ein Schatten fiel über sie und sie sah auf: Paris stand mit zwei eisgekühlten Flaschen oranger Fanta neben ihr und runzelte die Stirn.

»Machen wir hier Pause?«

»Der Wagen ist kaputt. Bist du schon mal getrampt?«, fragte sie ihn.

Paris reichte ihr die Flasche. »Da hast du einmal mehr Glück gehabt. Nach dem Abitur bin ich quer durch den Kontinent getrampt. Man nennt mich den Mann mit dem goldenen Daumen.«

»Dann los«, sagte Charlotte angespannt und nippte hastig an dem Getränk, denn auch ihre Kehle war trocken wie Sandpapier. Sie stieg aus, trat an den Straßenrand und hielt den Daumen ausgestreckt. Die Lastwagenfahrer hupten zwar begeistert bei ihrem Anblick, rasten aber unbeirrt weiter, so dass die roten Staubwolken und die Abgase sie husten ließen.

Paris sagte: »Da kommt ein Bus. Lass mich ihn stoppen. Von Mann zu Mann, okay?«

Er wedelte mit beiden Armen, der Bus bremste scharf, ohne auf den Verkehr hinter ihm zu achten, und der Fahrer öffnete ihnen seine Türen.

»Geht es nach Nairobi?«, fragte Paris.

Der Busfahrer nickte. »Steigt ein. Hinten ist noch ein Platz frei.«

»Einer?«, fragte Charlotte. »Wir sind zwei.«

»Ich nehme dich auf den Schoß«, sagte Paris und schob sie vor sich die Stufen in den Bus hinein, als der Tankwart aus seinem kleinen Haus gelaufen kam.

»Hey! Was soll denn mit dem Wagen passieren?«, rief er und zeigte auf den Range Rover.

»Der gehört deinem Boss. Behalt ihn als Trinkgeld. Viel Spaß damit«, sagte Charlotte und die Bustüren schlossen sich hinter ihr.

Einen Augenblick später saß Charlotte auf Paris' Schoß und biss die Zähne zusammen. Zwei Stunden Fahrt, dann konnten sie schon in Nairobi sein. Vida und Anza ganz nahe, da war sie sicher, und wenigstens waren sie nun unterwegs. Die Busfenster waren zu staubig, um etwas zu sehen, und Charlotte spuckte mehrere Male dagegen und wischte sie mit ihrem Ärmel sauber, um zu erkennen, wie sie vorankamen, aber es war so gut wie umsonst. Der Fahrer drehte sein Radio beim Anfahren wieder voll auf, so dass jedes Gespräch unmöglich war, doch der Mann auf dem Sitz neben ihnen schlief selig und ließ seinen Kopf auf Paris' Schulter rollen.

Nach einer Stunde Fahrt erschien die Landschaft draußen vor dem kleinen Guckloch im Fenster Charlotte nun bekannter. Der Bus hupte, wenn er langsam durch die endlosen Siedlungen entlang der Straßen fuhr, und Menschen sprangen durch die nun immer offene Tür ein und aus, wenn es ihnen gerade passte. Sie sah die vertrauten, mit bunten Farben angemalten Cafés und Geschäfte und der Verkehr wurde immer dichter. Nairobi musste nahe sein. Sie setzte sich auf, um besser sehen zu können, und wurde im selben Augenblick nach vorne geschleudert, doch Paris fing sie gerade noch auf. Der Bus geriet ins Schlingern, sie hörte Bremsen quietschen, ehe es im Wageninneren scharf nach heißem, verbranntem Gummi roch. Charlotte schrie und presste sich an Paris, der sie mit aller Kraft festhielt, als der Wagen sich einmal auf der Fahrbahn um die eigene Achse drehte, bevor er endlich stehen blieb. Von draußen hörten sie empörtes Hupen und Geschrei. Das gesamte Bus-Chassis bebte, und Charlotte und Paris saßen nun deutlich tiefer als zuvor. Sie schöpfte Atem.

»Hast du dir wehgetan?«, fragte Paris.

»Nein. Was ist passiert?«

»Sieht nach einem Platten aus«, sagte Paris. »Das gibt es doch nicht.« Dann sah er sich um und rieb das hintere Fenster sauber. »Wir haben verdammtes Glück gehabt, dass uns noch keiner reingerast ist. Das heißt, noch nicht. Jetzt aber raus hier. Das kann nicht lange dauern.«

Charlotte unterdrückte einen Fluch, als auch der Busfahrer von seinem Sitz aufstand und rief: »Alles aussteigen!«

Die Passagiere lachten und redeten trotz des gerade eben ausgestandenen Schreckens, als sie sich durch den Mittelgang des Busses langsam nach vorne schoben. Nur Charlotte konnte es nicht schnell genug gehen, und als sie draußen waren, lief sie mit Paris zum Hinterrad des Busses, um sich den Schaden anzusehen. Der Reifen war geplatzt und der Busfahrer schob gerade Steinbrocken unter die anderen Räder, um mit dem Reifenwechsel zu beginnen. Andere Fahrgäste sammelten Zweige, um die Unfallstelle einige Hundert Meter entfernt für ankommende Fahrzeuge zu markieren.

»Wie sollen wir jetzt zum Haus der Fleissners kommen?«, fragte Charlotte.

»Woher weißt du, dass Max dort ist?«

»Shirish hat es mir gesagt.«

»Shirish? Hast du etwa mit ihm telefoniert?«

»Ja, als der Wagen nicht mehr ansprang, weil der Tankwart Diesel statt Super getankt hatte.«

»Weshalb bist du stattdessen nicht zu mir ins Café gekommen?«

»Paris, das Letzte, was wir jetzt brauchen, ist Eifersucht. Wir müssen hier weg, wir müssen nach Nairobi, und wir müssen die Kinder retten!«

Sie trat auf die Straße und legte sich die flache Hand über ihre Augen, um sich gegen das grelle Sonnenlicht zu schützen. Der Verkehr war nun fließender, und plötzlich erkannte sie in der langen Schlange von Peugeots, Renaults, Volkswagen und verschiedenen Nissans und Toyotas einen langen, dunklen Mercedes.

»Shirish!«, rief sie und wedelte mit den Armen. »Hier sind wir! Hier!« Shirish zog seinen Wagen an den Straßenrand und öffnete den Schlag von innen.

»Charlotte! Was machst du denn hier? Ich wollte dich bei der Delamere Tankstelle abholen.«

»Ich dachte, ich komme dir entgegen. Steig ein, Paris.«

Als Shirish Paris sah, sagte er: »Ich wusste nicht, dass du nicht alleine bist, Charlotte. Entschuldige, du kannst einsteigen, aber ich nehme keinen Mann mit, der einem anderen in seiner höchsten Not nicht hilft.«

Paris schüttelte den Kopf. »Und ich steige nicht zu einem Mann in den Wagen, der mich einen Feigling nennt, nur weil ich kein Blutgeld akzeptiere.«

Charlotte stemmte die Arme in die Hüften. »Und wenn ihr Kindsköpfe nicht aufhört, dann fahre ich alleine weiter und ihr könnt laufen. Ihr seid wohl wahnsinnig geworden. Die Vergangenheit tut doch jetzt überhaupt nichts zur Sache. Die Gotteskinder sind ohne euch verloren. Steig ein, Paris. Gib Gas, Shirish, ich erzähle dir alles unterwegs. Kennst du Max Fleissners Adresse?«

Doch ehe Shirish antwortete, sagte Paris: »Die kenne ich auch, denn er wohnt neben meiner Mutter. Ihre Mauer grenzt an seinen Garten, was ganz praktisch sein kann.«

»Werdet ihr denn nicht erwartet?«, fragte Shirish erstaunt und Paris sagte: »Doch, schon. Aber das heißt nicht, dass wir willkommen sind.«

»Wird deine Mutter uns helfen?«

Paris warf ihr einen ernsten Blick zu. »Natürlich. Wenn uns jemand in dieser Lage helfen wird, dann sie.«

Shirish presste die Lippen zusammen. »Also, fahren

wir. Aber ich tue das nur für dich, Charlotte«, sagte er und suchte sich vorsichtig seinen Weg durch die Menschentrauben, die dem Busfahrer diskutierend und unter vielen guten Ratschlägen dabei zusahen, wie er seinen geplatzten Reifen wechselte.

Als Shirishs Wagen nach Muthaiga einrollte, kam Charlotte ihr eigenes Wohnviertel mit seinen weiten Straßen, den gepflegten Grünstreifen und den sorgsam geschnittenen Hecken der Anwesen, hinter deren Gittern und mit elektrischen Zäunen versehenen Grundstücken sich kein Leben regte, unwirklich vor. Sie erinnerte sich kurz an ihren Entschluss, nach den ersten Wochen in dem Apartment umzuziehen, um dem echten Afrika näher zu sein. Aber was war das echte Afrika? Es hatte so viele Gesichter, dass es für sie noch viel zu früh war, um sich darauf eine Antwort zu geben.

»Ist es noch weit?«

»Nein. Wir sind gleich da. Noch um diese Ecke, dann siehst du das Haus der Fleissners.« Shirish bog ab und verlangsamte den Wagen, als eine lange Mauer in Sicht kam, auf deren Sims nicht nur Glasscherben einzementiert worden waren, sondern auch noch ein Meter Stacheldraht in die Höhe gespannt war. Charlotte sank das Herz, als sie die elektrischen Drähte sah, die sich vom Gitter vor der Einfahrt wegspannten. Wie sollten sie da hineinkommen?

»Fahr weiter, Shirish«, sagte Paris leise. »Da vorne ist das Haus meiner Mutter.«

Shirish zog den Wagen in eine mit Kies bedeckte Einfahrt und Paris reckte sich aus dem offenen Fenster, um den Code in die Tastatur neben dem Gitter einzugeben, das sich daraufhin lautlos öffnete. Inmitten von weiten, gepflegten Rasenflächen lag ein niederer, schlichter Bungalow, an dessen Fassaden rosa und violette Bougainvillea wuchs. Als sie vor die Treppe der Veranda fuhren und der Kies unter den Reifen knirschte, öffnete sich die Tür mit dem Fliegengitter davor und Paris' Mutter trat auf die Schwelle. Sie war barfuß, trug Jeans und ein in der Taille geknotetes Männerhemd, und ihre langen, krausen Haare fielen offen auf ihre Schultern. »Na, so was, Paris! Und du hast Freunde mitgebracht. Schön, ich habe gerade Tee gemacht.«

»Später, Mutter.« Paris sprang aus dem Wagen, drückte ihr einen raschen Kuss auf die Wange. »Erst müssen wir rüber zu den Fleissners. Hängt meine Strickleiter noch?«

»Deine Strickleiter hängt noch«, versicherte sie ihm. »Für dich ist hier immer alles unverändert.«

»Gut. Ich muss Max einen Besuch abstatten.«

»Und warum nimmst du nicht den Vordereingang?«

»Das erzähle ich dir auch später.«

»Hm.« Sie verschränkte die Arme, aber ließ ihn gewähren. »Muss ich mir Sorgen um dich machen?«

»Nicht mehr als sonst.«

Paris wandte sich an Charlotte und Shirish. »Seid ihr bereit?«

Charlotte wurden die Knie weich und sie hielt sich kurz am Chassis fest. Seit ihrer Rettung aus den Höhlen, als Paris ihr im Lager etwas Schokolade und eine Banane gegeben hatte, hatte sie nichts gegessen. Hoffentlich fand sie die Kraft, dies durchzustehen. Dennoch nickte sie und auch Shirish sagte: »Ja, ich bin bereit.«

»Also dann mal los.«

35. Kapitel

Die kleine Strickleiter aus Paris' Kindertagen hing noch immer verborgen hinter einer Wand aus dichten Blättern an der Mauer, die den Garten seiner Mutter vom Anwesen der Fleissners trennte. Die Pflanzen waren der Familie hier wohl Schutz genug, denn Charlotte sah weder Stacheldraht noch Scherben auf dem Sims, wie es an der Vorderseite des Anwesens der Fall gewesen war. Die Leiter war oben an der Mauer mit zwei Haken festgemacht und über die Jahre und die vielen Regen- und Trockenzeiten, die sie dort gehangen hatte, war das Holz der Sprossen ganz dunkel geworden und die Seile an ihren Seiten aufgeraut.

»Ich hoffe, die hält uns noch. Wirkt reichlich vermodert«, sagte Shirish zweifelnd und sah an der beinahe drei Meter hohen Mauer hoch. Er packte die Leiter und zerrte einige Male prüfend und ruckartig an ihr, aber sie hielt ihm stand.

»Sie muss. Das ist ihre letzte Aufgabe nach tausend Mal Auf- und Absteigen«, sagte Paris traurig und setzte seinen Fuß auf die unterste Sprosse. »Wer hätte gedacht, dass ich bei Fleissners einmal einbrechen muss. Früher warteten Max und seine Schwestern zum Spielen auf der anderen Seite auf mich.«

»Jetzt ist er wirklich auf der anderen Seite«, sagte Charlotte grimmig und sah ihm nach, bis er oben ankam. »Geht es?«

»Ja«, nickte Paris, der sein eines Bein schon über die Mauer schwang, rittlings saß und Charlotte seine Hand hinstreckte. »Komm, ich ziehe dich hoch.«

Charlotte erklomm die Leiter, die in ihren Seilen knarzte, und einige der Sprossen bogen sich bedrohlich zur Seite, aber sie schaffte es bis nach oben, griff nach Paris' Hand, und er zog sie auf die Mauer hoch. Shirish folgte ihr.

»Da ist das Haus«, flüsterte Paris und schob das dichte Laub der Feuerbäume beiseite, um besser sehen zu können. Vor dem Haus parkte der dunkle Range Rover und Charlotte wurde vor Spannung der Mund trocken. Die Fleissners mussten mit Anza und Vida im Haus sein. War der Pater bei ihnen? Sie hatte Angst um den ruhigen, sanften Mann und prüfte mit einem Blick den Boden vor der Mauer. Konnten sie einfach springen, oder war der Abstand zu hoch? Shirish schien ihre Gedanken zu erraten. Er schüttelte stumm den Kopf, ehe er auf die Zweige der Bäume zeigte, an denen armdicke Schlingpflanzen wucherten und zog prüfend und ruckartig an der Liane.

»Die halten uns aus. Ich gehe zuerst.«

Er umklammerte die Schlingpflanze, sprang und kam mit seinen Füßen auf dem Stamm des mehrere Meter hohen Feuerbaums auf. Ihm trat der Schweiß auf die Stirn, aber er seilte sich vorsichtig ab, ehe er auf dem Boden zum Stehen kam und nach oben zu ihr sah.

»Jetzt du, Charlotte«, flüsterte er, aber Charlotte erschrak doch, denn seine Stimme kam ihr in der vollkommenen Stille des Gartens unnatürlich laut vor.

»Lass uns gehen«, sagte Charlotte, die nur noch mühsam all ihre Kraft bündelte. Paris eilte geduckt an den Hecken und Blumenrabatten vorbei, die den weitläufigen Garten umringten. Mondblumen und Christsterne verbreiteten einen betörend süßen Duft, der Charlotte noch schwindeliger machte, aber Paris zog sie mit sich, während Shirish ihnen folgte.

Charlotte bekämpfte wieder die Übelkeit, die sie erfasste. Sie durfte sich jetzt nicht gehenlassen, es ging nicht um sie, sondern um etwas sehr viel Größeres. Sie wollte der Angst nicht nachgeben, nein, nie wieder, dachte sie und konzentrierte sich auf das Haus der Fleissners. Wolken zogen vor die Sonne und ein kühler Wind kam auf, als sie die Fassade mit ihrem Blick absuchte. An den Fenstern waren die Vorhänge zugezogen worden und das Haus wirkte verlassen. Wenn nicht der Wagen in der Einfahrt geparkt gewesen wäre, hätte Charlotte an ihrer Entscheidung gezweifelt.

Sie schluckte und blieb kurz stehen, um Atem zu holen. Shirish prallte beinahe auf sie und fragte keuchend: »Was ist? Worauf wartest du?«

Charlotte wischte sich den Schweiß ab, der in ihre Augen rann. »Bist du dir sicher, dass er hier ist?« Sie sah wieder an der Fassade hoch.

»Ganz sicher. Er hat gesagt, ich könnte ihn, wenn ich meine Meinung zu dem Kredit ändern sollte, jederzeit bei ihm daheim erreichen. Die Zukunft seiner Firma hängt für ihn von diesem Nachmittag ab, denn ich werde nicht der Einzige sein, bei dem er um eine Stundung seiner Schulden gebeten hat. Kannst du weiter?«

»Es geht schon wieder. Wir müssen weiter.«

Paris zog sie wieder vorwärts, und Shirishs Gegenwart in ihrem Rücken machte ihr ebenfalls Mut.

»Wie sollen wir hineinkommen?«, fragte sie, während sie Paris kriechend unterhalb der Fenster an der Längsseite des Hauses folgte.

»Durch die Haustür«, sagte Paris. »Die ist bei den Fleissners immer offen.«

»Sie haben Scherben auf der Mauer und lassen die Tür einfach so offen? Heute auch?«, fragte Charlotte zweifelnd, doch er verschwand schon ums Eck, so dass ihr nichts anderes übrig blieb, als ihm zu folgen. Einen Moment später standen sie unter der Pergola des Hauses, die dicht bewachsen dem Eingangsbereich Schatten spendete. Auf einem hochpolierten Messingschild war *Fleissner* eingraviert, und Paris fasste an den Knauf und drehte ihn vorsichtig. Charlotte schloss die Augen, denn sie erwartete das Schrillen einer Alarmanlage, doch die Tür öffnete sich lautlos. Charlotte sah sich noch einmal über die Schulter um. Shirish nickte ihr ermutigend zu, als Paris dann die Tür ganz aufstieß und sie alle den Gang betraten. Das Parkett knarzte unter Charlottes Füßen, so dass sie vor Schreck zusammenzuckte. Sie alle warteten erschrocken, was passierte. Hatte jemand sie gehört? Wo waren die Angestellten, oder hatte Max ihnen freigegeben? Doch das Einzige, was sie im Haus vernahmen, war leise Musik, die aus dem ersten Stock bis hinunter in den Eingangsbereich drang. Charlotte erkannte die tiefen, gleichförmigen Töne von gregorianischen Kirchengesängen. Auf ihren Armen bildete sich eine Gänsehaut, als Paris ihr stumm mit dem Kopf ein Zeichen gab, ihm die Treppen hinauf zu folgen. Wer war dort oben? Er presste ermutigend ihre Hand, ehe sie auf Zehenspitzen die Treppen hochstiegen. Charlotte drehte sich zu Shirish um. Auch er war sehr blass geworden. Sie war nicht die Einzige, die Angst hatte, begriff sie. Eine Angst, die einem das Selbst mit Eisfingern zerriss. Angst vor *Uchiwa* und allem, was sie anrichten mochte. Dennoch zwang sie sich, eine Stufe nach der anderen hinauf in den ersten Stock zu nehmen.

36. Kapitel

Oben angekommen führte ein Gang in zwei Richtungen, doch es war deutlich, aus welchem Zimmer die Musik kam. Sie schwoll an, je näher Charlotte der hohen, weißen Tür kam. Sie roch den schweren Duft von Weihrauch, der sie an die Weihnachtsgottesdienste ihrer Kindheit wie auch an ihre Kommunion und Firmung erinnerte. Einen Augenblick lang benebelte der Geruch ihren müden Geist noch mehr, und Charlotte suchte an der Wand neben der Tür Halt und wäre beinahe gefallen, wenn Paris sie nicht von hinten gestützt hätte. Sie fasste sich. Sie brauchte jetzt alle Kraft, um den Gotteskindern zu helfen. Erholen, schlafen und essen konnte sie auch später, wenn Anza und Vida gerettet waren. Und wenn sie sie nicht retten konnten? Wenn alles, was sie befürchtete, schon geschehen war?

»Das ist Lisas Zimmer. Lass mich klopfen«, flüsterte er, während Charlotte und Shirish in den Halbschatten des Ganges zurückwichen. Paris klopfte kurz mit seinen Knöcheln an das Holz und wartete einen Augenblick lang, doch nichts geschah.

»Klopf noch einmal. Vielleicht hat sie dich nicht gehört.«

In Charlottes Körper kribbelte es vor Unruhe. Alles an

ihr wollte einfach durch diese Tür in das Zimmer brechen, ehe sie gleichzeitig und unvernünftig dachte: Zu dieser Musik kann man niemanden umbringen oder verstümmeln. Dann aber erinnerte sie sich wieder an den Abend in Kibera, den Anblick des verstümmelten Torsos und den Morgen in der Mission, als sie den abgehackten Fuß in ihrem Safaristiefel gefunden hatte. Diese Menschen konnten *alles* unter allen Umständen machen, denn wer so etwas tat, war jenseits von allem Verständnis von Gut und Böse. Gerade, als sie die Tür einfach aufstoßen wollte, hörten sie aus dem Zimmer dahinter eine Stimme fragen:

»Ja? Was ist denn? Seid ihr fertig?«

Fertig? Womit?, dachte Charlotte, die Lisas Stimme erkannte.

»Ich bin es, Lisa«, sagte Paris mit einer ruhigen, festen Stimme, um die Charlotte ihn beneidete. Ein kurzer Augenblick verstrich, dann öffnete sich die Tür einen Spalt weit.

»Paris? Was machst du hier?« Lisas blasses Gesicht erschien hinter der Tür. Unter ihren blauen Augen lagen Schatten und sie trug noch immer die Kleider, die sie auch in der Mission angehabt hatte.

»Ich wollte sehen, wie es dir und den Kindern geht. Darf ich hereinkommen?«

Lisa trat nicht beiseite. »Das hier ist mein Schlafzimmer. Die Kinder sind nicht hier«, flüsterte sie. In ihren Augen tanzte ein Licht, das Charlotte Angst machte. Sie trat nun neben Paris.

»Lisa, lass uns bitte herein«, sagte sie und trat neben Paris, so dass Lisa sie sehen konnte.

»Du bist auch hier? Seid ihr denn schon von den Höhlen zurück, Evangeline und du?« Lisas Frage klang so ehrlich, dass Charlotte ihr augenblicklich glaubte, nichts von dem Mordversuch an ihr gewusst zu haben. Dann erschien eine Falte zwischen Lisas Augenbrauen. »Was tust du hier?«

»Ich will die Kinder retten, Lisa. Bitte, hilf uns.«

»Retten, aber wovor?« Lisa öffnete nun die Tür zu ihrem Zimmer ganz. Die gefütterten Vorhänge vor den Fenstern sperrten alles Tageslicht aus dem großen Raum, den eine Unmenge von Kerzen in ein weiches, flackerndes Licht tauchten. Neben einem aus schwerem, dunklem Holz gearbeiteten Himmelbett kam die Musik aus Lisas iPod-Station. Lisa schloss kurz die Augen und wiegte sich im Takt der tiefen, reinen Stimmen.

»Ich bete gerade, aber ihr könnt hereinkommen.Gott sind alle willkommen«, sagte Lisa dann.

Paris und Charlotte betraten das Zimmer, während Shirish draußen im Gang blieb. Er traf die richtige Entscheidung, denn wieder sah sie das Licht in Lisas Augen tanzen und begriff, dass diese Frau nur noch mit Mühe an der Wirklichkeit festhielt. Sie musste jetzt die richtige Antwort von ihr erhalten und zu viele Menschen in ihrem privatesten Bereich würden sie nur erschrecken.

An der langen Wand von Lisas Schlafzimmer hing ein antikes Altarbild, vor dem eine Gebetsbank stand. In einer Messingschale neben der Bank brannten zwei Votivkerzen. Lisa folgte Charlottes Blick und lächelte: »Die habe ich gerade angezündet, um für meine Töchter zu danken.«

Charlotte konnte von dem immer stärker und betäubender werdenden Duft nach Weihrauch kaum atmen, denn in allen Ecken des Raumes steckten Räucherstäbchen in flachen, mit Sand gefüllten Tellern.

»Wo sind die Mädchen, Lisa?« Charlotte unterdrückte ein Würgen, denn in seiner geballten Wucht war der Weihrauch unerträglich. Lisa aber sog die Luft in dem Raum tief und mit geblähten Nasenflügeln ein.

»Sie bekommen ihre Kommunion, damit sie Teil der heiligen Mutter Kirche und keine Heiden mehr sind.«

»Ihre Kommunion? Mein Gott. Wo?« Charlottes Stimme überschlug sich vor Entsetzen.

Lisa zuckte mit den Schultern. »Hier im Haus. Max kümmert sich darum.«

Charlotte blieb die Luft weg.

»Wo genau hier im Haus?« Sie packte Lisa bei den Schultern, die unter ihrem Griff weich wurde. War sie betäubt, oder hatte sie sich in Trance gebetet?

»Im Keller. Dort ist die Kapelle«, flüsterte sie und Charlotte ließ sie abrupt los. »Shirish! Bleib du bei Lisa. Paris, komm. Um Gottes willen, komm!«

Sie flog geradezu aus dem Raum, froh, dem flackernden Licht und der dichten, unerträglichen Luft zu entkommen, und nahm beim Hinunterstürzen der Treppen zwei Stufen auf einmal, als Lisa oben auf den Gang und an die Balustrade trat. Sie klammerte sich an das Holz und rief: »Wo geht ihr hin? Die Kommunion darf nicht gestört werden!«

Shirish trat neben sie und legte tröstend seinen Arm um sie, aber sie stieß ihn zurück. Dann stand Charlotte im Erdgeschoss und ihr Herz raste.

»Wo ist der verdammte Keller?«

»Gut versteckt«, sagte Paris, griff sie bei der Hand und zog sie mit ihm in einen großen mit Antiquitäten und afrikanischer Kunst gefüllten Raum, der im Halbdämmer hinter zugezogenen Vorhängen lag, was die schweren Umrisse der Möbel und die Masken, die an den Wänden hingen, bedrohlich wirken ließ. Charlotte folgte Paris, der an einen bemalten und bestickten Wandbehang trat, dessen Motive sie an die Wand in der Höhle mit dem Opferstein erinnerten. Sie erschauerte, doch Paris griff den Teppich an der rechten Seite und riss ihn mit einem Ruck beiseite. Charlotte zuckte zusammen, denn sie erwartete, dass das fragile Gewebe zerreißen würde, doch der Teppich hing wie ein Vorhang an Schienen und gab den Blick auf eine Tür frei. Paris griff nach der Klinke, und Charlotte flüsterte:

»Woher weißt du, dass der Keller hier ist?«

»Max hat mir die Pläne des Hauses gegeben, als ich den Job hier übernommen habe. Außerdem habe ich hier mit Max und seiner Schwester so oft Verstecken gespielt und einmal habe ich mich hinter dem Teppich verborgen. Ich erinnere mich, dass sie mich so lange nicht gefunden haben, bis Max' Vater den Teppich beiseite gezogen hat. Werner ist damals furchtbar wütend geworden, als er mich an diese Tür gedrückt fand, und ich habe damals nicht verstanden, weshalb, sondern fand alles nur sehr spannend, denn schließlich hatte meine Mutter keine versteckte Tür in ihrem Haus. Soweit ich weiß, zumindest.«

»Was hat Max getan?«, fragte Charlotte noch, als Paris die Klinke vorsichtig hinunterdrückte.

»Der sah sehr betreten aus. Es war ihm wohl peinlich, dass sein Vater mich so herunterputzte. Danach haben wir nie wieder Verstecken gespielt.« Paris' Gesichtszüge zeichneten sich scharf im Halbschatten ab. »Aber jetzt komm.«

Die Tür öffnete sich lautlos. In der Dunkelheit dahinter führte eine Treppe in eine finstere Endlosigkeit. Charlottes Finger schlangen sich um die Paris', als der mit seiner anderen Hand erfolglos an der Wand nach einem Lichtschalter suchte.

Charlotte fühlte sich beim Anblick der dunklen Stufen in die Moyalehöhlen zurückversetzt und war wie gelähmt. Sie wusste nicht, ob sie diese Enge und Dunkelheit noch einmal ertragen konnte, denn jede Erinnerung an die Zeit in dem Labyrinth erfüllte sie mit Grauen, wobei sie am meisten davor zurückschreckte, an die große Höhle zu denken. Obwohl in diese das Tageslicht gefallen war, war etwas an ihrer Weite und Höhe, den Malereien und dem Opferstein in ihrer Mitte, das sie nie wiedersehen wollte.

»Ich schaffe das nicht«, flüsterte sie und versuchte die Panik, die sie beim Anblick des dunklen Schlundes erfasste, zu bekämpfen. »Ich kann das nicht, Paris.«

»Doch. Du kannst. Du musst. Komm, ich mache Licht.« Er zog sein Handy aus der Tasche und drückte auf den Knopf in der Mitte, so dass die Anzeige aufleuchtete. Charlotte blieb kurz der Mund offen stehen: Auf diese Idee war sie in den Höhlen nicht gekommen! Paris lachte kurz, da er ihr Staunen wohl bemerkte: »Auch ein Kenia-Macho hat ab und an mal gute Ideen. Also, schaffst du es?«

»Ich schaffe es«, sagte Charlotte leise, aber bestimmt und folgte Paris die Treppen hinunter, vorsichtig eine Stufe nach der anderen nehmend. Der bläuliche Schein des Handys erlaubte ihnen in der Schwärze gerade mal zu sehen, wo sie ihren Fuß hinsetzen konnten, ohne zu stolpern oder zu stürzen. Als sie auf dem flachen Erdboden aufkamen, hielt Paris sein Handy hoch und ließ den schwachen Lichtstrahl wandern, so weit es ging. Charlotte unterdrückte ein Zittern, so sehr musste sie an den Augenblick in den Höhlen denken, als sie sich allein mit Evangelines Taschenlampe wiedergefunden hatte. In dem Gang vor ihnen erkannte Charlotte nur einige Schritte entfernt eine offene Tür. Paris streckte seinen Arm in diese Richtung, und Charlotte ging ihm voraus, um in den Raum dahinter zu sehen: Es war eine Zelle, deren einziges Fenster, das auf Gartenhöhe sein musste, mit Brettern vernagelt worden war und in dessen Ritzen noch Stahlwolle steckte. Das Kabuff war bis auf eine schmale Bank und eine Schüssel leer, doch Charlotte fand den Raum entsetzlich und wie ein Gefängnis. Sie war froh, Paris' Atem so nahe bei sich zu hören.

»Komm«, flüsterte er und fasste wieder ihre Hand, ehe er sein Handy hoch über seinen Kopf hielt, so dass sie am Ende des Ganges eine Tür sahen, unter der ein Spalt sehr helles Licht in das Dunkel des Ganges drang.

»Wir haben sie«, sagte Charlotte mit rauer Stimme.

37. Kapitel

Kurz vor der Tür schob sich Charlotte vor Paris, der sie jedoch zurückhielt. »Nein. Ich gehe zuerst hinein. Wer weiß, was uns erwartet. Wir sind nicht einmal bewaffnet. Lass mich dich schützen«, sagte er.

Sie aber schüttelte den Kopf. »Nein, Paris. Ich muss da hineingehen. Ich muss es für mich selber tun. Für mich selber, und für die Mädchen. Bitte. Du weißt, weshalb.«

Sie spürte Paris' Zögern in der Dunkelheit, weshalb sie wiederholte: »Bitte. Gegen die Angst, und wider die Scham.« Er löste seinen Griff von ihrem Ellenbogen und sagte: »Ich bin direkt hinter dir.«

Direkt hinter ihr, wenn sie die Dämonen bekämpfte, die sie seit dem heißen Nachmittag auf dem Hügel in dem Dorf jagten. Direkt hinter ihr, wenn sie die Eisfinger der Angst, die ihr Selbst zerpflückten und die sie wie gelähmt zusehen ließ, wie Lulu den Berg hinunterraste. Die Dämonen, die flüsterten: *Wenn du petzt, Fliegengewicht, dann gibt es Ärger*. Heute musste sie petzen und handeln, alleine, und aus eigener Kraft. Sie haute nicht ab, auch wenn sie als Nächstes dran war.

Am glatten Holz der Tür war keine Klinke zu spüren. Charlotte schob sie lautlos einen Spaltbreit auf, ehe sie ob eines strahlenden Lichts geblendet die Augen schloss.

Als sie sie wieder öffnete, erstarrte sie: Sie stand wieder in der Höhle der Moyaleberge.

Alles an ihr wollte weg, nur weg von diesem Ort, doch sie stand wie angewurzelt auf der Schwelle. Das Bild vor ihren Augen drang durch jede Pore, jeden Nerv in sie ein und ließ ihr keine Möglichkeit mehr zur Flucht. Auf der Welt mochte es viele Arten der Hölle geben, doch dies hier war gewiss eine davon und ihre ganz persönliche: Die Wände waren wie in den Moyalebergen mit den Bildern des mächtigen Kreislaufs des afrikanischen Lebens bemalt worden, doch hier leuchteten die Malereien nicht in vielen verschiedenen Farben, sondern einzig in blutrot, was die Luft wieder mit dem Charlotte bekannten süßen und fauligen Duft tränkte. An der Decke der falschen Höhle brannte ein riesiges Halogenlicht, das sie an die Sonne erinnerte, die zur Mittagsstunde senkrecht auf den Opferstein gefallen war.

Niemand bemerkte sie für den Augenblick, denn *Tembo*, der am Opferstein in der Mitte des Raumes stand, war zu sehr in sein Tun versunken. *Tembo* bog gerade der nackten Anza die Arme, an denen frische Schnitte bluteten, nach hinten und fesselte sie an der Steinkante, ehe er ihr die Schenkel aufzwang. Das Kind bäumte sich auf und wollte schreien, doch man hatte ihr einen Knebel tief in die Kehle gesteckt. Charlotte hörte sie würgen und sah ihre vor Angst beinahe aus den Höhlen springenden Augen. Ihr wurde schlecht, doch sie zwang sich zum Hinsehen: Wo war Max? Bereitete er die Zeremonie vor? Das helle Licht der Halogenlampe ließ bunte Flecken vor ihren Augen tanzen, als sie ihn im Halbschatten der hinteren Wand entdeckte: Er hielt die sich windende, aber ebenfalls gefesselte und geknebelte Vida fest in seinen Armen. Als *Tembo* nun Anzas Knie rechts und links der Steinkante mit Riemen befestigte, wandte Max den Kopf und fragte: »Muss das sein, Papa?«

Sein Vater? Also doch. Charlotte wartete entsetzt ab, was als Nächstes passieren würde: Wie war Werner Fleissner so schnell hierhergekommen? War denn der Überfall auf ihn auf seiner Farm nur gespielt gewesen und er war mit seiner Cessna nach Nairobi geflogen und hatte sie so überholt? Nein, die Würgemale an seinem Hals waren sicher echt gewesen, wie auch seine Wut und seine Trauer. Dann aber erinnerte sie sich daran, wie Paris ihr von dem Versteckspiel im Haus der Fleissners erzählt hatte. Steckte doch Werner Fleissner hinter allem und hatte er seinen Bund mit dem Teufel nicht gelöst? Das musste die Antwort auf alle ihre Fragen sein und die Erkenntnis ließ Charlottes Herz schneller schlagen.

»Es muss sein. Selbst ein Gotteskind darf nicht unrein in *Uchiwa* sein.«

Charlotte erstarrte, als sich aus dem Dunkel der hinteren Wand eine Gestalt löste und Pater Matos Vieira mitten in den grellen Lichtkegel in der Mitte des Raums trat. Er trug nicht seine Soutane, sondern war in dunkle, grob gewebte Tücher gehüllt. Seine nackte Haut an Schultern und Armen leuchtete weiß und Charlotte fiel auf, dass er keinerlei Muskeln besaß. All seine Macht war geistiger Art. Bei seinem Anblick verknotete sich ihr Magen, doch Max sagte gerade:

»Ich meine, dabei habe ich noch nie zugesehen…«

»Dabei nicht, Max, aber doch bei vielem anderen? Wir haben das doch zur Genüge geübt, dann kann dich das doch nicht mehr erschüttern, oder? Außerdem tue ich dem Kind einen Gefallen, denn ich mache es rein. Hat es dir mit Evangeline nicht immer gefallen?«

Auf Charlottes Armen bildete sich eine Gänsehaut, denn schon bei der Erinnerung an Evangelines beschnittenen Unterleib bekam sie vor Ekel einen sauren Geschmack im Mund, doch der Pater sprach bereits weiter, als Max nickte.

»Nichts anderes geschieht Anza hier, bloß, dass sie nur noch dem Gott begegnen muss, mit dem sie spricht, und keinem Mann mehr.« Der Pater lachte kurz und unfreundlich. »Wenn du deinen Laden retten willst, Max, musst du den Weg jetzt zu Ende gehen. Dein Vater hat das mit seiner Farm damals viel eher begriffen als du, auch wenn er später mit uns nichts mehr zu tun haben wollte. Es gibt keine Umkehr.«

»Was ist mit Lisa?«, fragte Max leise.

»Das fällt dir reichlich spät ein, mein Freund«, sagte der Pater und seine Stimme füllte den Raum. Es war wie ein geisterhaftes Echo, das von allen Seiten kam, und *Tembo* kniete sich nun neben dem Opferstein nieder und legte seine Hände mit den Flächen nach oben auf seine Knie. Charlotte biss sich auf die Lippen. Wie sollten sie ihn nur überwältigen? Der Pater sagte verächtlich: »Lass Lisa meine Sorge sein, denn sie hört auf mich und ich finde eine Erklärung für alles. Außerdem kann ich ihr aus Kibera jedes Kind der Welt verschaffen.«

Bei diesen Worten legte Pater Matos Vieira sorgfältig ein langes Messer auf den Tisch neben Anza, dessen Klinge im Schein der Lampe aufblitzte. Es war eine grässliche Waffe, zum Töten und Tranchieren scharf geschliffen, und Charlotte erkannte das Messer sofort: Es stammte von der Farm der Fleissners, von wo der Pater es am Morgen dort geholt hatte.

Pater Matos Vieira strich kurz über die Klinge und seine Lippen kräuselten sich zufrieden. Dann glitt seine Hand unter den Stein und kam mit einem Skalpell darin wieder zum Vorschein. Vida wurde in Max Fleissners Griff steif vor Schreck, während Anza ihren ganzen Körper umsonst gegen ihre Fesseln stemmte und erstickt hinter dem Knebel röchelte.

»Keine Angst, Max. Ich leiste saubere Arbeit, dazu habe ich mittlerweile genug Erfahrung.«

»Wie viele hast du bereits gefunden?«

Charlotte lauschte atemlos, als der Pater mit den Schultern zuckte, während er Anza mit einem Ruck an ihren Fesseln zwang, flach und still zu liegen. »Zwanzig oder dreißig von ihnen. Was ich eben gebraucht habe. Sie sind ja nicht gerade schwer zu finden und niemand vermisst sie, niemand fragt nach ihnen. Ich werde immer besser und schneller bei meiner Arbeit.«

Er strich mit seinem Zeigefinger über Anzas schmalen Schenkel bis hin zu ihrem Knie, und ihr Bein zitterte. »Du bist ein schönes Kind. Wenn ich dich sehe, könnte ich fast wieder an Gott und die Größe seiner Schöpfung glauben, wenn ich nicht zu viel von der Wirklichkeit gesehen hätte, Anza. Mutter Elisabeth hat dich umsonst nach der Hoffnung benannt. Aber ich werde sauber arbeiten.« Er sah wieder zu Max. »Halt die kleine Wildkatze gut fest. Habe ich dir nie erzählt, dass ich eigentlich Arzt werden wollte? Stattdessen haben mich meine Eltern ins Kloster geschickt und von dort kam ich an den Victoriasee.« Er lächelte und strich Anza die wirren, weißblonden Haare aus dem Gesicht, die leuchtend und voll über die Steinkante quollen.

»Was für herrliche Haare du hast. Ich erinnere mich noch an mein erstes Mal. Es war kein Mädchen wie du, das ich zu *Uchiwa* verwendet habe, sondern eine erwachsene Frau und sie war unrein.« Er verzog kurz angeekelt das Gesicht. »Damals wusste ich noch nicht alles. Damals *glaubte* ich noch. Ich sage dir, dort am See, wenn die Leichen aus Ruanda an die Ufer geschwemmt wurden und wir sie zur Beerdigung einsammelten, dort hätte selbst Christus seinen Glauben verloren. Aber ich habe einen anderen Weg gefunden, der mich gerettet hat. Den Weg zurück in die Ursprünglichkeit. Weißt du, was Macht bedeutet, Max? Wahre Macht, über Leben und Tod? Vielleicht hat mich dies Gott nähergebracht als alle Bibelstunden.«

Charlotte unterdrückte ein Würgen, als sie verstand.

Es ist eine gottlose Gegend, hatte Mutter Elisabeth über ihre Zeit am Victoriasee gesagt. Gottlos genug, um einen Mann wie Pater Matos in die Arme von *Mungiki,* schwarzer Magie und Aberglauben, zu treiben, die ihn in eine Irre leitete, die nichts mit der alten Naturreligion gemein hatte?

Anza hielt entsetzt still, als der Pater sich erst eine Locke ihres Haares um seinen dicken Zeigefinger wickelte und dann die Skalpellklinge ganz nahe vor ihr Gesicht hielt. »Ich habe ihre Haare in Hunderte oder Tausende von Fischernetzen flechten lassen, ihre Augen wurden getrocknet und zu Pulver gemahlen und jede ihrer schönen, weißen Gliedmaßen habe ich teuer verkauft.« Dann kicherte er. »Ich war eben nicht zum Franziskaner geboren, denn ich bin lieber reich und gesund als arm und krank. Max hier wiegt mir deine Glieder mit Gold auf, wenn ich mit dir fertig bin. Nicht wahr, Max?«

Er sah Anza einen Augenblick lang tief in die Augen und schien alle Angst darin genießerisch in sich aufzunehmen. Dann richtete er sich auf, ohne Max' Antwort abzuwarten.

»Lass uns anfangen«, sagte er ernst und *Tembo* trat neben ihn, während Pater Matos Vieira sich über Anzas Unterleib beugte und beinahe zärtlich sagte: »Halt Still, Kleines«, als er das Skalpell an ihre äußere Schamlippe setzte.

Der Anblick war mehr, als Charlotte ertragen konnte: »Nein«, schrie sie und stürzte in den Raum. Sie spürte noch Paris nach ihr greifen, doch ihr Schwung war zu groß, als dass er sie hätte festhalten können. Der Pater ließ das Skalpell auf den Opferstein fallen und sein Gesicht verzerrte sich, als er schrie:

»*Tembo*, greif sie!«

Charlotte wollte sich ducken, doch *Tembo* bewegte seinen massigen Körper mit unerwarteter Leichtigkeit und bekam sie zu fassen. Sie schrie auf, als er ihr die Arme auf den Rücken drehte. Es fühlte sich an, als ob ihr Schultergürtel zersprang, und sie rang keuchend nach Luft.

Sie zappelte und trat, aber *Tembo* hielt sie fest wie in einem Schraubstock gefangen, als sie verzweifelt zur Tür sah. Wenn Paris nur blieb, wo er war und er nicht noch ihre letzte Chance auf eine Rettung der Kinder vergab! Der Pater trat nun vor sie. »Sieh an, sieh an. Womit kann ich dir heute helfen, Charlotte? Brauchst du wieder Rat, weil du Dinge gesehen hast, die nicht in deine Welt passen? Du wirst gleich noch mehr sehen, aber zu seelischem Beistand bleibt mir heute leider keine Zeit, so, wie auch dir keine Zeit mehr zum Schnüffeln bleibt.«

»Das kann nicht sein…«, begann Charlotte, doch der Pater zuckte nur mit den Schultern.

»Hast du vergessen, was ich oben in der Mission gesagt habe? Sei deinen Freunden nahe, aber deinen Feinden noch näher? Mir war es recht, dich dort oben bei uns zu haben, denn so wusste ich immer, was du gerade vorhattest. Aber eigentlich dachte ich, du seist noch in den Höhlen.«

Charlotte schüttelte stumm vor Entsetzen den Kopf, als er nun wieder nach dem Messer auf dem Opferstein griff. Anza lag ganz still und ihr Blick saugte sich auf Charlottes Gesicht fest, als der Pater sagte:

»*Wazungus* taugen nicht für meine Zwecke, aber etwas Übung kann meiner Klinge nicht schaden. Was soll ich dir zuerst abschneiden, Charlotte? Deine schwatzhafte Zunge oder deine Finger, damit du nicht mehr schreiben kannst?«

»Nein«, flüsterte Charlotte, doch der Pater sagte: »Doch. Meine Freunde nahe, meine Feinde noch näher, bis ihre Zeit kommt.«

Er hob den Arm in einer leichten, eleganten Bewegung und die Klinge blitzte im Schein der Lampe auf. Charlotte schloss die Augen und zog den Kopf ein, als sie ein Geräusch wie kein anderes auf der Welt hörte. Ein zischendes Pfeifen, als ob Wind durch eine Röhre fuhr, und dann schien Metall auf Holz zu treffen, als *Tembos* Griff an ihren Armen plötzlich schlaff wurde und etwas wie eine Fontäne warm und klebrig über ihren Kopf und ihren Körper schoss.

Sie schrie und riss die Augen auf: Das Messer war *Tembo* sauber durch seine Kehle bis zu seiner Wirbelsäule gefahren, und sein starker Körper sackte wie eine Stoffpuppe in sich zusammen, die Überraschung noch im Blick seiner starren Augen. Charlotte hatte nicht gewusst, wie viel Blut in einem Menschen sein konnte, und wie lange es dauerte, bis alle Nerven dem Tod nachgaben. Es war entsetzlich und sie stand zitternd auf der Stelle, als Max schrie:

»Aber was machst du da?«

»Halt den Mund, Dummkopf«, zischte der Pater. »Du verstehst auch nichts. *Tembo* gehörte nicht mehr zu *Mungiki*, sondern arbeitete als Spitzel für die Polizei.«

»Wie bitte?«, flüsterte Charlotte.

»Du hast mir selber den ersten Hinweis darauf gegeben, als du mich in Kibera besucht und mir erzählt hast, was Shirish Khan über *Tembo* sagte. Dann tat sein Verhalten mit Nane und Nanes Flucht von den Höhlen ein Übriges, wie auch, als *Tembo* Max daran hinderte, seinen Vater zu erwürgen. Gleichzeitig wurde unser Mann, der uns den Fuß für deinen Stiefel verschafft hat, von der Polizei aufgegriffen. Gut, dass ich nach den Höhlen *Tembo* sein Mobiltelefon weggenommen hatte, so können wir nun in Ruhe handeln.«

Er verneigte sich kurz in Charlottes Richtung, der alles Blut aus dem Gesicht gewichen war. Sie hätte *Tembo* ebenso gut mit ihren eigenen Händen umbringen können. *Man muss einem Menschen auch eine zweite Chance geben. Alles auf dieser Welt hat zwei Seiten*, erinnerte sie sich an Shirishs Worte im *Carnivore*, die sie nun erst wirklich begriff.

»Danke«, unterbrach der Pater ihre Gedanken und sah auf *Tembos* Leichnam, der nun still lag.

»Nein«, schluchzte sie, als der Pater wieder das Messer hob, doch in diesem Augenblick stürzte auch Paris in den Raum.

Der Pater stieß einen zornigen Schrei aus und lief hinter den Opferstein, wo er das Messer zum Zustechen bereit über Anzas Herz hielt.

»Nicht!«, rief Max und warf die hilflose Vida zu Boden, um zum Pater zu eilen. »Sie muss rein sein, hast du gesagt, sonst wirkt es nicht. Du musst sie erst beschneiden.« Paris nutzte den Augenblick, packte Max von hinten an den Armbeugen und zwang ihn in die Knie, ehe er ihm sein Knie ins Kreuz rammte, während Charlotte all ihre Schwäche, all ihre Angst vergaß und den Pater wie eine Katze ansprang. Doch er wich ihr geschickt aus und tat einen Sprung beiseite, so dass er nun an Anzas Händen stand und das Messer an ihr Handgelenk ansetzte. Charlotte erstarrte, als der Pater mit seinen Fingern einen leichten Druck auf die Klinge ausübte. Rotes Blut floss über Anzas weiße Haut; sie wimmerte und ihr Körper bog sich nach hinten. Charlotte sah in Anzas vor Schmerz und Panik verzerrtes Gesicht. Doch obwohl der Anblick ihr unerträglich war, gab er ihr auch die Kraft zum Handeln.

»Einen Schritt weiter, Charlotte, und ich schneide ihr die Hände ab«, drohte der Pater. »Eigentlich wollte ich es schnell und menschlich machen. So dauert es etwas länger, aber Sie zwingen mich ja dazu. Wie ich Sie aber kenne, hören Sie einmal mehr nicht auf einen guten Rat, also muss das Kind fühlen…«

Charlotte verharrte unschlüssig. Der Pater meinte es ernst, daran bestand kein Zweifel. Sie suchte Paris' Blick, doch las in ihm, was sie selbst wusste: Sie hatte keine Wahl, und so blieb sie auf der Stelle stehen.

Max begann nun zu zittern und zu weinen, während die gefesselte Vida sich mühsam aufrichtete, zu dem Stein robbte und hinter ihrem Knebel versuchte, mit ihrer Schwester zu sprechen.

»Du kommst gleich dran, Mädchen«, sagte der Pater jedoch grob und trat Vida weg, die mit einem erstickten Schrei rücklings neben Paris fiel, der Max fester um Arme und Nacken packte.

»Max! Pater Matos Vieira!«, kam plötzlich eine schwache Stimme von der Tür her. »Was macht ihr denn da? Was um Gottes willen geschieht hier?«

Charlotte fuhr herum. Auf der Schwelle stand Lisa, die mit ihren langen, offenen Haaren und den fiebernden Augen in ihrem blassen Gesicht wie ein gefallener Engel aussah.

38. Kapitel

»Lisa«, rief Max und versuchte wiederum umsonst, sich aus Paris' Griff zu befreien. »Nicht. Komm nicht herein«, flehte er.

Nun erschien auch Shirish hinter Lisa auf der Schwelle, der jedoch ebenso wie sie bei dem Anblick der falschen Höhle wie gebannt stehen blieb. Der Pater aber presste das Messer tiefer in Anzas Haut und Charlotte hörte das Kind erstickt aufschreien.

»Bleib stehen, Weib, oder ich töte sie! Bleib stehen, sage ich«, schrie er mit sich überschlagender Stimme.

Lisa aber ging weiter auf ihn zu und fixierte ihn mit ihrem Blick.

»Ich verstehe nicht«, sagte sie leise. »Ich verstehe nicht.«

»Was gibt es denn da zu verstehen?«, rief Max nun. »Du lebst im Wolkenkuckucksheim, Lisa. *PUR* ist pleite, und nur *Uchiwa* kann uns noch helfen. Willst du arm sein? Willst du auf der Straße sitzen? Was soll meine Familie von mir denken? Was bedeuten mir da diese Bälger?«

Lisa schüttelte entsetzt den Kopf, während sie nun dem Opferstein ganz nahe kam, auf dem Anza am ganzen Körper zitterte und ihr die Tränen über die Wangen liefen.

Dem Pater brach in der Hitze der Halogenlampe der Schweiß aus, als Lisa die Hand nach ihm ausstreckte. Sie war ihm nun ganz nahe und überragte ihn, berührte ihn jedoch nicht, und er hielt in seiner Bewegung mit dem Messer inne. Charlotte stand wie erstarrt, so stark war die Spannung zwischen diesen beiden Menschen, die so eng miteinander verbunden waren und die sich hier gegenseitig in einen Bann schlugen.

Lisa schöpfte Atem und hauchte: »Ich sollte doch glauben, Pater Matos Vieira. Dann würde mir Gott diese Kinder geben. Das könne mich retten. Max und ich, wir bräuchten diese Kinder, haben Sie gesagt.«

Der Pater lachte hässlich. »Ach ja, der Glaube. Max braucht die Kinder allerdings! Nur größte, stärkste *Uchiwa* kann ihn noch retten.« Seine Stimme steigerte sich und er rief: »Blöde Kuh. Weißt du, wie lange ich diese Kinder schon beobachte und wie viel Mühe es mich gekostet hat, sie an mich zu bringen? Nach den anderen hat kein Hahn gekräht, aber bei diesen hier lag die Sache anders. Und dann muss dieser Esel alles auf der Pressekonferenz verkünden, nur, um sich wichtig zu machen. Aber jetzt habe ich sie und jetzt töte ich sie.«

Lisa stürzte sich mit einem rauen Schrei auf den Pater, der zurückwich, aber im Gehen über den Saum seiner Tücher nach hinten stolperte. Er wollte nach hinten wegkriechen, doch Lisa war bereits über ihm, bereit, ihm das Messer zu entreißen.

»Ich sollte glauben, haben Sie gesagt. Ich sollte glauben!«, schrie sie und ihre raue Stimme verursachte Charlotte eine Gänsehaut. Sie wollte eingreifen, doch Lisa und der Pater waren zu einem Knäuel auf dem Boden verwickelt: Gerade als Charlotte der kratzenden, schlagenden und spuckenden Lisa zu Hilfe kommen wollte, warf er diese von sich, kroch zum Stein, zog sich daran hoch und dann blitzte wieder das Messer in seiner Hand auf. Lisa und Charlotte warfen sich gleichzeitig auf ihn; aber es war Lisas starke Hand, die seine nach hinten bog und bog; es war ihre Stimme, die ihren enttäuschten Glauben aus sich herausschrie, so dass Charlotte das Blut in den Adern gefror. Der Pater aber rammte Lisa seinen Ellenbogen in den Magen, richtete sich auf und hob nun das Messer mit beiden Händen hoch über seinen Kopf, um es in Anza niedersausen zu lassen.

»Nicht!«, schrie Charlotte. Sie schnellte nach vorne, doch Lisa war wieder hinter dem Pater, packte ihn mit all ihrer Kraft von hinten an den Ellenbogen und zwang diese mit einem Ruck nach unten. Ein erstaunter Ausdruck kam auf das Gesicht des Paters und er machte ein würgendes Geräusch. Lisa aber ließ ihn nicht los, sondern hielt ihn von hinten wie einen Schraubstock umschlungen, mit seinen Armen dicht vor seinem Oberkörper und der Messerklinge tief zwischen seinen Rippen und seinem Bauch verborgen.

Lisas Schluchzer schüttelten ihren Körper, als sie ihren Kopf auf Pater Matos Vieiras zuckendem Rücken ruhen ließ und ihr Gesicht sanft zur Seite drehte und wartend die Augen schloss.

Pater Matos Vieira öffnete seinen Mund, als wolle er etwas sagen, doch auf seine Lippen drangen nur kleine, blutige Blasen, die an der Luft aufplatzten. Er zuckte ein, zwei Male, doch Lisa ließ ihn nicht los, und als er den Mund wieder öffnete, ergoss sich ein Strom Blut über seine Tücher und seinen dicken, kurzen Hals. Niemand konnte den Blick von ihm lösen und Lisa hielt ihn noch immer fest, als er in die Knie sank und dann nach vorne kippte.

Unter ihm färbte sich der Zementboden der zweiten Moyalehöhle, mitten in Nairobi, tiefrot.

Einen Augenblick lang herrschte Stille, in die nur Anzas pfeifender Atem und Max' Schluchzer drangen.

»Gott sei seiner Seele gnädig«, flüsterte Lisa. Erst dann ließ sie ihn los, krümmte sich zusammen und weinte. Charlotte erwachte aus ihrer Erstarrung, schnitt mit dem Skalpell Anzas Fesseln durch und zog das Kind hoch, dessen ganzer Körper bebte. Sie löste ihr behutsam den Knebel aus Mund und Rachen, und Anzas Zähne schlugen vor Schock aufeinander. Charlotte wischte ihr Rotz und Tränen vom Gesicht, doch das Kind versuchte, ihr auszuweichen.

»Shirish, gib mir dein Hemd«, rief Charlotte nach hinten, während Paris Max mit seinem Gürtel fesselte. Sie half Anza, ihre steifen Arme, an denen das Blut nun gerann, in die Ärmel zu stecken, ehe sie das Hemd behelfsmäßig über ihrem schmalen Körper zuknöpfte. Shirish löste Vidas Fesseln, und das Kind stand auf und humpelte, als es sich kurz die Gelenke gerieben hatte, zu seiner Schwester und nahm sie in die Arme, während sie ihr in ihrem eigenen Dialekt Worte zuflüsterte. Es klang wie das Summen von Bienen und Anza schmiegte sich an Vida, als diese sie wiegte. Ihr ganzer Körper löste sich durch die Nähe ihrer Schwester, und Vida hielt sie fest umschlungen, als Charlotte beide Mädchen ebenfalls umarmte und dabei ihre dünne, sehnige Kraft spürte.

»Es ist vorbei. Es ist vorbei«, flüsterte sie, als Vida den Kopf drehte und sie mit demselben stillen Verständnis wie bereits in der Mission ansah. In Charlotte breitete sich eine Wärme aus, die sie bis in die Fingerspitzen ausfüllte und die sie alles um sich vergessen ließ. Sie hatte die Angst besiegt.

39. Kapitel

Frederik Nyere sah von seinem Computerbildschirm auf, an den Charlotte ihre Kamera angeschlossen hatte und drückte auf »Pause«. Sie ließ ihn nicht aus den Augen, während er sich ihre wenigen Bilder aus dem Norden ansah.

»Viel Material ist das nicht. Du hast gerade mal auf der Fahrt in den Norden, bei der Ankunft im Lager und dann auf der Farm der Fleissners gefilmt.« Er blickte auf seinen Bildschirm, auf dem Vidas Bild festgefroren war, und Charlotte nickte. »Ich weiß. Ich habe später meine Hände und meine Konzentration für etwas anderes gebraucht. Wenigstens habe ich mit meinem Handy in der Höhle Bilder von den Wandmalereien machen können.«

Frederik schüttelte den Kopf. »Ich kann es immer noch nicht glauben, dass Max und der Pater in diese Art der *Uchiwa* verwickelt waren. Sie sollen zwanzig oder dreißig Leute auf dem Gewissen haben. Und Werner Fleissner erst! Wir hatten von seinen früheren engen Verbindungen zu *Mungiki* keine Ahnung. Die Polizei verhört ihn gerade. Aber ob er ihnen noch viel helfen kann, sei dahingestellt. Friederikes Tod war die Rechnung, die *Mungiki* ihm für seinen Ausstieg aus der Vereinigung gesandt hat.«

»Wie grässlich. Werner Fleissner hat genug bezahlt, denn er hat nicht nur ein, sondern zwei Kinder an die Bruderschaft verloren. Außerdem glaube ich, dass er bis zuletzt die Rolle des Paters nicht begriffen hat. Als Friederike damals starb, hat er sogar beim Pater seelischen Beistand gesucht«, sagte Charlotte. »Ich kann noch immer nicht verstehen, was genau mit dem Pater geschehen ist. Wie kann ein Mensch so böse werden?«

Frederik seufzte. »Der Pater kam zur Zeit des Bürgerkriegs in Ruanda als junger Mann an der Franziskanermission nahe Kisumu an. Was er dort sah, war so entsetzlich, dass er den Glauben an Gott und an das Christentum verlor.

Jeden Tag wurden Hunderte von Leichen an die Ufer des Sees gespült. Sie waren aufs Schrecklichste verstümmelt worden, und zwar Säuglinge wie Greise. Einer der Männer in der Mission half ihm, durch seinen eigenen Glauben an die alte afrikanische Religion wieder auf die Beine zu kommen. Ich denke, dass er kein Leben nach dem Tod mehr brauchte, sondern einen großen und in seiner Ursprünglichkeit geradezu grausamen Kreislauf, der jedoch absolut zuverlässig war. Was ihn von diesem Glauben so in die Irre und zu schwarzer Magie geführt hat, das weiß ich selbst nicht. In jedem Fall ist es von da nur ein kleiner Schritt hin zu *Mungiki*, wenn man so wie der Pater veranlagt war und die Macht liebte. Und welcher Mensch liebt die Macht nicht?«

»Wie furchtbar«, sagte Charlotte und sah wieder auf Vidas Bild auf dem Computer. Sie wollte schlucken, aber ihre Kehle blieb trocken. »Was geschieht nun mit den Kindern?«, fragte sie leise.

»Sie sind momentan bei Paris' Mutter, und es wird lange dauern, bis sie über das hinwegkommen. Wenn überhaupt je. Aber ich will nicht ausschließen, dass sie doch noch von Lisa Fleissner adoptiert werden.«

»Was?« Charlotte fuhr auf.

»Ja. Sie hat die Scheidung von Max eingereicht, der sowieso in Untersuchungshaft sitzt, und ist momentan in Europa bei ihrer Familie. Der Richter hat sie gegen Kaution auf freien Fuß gesetzt.«

»Aber ihr Anblick wird die Kinder immer an das erinnern, was geschehen ist. Außerdem ist sie hoch labil.«

»Gib ihr Zeit, Charlotte. Gerade weil sie weiß, was die Kinder durchgemacht haben, kann sie ihnen vielleicht auch helfen.«

»Die Kinder gehören zu ihrem Stamm«, sagte Charlotte entschieden. »Ich werde mich darum kümmern, dass sie wieder hoch in den Norden kommen. Dort sind sie am sichersten.«

Sie verstummte und Frederik ließ sie nicht aus den Augen, so dass sie fragte: »Was ist los? Was denkst du?«

»Willst du bleiben, Charlotte?« Er stützte sich auf seine Ellenbogen und lehnte sich nach vorne

»Was meinst du? Willst du mir etwa kündigen?«

Er schüttelte den Kopf. »Im Gegenteil. Aber ich könnte es dir nicht verdenken, wenn du nach all diesen Erlebnissen nicht in Kenia bleiben, sondern nach Europa zurückkehren willst.«

Charlotte überlegte nur kurz, ehe sie sagte: »Ich will bleiben.« Und Frederik neigte anerkennend den Kopf, ehe er noch einmal auf Vidas Bild sah. Er schien etwas zu überlegen.

»Weißt du, was seltsam ist?«, fragte er dann.

»Was?«

»Hast du mir nicht gesagt, dass Vida immer die Ruhigere von den beiden war, und dass nur Anza unter Angriffen zu leiden hatte?«, fragte er dann.

»Ja. Aber ich denke, das war eher Zufall«, sagte Charlotte. »Weshalb?«

Er schüttelte langsam den Kopf. »Das war kein Zufall. Nach dem Glauben der Borana ist nur ein erstgeborenes Kind ein Gotteskind, das besonderen Schutz genießt. Das gilt natürlich auch bei Zwillingen.«

Charlotte sah stumm auf Vidas Bild und verlor sich einmal mehr in dem tiefen Blick des Kindes, als Frederik auf *Esc* auf seiner Tastatur drückte und Vidas Bild von seinem Computer verschwand.

»Vielleicht ist es besser, wenn wir aus den Gotteskindern und *PUR* keine Story machen können. Über den Bankrott der Firma ist genug Tinte vergossen worden und manchmal ist die Wirklichkeit zu groß, um davon zu berichten.«

Charlotte öffnete den Mund, aber schloss ihn dann wieder, denn vielleicht hatte Frederik Nyere auch hier recht.

»Nimm dir ein paar Tage frei. Hast du nicht gesagt, dass deine Mutter dich besuchen kommt?«, fragte er.

»Ja. Sie hat jemanden gefunden, der sich in ihrer Abwesenheit um meine Schwester kümmern kann. Ich wollte mit ihr an die Küste fahren.«

»Im späten Januar ist es an der Küste am schönsten. Lass dir Zeit. Und wenn du wiederkommst, gibt es hier jede Menge zu tun.«

»Ja?«

»Natürlich. Was ist mit dem durch Sonnenlicht desinfizierten Trinkwasser in Kibera?«

Charlotte schlug die Augen zur Decke. »Bis in einer

Woche, Frederik. Dann bin ich von der Küste wieder da und suche mir selbst eine neue Story.«

»Selbst ist die Frau«, sagte er. »Ich weiß, ich weiß.«

Charlotte stand auf, bereit sich zu verabschieden, und als sie ihre Hand bereits an der Klinke hatte, sagte Frederik Nyere noch einmal:

»Charlotte?«

»Ja?«

»Ich bin stolz auf dich. Gut gemacht!«

Als Charlotte vor seine Tür trat, war es schon beinahe sechs Uhr abends und das Büro war bereits leer, bis auf Lavender, die Henne, die es sich auf der noch warmen Ablage des Druckers bequem gemacht hatte. Durch die getönten Scheiben von Williamson House fiel das letzte, warme Sonnenlicht und am Horizont, in Richtung des Nationalparks, ballten sich karamellfarbene Wolken. Charlottes Handy piepste zwei Mal, als eine SMS hereinkam. *1 Nachricht Shirish Khan*, sagte die Anzeige und sie las seinen Text:

»Willst du heute Abend mit mir essen gehen? Ich kenne einen netten Inder ;-)«

Charlotte aber trat an das Fenster und sah nach draußen auf die Straße, wo ein staubfarbener Landrover Pickup mit bereits laufendem Motor parkte und auf sie wartete. Paris' Finger trommelten ungeduldig auf dem Lenkrad, während er auf sie wartete. Ihr Herz schlug vor Freude schneller und sie textete Shirish zurück:

»Ein andermal gerne. Bin heute Abend schon verabredet.«

-ENDE-

Nachwort

Wie alle Erzählungen setzt sich der Roman »Weiße Schuld« aus Tatsachen und Phantasie zusammen. Grundsätzlich haben mich jedoch folgende Fakten zu der Geschichte inspiriert:

1. Die Borana »Gotteskinder«

Den ersten Hinweis zu der Existenz der Gotteskinder fand ich in Mirella Ricciardis ausgezeichnetem Bildband »Vanishing Africa«, der leider außer Druck geraten ist. In dem Kapitel »Mother and Child« sind Bild Nr. 74 & 75 als ein »Borana Child of God« gekennzeichnet und sie schreibt dazu: *Dieses Kind wird als anders als alle anderen erachtet und stammt entweder von einem weisen Mann ab, oder von jemandem, der durch besondere Kräfte, die Gott ihm verliehen hat, Kranke heilen kann. Nur das älteste Kind erbt diese Macht und Kranke berühren es in dem Glauben, dann geheilt zu werden. Das Haar der Gotteskinder wird nie geschnitten und wächst in einer Masse von dichten Locken. Vom Augenblick seiner Geburt an wird das Gotteskind verehrt und geliebt und die Gemeinschaft achtet darauf, dass es nicht zu Schaden kommt.*

Die Borana sind Teil der in Äthiopien und Nord-Kenia

ansässigen Orama-Bevölkerungsgruppe. Als Nomaden wird all ihr kulturelles Erbe in Gesang und Musik weitergegeben und ihre Existenz dreht sich um ihre Herden. Mit der zunehmenden Dürre hängen sie immer mehr von Hilfsorganisationen ab, was dem stolzen Volk zuwider ist. Mit dem Christentum sind die Borana durch ihr Nomadentum nur teilweise in Berührung gekommen. Alle Informationen zum Zusammenleben und dem Glauben der Borana stammen von den Websites www.prayafrica.net wie auch www.Borana.net.

Moyale:

Die Höhlenkirchen Äthiopiens sind für Liebhaber der frühchristlichen Geschichte ein Muss – Moyale allerdings ist nur eine kleine, staubige Grenzstadt zwischen Kenia und Äthiopien, und so entspringen die Moyalefelsen und ihr Labyrinth, pardon, nur meiner Phantasie.

Danksagung:

Der Roman »Weiße Schuld« wäre ohne meinen Agenten Roman Hocke und die »A.V.A International« nicht möglich gewesen und ich möchte ihm dafür meinen Dank aussprechen. Danke aber vor allen Dingen an meine hervorragende Lektorin Anne Tente, meinen Verleger Ulrich Genzler und dem gesamten Team des Wilhelm Heyne Verlags in München, die zwar vorgeben, nur ihren Job zu tun, aber doch immer wieder so viel mehr erreichen.